강화학개론

빈형 게임 판타지 장편소설

WISHBOOKS FANTASY STORY

강화학개론 10

빈형 게임 판타지 장편소설

초판 1쇄 찍은 날 | 2018년 4월 13일
초판 1쇄 펴낸 날 | 2018년 4월 20일

지은이 | 빈형
펴낸이 | 예경원

기획 | 위시북스
편집책임 | 이규재
편집 | 이즈플러스

펴낸곳 | 예원북스
등록번호 | 제396-2012-000132호
등록일자 | 2012. 7. 25
KFN | 제1-245호

주소 | 경기도 고양시 일산동구 호수로 646-24 위너스21 II 빌딩 206A호 (우)10401
전화 | 031-819-9431 팩스 | 031-817-9432
E-mail | yewonbooks@naver.com

ISBN 979-11-6098-907-6 04810
    979-11-6098-321-0 (set)

강화학개론

빈형 게임 판타지 장편소설

WISHBOOKS FANTASY STORY

10

Wish
Books

강화학개론

CONTENTS

Episode 43. 로즈골드 홀리 드래곤 (2)　　　　7

Episode 44. 날 두고 토구를 논하지 마라　　　33

Episode 45. 난세가 영웅을 만든다   129

Episode 46. 전장의 지배자   249

Episode 43.

로즈골드 홀리 드래곤 (2)

흑마법사들의 아이템은 갖고 있던 GP를 모두 소모한 것도 모자라 유동성이 강한 골드마저도 모조리 빼액이에게 쏟아부은 한시민의 입장에선 비상금이나 다름이 없었다.

대륙의 탄압에도 불구하고 역사에 길이 남을 흑마법사가 되어보겠다며 뛰어드는 수많은 유저. 그런 유저들이 쉽게 구하기 힘든 자신의 주 직업 아이템들이다.

얼마나 비싸게 팔릴까.

그것도 어중이떠중이가 떨어뜨리는 마기가 조금 섞인 정도의 아이템도 아니고 진짜배기 흑마법사들이 쓰던 물건이다. 개중엔 특수 옵션이 달린 것도 있고 유니크 등급의 아이템도 있다. 못해도 수천만 원까지 호가할 수 있는 물건들!

한시민은 그런 것들을 아끼지 않고 기사들에게 넘겼다.

"안 들키게. 아주 자연스럽게. 알지?"

"······."

"······이렇게까지 하셔야 합니까?"

당연히 기사들은 반발했다. 그들은 조사를 위해 대신전을 향하는 것이지 한시민의 사기 따위를 돕기 위해 나서는 것이 아니다.

비록 기사지만 황제를 호위해야 하는 막중한 임무를 갖고 있는 그들에게 이런 자그마한 시간마저도 귀중하기에. 정말 황제의 명만 아니었으면 따끔하게 한마디라도 할 기세.

"왜, 뭐. 왜? 띠꺼워? 꼽냐? 꼬우면 너네가 사위 해. 이런 씨. 기껏 폐하 몰래 강해지라고 내 시간까지 낭비해 가며 강하게 만들어줬더니 이제 와서 이렇게 나오시겠다 이거지? 좋아, 알았어. 난 원래 원리 원칙을 따지고 은혜를 잊지 않는 사람이라 이번에 도와주면 오랜만에 막힌 벽을 뚫어주기 위해 친히 한 달 정도 시간을 내려 했는데 안 되겠구만. 그래, 알았어. 돌아가. 돌아가서 폐하께 전해. 띠꺼워서 못하겠다고. 폐하께서 아주 좋아하시겠네. 기껏 개인 비밀 창고에서 물건 하나 건네고 따낸 거래인데 황실 기사들이 제멋대로 파투내고 돌아왔으니까. 환불? 당연히 없지."

"……."

물론 한시민에겐 씨알도 먹히지 않는 불평불만이다. 을의 위치에선 한없이 비굴하고 어떻게든 빌붙기 위해 노력하지만 반대로 갑의 위치에 있을 땐 이게 갑의 끝이라는 걸 보여주기라도 하듯 본을 뽑는 한시민!

기사들은 순순히 따를 수밖에 없었다. 안 그래도 예전 한시민과의 수련을 통해 성장했던 기억이 다시금 더듬더듬 돌아오고 있는 상태가 아니던가.

더 높아진 벽을 뚫는 건 이미 마약에 발을 들인 기사들에게 노력만으로는 힘든 일. 갈등은 자연스레 옅어졌다. 이미 한 번 한시민에게 넘어갔던 자들이다.

'다 폐하를 위한 일이다.'

'어차피 신전 개입은 언젠가 한 번 있었어야 하는 일.'

'이 정도는 신의 뜻을 거스르는 것도 아니지.'

자기 세뇌는 금세 이루어졌다.

그러고 행하는 손놀림을 어찌 사제나 장로들이 따라갈 수 있을까. 그냥 지켜보는데도 휙휙 흑마법사의 물건들이 장로들의 개인 서랍에 들어간다.

"……아니!"

"저건, 저건 제 것이 아닙니다!"

"어허! 이렇게 나오는데도 시치미를 떼다니! 당장 저놈을 붙잡아라!"

"예!"

이후 수습할 틈조차 주지 않은 채 호통치는 한시민과 뜨끔하는 마음에 속전속결로 움직이는 기사들. 장로들은 이게 무슨 상황인지조차 파악할 틈 없이 붙잡혀 끌려갔다.

헷갈릴 수밖에 없다. 뭔가 이상하다는 걸 느끼기는 하지만 그러기에 상대는 황실 기사들이다. 그냥 기사도 아니고 황제의 직속 기사들. 꿍꿍이를 썼다는 가정을 해도 이상하지 않은가.

황제가 왜?

"……!"

만약 교황과 손을 잡고 쳐내기로 했다면? 지금까지 그들을 내버려 두었던 교황이 드디어 마음을 먹었다면?

지금이 일망타진할 절호의 기회일지도 모른다. 배신당하고 버려진 다음에 잡는 흑마법사들과의 손은 그다지 효과를 발휘하지 못할 테니까. 대신전 내부가 아닌 외부의 적이 하나 더 늘 뿐일 테니까.

"이, 이런! 이건 음모다!"

어쩌다 보니 억울함을 뒤집어쓴 장로들의 외침은 절절했다. 외침엔 진심이 잔뜩 담겨 있었다.

"교황이 되고 싶었긴 해도 흑마법사들과 손을 잡다니! 이건 말도 안 됩니다! 제발!"

"살려주십시오!"

그럴 수밖에 없다. 그들은 장로직에 오르면서 누구보다 신전에 대해 잘 아는 사람들이다. 아니, 직접 그 자리에서 이단자에 대한 처단 또한 수도 없이 하지 않았던가.

장로고 교황이고 일단 이단자라는 낙인이 찍히면 꼼짝 못한다. 모가지가 날아간다면 차라리 편한 죽음이다.

대신전의 지하. 그 끔찍한 장소에 장로로서가 아니라 이단자로서 간다면?

"……제발! 이건 음모입니다, 교황님!"

듣는 이로 하여금 가슴이 찡할 정도로 절실함에 한시민이 손을 들었다.

척!

그와 함께 발을 구르는 황실 기사단.

눈물, 콧물 다 빼며 외치던 장로들에게 주어진 마지막 희망.

하나 그들에게 말할 기회는 주어지지 않았다. 교황과 수많은 사제가 보고 있는 가운데 한시민이 나섰기 때문.

고요한 침묵.

다가온 한시민이 기사들의 손에 잔뜩 들린 수많은 마기의 결정체들을 가리켰다.

"저게 정말 너희의 것이 아니라고?"

이미 어느 순간 말투는 죄인을 대하듯 자연스럽게 하대하는 그의 한쪽 입꼬리가 묘하게 말려 올라갔다. 마치 모든 걸 다 안다는 미소.

발끈한 장로가 외쳤다.

"그렇다고!…… 요."

뭐지, 내가 아니라는데 왠지 틀릴 수도 있을 것 같다는 이 불길한 예감은?

그런 장로에게 한시민이 기회를 주었다.

"어디 한번 골라봐."

"……?"

"네 것이 아닌 물건을 골라보라고."

"…… ."

이 무슨 황당한 질문이란 말인가.

"다 제 것이 아닙니다."

"그래? 그럼 내가 하나 골라도 전부 아니니까 상관은 없겠네?"

"물론!"

한 장로가 정신을 수습하고 외쳤다. 어차피 아니라는 확신은 있다. 무슨 짓을 하든 증명하는 쪽으로 나아간다면 아니라는 걸 증명해 낼 자신도 있다.

애초에 흑마법사와는 연관 자체가 없는 그가 이런 누명을 해명해야 한다는 것 자체가 억울하지만 어쩌겠는가. 상황은 이미 여기까지 벌어졌고 그도 모르는 사이에 연루가 되어버린걸.

지금이라도 늦지 않았다. 이 거지 같은 상황을 어서 벗어나고 싶다. 해서 속으로 열심히 기도문을 외웠다.

신이시여, 도와주십시오.

그러는 사이 한시민이 별생각 없이, 정말 그냥 수많은 인절미 중 손 가는 걸 집어먹는 표정으로 기사들이 들고 있던 아이템 중 하나를 골랐다. 그리고 내밀었다. 장로에게.

"⋯⋯?"

"들어."

장로는 시키는 대로 했다. 거부하는 건 찔리는 자들이 하는 짓이다. 반대의 입장에서 많은 이단자를 상대했던 장로에게 지금 한시민의 심정은 누구보다 잘 안다고 확신할 수 있다.

죄가 없으면 그냥 보이면 된다. 주저리주저리 말을 늘어놓는 건 없던 죄도 의심받게 하는 멍청한 짓. 닿는 것조차 소름이 돋는 흑마법사의 아이템이지만 그래도 잡았다.

"신성력을 끌어올려."

"⋯⋯?"

신성력도 끌어올렸다. 그러면서 동시에 한시민이 하려는 짓이 무엇인지를 깨달았다.

'멍청한 놈.'

속에선 이미 미소가 지어졌다. 다만 그걸 내보일 정도로 눈치가 없진 않았다.

이런 식이구나. 하나 번지수를 잘못 찾았다, 이놈!

그래도 명색이 대신전의 장로에게 흑마법사의 아이템을 사용하게 만들려는 수작을 부리다니. 어림도 없지.

우웅—

희망은 곧 기회로 다가온다. 청렴결백하다고 자부하는 장로가 보란 듯 신성력을 있는 힘껏 끌어올렸다. 순백의 마나가 시야에 보일 정도로 많은 양이 넘실거렸다.

"와!"

지켜보던 몇몇 사제에게는 부러움이 절로 일 만큼 방대한 양.

과연 누가 이런 신성력을 보고 이단자라 일컫겠는가!

이단자는 신성력을 쓸 수 없다. 그리고 그런 사제는 이런 흑마법사의 아이템 따위도 쓰지 못한다!

우웅—

팟!

"헉!"

"흐, 흑마법이다!"

"……?"

라고 자신 있게 외치려던 찰나.

장로가 들고 있던 흑마법사의 아이템 역시 신성력에 반응하듯 칠흑의 어둠을 내뿜었다. 장로가 보였던 찬란한 신성력보다 더 짙게.

대신전에 이보다 더 깊을 수는 없으리라 확신할 수 있는 침묵이 내려앉았다.

'450억을 터뜨렸는데 수천만 원쯤이야.'

돈은 언제나 상대적인 것이다. 수천만 원은 분명 그냥 봤을 때 큰돈이지만 이미 수백억 대를 날린 한시민에게 있어 기껏 수천만 원이 될 수 있는 것.

특히 복수를 이미 다짐한 상황이다. 수천만 원짜리 아이템들을 조금 더 날린다고 크게 아픔으로 느껴지지 않는다.

'광고 좀 더 틀고 이번 영화 개봉하고 빼액이 사진 좀 더 찍으면 돼.'

이제 자신의 감정을 위해 돈을 2순위로 밀어낼 수 있을 정도로 성장을 한 한시민!

그런 그가 골라 내민 흑마법사의 아이템은 흑마법사뿐 아니라 사제도 사용할 수 있는 종류였다.

당연히 신성력이고 마력이고 흑마력이고 일단 마력에 관련된 계열이면 반응하게 되어 있고 자연스럽게 장로의 신성력에 반응해 아이템 본연의 흑마법이 발현되었다.

"……."

그걸 모르는 이들은 당연히 충격에 빠질 수밖에 없다.

어디 살아오면서 꿈무니도 보기 힘들었던 흑마법사들의 물건을 제대로 알긴 하겠는가.

역사서에도 당연히 사제들이 흑마법사들의 물건을 사용해 보았다는 기록 따위는 없다. 벌레보다도 못한 놈들이라 취급하는 자들의 물건을 실험 삼아라도 써보겠는가. 그냥 무조건 폐기다.

"모, 모함입니다!"

하나 그럼에도 장로는 억울함을 호소할 수밖에 없었다. 이쯤 되면 내가 정말 나도 모르는 사이에 몽유병이라도 걸려 흑마법사와 내통을 한 게 아닐까 싶은 정황 증거들이 우수수 떨어져 나오지만 그래도 살아야 한다. 난 모르는 일이라고, 꿈에서 내가 한 짓이라고 빌더라도 살아야 한다.

그건 이단자를 처리해 온 자들만이 할 수 있는 마지막 비굴함이다.

그만큼 억울하고 두렵다. 차라리 죽으면 그만인데 평생을 대신전의 사제로서 살아온 모든 걸 잃게 되는 게 아닌가.

"예전에 그런 말을 들은 적이 있습니다! 교황님! 사실 흑마법사의 아이템은 마력만 있으면 발동된다는 말입니다!"

"그걸 어떻게 알까? 대신전의 사제가? 흑마법사들에게서 들었나?"

"……아니, 그건 절대 아닙니다!"

"아니긴, 그럼 뭐 신이 꿈에 나와서 말해주기라도 했을까?"

"……."

정말 칠 수만 있다면 죽기 전에 저 주둥이 한 대만 치고 싶다.

장로의 간절한 소원.

한시민은 그를 비웃기라도 하듯 마지막 희망을 짓밟고 들고 있던 흑마법사의 아이템을 뺏어 들었다. 그리고 곧장 뻬액이에게 향했다.

"말도 안 되는 웃기는 소리지만, 그래도 조사관으로서 중립을 지키고 범인의 마지막 유언을 들어드리죠."

"……."

"자, 사용해 보시죠, 성녀님."

"예."

받아 든 뻬액이는 세상 성스럽고 조신하게 마력을 끌어올렸다.

일렁이는 신성력.

물론 마력 따위가 있을 리 없다. 아직 차려면 시간이 많이 남았으니. 이 또한 골드의 힘이다.

우웅―

인위적인 신성력은 아까 장로가 자신 있게 꺼내 든 것보다 훨씬 더 짙고 농밀했다. 그런 신성력이 아이템에 스며들었다.

그리고.

팟―

"아아!"

"성녀님!"

아까와는 전혀 다른, 어둠이라곤 눈곱만큼도 찾아볼 수 없는 순백의 빛이 신전을 가득 메웠다.

잠시 뒤, 빛이 사라졌을 때 그녀의 손 위에는 흑마력이라고는 조금도 남아 있지 않은 아이템이 있을 뿐이었다.

"……."

더 이상 장로들의 변절 여부를 의심하는 자는 없었다.

9

여섯 장로가 무릎을 꿇은 채 고개를 푹 숙였다.

할 말이 없다. 계략이라는 걸 어렴풋이 눈치챘음에도 이미 빼도 박도 못하는 상황까지 몰려 버렸다.

"교황, 교황님이 한번 써보시지요!"

"어허! 이런 변절자가 무슨 수작을 부려 빠져나가려고! 당장 끌고 가라!"

"예!"

아예 처음부터 교황에게 같은 조건으로 아이템을 사용하게 했다면 말은 달라졌을지도 모른다. 하나 그들은 예상치도 못한 상황을 맞이하며 그런 걸 신경 쓸 겨를이 없었고 결국 당했다.

이미 사제들은 성녀를 향한 무한한 신뢰를 보내고 있는 상태. 거기에 더해지는 장로들을 향한 배신감과 노골적인 불쾌함은 상황을 뒤집을 수 없음을 의미했다.

"······교황, 이 영악한!"

"우리를 어찌 이리 버릴 수 있소!"

"평생 저주할 것이다!"

그럼에도 무엇보다 더 화나는 것은 역시 교황이다.

여섯 장로가 이 사태의 주범이라 굳건히 믿고 있는 자! 황실과 결탁해 결국 여섯 장로를 내몰고 자신의 자리를 지키려는 자!

원망의 눈초리들이 전부 교황에게 향했다. 하나 교황은 그눈초리들을 매정하게 뿌리치고 오히려 그들을 벌레만도 못한놈을 보듯 바라보았다.

"저런 악마!"

"어찌 저런 가면을!"

"마족보다 더한 놈!"

지금의 상황을 아무것도 모르고 순수한 배신감을 느끼는 교황과 그를 배후라 철석같이 믿고 있는 장로들 사이의 감정의 골은 아마 평생 풀리지 않을 것이다. 교황은 이단자와 대화를 나눌 만큼 정이 따뜻하고 많은 사람은 아니니까. 한시민이 가만둘 리도 없고.

여섯 장로는 끌려갔다. 그리고 남은 자리.

교황이 허리를 숙였다.

"……!"

모든 사제가 보고 있는 자리에서.

신 아래 모두가 평등하다는 지론을 항상 내세우지만 유일하게 신의 대리자라 불리는 교황의 인사에 사제들도 놀라는 동시에 함께 허리를 숙였다. 무엇이 감사한지 알기 때문이다.

신전이 더럽혀질 뻔했다. 아니, 이미 변절자들이 여섯 장로의 작위를 꿰찰 만큼 더럽혀졌지만 그를 발견하고 해결해 준 은인에 대한 감사다.

진실을 알게 되면 아마 말은 달라지겠지만 한시민은 기꺼이 감사를 받았다.

'고생하긴 했지.'

이딴 돈도 안 되는 감사 따위를 어디 450억에 팔려고 둔 흑마법사 아이템들에 비하겠는가.

그래도 다 돈이 될 방법을 생각해 두었으므로 연기를 유지했다.

인사를 건넨 교황은 뒤이어 빼액이에게 다가왔다.

"신을 모시는 대신전, 그리고 신을 대리하는 교황의 이름으로 성녀를 인정하겠습니다."

빼액이의 이마에 건네지는 입맞춤.

다 늙은 노인과 미녀가 아닌, 신을 대리해 축복을 내리는 교황의 근엄함에 또 한 번 사제들이 기도를 올렸다. 그만큼 성스러운 자리였다.

그리고.

['+15 화염의 황금 해츨링(★)'이 신의 가호를 받았습니다.]

[전직하시겠습니까?]

"······?"

극적인 반전이 펼쳐졌다.

드래곤에게 전직이라니. 듣도 보도 못한 일이다.

당연하다. 상식이 있는 사람이라면 그 누가 드래곤을 감히 전직시키려 하겠는가. 그냥 마법의 종주인 드래곤이라는 종족 자체가 누구도 이길 수 없는 직업이고 오버 밸런스의 결정체인데.

한데 베타고는 그렇게 생각하지 않는 듯했다. 드래곤에게 전직할 기회가 주어졌다. 무엇으로 전직하느냐에 대한 의문은 하지 않아도 됐다. 보나 마나 성녀일 테니까.

여기서 한시민은 고민에 빠졌다. 별 같잖은 고민이긴 하다.

해야 하느냐, 말아야 하느냐.

"설마 드래곤의 힘을 잃는 건 아니겠지?"

그리고 자기 자신에게 이 질문을 던졌을 때, 던지면서도 피식 어이없는 웃음이 난 걸 확인했을 때 단 1초의 망설임도 없이 선택했다.

"전직."

당사자의 의견은 티끌만큼도 반영되지 않은 선택.

혹여 드래곤 인생에 베타고라는 신이 만에 하나의 상황이라도 개입하여 드래곤의 직위를 박탈할 수도 있는 일임에도 자기 인생 아니라고 쉽게 선택하는 모습에 서운할 법도 하건만 빼액이는 그저 좋다고 배시시 웃었다. 무엇이든 한시민에게 도움이 되었다.

신성력이 그녀의 몸을 감싸며 스며든다. 드래곤이라도 어쨌든 신이 만든 생명체. 자격을 갖추고 조건을 맞춰 얻은 성녀라는 자리를 축복한다.

['+15 화염의 황금 해츨링(★)'이 '+15 성스러운 화염의 황금 해츨링(★)'으로 진화했습니다.]

"……."

어째 점점 이름만 길어지는 이 기분은 나만 느끼는 느낌적인 느낌이겠지.

한시민의 이런 불안감을 씻어주기라도 하듯 홀로그램들이 뒤이어 나타난다.

['성' 속성 마법의 위력이 상승합니다.]
['성' 속성 마법의 비용이 감소합니다.]

딱히 그리 기분이 막 좋아지지는 않는 홀로그램.

그럴 수밖에 없다. 지금껏 한시민이 써본 신성 계열 마법이라곤 세크리파이스뿐이고 그건 한 번 쓸 때마다 마력이 없을 땐 450억씩 처먹는 아주 돼지 같은 마법이었으니까.

아마 일평생 다시 쓰지 않을 마법인데 가격이 낮아지면 뭐하나, 세지면 뭐 하고.

해서 이 부분은 대충 넘어갔다.

덕분에 그대로 묻혔다. 역사상 처음으로 드래곤이 대륙의 성녀가 되는 순간이.

10

그렇게 성녀 사기극의 기나긴 결말이 났을 때.

한시민은 뒷이야기보다 먼저 개인 동영상 스트리밍 사이트에 영화부터 개봉했다.

"빨리 본전치기하려면 어쩔 수 없다."

비록 본 손해는 메울 수 없겠지만 적어도 어느 정도 복구는 할 수 있으리라.

해서 결정된 가격, 20만 원.

날이 갈수록 비싸지는 가격에 시청자들이 불만을 품고 직접적으로 표현할 만큼이지만 한시민은 조금도 개의치 않았다. 그는 자신의 첫 영화에 이 정도 가치는 충분히 있다고 판단했으니까.

"보기 싫으면 안 보겠지."

무엇보다 여유에서 우러나오는 배짱도 있었다. 어차피 지금까지도 이렇게 장사해 왔다. 마음에 들지 않으면 안 보면 그만이다. 굳이 뭘 변하지 않을 결과를 두고 시청자들과 싸우겠는가.

그렇게 블록버스터 영화는 제목도 없이 20만 원에 사이트에 올라왔고.

−뭐냐, 이 미친 가격은.
−한 편의 영화라는데?
−한번 호기심에 보려고 해도 너무 비싸잖아.

반응은 역시 뜨뜻미지근했다.

그럴 수밖에 없다. 시청자들에게 가격은 곧 기댓값이다.

영화도 그렇고, 드라마도 그렇고, 만화도 그렇고, 소설도 그렇다.

편당 지불해야 할 금액은 곧 내가 그만큼의 만족도가 나와야 기분이 찝찝하지가 않다. 한데 20만 원이면 그 기대치가 얼마나 높겠나. 거의 한 달 내내 컨텐츠를 즐길 수 있는 비용이다.

당연히 초반엔 구매 수가 저조했다. 한시민임을 감안해도 엄청나게 저조했다. 물론 다른 동영상들과의 매출을 비교하면 과연 이름값이 무섭긴 무섭다 싶을 정도로 빠르게 올라가

긴 했다.

한 편에 20만 원이니 당연하다. 원래 수만 명, 많게는 수십만 명까지 보던 영상이 수백 명의 결제로 시작했을 뿐 총액으로 따지면 기껏해야 천 원 남짓한 다른 동영상들과 비할 바가 아니다.

사실상 분기점.

호기심에 20만 원을 투척할 만큼의 여력이 되는 사람들의 후기를 기다리는 시간.

한 시간, 두 시간.

먼저 출발한 선발대가 돌아오기만을 애타게 기다리는 시청자들은 점점 지쳐 갔다.

─왜 안 오냐. 보다가 자는 거 아님?

─에이, 설마. 그래도 시민 클라스가 있지. 그딴 걸 내놓겠음?

─그래도 너무 안 오잖아. 영화가 뭐 5시간이라도 된다는 거야? 그딴 걸 어떻게 보라고.

─내가 볼 땐 이렇게 해서 궁금하게 만들고 엿 먹어보라는 거 같음. 기다리다 궁금해서 결제할 수도 있으니까.

─결론은 재미가 없다?

─그렇겠지. 솔직히 영화는 아무나 찍냐. 요즘은 그냥 개나 소나 몬스터 잡는 모습 촬영해서 편집해도 현실에서 만드는 영화보다

현실감 있고 화려하게 나오는 마당에.

　–그렇긴 함. 궁금하긴 한데 20만 원이나 주고 볼 정도는 아닌가 보다.

　그렇게 분위기가 흘러가 흐지부지해지고 흩어지려는 무렵,
그들이 돌아왔다.

　–꼭 봐라. 두 번 봐라.

　–이런 시바. 20만 원이 안 아깝다.

　–혼자 죽을 순 없다는 마인드 아니다. 진심 개쩐다. 와, 성녀의
정체가 이렇게 밝혀지는구나.

　–성녀 예쁘다. 진심. 사귀고 싶다. 하악. 팬클럽 가입해야겠다.
미친.

　–혹시 4시간 56분쯤 침대에 누워서 사진 찍다가 답답하다고 옷
벗는 사진 그거 팬클럽 레벨 몇 돼야 볼 수 있는지 아시는 분?

　–나 5렙인데 그런 거 나올 기미도 안 보인다.

　–아씨, 영화나 다시 돌려봐야겠다. 진심 20만 원에 혜기 계속 볼
수 있는 거 개혜자네 ㅇㅈ?

　폭풍의 시작을 알리며.

켄지도 소식을 들었다.

굳이 찾아본 건 아니다. 그냥 매일 하는 일이 길드전과 현질, 길드의 세력을 늘리고 영지를 확장함과 동시에 경쟁자들의 동태를 파악하는 것이다 보니 자연스럽게 알게 되었다.

그중 가장 큰 경쟁자는 역시 스페셜리스트, 그중에서도 한시민이니 모를 수가 있나.

"영화를 찍었다고 합니다, 길마님."

"별 시답지 않은 곳에 시간을 쓰고 있군요."

"하나 염두에는 두셔야 할 것 같습니다. 생각보다 너무 일찍 거대한 세력에 얽히게 되었습니다."

"흠, 황실과 신전이라. 영화에 보면 그 성녀도 시민 쪽 사람이라고요?"

"예, NPC 같은데 정체가 수상합니다. 하나 어쨌든 그자를 따르는 모습을 보면 확실히 신전은 그자가 잡았습니다."

"그래도 결국은 소용없어요. 신전이나 황실은 그런 사사로운 연에 규칙을 깨는 곳은 아니니까."

"그렇습니다."

무언가 하나씩 이루어 나가는 것들이 분명 판타스틱 월드를 플레이하는 유저로서 감탄이 나오는 것들뿐이지만 또 켄지 정도 되는 유저가 볼 땐 의문스럽기 그지없는 플레이다.

적어도 한시민이라면 저렇게 하지 않아도 된다.

개인적인 취향 때문이 아니라면 사냥을 하고 영지전을 하고 강화를 하며 더 많은 성장을 보일 수 있을 텐데 왜?

오로지 돈, 그냥 돈도 아니고 인생 목표 자체가 돈이라는 사실과 한시민이 그리는 큰 그림의 실체를 모르니 의문이 풀리지 않을 수밖에.

어쨌든 켄지는 그렇게만 알고 신경을 끊었다.

아니, 끊으려고 했다. 길드원의 한마디만 아니었으면.

"길마님도 한번 보시겠습니까?"

"뭘요? 영화요?"

"예."

"전 그런 거 안 봅니다."

"다 보실 필요도 없습니다. 안 그래도 사람들이 깔끔하게 엑기스만 모아놓은 영상이 있습니다. 물론 결제는 하셔야지만 엑기스 시간대를 알려드리겠습니다."

"······엑기스?"

"예, 후회하지 않으실 겁니다."

"흠."

거절하려던 켄지는 왠지 모를 길드원의 확신에 고개를 끄덕였다.

어차피 영지전뿐 아니라 이것저것 그가 직접 하는 일은 얼마 없다.

장장 10시간짜리 영화를 끝까지 볼 필요도 없이 엑기스만 알려주겠다는데 한번 보기나 할까.

자리를 잡고 앉은 켄지가 영상을 결제하고 시작했다.

20만 원?

이미 한시민에게 뜯긴 단위가 다른 호구들과 비교하는 것조차 기분 나쁜 그에겐 얼마 하지 않는 돈.

표시된 시간대를 누른 켄지의 손이 멈칫했다. 그냥 대충 보고 넘기려는 마음은 아쉽게도 본능을 따라가지 못했다.

"……."

그렇게 10분, 20분, 1시간, 2시간.

엑기스만 보는 데도 한참이 걸린 켄지가 아무도 없는 방에서 헛기침을 했다.

"크흠, 예쁘긴 하네."

동시에 소문으로만 듣던 성녀 팬카페에 들어가 보았다. 호구들 판에 진짜가 등장하는 순간이었다.

Episode 44.
날 두고 호구를 논하지 마라

가상현실이 나오기 전 PC 게임이 시장을 꽉 잡고 있을 당시 유저들이 주로 즐겨 하던 온라인 게임의 부류는 세 종류였다.

시장의 끝물쯤 혜성같이 등장해 지금껏 선두를 놓지 않던 RPG를 물리치고 수년간 당당히 1, 2위를 석권한 AOS 류의 게임.

그리고 그럼에도 꾸준한 인기를 보인 RPG.

마지막으로 간편한 조작과 자동 사냥 같은 기능성으로 높은 연령대의 지지를 받았던 웹 게임.

점유율은 AOS 게임이 압도적으로 높았지만 그 게임의 수익을 본다면 RPG나 웹 게임을 따라올 수가 없었다.

투자하면 강해지는 시스템.

이는 게임에서마저 빈부 격차를 낳고 유저들의 불만과 이탈을 초래했지만 그와 반비례하게 게임사의 수익을 늘게 만드는 요소니까.

오죽하면 기껏해야 수천 명 할까 말까 한 웹 게임에 수억 원을 쏟아붓는 유저가 나올까.

그만큼 돈이 있는 사람들에게 그러한 현금을 통한 성장 요소는 충분히 매력적이다.

숨겨져 있던 본능의 표출이랄까.

현실에서 돈을 쓰며 상대방을 찍어 누르는 건 범죄가 될 수도 있고 갑질이 될 수도 있지만 게임은 아니다.

게임사에서 만들어준 적법한 시스템에 맞게 돈만 쓰면 수백, 수천 명과 싸우면서도 웃으며 채팅까지 칠 여유마저 생긴다.

그게 수많은 게임사가 외국에서 유사한 게임을 수입해 단타로 치고 빠지는 이유!

욕을 먹으면 어떤가. 이보다 더한 수익을 낼 수 있는 방법은 드문데.

물론 그걸 아는 유저들은 그런 곳에 돈을 쓰지 않는다.

정말 돈이 썩어나는 사람들이 가끔 취미 삼아 몇 달 즐기려 과금하는 경우는 있어도 곧 망할 게임에 자신의 돈과 시간을 투자해서 뭐 하겠는가.

켄지 역시 마찬가지다. 그는 수많은 게임을 플레이해 왔고 또 그런 게임들 또한 많이 접해봤다.

몇억 정도 날리는 수준은 그에게 유희를 즐기는 데에 큰 부담이 되지 않는 금액이라 알면서도 던져 봤고 또 경영자의 입장에서 얼마나 어리석은 짓인지도 잘 안다.

그렇기에 판타스틱 월드에서는 철저히 계산하고 소비했다.

돈이야 썩어나지만 판타스틱 월드는 그가 예상했던 것보다 훨씬 많은 과금을 유도한다.

아니, 유도하는 건 아니지만 유도하게 된다.

가장 영리하고 현명한 시스템.

강제하지는 않지만 하면 좋다.

돈이 넘쳐 나는 켄지, 남들보다 강해지고 싶은 켄지에게 있어 이보다 스스럼없이 다가오는 유혹이 어디 있겠는가.

그런 그가 처음으로 계획에서 벗어난 과금을 했다.

"예쁘네."

켄지도 남자다. 물고 태어난 다이아 수저 덕분에 어려서부터 수많은 여자를 만나봤고 세계적인 여배우도 거기에 포함되어 있었다.

사업을 물려받고 난 뒤엔 두말할 필요도 없었고 훈훈한 외모는 마음먹은 여자와 전부 이어지게 만들어주었다.

그래서일지도 모른다. 눈이 너무 높아져 버린 것은.

아니, 여자보단 일을 우선시하는 그에게 사랑을 갈구하는 여자들은 어쩌면 그로 하여금 여자에 대한 환상을 깨게 만드는 요소였을지도 모른다. 그렇기에 진짜 사랑에 대한 꿈은 접고 일에만 매달렸었다.

그런데 그런 그가 성녀를 보았다.

"와."

사실 다 개소리일지도 모른다. 일이고 사랑이고, 켄지는 그가 지금 느끼는 감정이 딱 취향인 여자를 못 만났기 때문이라는 생각이 문득 들었다.

그래서 더 자세히 보았다. 정말 꿈에서나 볼 법한 외모를 가진 여자가 화면 너머에 있다.

"……."

손을 뻗어보았다. 넘치는 화질에 정말 만지는 것 같은 기분이 들었지만 아쉽게도 닿을 수 없는 그대였다. 할 수 있는 건 레벨을 높여 다른 남자들이 보지 못한 사진을 가장 먼저 보는 것뿐이었다.

계획에 없던 돈들이 한시민의 계좌에 꽂히기 시작했다.

아깝다는 생각은 하지 않았다. 사업하는 그가 이런 돈들이 누구의 주머니에 들어가는지 모르는 것도 아니다. 다만 지금은 한눈에 빠져 버린 취미 활동에 매진할 뿐이다. 시간이 많이 드는 것도 아니고 하는 게임에 방해되는 것도 아니다. 얼마나 깔끔하고 활력이 돋는 취미 활동인가.

그렇게 경쟁 의도 없는 순수한 마음의 호구가 판타스틱 월드에서도 먹지 못한 레벨 랭킹 1등을 향해 쭉쭉 올라가기 시작했다.

적안이면서 사람을 빨아들이는 묘한 매력이 있는 눈매, 설익은 앵두 같은 입술, 오뚝한 콧대, 무엇보다 이목구비가 다 들어가 있는 게 신기할 정도로 작은 얼굴. 고운 피부는 덤이고 갸름한 턱선은 볼 때마다 놀랍다.

"빼액아."

"응, 아빠."

"폴리모프할 때 누구 참고했냐?"

"응?"

"아니, 변신할 때 인간의 모습 중에서 누구를 참고할까 생각은 하고 할 거 아니야. 랜덤 무기 상자처럼 모습도 랜덤으로 바뀌는 건 아닐 테고."

"으음."

세인트에게서 뜯어낸 금화 주머니를 품에 품고 몇 개를 꺼내 흡수하던 빼액이가 뜬금없는 한시민의 질문에 고개를 갸웃했다.

그리고 이내 깊은 고민에 빠졌다. 하나 답은 쉽게 나오지 않았다.

그걸 보던 카르디안이 대신 빼액이의 곤란함을 해결해 주었다.

"저번에 말하지 않았던가. 폴리모프는 해당 드래곤의 특성과 연관이 있다고. 원하는 형태로 변신하는 건 불가능하다."

"그래? 그럼 오크로 변신해도?"

"……그에 맞는 오크의 형태로 바뀌겠지."

"흠, 그렇단 말이지. 그럼 베타고의 의지라는 건데."

경쾌한 대답에 한시민이 빼액이에게 부여한 짐을 덜고 다시 고민에 빠졌다.

별 시답지 않은 고민이긴 하다. 이럴 시간에 일이나 해서 돈이나 버는 편이 나을 정도로 영양가가 없기도 하다. 한데 그냥 궁금했다.

한시민은 이제 이런 사소한 궁금증에 시간을 보내도 될 만큼 성공하기도 했다.

당장 현실에선 300억대 건물의 건물주고 월세로만 일하지 않고 놀아도 될 만큼의 돈이 매달 꼬박꼬박 들어오지 않는가.

거기에 방송을 포함한 광고 수익은 말할 것도 없고.

벌면 그에 맞는 행동거지도 갖춰야 하는 법!

돈에 미친 거지가 여유 부리는 방법을 조금은 깨우쳤다.

"베타고는 그럼 누구를 대상으로 커스터마이징 했지?"

"베타고가 무엇인가."

"너희가 말하는 신."

"……."

누구를 모델로 했든 신기하긴 했다. NPC들이야 베타고가 프로그래밍한 사람들이니 어떤 외형을 보든 호감을 품게 만드는 건 이상한 일이 아니다.

개개인에게 인공지능을 부여한다 한들 본능 깊숙한 곳에 빼액이를 본다면 설령 빼액이가 집을 풍비박산 내도 호감을 품으라고 명하면 그만이니까.

하지만 신기하게도 유저들마저 빼액이를 보고 호감을 품는다.

물론 그냥 길 가던 사람 백 명을 붙잡고 물으면 99명은 집 문서를 팔아서라도 결혼하고 싶다고 할 만큼 예쁜 건 사실이지만 그래도 전 세계의 수천만 사람이 플레이하는 게임이 아니던가.

취향이 아닌 사람이 있을 수도 있다.

그런데 그런 말이 지금까지는 보이지 않는다. 심지어 여자들마저도 부러움의 말들만 잔뜩 달릴 뿐이다.

그만큼 호불호에서 불호가 적다는 뜻.

아마 전 세계 사람들의 기준으로 미녀의 특성만 뽑아 베타고가 잘 커스터마이징 한 거겠지. 현대 미녀의 기준도 잘 표현한 것 같고.

"쩝."

정확한 기준을 알았으면 더 좋았을 텐데.

어쨌든 빼액이 덕분에 나날이 부자가 되는 기분에 한시민이 그녀의 머리를 쓰다듬어 주었다.

"헤헤."

세계적인 톱스타를 관리하는 매니지먼트 대표의 기분이 이러할까?

품으로 파고드는 빼액이를 한 번 더 토닥여 주고 밀어낸다. 그리고 속으로 기도한다.

"이왕이면 전 세계 사람들 취향이 아니라 그냥 세계적인 부자들 취향에 맞게 생겼으면 좋겠다. 아주 그냥 첫눈에 뻑 가서 집문서고 회사 서류고 다 갖다 바치게."

"응?"

"에휴, 아니다. 세상에 그런 정신머리 없는 부자가 어디 있겠냐. 돈을 벌어보니 그런 게 얼마나 황당한 생각인지 알게 되네. 여자에 빠져서 돈을 버리는 부자라니. 그런 얼빠진 놈은 정말 나한테 걸려서 뼛속까지 뜯겨봐야 하는데."

2

대신전은 빠르게 안정되었다.

크게 달라질 것도 없었다. 대륙의 위기가 닥친 현재 희망의 빛이 되어줄 성녀가 나타났고 또 내부의 큰 걸림돌이 될 이단자들까지 잡아냈으니 오히려 잘된 일이다.

처음의 뒤숭숭한 분위기는 며칠이 지나면서 점점 좋아졌고 이것이 다 신의 은총이라며 기도하기 바빴다.

여섯 장로의 빈자리는 그들의 바람과는 달리 아쉽게도 교황 쪽 사람들에 의해 빠르게 채워져 신전의 업무가 마비되는 일은 생기지 않았으며, 여섯 장로 쪽 사람들도 한시민의 설계에 이단자가 된 장로들에게 배신감을 느껴 교황에게 충성을 맹세했다.

이러한 빠른 변화들 가운데엔 역시 빼액이가 있었다.

"안녕하세요."

"헉! 성녀님!"

한시민에게 배운 자본주의 미소를 장착한 채 이제는 홀로 대신전 내부를 돌아다니기도 하는 그녀가 신전이 언제 혼란에 빠졌냐는 듯 상큼한 얼굴로 활기를 불어넣어 줬으니까.

거기다 사제들뿐 아니라 성녀를 한 번 보러 오겠다며 기부금을 들고 찾아오는 귀족들의 발걸음도 조금씩 늘었다.

바야흐로 성녀 시대의 개막!

원한다면 신전 내에서 더 큰 권력을 얻을 수도 있는 성녀가 매일같이 들락거리는 곳은 단연 세인트의 방이었다.

"안녕하세요, 세인트 님."

"성녀님! 오셨습니까!"

"헤헤. 네. 배가 고파서요."

"저런, 힘드시겠습니다."

"아니에요. 신께서 베푸신 은혜인걸요. 다만 제가 부족해 세인트 님께 의지할 뿐……. 너무 죄송스러워요."

"아닙니다! 어찌 그런 말씀을. 당연히 전 성녀님을 모셔야 할 의무가 있습니다. 제게 있어 금은 죽을 때 가져가지도 못할 납덩이에 불과하니 그런 말씀 하지 말아주세요."

"아, 감사해요."

이제 금을 주는 대신 금을 얻는 방법에 대해 48시간에 걸친 강의를 해준 한시민.

자급자족을 위해 세인트를 찾아간다.

그렇게 귀찮은 거머리도 떼어내고 추가적인 지출을 해결한 한시민에게 오랜만에 반가운 목소리가 들려왔다.

ㅡ시민 씨.

"어? 네, 설아 씨. 잘 지내셨어요?"

흑마법사 교단에 도착한 이후 연락이 두절되었던 스페셜리스트!

매번 연락이 올 때마다 가장 먼저 강예슬의 목소리가 들려왔는데 이번엔 정설아였다.

자연스럽게 한시민의 입가에 미소가 걸린다.

"예슬이는 죽었나 봐요? 안됐네."

ㅡ아니! 이 오빠가 누굴 죽여!

"어, 안녕?"

그리고 들려오는 소란스러운 말들.

ㅡ아오, 씨. 힘들어 죽겠네.

ㅡ네가 한 게 뭐가 있다고.

ㅡ아니, 현수 오빠, 좀 비켜. 내 한마디면 오빠도 그냥 지하감옥행인 거 알지?

여전히 화기애애했다. 그런 가운데 들려오는 정설아의 목소리는 조금 어두웠다.

ㅡ저, 시민 씨. 그런데 문제가 좀 생겼어요.

"예? 무슨 문제요?"

ㅡ말씀하신 대로 잘해서 흑마법사 교단에 들어가는 건 성공했는데…….

"네."

ㅡ레벨이 부족해 관련 퀘스트를 진행할 수가 없어요.

"……아."

침대에 누워 있던 한시민이 벌떡 일어났다. 마지막 정설아의 말에 담긴 의미는 분명했다. 그녀는 별 시답지 않은 이유로 이런 말을 건네올 여자가 아니니까.

"지금 갈게요."

빠르게 레벨 업 해야 할 상황이다.

서둘러 방문을 뛰쳐나간 한시민이 복도 끝에서 음식들을 들고 오는 카르디안을 보았다.

"야! 차 대기 시켜!"

"……?"

"갈 데가 있어."

"……."

"20점 줄게."

성녀의 엄마 아빠라 불리는 이들이 흑마법사 교단으로 향했다.

3

리치 영지 VIP 회원권 심사 기간은 마감됐다. 이제 발표만 남은 상황. 다들 초조하게 기다리는 가운데 리치 영지 쪽에서 일방적인 통보가 내려왔다.

"내부 사정으로 인해 VIP 선정이 조금 길어질 것 같습니다."

"······?"

"해서 VIP 선정 기간을 추가적으로 한 달을 늘리겠습니다."

"엥?"

이 무슨 어이없고 독단적이고 일방적인 데다가 개념 없는 통보란 말인가! 서비스를 제공해야 할 업체에서 이래도 되는 것인가!

사람들은 당연히 어이가 없어 반발했다.

"너무하는 거 아닙니까!"

"맞아! 무슨 반기별로 선정하는 회원권을 마음대로 이런 식으로 기간을 늘려 버리다니!"

딱히 악의가 있는 건 아니다. 개중엔 얼토당토않게 선정 기준이나 예상 컷에도 미치지 못하는 사람들도 있었으니까. 그냥 황당한 것이다.

그럴 수밖에 없다. 이런 식으로 마음대로 기준이 업체 측으로부터 변한다면 고객들은 그 업체를 신뢰하지 못하고 돈을 지불해야 할 의향도 사라지게 된다.

그를 알기에 보좌관도 친절하게 설명해 주었다.

"현재 VIP 회원권을 비롯해 VVIP 회원 선정까지 최종 선정을 해주셔야 할 영주님께서 자리를 비우고 계신 점, 또 그것이 사사로운 이익을 위한 움직임이 아니라 대륙 전체의 평화를 위한 점이라는 것을 염두에 두어주시고, 또 첫 회원권 선정에 있어 기간이 너무 짧아 앞서 선정되었던 분들과 뒤에 선정되신 분들 사이에 불공평함을 조금이나마 줄이고자 하는 이유에서이니 너무 서운해하지는 마시기 바랍니다."

"……."

어쨌든 결론은 바꿀 마음 없으니 토 달지 마라다.

대부분의 사람은 수긍했다. 뭐 영 틀린 말은 아니니까.

유저는 그렇다 치고 NPC 입장에선 대륙을 위한다는 말을 어떻게 반박하겠는가. 대륙에 마족들이 들이닥치면 회원권이고 뭐고 당장 자신들이 살고 있는 집들부터 풍비박산이 날텐데.

게다가 영지 측의 통보를 받은 사람 중엔 은연중 사람들끼리 추측해 만든 VIP 회원권 커트라인 내에 들어간 사람들보다 아슬아슬한 사람의 숫자가 더 많았다.

"그럴 수 있지."

"한 달이라. 포기했었는데 노력하면 되겠는데?"

"휴, 이번 달 보너스 들어오는데 다 지른다."

대세는 기울어졌다. 특히 유저들 같은 경우엔 뒤늦게 소식을 듣고 시작한 경우가 많아 더 화력이 실렸다.

그뿐만이 아니었다. 보좌관은 당근과 채찍을 잘 다루는 돼지였다.

"아! 또 영주님께서는 이러한 변동 사항에 있어 손님 여러

분께 죄송한 마음을 느끼고 있다며 일부 회원권 혜택에 추가 사항을 넣어주신다고 하셨습니다."

"……추가?"

"자세한 것은 역시 기밀이라 말씀드릴 수 없지만 현 영주님의 따님이시자 대륙의 성녀님이 되신 분과의 저녁 만찬 정도라고만 언질을 드릴 수는 있겠습니다."

"……!"

아주 별것 아니게, 그냥 미안한 마음과 고마운 마음이 뒤섞여 말을 주저리주저리 하다 보니 저도 모르게 튀어나온 것처럼. 그러면서도 언급한 뒤 혹 영주가 있나 없나 살피는 연기까지 완벽하다.

당연히 사람들은 넘어갈 수밖에 없었다. 마치 엄청난 기밀을 안 것인 양.

"헉!"

"성녀와의 만찬……."

"성녀 만찬……."

"야, 이 변태야."

무엇이 되었든 사람들은 불타오를 수밖에 없었다.

성녀의 미색이야 이미 소문이 날 대로 나 있었고 혹 VIP가 되면 성녀의 뒤꽁무니라도 볼 수 있을까 뒤늦게 경쟁에 합류한 사람도 적잖이 있었으니.

그렇게 분위기가 진정되자 보좌관은 만족스러운 미소를 지었다.

물론 모두가 인정한 건 아니었다. 꼭 이런 무리엔 영웅이 되고 싶은 자들이 있다. 혹은 자신의 것을 굳건히 지키고 싶은 자들.

"그래도 그렇지! 약속 기한을 이렇게 마음대로 늘리다니! 불공평합니다!"

"옳소! 이건 부정부패를 의심해 봐야 하는 거 아니오! 기껏 커트라인 맞춰놨더니 이제 와 한 달을 더 늘리겠다니!"

어쩌면 용기가 있는 것일지도 모른다. 확실히 이들의 주장은 일리가 있으니까.

한시민의 마인드와 잘 맞기도 하다. 한시민 또한 용기를 낼 땐 손해 보더라도, 심지어 그게 죽음으로 이어질지언정 용기를 낼 줄 알고 또 그것이 돈에 관한 내용이라면 정말 한 목숨 다 던져서라도 얻어내기 위해 몸을 던지는 사람이니까.

"그러십니까?"

"그렇소!"

"알겠습니다."

"……?"

"혹 더 불만이 있으신 분들이 계시면 지금 함께 나와주시기 부탁드립니다."

"……."

"네, 지금 나오신 분들은 더 이상 회원권 선발에 참가 의의를 두지 않으신 것으로 간주하고 지금까지 모은 마일리지를 전액 환수하도록 하겠습니다."

하나 아쉽게도 그건 그 자신만을 위한 생각이다. 정작 한시민은 그에게 용기 있는 자들을 싫어한다. 그리고 그에 대한 대가는 숙청이다.

그렇게 한시민이 흑마법사의 교단으로 향하는 가운데 성녀와의 만찬 떡밥이 온 커뮤니티는 물론 대륙에 퍼지면서 세기말 회원권 경쟁이 시작되었다.

4대 금지.

생명체의 출입을 거부하는 지옥에 거대한 생명체가 하이패스로 날아간다.

"끼아악!"

하늘을 지배하는 몬스터들이 무리를 지어 감히 그들의 허락도 없이 고고하게 날아가는 침입자를 향해 겁주고 위협하지만 날아가는 생명체는 웃기지도 않는다는 듯 코웃음 치며 대꾸한다.

"크롸롸롸롸롸!"

"깨앵."

위풍당당한 블랙 드래곤의 자태!

4대 금지에 살고 있는, 그리고 그곳의 하늘의 한 구역을 차지한 몬스터가 아니라면 감히 그 위풍당당한 태를 보고 다가가지도 못했을 것이다.

그런 몬스터들을 제치고 날아가는 카르디안의 기분은 하늘을 찔렀다.

"크롸롸!"

이제 40점.

아직 드래곤 하트를 받을 때까지 60점이 남았지만 이 기세라면 금방 모을 수 있을 것 같다. 해준 것이라고는 별것 없는데 한 번에 20점씩 받지 않았던가.

한시민에게 있어 중요한 일이라 여겨지는 사건을 세 번만 더 해결해 주면 이제 이 지긋지긋한 인간으로부터 벗어날 수 있다.

얼마나 행복한가.

걸려 있는 제약을 풀고 다시금 날아오를 그날이.

상상만 해도 설렌다. 또 흥분된다.

'이 인간과 대륙에 마족들을 불러들여 혼란에 빠지게 할 수 있다면.'

어떤 예상치 못했던 사건들이 빵빵 터질까.

그걸 생각하면 사실 한시민과의 계약이 끝나도 동등한 위치에서 지금처럼은 아니지만 함께 움직일 의향도 충분히 있었다.

그만큼 그녀는 한시민을 높게 평가했다. 그래서 직접 콜택시처럼 필요할 때 군소리 없이 폴리모프를 풀기도 하는 것이고.

'절대 점수 때문이 아니다.'

어쨌든 덕분에 정설아가 보내준 좌표에 무사히 도달할 수 있었다.

"와, 진짜 좌표 없었으면 그냥 지나쳐도 이상할 게 없네. 잘 만들었다."

내려오면서도 교단이 보이지 않을 정도로 완벽하게 은신되어 있다.

내려서도 찾기 힘들다.

만약 흑마법사 교단이 여기 있단 사실을 몰랐다면, 또 한시민이 내려앉자 기다렸다는 듯 수많은 흑마법사가 그를 포위하며 나타나지 않았다면 정말 몰랐을 것이다.

"다들 안녕!"

빼액이도 없는 상황에서 마주한 수많은 흑마법사.

이번에야말로 진짜 위기였지만 한시민은 태평하게 손을 흔들었다. 믿었기 때문이다.

"오셨어요?"

흑마법사들 사이로 나타나는 정설아를.

"야, 이 씨. 뭣들 하냐, 손님 대접 안 하고."

"……."

아니, 강예슬을.

4

강예슬은 아주 훌륭하게 교단을 장악했다.

"완전히 장악한 건 아니고. 무슨 선택의 시험을 봐야 한다더라고."

"아."

하나 그건 어디까지나 상하 관계에 완벽하게 복종하는 흑마법사들의 교칙 때문이고 아직 완벽하게 교단을 휘어잡은 건 아니었다.

빼액이를 데리고 신전을 다녀오지 않았더라면 이해하는 데 시간이 조금 걸렸겠지만 이미 빠삭하게 그 부분에 대해선 경험하고 온 한시민이기에 긴 대화가 필요 없었다.

"간택?"

"응, 대신전 같은 방식은 아니고 교단에 준비된 시험이 있나 봐. 그걸 통과해야 한대."

"그게 뭔데?"

"모르지. 레벨이 일단 100이 되어야 한다니까."

스페셜리스트 역시 레벨 부족으로 교단 내에서 시간을 잠시 보내던 와중 한시민이 올린 영화를 당연히 봤고.

소통은 원활하게 진행되었다. 뭐 소통할 거리도 없긴 했다.

"사냥하면 되네."

결론은 하나였으니까.

한시민이 집에 간장이 떨어져 동네 슈퍼에서 사 오면 된다는 투로 말하며 자리에서 일어났다.

스페셜리스트 역시 따라 일어났다.

무슨 자신감일까.

기대가 되긴 했다.

80레벨을 향해 이제 막 발을 뗀 상태다.

모험가들이 대륙에 끼치는 영향이 늘어나고 레벨이 올라감에 따라 활용할 수 있는 전투 전략이 많아지고 강력해져서 분명 저레벨일 때보다 경험치 수급하는 데 있어 폭이 넓어졌다고 볼 수 있다. 거기에 한시민의 경험치 버프까지 더하면 더 말할 필요도 없고.

하나 그럼에도 역시 힘든 건 마찬가지다. 특히 여타 게임처럼 모든 몬스터가 패턴이 비슷하고 피통과 공격력만 강해지는 식이 아니라 레벨이 높은 몬스터는 그 패턴과 공격 방식, 혹은 자신들의 지형을 이용할 줄 아는 인공지능마저 갖추고 있는 게임이기에 더 어려울 수도 있다.

그런데도 저러다니.

궁금했다.

"오빠, 빠르게 업 할 방법이라도 있어?"

"당연하지. 내가 있잖아."

"아니, 그거 말고도 뭔가 있어 보이는데."

호기심 가득한 질문에 한시민이 대수롭지 않게 어깨를 으쓱였다.

"NPC는 뒤서 뭐 하냐. 거기다 여기 4대 금지잖아. 적당히 흑마법사들 데리고 가서 쓸어버리면 금방 업 하겠지."

"……"

과연 한시민다운 발상이긴 하다. 하나 스페셜리스트의 반응은 싸했다.

"왜?"

"그게 안 돼."

"뭐가?"

"데리고 사냥하는 거. 이미 해보려고 했지. 그런데 안 된다더라고."

한시민의 제자나 다름없는, 지금은 그에게 빙의해 인성을 마음껏 표출하고 있는 그들에게 있어 흑마법사들을 부려먹어 일신의 부귀영화를 챙기자는 생각은 너무나 간단한 레벨의 문제였다. 안 될 뿐이지.

안 되는 이유에 대해선 한시민도 쉽게 추측이 되었기에 입맛을 다셨다.

"어쩔 수 없지."

하긴 그러니까 그를 불렀을 것이다.

최대한 빠르게 레벨 업을 하려면 필수이긴 하지만 이곳에 있는 수많은 흑마법사를 데리고 사냥할 수 있다면 굳이 그를 부르지 않았어도 될 만큼의 계획이 짜였을 테니까.

"흠."

대수롭지 않게 생각하던 한시민이 고민에 빠졌다.

여기까진 생각하지 않았는데.

요즘 일이 좀 쉽게 풀린다 싶었다.

어쩔 수 없나.

머리를 굴리던 그가 이제는 무의식 속으로 가라앉을 만큼 오래된 기억을 꺼내 들었다.

"이건 원래 파밍할 때나 쓰려고 생각해 둔 방식인데 꺼내야겠네요."

"……?"

"아직 안 해봐서 되려나 모르겠지만 되면 뭐 쓸 만은 할 테니까."

의문을 내보이는 스페셜리스트를 데리고 우선 카르디안의 등에 탔다. 그러곤 등을 두드렸다.

"아줌마, 금지 경계선으로 가자."

카르디안이 날아올랐다.

5

판타스틱 월드에서 경험치 분배의 기준은 상당히 애매하다.

유저 간의 경험치를 나눌 때도 파티를 했느냐, 그렇다면 분배 설정을 어떻게 나눠놨느냐에 따라 달라지고, 파티를 하지 않았다면 또 전투에 있어 얼마나 기여를 했느냐에 따라 기준이 바뀐다.

거기에 또 힐러와 같은 비전투직의 공헌도까지 고려해야 하니 일개 유저로서는 그들에게 들어오는 경험치의 양에 대한 기준을 쉽사리 파악하기 힘든 게 현실.

하나 또 유저들이 누군가.

알아낼 수 없게 만든 게임사의 시스템을 어떻게든 파헤치고 분석해 알아내려는 청개구리들이 아니던가.

누군가는 게임을 시작하고부터 지금까지 경험치 분배에 관한 정보만 모아왔다.

그 무슨 비싼 캡슐에 매달 이용료까지 내며 하는 한심한 짓이냐고 볼 수도 있겠지만 직접적으로 그런 사람을 욕하는 자는 없었다.

가상현실은 그런 곳이다.

그냥 접속해서 사냥하고 레벨 올리고 돈 벌고 팔고 치킨이나 사 먹고.

이런 걸 떠나 정말 또 하나의 세상.

그 세상이 어떻게 구성되어 있고 돌아가고 있는지를 파악하는 것만으로도 충분히 게임을 하는 의미를 찾을 수 있는 공간.

뜻이 맞는 사람들끼리 모여 정보를 분석하고 해체하여 알아내 다른 유저들에게 알리는 것만으로 만족을 느끼는 부류들.

그들이 어느 정도 기준을 만들었다.

전체적인 공식 같은 건 유저들을 배려해 빼고 전반적인 시스템에 관한 것들만 발표했다.

올려두긴 했지만 어차피 일반 유저들에게 있어 경험치를 어떻게 해야 얼마나 먹는지에 대한 복잡한 수식 따위는 눈에 들어오지도 않을 테니까.

어쨌든 그렇게 올라온 기준을 날아가는 도중 한시민도 봤다.

"으음, 그래서 경험치를 못 먹었구나."

유저 간의 경험치 분배에 관한 내용은 관심도 없다. 하루 20

시간 이상 플레이하는 유저인 그에겐 어떤 행동에 대한 경험치 보상이 가장 큰지 정도는 알아둬서 나쁠 것도 없지만 그것 또한 보지 않았다.

그런 건 스페셜리스트나 보면 된다.

레벨 업을 일찌감치 포기한 그에게 중요한 것은 어떻게 해야 더 쉽고 빠르게 돈을 벌 수 있을까.

해서 NPC에 관한 내용들만 봤다. 이미 일전에 황실 기사단을 데리고 실험을 해보려 했었고 일부나마 알아냈던 사실들이 좀 더 구체적으로 풀어져 있었다.

괜스레 감사함이 느껴졌다.

황제에게 이야기하기도 귀찮고 괜히 시간을 버리는 것만 같아 일단 미뤄두고 있었는데.

"NPC들을 파티에 소속시킬 수 있으면 경험치 공유 가능, 영지에 소속시킬 수 있어도 가능, NPC들이 잡는 몬스터에 기여도를 보태도 가능."

내용에 나온 NPC들과 함께 경험치를 먹는 방식은 크게 세 가지였다. 이들 역시 아직 완벽하게 조사가 끝난 것은 아니다. 더군다나 NPC와의 사냥을 통한 성장 방식은 극소수만 활용하고 있는 때이기에 거의 황무지나 다름이 없는 수준이라 완벽하진 않겠지만 그것만으로도 충분히 도움이 되었다.

"단, 파티에 소속시키려면 NPC와의 레벨 격차가 일정 수준 이내여야 하고, 영지에 소속시키려면 해당 NPC의 허락을 얻어야 하고, NPC가 잡는 몬스터에서 경험치를 얻는 방식은 기여도에 따른 방식이니 크게 효율을 보기 힘들다."

문제는 한시민도 어렴풋이 알고 있었다는 것이겠지.

입맛이 절로 다셔지지만 그래도 이게 어딘가.

어렴풋이 이럴 것이라 예측하는 것과 직접 실험을 통해 알아낸 사실은 하늘과 땅 차이다.

이를테면 지금과 같은 경우 강예슬이 흑마법사 교단의 교주 자리를 물려받았을 때 어떻게 활용해야 할지에 대한 명확한 미래가 그려지니까.

"빨리 레벨부터 올려야겠네."

지금도 굳이 따지면 임시 교주이니 흑마법사들에게 무언의 압박을 넣어 밑에 소속되게 한 뒤 경험치를 쓸어 담는 건 어려운 일이 아니다.

다만 그저 대흑마법사의 제자라는 타이틀만으로 시험을 보기 전 말을 듣는 척만 하는 흑마법사들이 과연 그녀의 말을 따를까에 대한 의문은 쉽게 풀리지 않는다. 흑마법사들이 대충 몇 마디 한다고 넘어올 멍청이들도 아니고.

그렇다고 또 큰 그림을 그려 사기 칠 생각을 하니 벌써부터 머리가 아프다.

그냥 사냥으로 때우기로 했다.

카르디안이 스페셜리스트를 내려준 장소는 4대 금지와 그를 둘러싼 산맥 경계였다.

잡기 힘들지만 그렇다고 불가능한 것도 아닌 그런 곳.

"여기서 사냥하면 되나요?"

"우선 몸 좀 풀죠. 진짜 사냥감 찾으려면 좀 돌아다녀야 하니까."

두말없이 사냥이 시작됐다.

얼마나 걸릴지 모르는 기나긴 여정의 시작이다.

요새 사냥을 잘 하지도 않았고 한시가 급한 상황일지도 모르는 대륙의 정세를 볼 때 마음을 여유롭게 가지기도 힘든 게 분명한데 스페셜리스트는 그게 무슨 상관이냐는 듯 군소리 하나 없이 몬스터에게 달려든다.

"크. 정말 사냥 못 해 죽은 귀신들 같다니까."

거의 본능일 것이다. 그냥 몸이 알아서 사냥하는 수준. 몇 년을 쉬었다가 무기를 잡아도 아마 가능할지도 모른다.

그렇게 사냥하는 이들을 보며 이동했다.

토끼들이 없어 최대 경험치 혜택까지는 받게 해줄 수 없지만 한시민이 없을 때보다야 몇 배는 빠른 사냥 속도.

몬스터들이 듬성듬성 나타남에도 한 마리, 한 마리가 주는 경험치가 압도적이니 속도가 점점 붙었다.

애초에 시작부터 언제 쉬었냐는 듯 빨랐음에도 점점 빨라지는 기적!

그러다 발견했다. 마기가 깃든 게이트를.

"더 빡세게 가 볼까요."

그와 함께 한시민이 망치를 들었다. 함께 사냥하는 건 경험치 분배에 있어 불이익을 볼 수 있지만, 그 불이익을 메울 만큼의 화력을 보태주었을 땐 오히려 전체적인 사냥 경험치 양을 보면 이익이 된다.

안 그래도 경험치를 많이 주는 사냥터에 생긴 마기가 깃든 게이트. 넘어오는 몬스터는 랜덤이라지만 대체적으로 사냥터의 레벨을 따른다.

그렇다면?

"후후."

그가 생각한 비장의 무기!

가장 빠르게 사냥할 수 있고 많은 경험치를 먹을 수 있다!

하나 거기서 끝이 아니다. 이런 생각은 누구나 할 수 있다. 누구나 따라 할 수 없을 뿐이지만. 그런 생각에 그만의 능력을 더했다.

"누구도 할 수 없고 따라 할 수도 없으며 잡을 능력이 되는 우리만이 할 수 있는 사냥 방법."

"……?"

스페셜리스트가 의문을 표했다.

확실히 놀라운 발상이긴 했지만 누구도 못 할 생각은 아니었다. 힘들어 엄두가 안 날 뿐이었지.

한데 여기서 뭘 더?

의문은 길지 않았다. 곧장 게이트로 다가간 한시민이 게이트에 무언가를 던지는 것을 보았기 때문.

"……!"

"그게 돼?"

그리고 절로 그런 말이 튀어나왔다. 동시에 인정할 수밖에 없었다. 이건 한시민만이 가능한 일이다.

또 궁금했다.

"게이트를 강화한다고?"

"그럼 더 강한 몬스터가 나오나?"

이런 창의적인 미친 짓의 끝은 무엇일까.

다시 한번 존경심이 든다.

"저 오빠 원래 강화사였지, 참."

"그러게. 요즘 자꾸 까먹네."

"저놈 본 직업은 전설의 사기꾼 아니었냐."

평정과 함께 긴 사냥을 준비하던 스페셜리스트가 들떴다.

역시! 기대를 저버리지 않는구나!

잠깐 실망할 뻔했던 것에 대한 마음의 사과를 올린다.

그와 함께 게이트가 빛이 나며 강화에 성공했다.

한시민이 그제야 시선을 돌렸다.

"후후, 기대해도 좋을 겁니다. 고정된 게이트라 많이 강화는 못 하겠지만."

"어떻게 되는데? 뭐가 나와?"

강예슬이 발을 구르며 물어왔다.

뭐가 나올까. 레벨이 더 높아진 몬스터? 아니면 조건은 같은데 경험치만 강화된 몬스터?

그렇게만 된다면 정말 더할 나위 없이 좋은 조건이다.

경험치 버프를 가진 버퍼에 경험치가 올라가는 동급 몬스터가 튀어 나오게 만드는 재주라니.

"진짜 얼마가 들어도 상관없겠다."

마치 운영자 계정으로 플레이하는 느낌을 느낄 수 있으리라.

하나 너무 멀리까지 간 강예슬의 기대는 아쉽게도 깨졌다.

"몰라."

"……응?"

한시민의 순진무구한 말 한마디에.

"모른다고."

"뭘?"

"여기서 뭐가 나올지 나도 몰라."

"……."

왜? 왜 모르는데?

말이 목구멍까지 튀어나왔지만 밖으로는 모습을 보이지 못했다.

그 이유 또한 잘 모르겠다. 이런 어이없는 상황 와중에도 달려 있는 머리는 냉정하게 현실을 파악해 주었으니까.

"그러니까 그냥 일단 강화하고 본 거?"

"응."

"……."

"아니, 예전부터 궁금하더라고. 마기가 깃든 게이트에서 나오는 몬스터. 그러니까 거기서 나오는 몬스터들의 등급에 따라 랜덤 상자에서 나오는 최대 아이템 등급이 결정되는데 만약 그걸 높일 수 있다면? 혹은 강화된 차수만큼 상자도 강화돼서 나오진 않을까?"

"……."

"더 강한 몬스터가 나오면 경험치도 많이 먹고 좋지 뭐."

언젠가 시간이 나면 한번 실험해 보려고 했는데 그게 지금이었구나.

그러니까 이를테면.

"마루타?"

"에이, 섭섭하게. 어차피 누이 좋고 매부 좋고잖아. 나도 돈

안 받고 봉사하는데 서로 윈윈해야지."

"……."

죽으면 이틀이 날아간다.

딱히 퀘스트 도전 시간이 정해져 있는 건 아니지만 급변하는 대륙 정세로 볼 때 차기 교주가 되지 못하고 흑마법사들이 움직일 가능성도 있다. 그러면 결국 한시민의 손해다.

그런데도 저러는 거 보면 뭔가 생각이 있겠지.

그렇게 믿기로 했다.

우웅―

계속해서 들어가는 강화석과 함께 어둠을 뿜어내기 시작하는 마기가 깃든 게이트를 볼 때까지만 해도 그랬다.

우우웅―!

점차 짙어지는 어둠. 진동하는 땅.

한시민이 고개를 갸웃했다.

"미친? 9강밖에 안 했는데?"

그러거나 말거나.

게이트는 강렬하게 진동하다 무언가를 뱉어냈다.

툭.

아주 무심하게.

모두의 시선이 그곳을 향했다.

6

상급 마족 그로킬레는 지루했다.

"에휴, 최하급 마수들은 대륙에도 넘어가고 하급 마족들도 이제 슬슬 넘어갈 준비 한다던데, 난 언제쯤 넘어갈 수 있으려나."

수백 년이다. 수백 년을 마계에서 지내며 싸움질만 하다 보니 상급 마족들끼리도 지쳐 휴전을 협정하고 슬슬 준비되는 대륙 침공에 마족들 간의 생사를 건 싸움 또한 금지되고.

얼마나 지루한가.

마음 같아선 무시하고 아니꼬우면 덤비라고 외치고 싶지만 마왕이 내린 결정이라 그럴 수도 없다.

"하, 정말 어떻게 방법이 없나."

죽기는 싫은데 어쩌겠나. 다른 쪽으로 기도할 수밖에.

"예전엔 상급 마족 정도 소환할 흑마법사들이 넘쳤었는데 에잉, 이제는 그런 놈들 다 뒈졌나 보군."

문득 그때가 그리워졌다. 대륙을 어둠에 물들이고 마음껏 학살하던 그 시기가.

감상에 젖어든다. 그리고 괜스레 희망을 가져본다.

"그래도 한 놈은 있을 거야. 난 흑마력을 항상 열어두고 있으니 닿으면 나부터 먼저 닿겠지."

그렇게만 된다면, 다른 상급 마족들을 마음껏 비웃으며 대륙에서 공적을 쌓을 수 있을 텐데.

"제발. 날 소환해라, 인간들아. 그렇게만 해준다면 내 부귀영화를 약속하마."

물론 꿈일 뿐이다. 소환된다면 먼저 중급 쪽에서 이야기가 나왔을 것이다. 안 될 꿈이니 이런 허황된 약속마저 하는 것이다.

하나 그의 허황된 꿈은 약속을 내뱉음과 동시에 이루어졌다.

우웅─

"엉?"

그의 눈앞에 열린 게이트.

의문 따윈 갖지 않는다. 한두 해 산 마족도 아니고 이미 수백 년이나 산 그에게 있어 이것이 무엇으로 통하는 게이트인지 모를 리가 없으니까.

일단 몸을 던졌다.

소환한 흑마법사를 꼭 끌어안고 뽀뽀라도 해줘야겠군.

그를 받아들인 게이트는 사라졌다.

그렇게 그로킬레는 확인하지 못했다.

게이트만 생성되었을 뿐 계약이 깃든 마법진 같은 것은 그 어디에도 나타나지 않았었다는 것을.

7

한시민이 의도한 그림은 간단하다.

강화한 게이트, 그곳에서 나오는 조금 더 강한 몬스터.

얼마나 좋은가. 굳이 몬스터들을 찾아다니지 않아도 알아서 수준이 올라간 몬스터들이 튀어나오니.

한데 그가 망각한 것이 하나 있다.

"아니, 9강인데 느껴지는 이 불안함은 뭐지?"

그의 기준이 현재 상당히 높다는 것.

온몸엔 15강을 둘둘 두르고 있으며 14강도 찝찝해서 못 끼며 10강 이하까지는 사실상 중요한 물건이 아니면 그냥 망치를 내려칠 수준의 배짱까지 갖추게 되었다.

당연히 15강까지만 안 하면 된다 생각했다. 움직일 수도 없는 물건이라 할 생각도 없었고.

물론 생각보다 조금 더 강화가 되긴 했다.

성공 확률이 50% 언저리인 9강.

낮은 확률로 파괴될 수도 있지만, 처음이고 이제부터 실험값을 갖추어 사냥의 효용을 확인해야 하기에 게이트를 버릴 각오를 하고 강화에 도전했다.

그 결과가 웬 이상한 놈이다.

"……?"

"······?"

뭔지는 모른다.

다만 일단 상당히 강해 보이는 포스를 가지고 있는 건 부정할 수 없다.

26년간 먹은 눈칫밥이 강력하게 경고하고 있다. 아니, 경고랄 것도 없다. 그가 아니더라도 충분히 느낄 만한 상황이니까.

"뭐야, 저거. 엄청 세 보이는데?"

"네임드 같아요."

"······마족 아니야?"

그냥 상식이 있다면 이런 느낌이 올 정도다.

그럴 수밖에 없다.

2m는 훌쩍 넘어 보일 것 같은 기다란 신장. 대충 면으로 걸친 바지 한 장과 고스란히 노출되는 근육들.

거기까지만 봐도 세 보이지 않은가.

게다가 헬스로 다져진 근육들도 아니다. 정말 싸움판에서 구르고 구른, 그래서 어쩔 수 없이 생존을 위해 생긴 것 같은 그런 근육들.

전쟁터는커녕 헬스장도 가지 않는 한시민에게 그런 걸 구분할 능력은 없지만 그래 보였다.

그런데 거기에 뿔이 더해졌다. 날개도 더해졌다.

"빼박이네."

"마족 같다, 정말."

지나가던 동네 똥강아지도 마족이라는 걸 알 만큼 사람들의 인식에 딱 박힌 이미지 그대로다.

"마족이군."

그런 상황에서 카르디안이 쐐기를 박았다.

이미 일전에 견식이 있는 그녀의 증언에 인상이 절로 찌푸려졌다.

혼란이 온 것이다.

"강하겠지?"

"……."

그리고 그 혼란은 카르디안에겐 할 말을 잃게 만드는 무지였다.

"네임드쯤 되려나?"

"에이, 그래도 마족이라고 다 네임드는 아니겠지."

"좀 세 보이는데."

"하급 마족일 수도 있잖아."

"최하급 같기도 하고."

마족에 대해 하나의 정보도 가지고 있지 않은 이들의 대화.

한숨을 내쉬며 설명을 해주려던 찰나.

"으음."

그런 그녀의 행동을 저지하는 신음이 들려왔다. 상급 마족 그로킬레가 눈을 떴다.

상쾌한 공기, 뜨거운 태양.

확실히 마계는 아니다. 그것만으로 그로킬레의 입가엔 미소가 걸렸다.

그러곤 곧장 몸의 상태를 체크한다. 의식하자마자 온몸을 뒤덮는 흑마력, 충만한 힘, 무엇이든 때려 부술 수 있을 것만 같은 자신감.

지금이라면 마왕이 맞짱 뜨자고 해도 1초 정도는 해볼 수 있지 않을까 고민까지 할 만큼 컨디션이 좋았다.

그렇다는 말은 힘에 제약이 걸리지 않은 상태라는 뜻.

대륙에 소환됨에 있어 이보다 좋은 조건이 어디 있겠는가.

만족스러웠다. 원래 마족에게 있어 약속 따위는 한 자의 뒤통수나 치기 위해 내뱉는 말에 불과하지만 그로킬레는 태어나서 처음으로 계약자와의 정상적인 계약을 나누기로 마음을 먹었다.

그만큼 만족했다.

"네놈인가."

그렇게 마음을 먹고 시야에 들어온 다섯 중 한 명에게 물었다.

그의 눈앞에서 그를 신기하게 쳐다보고 있는 인간.

흑마력이 느껴지지는 않지만 가장 그에게 가까이 있는 것으로 보아 추측 가능한 상황.

남자가 고개를 끄덕였다.

"어, 뭘 말하는 건지 확실하진 않지만 소환한 것이라면 내가 했지?"

"······당돌하군."

다짜고짜 오는 반말에 순간 당황했다.

인간 주제에 마족이 반말을 했다고 바로 반말로 되받아치는 것인가?

어이가 없는 동시에 웃음이 났다.

"하하하!"

그래, 이래야지.

문득 수백 년 전이 떠올랐다.

비록 그는 그 당시 이제 막 중급 마족이 된 갓난아기와도 같은 존재여서 먼발치에서 흑마력을 최대한으로 끌어올려 훔쳐 볼 짬밖에 되지 않았다.

그러나 전장의 중심엔 초면에 서로 반말을 던지며 패기 넘치게 웃음과 함께 기 싸움을 하던 다섯 전설과 마왕이 있었다.

마왕이 그때 이런 심정이었을까?

비록 그를 소환한 인간이라는 점과 그 당시엔 적이었다는 점이 다르지만 뭔가 신기했다.

인간이란 원래 버러지 같은 존재일 뿐인데. 개중엔 이토록 용기가 넘치는 놈들이 존재하는구나.

그와 함께 시험해 보고 싶어졌다. 정말 그와 반말을 주고받을 자격이 되는 놈인지, 아니면 세상모르고 날뛰는 철부지일 뿐인지.

우웅─

거칠게 흑마력이 날뛰었다. 순식간에 세상이 어둠이 휩싸이고 숨 쉬는 모든 생명체가 두려움에 떤다.

상급 마족은 그런 존재다. 눈 뜨면 싸우고 자고 있어도 싸우고 만나도 싸우고 심지어 교미 도중에도 싸우는 그런 존재들만 사는 세상에서 위에 세 자리 숫자만 남겨두는 그런 자들.

[흑마력에 노출됩니다.]

[체력이 감소합니다.]

[방어력이 감소합니다.]

흑마력이 휘날리는 것만으로도 피해가 온다. 그럼에도 남자는 시선을 피하지 않는다.

오히려 웃는다.

그러고는 다가온다.

"……?"

공격에 머뭇거림이 생길 수밖에 없다.

뭘까, 저 웃음은. 왜 다가오는 것일까. 인간 주제에 무슨 비장의 한 수라도 있나?

그러기에 저 웃음은 그에게 너무나도 호의적이다.

마계에서도 쉽게 보기 힘든 호의를 인간에게서?

궁금했다. 무슨 짓을 할까.

그렇게 기다려 주는 사이 인간은 품에서 무엇인가를 꺼냈다.

얇은 종이 한 장.

"잠시 진정하고 내려와 보세요, 고객님. 같은 편끼리 왜 죽이려고 그러세요. 저로 말씀드릴 것 같으면 저기 현 흑마법사 교단 차기 교주인 강모 양과 아주 절친한 사이로 그녀와 마족님 간의 계약을 대리로 진행해 드릴 시민이라고 합니다."

"……?"

이어지는 존댓말. 초면에 내뱉었던 반말은 꿈에서 들은 게 아닌가 싶은 착각이 들 정도의 공손함.

흑마력이 감쪽같이 사라졌다.

뭔지는 몰라도 흥미가 생겼다.

당연하다. 마계에서는 결코 볼 수 없는 진귀한 풍경이니까.

"얘기해 봐라."

인간의 입가에 걸린 미소가 더 짙어졌다.

한시민이 내민 종이는 별것 아니다. 그냥 예전에 시간 남을 때 심심해서 만든 계약서다.

정말 만약에, 진짜 대륙에 마족들이 넘어오는 날이 온다면 몇 놈쯤은 낚아챌 수 있지 않을까 싶어 만든 계약서.

어차피 마족의 계약서는 몇 개 있지도 않고 황실 창고에서 빼 온 것도 다 쓰고 이제 카르디안의 레어에서 구한 세 장뿐이니 신중하게 만들 필요도 있었기에.

심혈을 기울여 만들었다.

진짜배기 딱 세 놈만 낚자. 낚이기만 한다면 절대 빠져나갈 수 없는 올가미를 만들자.

사실 쓸 거면 카르디안이나 다른 드래곤에게 쓰는 편이 나을지도 모른다.

하나 결국 마족에게 쓰기로 마음을 먹고 만들었었다.

그리고 쓸 날이 왔다.

'진짜 올 줄은 몰랐는데.'

꺼낼 생각은 원래 없었다. 워낙 오래전 일이라 머릿속에서 잠시 지워져 있었으니까.

게다가 다짜고짜 나타난 마족이 얼마나 강한지도 모르는데 보유하고 있는 세 장의 계약서 중 한 장을 쓰는 것은 시기상조가 아니지 않은가.

덥석 썼다가 마음에 들지 않으면 물릴 수도 없다.

그러다 마족이 자기 어필을 한 것이다.

흩날리는 흑마력과 함께 쭉쭉 빠지는 체력. 찌푸려지는 카르디안의 표정을 보자마자 확신하고 내밀었다.

이 마족이 마계에서 가장 강한 마족은 아닐 것이다. 기껏해야 4대 금지의 경계선에 위치한 사냥터에 생긴 게이트였고 고작 9강이었으니까.

하지만 첫 장의 계약서를 쓸 만큼의 가치는 충분하다 판단했다.

아직 두 장이 남는다. 이놈을 미끼로 더 큰 놈을 낚으면 된다.

"이것이 무엇이지?"

"계약서입니다."

"계약서?"

"마족님께서도 아시지 않습니까? 모든 소환 계약엔 대가가 있고 제약이 있다는 것을요."

"……그렇지."

"하지만 마족님은 아무런 힘의 제약도 받지 않으시고 대륙으로 넘어오셨죠?"

"그것이 이것과 연관이 있다?"

"당연하죠. 아까 말씀드렸듯 마족님을 소환한 저기 저분, 아니, 저 계집은 흑마법사 교단의 차기 교주입니다. 현재 대륙으로 넘어오는 마계의 몬스터가 많지만 대륙의 저항도 거세 쉽지 않은 분위기에 신전에 성녀마저 나타나는 바람에 무리해서 마족님을 소환하게 된 것이지요."

"흠."

언제나 그렇지만 목표를 세우고 접근하는 한시민은 진지하다. 머릿속으로 쓰는 소설도 제법 그럴싸해 상급 마족마저 속이기 충분하고.

진실 99%에 거짓 1%를 섞는 언어의 마술사!

"한데 이 상황에서 마족님께서 저희를 죽이시면 어떻게 될까요? 물론 마족님은 다시 오실 수 있으시겠죠. 하지만 과연 그때도 마족님을 온전히 소환할 수 있는 흑마법사가 남아 있을까요? 저기 교단의 차기 교주가 마지막이라 생각하고 한 소환인데?"

"……."

"계약서에 사인하시고 도와주십시오. 많이도 바라지 않겠습니다. 저희 또한 대륙의 어둠을 원합니다. 마족님들께서 대륙을 지배해 주시는 날이 오기를 바랍니다. 마족님께서 도와

주신다면 인간들을 학살하고 게이트를 양산해 마왕님까지 소환할 자신이 있습니다!"

"……흠."

자세히, 그리고 신중히 들어보면 말도 안 되는 소리가 껴 있지만, 그 와중에 슬쩍 마왕의 이름을 팔아 넣는다.

변하지 않는 세상의 이치.

어쨌든 눈앞의 마족이 무엇인지는 모르지만 적어도 마왕은 아닐 것이다.

애초에 9강밖에 하지 않은 게이트에서 마왕이 튀어나오는 것 자체가 말도 안 된다. 아니, 베타고가 생각이 있다면 지금 15강을 한다고 한들 마왕을 내보낼 리가 없다. 그냥 중간 에피소드를 다 까먹고 곧장 마지막 에피소드의 강림이나 다름이 없을 테니까.

뭐, 현실성 넘치는 게임에서 그러지 말라는 법은 없지만 어쨌든 통했는지 마족의 눈동자가 흔들렸다.

"하긴, 마왕의 명령이 있긴 했지."

"그렇죠. 성심껏 모시겠습니다."

"흠, 쓸데없는 수작을 부리진 않았겠지?"

그러곤 이내 계약서를 받아 들고 슬쩍 한시민을 째려본다.

또 한 번 휘몰아치는 흑마력. 아까보다는 범위가 작지만 한시민에게만 온전히 집중되는 힘은 순식간에 한시민의 체력을 바닥까지 밀어 넣는다.

'이런 무식한 놈.'

속으론 애가 타지만 미소는 끝까지 유지한다. 어차피 부활의 목걸이도 있고 죽음 따위는 이제 초월한 지 오래.

그런 모습을 본 그로킬레가 이내 흑마력을 거둬들이고 손가락을 깨문다. 흘러내리는 피. 머금는 계약서.

피의 맹약!

내용은 읽지 않았다. 인간이면서 자신의 주제를 알고 바짝 엎드리고 마족의 계약서를 들고 있다. 또 실리를 챙기되 감히 자신의 심기를 건드릴 생각은 보이지 않는다.

전형적인 간신배!

저런 인간들은 마족에게 수작을 걸 만한 용기가 없다. 있다 해도 계약을 파기할 방법은 충분히 많다. 적어도 그로킬레는 그렇게 판단했다.

그런 쿨한 모습에 한시민이 감탄했다.

계약서가 공중으로 떠 갈기갈기 찢어졌다.

계약의 성립.

대륙을 어둠으로 물들일 흑마법사들의 반격의 서막.

한시민이 그로킬레의 어깨에 손을 걸쳤다.

"잘해보자, 이 자식아."

"……?"

8

어깨의 올라온 손이 천근처럼 무겁다.

머리로는 이걸 내려야 한다는 것을 알면서도, 이건 무언가가 잘못되었다는 걸 깨우쳤으면서도 몸은 쉽게 반응하지 못한다.

0.001초의 찰나의 순간에 날아오는 흑마력 공격들도 피하는 천하의 상급 마족 그로킬레가.

"……."

재빨리 상황을 파악하기 위해 시선을 돌린다.

아까의 미소가 시야에 들어온다.

아니, 아니다.

분명 미소는 아까부터 지어져 있었고 아까와 비교하면 더 짙어졌다.

하지만 이런 느낌이 아니었다. 아까는 뭔가 비굴한 쪽의 느낌이었다. 수없이 많은 하찮은 자들의 비굴함을 봐온 그로킬레기에 확신할 수 있었다.

굳이 분류하자면 비굴하지만 또 자존심은 버리지 않는, 자신의 행동에 자신감이 넘치는 자의 미소였기에 마음에 들어 대화를 나눈 것이었지만.

지금은 아니다.

비굴?

그딴 게 뭐냐는 듯 비웃는 것 같다.

비웃는 게 맞겠지?

맞을 것이다. 분명 그의 눈빛은 그렇게 말하고 있다.

'호구 새끼.'

그래서 더 몸이 안 움직인다.

마족도 수백 년을 사는 종족이다. 매일 눈 뜨면 몸을 부대끼며 싸우고 또 싸우고 하지만 그런 전쟁터 속에서 살아남기 위해선 머리도 잘 굴려야 하니까.

똑똑하진 않더라도 눈치 하나는 세상 그 누구보다 빨라야 한다. 그렇게 빠른 눈치가 현재 상황을 파악하는 데 많은 도움을 주었다.

인간의 태도가 단 1초도 되지 않는 시간 만에 변한 것은 특정한 계기 때문이다.

그 계기는?

'……계약서.'

모를 리가 없다. 마족들의 주특기가 아닌가.

인간에게 온갖 감언이설로 희망을 불어넣고 미래를 밝혀주고 그들이 볼 수 있는 최고의 보상을 보여주며 들이미는 마족의 계약서.

인간들에겐 계약과 동시에 파멸의 나락으로 떨어진다 해

악마의 계약서라고도 이름이 붙은 그 수법에 자신이 당한 것 같으니까.

말도 안 된다.

그래서 더 몸이 굳는다.

마족인 내가, 그것도 상급 마족인 그로킬레가 인간에게 계약 사기를 당했다?

부들거리는 몸을 진정시키며 두 눈을 감는다. 동시에 계약의 내용을 떠올린다. 계약서는 읽지 않았지만 계약과 동시에 머릿속에 각인된다.

수없이 많은 내용이 머릿속에 떠오른다. 손에 넣었을 땐 그렇게 두껍지 않았던 것 같은데.

조심스럽게 처음부터 훑는다.

'갑 한시민, 을 상급 마족 그로킬레……?'

그리고 첫 부분, 갑과 을의 관계 설정부터 막힌다.

"……갑?"

"그래, 인마."

"허."

허탈한 웃음이 절로 나온다.

이런 말도 안 되는 계약서에 내가 서명을 했다고? 사소한 부분도 확인을 하지 않고?

왜?

불과 10분 전의 자신에게 물었지만 대답은 돌아오지 않았다. 그만큼 들떠 있었으니까.

대륙에 와서 기뻤고 당연히 마법진에 의한 소환이라고 생각했다.

돌이켜보면 이상한 점이 한두 가지가 아니었지만, 또 동시에 그렇다 납득하고 서명할 만한 요소도 충분히 넘쳤다. 일단 힘의 제약이 걸리지 않았다는 것만으로도 간, 쓸개 빼줄 기세로 서명하고도 남을 조건이긴 했다.

정말 간, 쓸개를 내줄 생각은 없었다는 게 문제지.

'아니야. 이건 현실이 아니야.'

상황을 파악한 그로킬레가 침을 삼켰다.

중요한 건 지금부터다. 마족의 계약서를 통해 지금껏 수많은 인간의 영혼을 강탈해 온 그이기에 잘못 걸렸을 때 얼마나 지금의 상황이 심각한지 누구보다 잘 안다.

침착하고.

말을 내뱉는다.

떨림 없이.

"감히 내게, 상급 마족 그로킬레에게 계약서 사기를 쳐?"

"응?"

"인간, 네 이놈! 겁도 없구나! 내가 어째서 계약서를 읽지도 않고 서명했는가에 대한 의문은 조금도 갖지 않았단 말이냐! 계약을 했으면 알겠지. 내 정체에 대해. 난 마계의 대 상급 마족!"

"그로킬레잖아."

"……그래, 그로킬레다!"

"그래서 어쩌라고."

"어쩌라고? 네놈이 정녕 대륙을 어둠에 물들일 충실한 종으로 쓰기 위해 배려를 베풀어주었더니 하늘 높은 줄 모르고 까부는구나."

"까부는 건 너잖아, 이 노예 새끼야."

"……."

초반이 중요하다. 인간은 분명 마족의 계약서에 대해 자세히 알지 못할 가능성이 높다.

마족조차도 마족의 계약서를 가지고 있는 자가 별로 없는 마당에 어찌 알겠는가.

반응이 영 그가 원하는 쪽은 아니지만 그래도 믿음을 가졌다.

인간은 세상 물정 모르고 까부는 놈이다. 아직 계약서에 대해 무한한 신뢰를 가지고 있기에 저러지 맹점을 파고들면 이렇게 당당히 나오지 못하리라.

그를 위해 비밀을 오픈했다.

"훗, 계약서를 너무 믿고 있군. 계약서를 파기하는 방법은 많지는 않지만 존재한다. 당장 내가 대륙에서의 활동을 포기하고 계약을 이행하지 않은 채 마계로 돌아간다면 계약은 파기되겠지. 당연히 계약 파기에 대한 책임은 물겠지만 위대한 상급 마족인 난 기껏해야 영혼의 구속을 통해 대륙에 오는 것이 수십 년 제한될 뿐이지만 그 하찮은 인간의 몸으론 영혼마저 갈기갈기 찢겨 나갈 것이다."

"……흑!"

원래는 말하면 안 되는 내용이다. 세상에 퍼져서는 좋을 게 없으니까. 특히 인간들을 위협해 원하는 것을 취하고 영혼을 갈취하는 마족들에겐.

반대로 벌레만도 못한 인간이 마음만 먹으면 마족들에게 수십 년의 족쇄를 채울 수도 있다는 뜻이 되어버리는 것이다. 더 독하게 마음먹고 연구하면 그보다 심한 타격을 줄 수도 있고.

퍼지면 마족과의 계약이 절대 벗어날 수 없다는 공포도 사라지게 된다.

그럼에도 꺼냈다. 일단 그로킬레에겐 자신의 안위가 더 중요했으니까.

그게 통했는지 한시민의 표정도 심각해졌다.

"그럼 안 되지."

"좋은 말로 할 때 건방진 계약의 내용 수정에 동의하라."

"싫다면?"

"그렇다면 난 인간 따위에게 휘둘리느니 다시 마계로 돌아가는 것을 택하겠다. 네놈이 말했지? 현재 대륙은 흑마법사들에게 아주 불리한 상황이라고. 마족들의 강림을 도와달라고. 내가 돌아가면 가능할 것이라 생각하느냐? 나에겐 손해 볼 것 없는 장사다. 어차피 수십 년이 더 걸린다 한들 대계는 사라지지 않으니!"

"음, 맞는 말이네."

심각한 표정으로 한참을 고민하던 한시민이 수긍했다.

그로킬레는 그제야 한시름 놓을 수 있었다.

이제야 내 페이스로 넘어왔구나! 인간 놈, 제법이지만 제까짓 게 감히 수백 년을 살아남은 상급 마족을 당할 수 있을 리가 없지.

세 치 혀는 이쪽도 자신이 있다.

잘 구슬리는 척 계약 내용을 수정하고 죽지도 못하게 평생 부려먹어 줄 테다!

"그럼……."

"맞는 말이긴 해. 정말. 화가 날 정도로."

"……?"

"진짜 가끔 이렇게 처맞는 말을 하는 놈들은 처맞아야 정신을 차리지."

"……!"

하나 아쉽게도 그로킬레의 그림은 다 그려지지 못한 채 갈기갈기 찢어져야 했다. 한시민이 꺼내 든 망치에 의해.

"이게 뭐 하는 짓……!"

저항도 해봤다.

"닥쳐!"

"으악!"

하지만 소용없는 짓이었다.

계약서는 한시민이 정말 할 짓이 없어 며칠을 뒹굴며 차라리 현실에 로그인해서 영화나 한 편 보고 올까 싶을 정도로 심심했을 때 심혈을 기울여 만든 계약서다.

대충 만든 것 같지만 만들고 나서 수정하고 또 수정하고 시뮬레이션까지 수백 번 이상 해 조금도 자신에게 불리한 조항이 없도록 만든 그야말로 완벽에 완벽을 기한 최첨단 올가미!

그런 계약서인데 그로킬레가 한시민에게 감히 물리력을 행사할 수 있을 리가 없다.

물론 하려면 어려운 일은 아니다.

"크아아아악!"

흑마력을 끌어올림과 동시에 계약서 내용이 발동되어 그 흑마력이 신성력으로 전환되어 버리는 극한의 고통을 참아내고, 그 힘으로 한시민에게 고통이 될 만한 물리력을 행사할 수 있다면.

아쉽게도 그는 그러지 못했다.

신성력은 흑마력과 상극이다. 서로 간 더 큰 피해를 줄 수 있는 속성이라는 치명적인 점은 고통에 익숙한 상급 마족에게도 아찔한 고통을 선사한다.

아니, 고통 정도가 아니다. 정말 영혼이 타버리는 느낌일 것이다. 그러니 처맞는 말에 대한 대가를 순순히 받아들일 수밖에 없었다.

"휴, 힘들다."

"……."

그로킬레가 너덜너덜해져 바닥에 뒹굴었다.

"쯧쯧."

카르디안이 제 일인 것처럼 인상을 찌푸리고 혀를 찼다.

저 바보 같은 놈. 현실을 파악했으면 냅다 기든가 눕든가 아니면 자신처럼 적당한 타협점을 찾았어야지. 멍청한 마족 놈들은 수백 년이 지나도 여전히 멍청하구나.

애초에 이런 덫을 설치할 인간이면 다른 인간들과 같다고 생각하며 대화해서는 안 됐었다.

다시 한번 한시민에게 거스르지 않은 걸 다행이라 생각하며 마력을 끌어올렸다.

폴리모프하느라 많이 줄었지만 지금껏 쉬며 또 많이 충전해 두었던 상태라 간단한 마법을 사용하는 덴 큰 지장이 없었다.

"힐!"

"……!"

시키지도 않은 치유 마법이, 그것도 드래곤의 절대 치유 마법이 그로킬레의 몸에 스며든다.

두 눈이 번쩍 떠지는 기적!

한시민이 웃으며 그녀에게 엄지를 들었다.

"좋아, 이런 센스. 5점 준다. 앞으로도 기대가 많이 돼?"

"고맙다."

같은 처지이지만 팔아먹을 수 있다면 얼마든지 팔아먹는다.

5점을 위해!

그로킬레의 원망스러운 눈빛이 그녀를 향했다.

카르디안은 피하지 않고 기꺼이 마주해 주었다. 잔뜩 비웃음을 머금으며.

그런 그녀의 머릿속에 또 한 번 확신이 들었다.

'이번 마족의 대륙 침공. 확실히 기대가 돼.'

무슨 일이 있어도, 때려죽이는 한이 있어도 한시민의 옆에서 구경하리라.

똑똑한 블랙 드래곤에게 있어 이번에 벌어질 전쟁 속 폭풍의 핵은 한시민이었다.

"으아악!"

"시끄러!"

"살려주세요!"

"살아서 뭐 하냐, 개자식아. 그냥 어디 한번 죽어봐라!"

처맞는 말의 유효기간은 오래 갔다. 바로 목숨을 가지고 협박하던 그로킬레가 목숨을 구걸할 때까지.

잠시 딴 길로 빠졌지만 몇 시간의 소란 끝에 스페셜리스트는 다시 원래의 목적을 위해 움직이기 시작했다. 온몸이 부은 상태로 맨 뒤에서 터덜터덜 걷는 한 마족의 추가와 함께.

"한 4강까지만 해보죠."

또 이미 겪은 시행착오는 그 이후의 행보에 많은 도움을 주었다. 그리 높은 수치라 생각하지 않았던 9강에 나타난 상급 마족. 너무 강한 몬스터들은 필요가 없다. 적당히 강하고 적당히 경험치를 많이 줘야 한다. 그렇기에 정한 4강.

망치를 두드리고 빛이 번쩍인다.

긴장에 침을 삼켰지만 다행히 이번엔 원하는 대로 이루어졌는지 몬스터들이 우르르 쏟아져 나온다.

한시민의 시선이 자연스럽게 그로킬레에게 향했다.

"마족 도감."

"……?"

"저거 뭔지 설명해."

"……무엇을 말이냐…… 말입니까."

인상을 잔뜩 찌푸린 채로 말을 하다가도 망치에 저도 모르게 움찔대는 몸을 추스른다. 그러곤 이내 그가 원하는 정보를 내뱉는다.

"마족들이 좋아하는 간식이군. 하급 마족이 혼자 스무 마리 정도 처리할 수 있는 몬스터다."

차마 존대만큼은 할 수 없어 시선을 피하고 다른 인간 셋에게 내뱉는다. 한시민도 거기까지는 봐주며 고개를 끄덕였다.

그리고 셋과 함께 달려든다. 나온 몬스터의 수는 딱 스물.

하급 마족의 한 끼 식사라니 뭐 괜찮겠지.

두두두두!

거대한 멧돼지들의 돌격과 마주하는 자신감 넘치는 돌격!

"으악!"

한 번의 충돌과 함께 넷이 튕겨져 나왔다.

"이런 개자식아!"

한시민의 망치가 그로킬레에게 날아왔다.

9

켄지는 행동력이 상당히 강한 남자다. 어렸을 때부터 그렇게 배웠고 그렇게 행동해 왔다.

지금껏 그렇게 행동해서 문제 된 적은 단 한 번도 없었다.

빠른 행동에 뒷받침되는 올바른 판단과 정확한 분석 능력은 오히려 그런 행동에 빛을 발하게 도와줬으면 도와줬지 결코 손해될 일은 없었으니까.

게다가 그가 가지고 있는 돈들은 혹여 실수가 있었을지언정 그 실수를 겸허히 받아들이고 성장의 발판으로 만드는 데 도움을 주었다.

어차피 돈이면 다 되는 세상이다. 생각한 바를 돈으로 실천하는 건 어렵지 않았고 세상 사람들의 박수를 받았다. 그로 인해 그는 세계적인 부자가 되었고.

해서 언제나 옳다고 생각하는 건 곧장 실천에 옮긴다.

판타스틱 월드도 그랬다. 더 이상 그가 직접 회사를 운영하지 않아도 될 만큼 회사는 거대하고 굳건하고 오랫동안 유지되어 왔다.

굵직한 서류들만 제외하면 그가 없는 게 오히려 도움이 될 정도!

다른 쪽으로 경험을 쌓자 마음먹었고 시작했고 또 다른 세상에서 최고가 되겠노라 마음먹었다.

그런 그가 제국의 대신전으로 향했다. 오로지 한 가지 마음을 갖고!

'보고 싶다.'

막 세인트처럼 불타오르는 뜨거운 사랑은 아니다. 켄지는 적어도 세인트처럼 어려서부터 절개를 지키며 여자를 멀리한 적은 없으니까.

만날 만큼 여자를 만나봤고 사랑과 육체적 관계 사이에서의 차이 또한 자랑은 아니지만 알 만큼 안다고 자부할 수 있을 정도다.

그냥 호기심이다.

그런 그가 영지전이 무슨 현실 스케줄보다 더 많이 쌓인 판타스틱 월드에서 움직이는 이유!

한번 보자.

이렇게 여자에 대한 관심이 식은 나의 가슴을 뛰게 하는 여자. 하나 동시에 절대 걸려선 안 될 라이벌의 수중에 있는 여자.

굳이 몸소 느끼지 않아도 알 수 있다. 아니, 알 필요도 없다.

이미 팬클럽에 쏟아부은 돈만 해도 어마어마하다. 여기서 더 가겠다고 마음먹는 순간 천하의 한시민이 가만히 그를 두고 볼 리가 없다.

보고 마음을 접자. 그도 아니면 진짜 마음을 독하게 먹고 시작하든가.

혹시 모르지 않는가. 보면 또 마음이 달라질지. 어떻게든 구애해 만나고 보면 다른 예쁜 여자들처럼 질릴지.

그래도 그는 세인트보다는 현명했다. 겸사겸사 핑계 정도야 만들면 그만이었다.

"영지가 늘어나는데 신전과 관계를 두텁게 해서 나쁠 건 하나도 없습니다."

어차피 그의 돈이다. 길드원들 또한 리치 영지에서 신전이 제공한 성역의 효과를 보았기에 마다하지도 않았다.

그렇게 대신전에 도착했다.

그리고 마주했다.

"여덟…… 아니, 두 명의 장로 중 하나 세인트라고 합니다."

인생의 연적을.

당연한 말이지만 기부금을 후원하러 오는 손님을 일일이 장로가 맡지는 않는다.

하나 켄지는 평범한 기부자가 아니다. 다짜고짜 와서 천 골드가 넘는 금액을 떡하니 내놓았다.

아무리 대륙이 신을 믿는 곳이고 귀족들 또한 신을 위해 기부금을 많이 내고, 혹은 신전의 가호를 받기 위해 기부금을 내긴 하지만 이토록 많은 금액을 내기란 쉽지 않다.

대한민국 최고 규모의 교회라도 누가 1억 5천만 원이라는 금액을 초면에 턱 내놓을 수 있겠는가.

떡잎은 날 때부터 크게 키워야 하는 법이다. 그래서 세인트가 나왔다.

하나 그는 예상하지 못했다.

"성녀님을 뵙고 싶습니다."

"예?"

"성녀님을 뵙기 위해 여기까지 왔습니다."

"……."

이토록 당돌하게 나올지.

당연히 당황했다.

켄지의 눈빛은 진짜다. 당당하고 비굴하지 않다. 거기에 거절할 명분 또한 없다.

사실 이렇게 많은 후원금을 내는 신자라면 교황이나 성녀가 나와 독대하며 감사를 올려도 크게 이상할 건 없다.

어디까지나 성녀와 교황은 신을 대신하지만 신은 아니기에.

신을 대신해 감사하는 게 당연하다.

"어, 음."

문제라면 세인트가 상당히 마음에 걸려 하는 것뿐. 애초에 그냥 기부하고 생색을 내고 싶어 하는 사람이었다면 불안하지 않았을 것이다.

하지만 남자의 촉이 말하고 있다.

켄지는 그게 아니다.

"첫눈에 반했습니다. 한번 뵙고 싶습니다."

이렇게 대놓고 말하지 않는가!

인상이 절로 찌푸려진다.

하지만 장로 된 자로서 어찌 티를 내겠는가!

애써 표정 관리를 한다. 그리고 고개를 끄덕였다.

"한번 말씀드려 보겠습니다."

그러면서 자리에서 일어났다. 성녀가 제발 거절하길 바라며. 혹은 무슨 일이 있어 지금은 나올 수 없는 상황이길.

"안녕하세요."

"안녕하십니까."

아쉽게도 빼액이는 세인트의 바람과는 달리 할 게 너무나도 없어 자리에 나왔다.

한시민의 노하우 전수도 있었고.

그런 그녀에게 있어 기부자는 훌륭한 맛집!

인사를 건넨 켄지가 아쉬운 눈빛으로 그녀를 뚫어져라 보고 있는 세인트에게 눈치를 주었다.

"둘이서 얘기하고 싶습니다."

"죄송합니다. 그것은 안 됩니다."

"흠, 알겠습니다."

눈치가 빠른 켄지는 금방 눈치챘다. 세인트가 성녀를 보는 눈빛에 담긴 의미를.

하나 일단 무시했다. 그에게 지금 중요한 것은 경쟁자가 몇 명이냐에 대한 문제가 아니다. 자신의 마음을 확인하는 것이다. 그 뒤엔 어떻게 됐든 모두 제칠 자신이 있었다.

그의 시선이 다시 삐액이의 적안에 닿았다.

"흡."

순간 빨려 들어갈 것 같은 느낌에 얼른 시선을 돌렸다. 미국의 대통령과 만찬을 가질 때에도 가지지 못했던 압박감이다.

아니, 오히려 그땐 더 여유롭고 당당하게 눈을 마주하고 웃음을 날렸었다.

태어나서 처음이다. 누군가와 시선을 마주하고 돌린 것은.

해서 더 큰 호기심이 생겼다. 용기를 내 다시 시선을 옮겼다.

사진으로는 많이 봤다. 하지만 실물은 처음이다. 처음인데 그를 실망시키지 않았다.

사진은 오히려 그녀의 모든 것을 담지 못했다.

포토샵?

그런 기술 따위의 흔적은 조금도 보이지 않았다.

오히려 현실의 외모가 포토샵을 통해 더 예쁘게 만든 건 아닐지에 대한 의문이 가장 먼저 들었다.

동시에 아쉬움도 생겼다.

'유저였다면.'

천하의 켄지가 전 재산을 다 가져다 바쳐도 좋다고 생각될 만큼 예뻤다. 결혼해서 옆에 두고 싶은 아름다움이다. 성격이 어떻든지 상관이 없다.

거기서 켄지는 더 이상 생각하지 않기로 했다. 여기까지 오면서 많은 기준을 세우고 생각했었지만.

이렇게 예쁠 줄이야.

다른 걸 다 던져 버리고 사랑에만 빠져도 좋을 만큼 예쁜데 다른 조건들이 무슨 소용이겠는가.

"성녀님께 반했습니다."

"예?"

결정한 켄지는 뒤가 없었다. 직설적인 표현에 당황한 건 오히려 세인트.

"저기……."

뭐라 말할 틈도 없었다.

"성녀님도 결혼에 대한 자유는 있다고 들었습니다. 아닙니까?"

"……예, 그렇긴 합니다만. 신도님께선 모험가가 아니신지……."

"모험가도 사랑을 합니다."

"아니, 그런 게 아니라."

"혹시 장로님께서도 성녀님을 마음에 품고 계신지요?"

"예?"

당당한 켄지는 사실 스페셜리스트만 없었으면 이미 유저 최고에 최초라는 칭호를 다 따고 다녀도 이상하지 않을 만큼 괜찮은 사람이었으니까.

어쩌다 잘못 걸려 동네 호구가 되었지만.

그가 없는 자리에선 NPC를 상대로 대화를 주도할 정도로 훌륭하다.

"……."

세인트는 할 말을 잃었다.

설마 이런 데서 정곡을 찔릴 줄이야.

마음 같아선 그렇다 말하고 싶었지만 그럴 순 없다. 그렇다고 아니라고 말하자니 또 입이 떨어지지 않는다.

승자의 미소를 짓고 있는 켄지를 향해 빼액이가 대신 입을
열었다.

"이분은 제 호구예요."

"……?"

"예?"

둘의 표정이 동시에 굳었다. 그리고 시선이 빼액이의 순진
무구한 얼굴로 향했다.

10

그로킬레가 바닥에 머리를 박고 있다. 그리고 그 위에는 한
시민이 앉아 있었다.

"이런 미친. 진짜 뒈질 뻔했잖아."

"…… ."

별것도 아닌 일이었다.

그냥 한시민이 보이는 몬스터들에 대한 정보를 요구했고
그로킬레는 사실대로 말했을 뿐이다.

한데 그의 사실과 한시민의 현실이 조금 달랐지.

덕분에 한시민과 스페셜리스트는 그대로 튕겨 나갔고 미친
듯 달려오는 멧돼지들에게 밟혀 죽을 뻔했다.

거짓말이 아니라 진짜 밟혀서 죽는 경험을 할 뻔했다.

만약 그 뒤에 그로킬레가 서 있지 않았더라면, 본능만 살아 날뛰는 멧돼지들이 그런 그를 보고 본능을 죽이지 않았더라면 그는 홀로 우두커니 이틀을 기다렸겠지.

어쨌든 그 대가로 몇 시간째 이러고 있다.

억울했지만 다시 한번 인간에게 두드려 맞는 경험 따위는 하고 싶지 않기에 말을 아꼈다.

싸우며 팔이 잘린 적도 있고 다리가 부러진 적도 다반사인 그에게 고통은 그리 큰 문제가 아니다.

다만 자존심이 문제다.

어찌 됐든 살아서 돌아가기는 해야 하지 않겠는가.

그런데 그때 가서 인간에게 농락당했다는 치욕은 씻을 수 없는 상처로 평생 갈 것이다.

거기다 혹여 소문이라도 난다면 아마 수치사 한 최초의 마족이 되겠지.

"오빠, 그런데 신전엔 그럼 뼤액이 혼자 있는 거야?"

덕분에 그로킬레의 면상을 들이밀고 멈칫하는 몬스터들을 편하게 사냥하게 된 강예슬이 여유가 생길 때마다 질문을 해 왔다.

한시민은 고개를 끄덕였다.

"그렇지 뭐."

"괜찮겠어? 디안이 언니 정도면 상관없을 것 같은데 빼액이는 조금…….."

"내가 이틀 동안 밤새 특강했으니 상관은 없을 거야."

"특강?"

"어, 사실 혼자인데 혼자가 아니거든."

"……?"

"빼액이한테 꽂힌 호구 한 명 있어. 그 사람이 잘 챙겨주겠지. 알아서."

"그 사람은 자기가 호구인 거 알아?"

"알 리가 있냐."

"아니, 그러다 들키면 어쩌려고?"

"괜찮아. 빼액이도 어? 사람인데, 아니, 사람은 아니지. 어쨌든 먹고살려면 알아서 잘할 거야. 오기 전에도 보니까 잘하고 있더라."

"하긴, 그 얼굴이면 호구인 거 알아도 갖다 바칠 만하지."

그 질문들의 끝엔 언제나 질문한 강예슬의 시무룩함뿐이었지만.

그만큼 사냥이 편해졌다는 반증이다. 실제로 레벨도 빠르게 오르고 있었고.

"이 사냥 방법 가져다가 팔아도 진짜 돈 많이 벌겠다."

"그렇지?"

"응, 사는 사람도 돈이 많이 들 뿐이지 쓰면서도 그렇게 아쉬워하진 않을 것 같다."

"그래?"

"응?"

"정말?"

"그렇다니까?"

"다행이다."

"뭐가?"

"아니, 구매자가 만족하니까."

"……."

빼액이 따위는 금세 잊혔다.

"야, 그런데 넌 왜 디안이한테는 언니라 하면서 빼액이한테는 말 놓냐?"

"빼액이는 태어난 지 얼마 안 됐잖아."

"그런 거였냐?"

"뭐, 디안이 언니는 그거 말고도 나보다 언니 같은 게 많기도 하고……."

강예슬의 시선이 닿는 카르디안의 목 아래.

정현수가 혀를 차며 고개를 저었다.

"그런 식이라면 빼액이한테도 언니라 불러야지."

"야! 이 씨!"

강예슬의 가슴에 깊게 남은 상처와 함께.

11

시간은 아주 빨리 흐른다.

반복되는 사냥. 짧은 휴식. 사냥. 휴식.

내가 게임을 즐기기 위해 캡슐에 눕는 건지 수면을 즐기기 위해 캡슐에서 나오는 건지 혼동되기 시작할 무렵, 정말 이렇게 살아도 되는 걸까 싶은 수준까지 의식이 도달했을 무렵 떠오르는 현재 시각에 대한 의문이 들 때쯤은 정말 많은 시간이 흐른 뒤니까.

"와, 진짜. 옛날 기억 새록새록 난다."

"옛날이라 하기도 그렇지. 작년인데."

"작년도 옛날이지. 거기다 그때는 완전 저레벨이었잖아. 생각해 보면 지금이 그때보다 레벨 업이 더 편한 것 같기도 하고?"

"편하긴 개뿔. 힘든 건 매한가지인데."

"에이, 그래도 오빠. 우린 개척자들이잖아."

그리고 그런 시간의 흐름을 자유롭게 즐기고 뿌듯해하는 게임 전문가 폐인들인 스페셜리스트가 그런 생각을 할 때쯤은 언제나 목표에 도달했을 때다.

99레벨을 달성하고 세 자릿수를 목전에 둔 상황!

80레벨대에서도 이걸 언제 찍나 싶은 순간들이 한시민의 운영자급 경험치 보너스 혜택과 강화된 마기가 깃든 게이트, 또 상급 마족의 도움으로 편한 사냥이 진행되는 가운데도 들었지만 결국 해냈다.

그사이에 판타스틱 월드에서는 강산이 두 번은 바뀌고도 남을 두 달이라는 시간이 지났지만.

만족했다. 뿌듯했다.

"압도적이네."

"당연하지."

레벨 랭킹의 경쟁은 더 이상 무의미해졌다. 그나마 쫓아오던 켄지도 영지를 갖고 세력을 불리기 시작하면서 쫓아올 엄두를 내지 못하고 있고 그런 그와의 레벨이 10 이상 차이가 나기 시작한 이래 레벨 랭킹엔 아예 신경도 쓰지 않았다.

그만큼 엄청난 폐인임을 입증하는 결과다. 아니, 단순히 폐인인 것만을 입증하는 게 아니다.

게임을 모르는 사람이라도, 적어도 살면서 누군가와 경쟁을 단 한 번이라도 해본 사람이라면 이들이 얼마나 현명하고 똑똑하고, 오기 있고, 끈기까지 갖췄으며, 계획적으로 게임을 플레이했는지 감탄할 것이다.

그런 업적이다.

같은 시간, 하루 최소 수면 시간만을 채우며 정말 사냥을 하기 위해 태어난 게 아닌가 싶을 정도로 사냥만 하는 사람들이 넘치고 넘치는데 같은 시간 몇 배 이상의 효율을 낸다는 건 남들이 절대 따라올 수 없는 획기적인 방법을 사용한다는 뜻이니까.

99% 한시민의 공이긴 하지만.

"수고하셨어요."

"정말 감사해요, 시민 씨."

"고맙긴요. 다 기브 앤 테이크인데."

어쨌든 그 공을 세운 한시민은 의외로 오랜만에 생색을 내지 않았다. 낼 만큼 여유롭지가 않았기 때문.

"하, 돈 벌어먹기 힘들다."

사실상 가장 고생을 많이 한 공신.

스페셜리스트야 떠먹여 주는 몬스터들을 받아먹기만 하면 되지만 한시민은 그러는 사이에 마기가 깃든 게이트를 찾고 강화하고 하락하는 스트레스까지 떠안으며 그로킬레를 길들이는 작업에, 스페셜리스트가 죽지 않도록 카르디안에게 신경을 쓰라는 명령까지 내려야 했다.

부득이한 상황엔 본인이 직접 망치를 들고 나서기까지 해야 했고.

그런 걸 두 달이나 했으니 피곤하지 않을 리가 없다.

무엇보다 이건 거의 열정 페이를 뛰어넘어 무료 봉사 수준이 아닌가.

단순히 먼 미래를 본 투자다. 예전이었다면 절대 불가능했을 선택. 삶의 여유가 생기고 미래를 볼 줄 아는 시야가 생겼기에 가능했다.

가능한 건 가능한 거고 힘든 건 힘든 것이다.

경험치마저 1도 가져가지 않고 전부 스페셜리스트에게 우선 분배로 한 뒤 사냥하는 게 얼마나 허탈하고 힘들겠는가.

아무리 경험치 페널티를 두루두루 두르고 있다고 한들 같이 경험치를 먹었으면 그 역시 70레벨은, 아니, 80레벨은 달성하고 랭킹에 이름 좀 올렸을지도 모른다.

"전 좀 쉬러 가 볼게요."

"네, 고생하셨어요."

우여곡절 끝에 기나긴 여정이 끝났다.

물론 시작일 뿐이라는 걸 스페셜리스트를 포함해 한시민도 누구보다 잘 알고 있다. 그저 시작 선에 도착하기 위한 노가다였을 뿐이다.

메인 퀘스트.

그것에 발을 담그고 진행하는 동안 꿀을 빨고 또 그를 넘어 전체적인 판을 조정하기 위한 최소 컷.

로그아웃하는 발걸음이 무거울 수밖에 없었다.

"시민 오빠, 저렇게 희생해 주는 게 난 너무 무섭다."

"……차라리 돈이라도 챙겨주고 싶을 정도다, 난."

"잘해야지, 우리가."

뭔가 세계 최고의 빚쟁이가 일자리를 알아봐 주고 사업을 도와주면서 키워주는 기분이랄까.

스페셜리스트는 잠수를 넘어 그냥 해저 2,000m 수심 아래로 들어갈 정도로 자취를 감추고 사냥만 했다.

하루에도 열두 번씩 랭커들의 이름이 오르내리는 판월 공식 커뮤니티에서 그들의 이름이 보이지 않을 정도이니 말 다한 셈.

하나 그것도 어디까지나 한 달 만이었다.

아니, 그 전까지 합쳐 대략 두세 달 스페셜리스트에 대한 이야기는 켄지와의 비교에서나 가끔 나왔었다.

한데 스페셜리스트의 이름이 다시 거론되기 시작한 건 레벨 랭킹 때문이었다.

어쩌면 당연한 수순이었다.

그냥 자연스럽게 나왔다.

누군가가 언뜻 생각났다는 듯 화두를 꺼낸 것도 아니다.

100레벨.

누구도 달성하지 못한 레벨을 달성한 순간부터였다.

ー스페셜리스트 100레벨 돌파.

ー미쳤다.

ー무슨 사냥 메크로 쓰나?

ー판타스틱 월드에 그런 게 있겠냐.

ー시민이 붙어 있다는 고급 정보 입수.

ー대체 시민이 뭔데 레벨 업이 이렇게 빠르냐.

다들 이야기만 꺼내지 않았을 뿐이지 지켜는 보고 있었다.

스페셜리스트야 워낙 레벨에 있어 게임 초창기부터 압도적인 성장세를 보여왔고 레벨 랭킹을 다 먹은 뒤엔 지루하리만치 경쟁 상대를 짓밟으며 더 올라갔으며 켄지가 레벨에도 신경을 쓰지만, 이제는 그보다 다른 것을 최우선 순위로 두고 있는 현재 굳이 이야기를 꺼내지 않아도 될 정도로 긴장감이 없었을 뿐이다.

하지만 100레벨은 말이 다르다.

대륙 최초의 세 자릿수 레벨.

메인 퀘스트를 참여할 수 있는 조건.

그것을 찍느냐 마느냐.

중요했으니까. 어쩌면 그 어느 때보다 레벨이 의미가 없어지는 경계선임과 동시에 레벨이 갖는 무게감이 가장 실리는 시기기에.

레벨이 부족해도 세력을 규합하는 켄지와 레벨을 올려 메인 퀘스트에 탑승하는 스페셜리스트가 그 대표적인 자들이다.

세력과 게임 시스템! 어느 쪽이 결국 대륙을 지배할 것인가!

그 역사의 서막에 서 있는 것일지도 모르는데 어느 누가 자신이 겪는 일이 아니라고 관심을 끊을 수 있겠는가.

-대륙을 지배하다니. 너무 김칫국 아니냐.

이런 말들도 가끔 나왔지만 어찌 됐든 변하는 것은 없었다.

오히려 묵묵히, 어디에도 모습을 보이지 않고 꾸준히 레벨을 올리는 스페셜리스트에 대한 관심만 더 커졌다.

자연스럽게 버그가 아니냐에 대한 논쟁도 깊어졌고 게임 초창기 한시민의 강화 논란 때 단 한 번 등장했던 게임사의 공식적인 코멘트가 이번에 1년 가까이 지나 다시 한번 등장할 정도였다.

-판타스틱 월드에 버그란 없습니다. 혹 의심이 가는 정황이 있다면 그것은 순수한 유저의 또 하나의 세상에서의 재량

이며 능력이고 부정적인 힘으로 판타스틱 월드에 개입할 수 있는 자가 있다면 얼마든지 하십시오.

여전히 오만하고 베타고에 대한 무한한 자신감을 보이는 게임사의 코멘트!

덕분에 예전 강화 사건 때 겪지 못했던 사람들에겐 무한한 신선함과 부러움을 주었다.

─누구는 50레벨 찍기도 힘들어 죽겠는데 누구는 100레벨 찍었네.
─무슨 이틀에 1업씩 하냐.
─사람이 맞나.
─대체 무슨 방법인지 나도 좀 하고 싶다.

그렇게 다시 대륙의 관심은 본의 아니게 스페셜리스트에게 넘어왔다.

이는 곧 하나를 의미했다.

─세 번째 메인 퀘스트는 스페셜리스트의 판이 되겠네.

누구도 반박할 수 없는 단 하나의 진실이었다.

그 와중에 리치 영지 VIP 회원권 발표 또한 진행되었다.

비록 많이 늦어지긴 했지만 이미 리치 영지 측에서 보인 영주의 인성을 대변하는 보좌관의 단호한 대처와 어차피 달성 후 반기라는 점, 또 기존 VIP 회원들의 격렬한 환호에 힘입어 별다른 불만은 튀어나오지 않았다.

그렇게 선정된 VIP와 VVIP들.

그들에게 주어지는 수많은 혜택.

그중에는 유저도 꽤나 많이 포함되어 있었다.

그리고 공개됐다. 영지 VIP 회원만의 혜택들이.

−이전보다 혜택이 늘었네.

−난 강화권이 제일 부럽다.

−VVIP는 무슨 혜택일까.

불과 몇 달 전까지만 해도 사실 VIP 회원권은 그냥 돈 많은 놈이 할 짓 없어서 지르는 것이었다. 대부분 휴양지에서 쉬는 걸 좋아하는 현실의 부자가 많이 도전하기도 했고.

하나 몇 달이 지나며, 회원권 혜택에 게임 플레이에 영향을 주는, NPC들에게서 구매할 수 없는 특별한 한시민만의 능력들이 추가되며 본격적으로 게임에 돈을 지르는 사람도 많이 참여했다.

덕분에 수익은 늘었고 그에 맞게 혜택을 온전히 가져가는 사람도 많아졌다.

대표적인 예가 켄지였다.

VVIP 회원권을 당당하게 따낸 그!

대륙에서 열 손가락 안에 드는 돈지랄 병 있는 놈이라는 걸 동네방네 소문내게 생겼지만 그는 떳떳했다.

"강화할 무기를 구해야겠습니다, 가장 좋은 것으로."

어차피 하루 이틀 돈 쓰는 것도 아니다.

이미 성녀 팬클럽에도 만렙은 달지 못했지만, 팬클럽 랭킹 1위를 달성하는 위엄을 보여주며 현질이란 무엇인가를 보여주고 있었다.

성녀도 시간이 날 때마다 소량의 금과 함께 즐거운 대화를 나누고 오고 있고 영지 또한 무난하게 크고 있다.

단 한 가지 걸리는 것이 있다면 역시 100레벨을 달성한 스페셜리스트였지만 크게 신경 쓰지는 않았다.

어차피 버리기로 한 레벨 랭킹이다.

메인 퀘스트가 쉬울 리도 없고 이번 세 번째 막은 도전하는 자가 스페셜리스트밖에 없다고 해도 과언이 아니다.

그럴 시간에 다른 방면으로 힘을 키우고 천천히 합류하면 된다.

그렇게 생각하니 마음이 편했다.

원래 세상은 마음먹기 나름이다. 모르고 당할 때나 억울하고 분한 것이지 이미 한시민에게 뜯기는 것에 대한 합리화는 충분히 한 켄지는 이제 억울하지 않다. 비록 바가지는 쓰지만 그에겐 그리 많은 양의 돈이 아니니까.

돈을 지불하고 세상에서 구할 수 없는 걸 얻는다. 이 얼마나 돈 많은 자에겐 이득인 장사인가.

입꼬리에 미소가 절로 맺힌다.

오늘도 마찬가지다. 드디어 VVIP 회원들에게 주어지는 특급 혜택 중 하나인 성녀 팬미팅을 한다.

아쉽게도 일대일은 아니지만 상관없다. 어떤 식으로 진행될지는 주최자가 한시민이라는 점을 보아 대충 예상되니까.

화려하고 넓은 전당에 하나둘 VVIP 회원들이 몰려든다.

얼굴은 쉽게 알아보기 힘들지만 이름을 들으면 판타스틱 월드를 플레이하며 한 번쯤 들어봤을 거부들!

그래도 웃었다.

'호구들 모임이지만 이기는 호구는 나뿐이군.'

난 호구지만 다른 호구들과는 달라!

자기 합리화의 끝을 보여주는 켄지.

시간이 지나고 다 모인 자리에 들어오는 한시민과 삐약이,

그리고 따라 들어오는 세인트.

세인트는 천천히 걸어 열 자리 중 한 자리에 앉았다.

그를 보는 한시민 역시 켄지의 것보다 진한 미소가 걸렸다.

피곤 끝에 낙이 온다더니.

얼마 휴식을 취하지도 못하고 곧장 온 보람이 있다. 특히 켄지에게 닿는 시선이 매우 따뜻하다.

'고분고분한 특급 멍청이 호구.'

그가 없는 사이에 아주 마음먹고 집문서라도 갖다 바칠 기세로 기부하는 호구가 아닌가!

이제 스페셜리스트와 당분간 마찰 노선을 탈 일도 없고 왜 이렇게 가족 같은 느낌이 드는 걸까.

아마 느낌적인 느낌만은 아니리라.

해서 준비했다.

"그럼 성녀와의 팬미팅을 시작하겠습니다."

호구들을 위한 호구 이벤트를.

13

팬미팅에 많은 게 준비되어 있지는 않았다.

VVIP 회원들을 모셔놓은 자리야 화려하고 넓은 강당에 고급스러운 테이블, 맛있는 음식들이 가득했지만 사실 그건 여기 모인 이들이 평소 쓰는 돈을 생각해 보면 그리 특별할 것 없는 대접. 아니, 오히려 이보다 더 극진한 곳에 갈 수도 있다.

그렇다면 보다 나은 서비스가 있느냐.

그것도 아니었다. 들어오는 한시민의 손엔 두꺼운 대본 대신 얇은 종이 한 장이 들려져 있었고 깔끔한 정장 차림 대신 어디서 굴러먹다가 씻지도 않고 온 것인지 흙투성이인 옷이 걸쳐져 있을 뿐이었다.

물론 열 명의 VVIP 회원 중 그것에 태클 거는 이는 없었다.

이토록 푸대접임에도.

한시민이 걸치고 다니는 옷들 중 15강 아닌 것이 없고 지금은 그저 이펙트를 끈 것임을 알고 있기 때문이 아니다. 그들은 애초에 한시민에게 관심 따위가 없기 때문이다.

나중엔 모른다.

강화권을 사용해야 할 때가 오면 그에게 관심을 주겠지.

하지만 지금은 아니다. 한시민은 그저 지금을 위한 매개체일 뿐이다.

일분일초라도 빨리 성녀를 보고 싶은 가운데 쓸데없는 곳에 신경 쓰고 시간을 보내봐야 자신만 손해라는 걸 누구보다 다들 잘 안다.

무엇보다 한시민의 인성은 보좌관을 통해 널리 퍼진바. 성격을 건드리지 말자는 분위기. 그런 깔끔한 분위기 속 빼액이가 등장했다.

"헉!"

"와……."

다들 소문은 들었고 떠도는 사진도 많이 보았다. 열 명 중 유저인 세 명은 팬클럽을 통해 근접 사진마저 매일 보다시피 했고.

한데도 감탄이 터졌다. 터질 수밖에 없었다. 파격적이었으니까.

"……."

열 명의 사람에게 적어도 빼액이는 성녀다. 세 명의 유저 또한 빼액이가 한시민이 데리고 온 가짜 성녀임을 알고 있음에도 어쨌든 그 역할을 아주 완벽하게 수행하는 성녀.

당연히 머릿속 이미지 또한 그쪽으로 굳는다.

청순, 가련, 순백.

실제로 성녀는 그런 이미지를 대륙에 널리 보여줬고 가끔 등장하는 이미지 컷에서도 그런 단어들의 대표 명사라고 불러도 이상하지 않을 만큼 순백의 이미지를 마음껏 뽐냈었다.

거기에 이제 성복 위로 드러나는, 전혀 보이지 않지만 머릿속을 자극하는 아찔한 몸매가 인기를 더해주는 비결이었지만.

어쨌든 그런 이미지만을 가지고 있는 사람들에게 빼액이는 반전을 보여주었다.

아니, 빼액이가 보여줬다기보단 한시민의 연출이다.

그녀의 눈동자와 어울리는 정열의 레드 드레스.

길고 시원하게 뻗은 다리는 풍성하게 뻗은 붉은 천에 가려지지만 골반부터 타이트하게 타고 올라가는 윤곽은 보는 이로 하여금 침을 절로 삼키게 한다.

거기에 평생 볼 수 없었던 성녀의 파격적인 노출!

"헉!"

"……크흠."

"저, 저."

유저들은 익숙하다. 당장 TV만 틀어도 이보다 더한 노출은 심심치 않게 볼 수 있으니까.

그저 아찔하게 파였을 뿐이다. 하나 그런 유저들마저도 헉 소리를 삼키기 위해 숨을 죽일 정도로 대단하다.

그런데 평생 그런 노출을 쉽게 보지 못했던 NPC들은 어떠하겠는가.

붉은 드레스는 그렇게 타고 올라가 쇄골부터는 그녀의 새하얀 피부를 자랑했다.

깊게 파인 쇄골과 아름다운 곡선으로 올라가는 목선.

사실상 본 경기나 다름이 없는 외모까지 다다르기 전에 다들 만족했다.

VVIP 회원권에 쓴 돈이 아깝지 않다.

그 표정에 한시민이 고개를 끄덕였다.

역시. 준비한 보람이 있어.

준비라고는 그냥 드레스 하나 맞추라고 한 것뿐이지만 어 쨌든 다음 반기까지는 적어도 안전하게 돈을 벌 수 있으리란 생각에 뿌듯했다.

그러곤 들고 있던 한 장의 종이를 빼액이에게 건넸다.

"헤헤, 아빠."

"응, 잘해."

가볍게 안기며 투정을 부리는 빼액이의 모습마저 보는 이 들에겐 부러움의 연속이다.

그러면서 드러나는 그녀의 훤히 파인 등.

이제는 불꽃이 튄다.

그만큼 아름다움의 결정체다.

사진이 오히려 실물을 못 드러내는 말도 안 되는 현실을 마 주한 이들에게 있어 어찌 지금의 상황이 그저 얼만 타고 있을 수 있겠는가.

모든 시선이 그녀의 앵두 같은 입술에 집중된다.

천천히 종이를 들고 읽어 내뱉는 목소리.

그마저도 기대가 된다.

설마 저런 사기적인 몸매에 얼굴까지 갖춰놓고 목소리까지 예쁘진 않겠지?

그래, 저거라도 흠이 있어야지.

완벽하면 좋겠지만 그러면 너무 들이대기가 힘들잖아.

남정네들의 온갖 발칙한 생각이 난무하는 가운데 그녀의 목소리가 울려 퍼진다.

"안녕하세요, 호구 여러분. 좋은…… 아빠?"

"야, 인마. 잘못 읽었잖아. 뒤에 거 읽으라니까?"

"아! 응, 미안해."

"……."

방송 사고!

분위기가 순식간에 내리 앉았다.

깊은 침묵.

VVIP 회원들의 표정도 침울했다.

이런 자리에 모인 호구들에게 직접적으로 호구라니!

자존심이 상할 수밖에 없다.

"……예쁘다."

"……목소리마저."

하지만 아쉽게도 호구들은 그런 발언에 대해 발끈하지 않았다. 아니, 발끈할 수가 없었다.

발끈도 뭐가 화가 나야 하는 거지 얼굴만 봐도 미소가 나는 미인에게 어떻게 화를 낸단 말인가.

무엇보다 아직까지 그들의 귓가를 간질이는 살랑살랑한 목소리가 미소마저 띠게 한다. 정말 계속 귓가에 속삭여 준다면 얼마든지 호구가 될 수 있다는 생각이 들게 만들 정도.

해서 다들 침묵했다.

목소리마저 천상의 것이라는 것에 대한 아주 사소한 아쉬움 따위는 제쳐 둔 채.

한마디라도 더 듣기 위해, 방해하지 않기 위해.

"리치 영지 VVIP 회원 여러분. 좋은 점심입니다. 팬미팅에 와주셔서 정말 감사드리고 이제부터 본격적인 팬미팅에 들어가도록 할게요. 진행은 간단한 식사와 제가 금방 대신전으로 돌아가 봐야 해서 한 분 추첨을 통해 간단한 티타임을 가질 예정입니다."

"……."

그렇게 공개되는 팬미팅 내용!

다들 눈치를 보기 시작했다.

대충 예상은 했다.

하지만 이렇게 노골적으로 치고 들어올 줄이야.

불만이기보단 계산을 시작했다.

한 명. 어떻게 뽑힐까.

그래도 제정신이라면 대놓고 돈을 내라고 할 리는 없다. 무언가 정정당당한 승부가 있을 것이다.

"추첨 방식은 간단해요. 대륙에서 흑마법사들에게 시달리며 가족을 잃고 터전을 잃은 분들을 돕기 위한 모금에 가장 열정적으로 참여해 주시는 분 한 분께 대신전을 대표해 제가 감사의 인사를 드리는 시간을 가질게요."

"……."

는 개뿔.

한시민은 여전히 노골적이고 당당했다.

황제에게 하나의 상소문이 올라왔다. 평소였다면 읽지도 않았을 것이다. 하루에도 수백 개씩 전 대륙에서 올라오니.

실제로 황제에게 닿는 상소문은 몇 개가 되지 않는다. 황제는 그마저도 잘 읽지 않는다. 하나 오늘은 아니었다.

"……."

상소문에 적힌 보낸 이의 이름을 보니 쉽게 넘길 수가 없었다.

"정녕 그놈에게서 온 것이 맞나?"

"예, 폐하."

"하."

잠시나마 잊고 살았던 그놈.

딸을 도둑질해 가고 영지도 훔쳐간 것도 모자라 심심하면 와서 염장까지 지르고 창고 물건을 맡겨놓은 양 가져가는 놈.

몇 달간 조용해서 참 편했었는데. 그놈이 조용하니 기다렸다는 듯 흑마법사들도 조용했고.

좀 편하게 살아서 그런지 갑자기 두통이 밀려온다.

뭔지 펼쳐서 보기도 싫다.

안 봐도 왠지 무슨 내용인지 알 거 같은 기분은 나만의 착각일까.

"아바마마, 서방님께서 뭐라 보내셨어요?"

"……."

때마침 공주마저 있다.

나날이 예뻐져 이제는 성인이 될 준비를 마친 듯 보이는 미색. 이런 딸을 그런 놈이 낚아채 간 걸 생각하니 또 한 번 머리가 아파온다.

그래도 열어본다.

보긴 봐야지.

애당초 그에게 허락을 맡고 일을 벌이는 놈이 아니다.

무슨 일을 벌이려고 이렇게 상소문까지 보내는지 확인이라도 해야 한다.

"……."

내용은 별것 없었다. 하지만 그걸 읽는 황제의 표정은 갈수록 구겨졌다.

"흑마법사들로 인해 온 대륙의 사람들이 고통받고 신음에 힘겨워하고 있다. 리치 영지가 앞장서서 귀족들의 후원을 받아 구원 활동을 시작하고 싶다. 하지만 혼자 하기엔 너무 부담이 되니 제국이 앞장서서 모범을 보여달라. 자신은 거기에 동참하겠다."

대략 이런 내용이다. 사실 표정을 구길 필요까지는 없는 내용이기도 하다. 구구절절 맞는 말이고 또 의도 자체도 순수하고 좋아 보이니까. 지금 자취를 감춘 흑마법사들을 보았을 때 수습하며 훗날을 기약하기도 딱 좋은 타이밍이고.

황제 또한 진행하고 있는 사항이다. 구체적으로 구호 단체 같은 걸 만들지 않았을 뿐이지.

한시민이 발의한 건만 아니었다면 당장 고개를 끄덕이고 그대로 시행하라 명했을 것이다.

"무슨 꿍꿍이지."

당연히 이런 생각부터 들 수밖에 없다.

애당초 자기 일신만을 위해 먹고사는 놈이 어째서?

정말 내용 그대로 다른 사람들이 걱정될 리는 없다.

황제에게 있어 그건 정말 마족이 인간들의 삶이 걱정되어 보살펴 주기 위해 대륙으로 넘어오겠다는 말과도 같다.

한마디로 개소리.

다른 의도가 무엇이 있을지 고민에 고민을 더했다.

가장 먼저 떠오르는 건 역시 착취다. 이를 핑계로 세금을 걷는, 전형적인 귀족들의 착취 패턴.

하지만 확정 지을 수 없는 게 분명 귀족들을 대상으로 수금한다고 했다.

그럼 사실 상관없다. 힘없는 백성들 상대로만 아니면 힘의 논리로 다른 귀족을 약탈하는 건 그가 권장하는 일이니까.

그러면 그냥 하면 될 것이지 왜 이런 표면적인 상소문까지 보내면서?

"설마."

사기? 입바른 소리로 귀족들에게서 돈을 뜯어내기 위해? 그런 거에 넘어가는 귀족들이 있단 말인가?

헛웃음이 나오는 말이다. 하지만 가장 신빙성 있는 결론이었다.

"아바마마, 너무 좋은 의견인 거 같아요. 제가 진행하고 싶어요."

"……공주, 그건."

"제발요. 힝."

"……알았다."

거기에 옆에 공주까지 보고 있다.

그녀 역시 그의 피를 물려받아 폭군이지만 한시민에 관한 일이라면 얼마든지 천사가 될 수 있다.

적극적으로 좋은 일을 하겠다는데 아비로서 어찌 막는단

말인가.

무슨 이유든 일단 고개를 끄덕였다. 생각하고 판단해 봤을 때 결국 황제에게 닿는 손해는 없었다.

기껏해야 몇몇 멍청한 자가 이런 구호 활동에 기부랍시고 돈을 내겠지. 황제의 이름으로 진행되는 것이니 신빙성도 높을 테고.

거기서 나오는 기부금의 일부를 떼먹으려는 생각일 것이다.

그 역시 원래라면 황제의 이름을 판 대가로 삼대를 멸족시켜도 이상하지 않다.

하지만 지금까지 한시민이 보여준 너무나도 파격적인 행보는 황제로 하여금 눈을 너무나도 높여 버렸다.

그래, 해 처먹어라. 그리고 사고만 치지 마라. 양심이 있다면 그래도 다 떼먹진 않겠지.

그렇게 생각했다. 황제는.

나름 한시민을 아는 그만의 정확한 판단이었다. 하지만 그 계산엔 한 가지 변수가 빠져 있었다. 하트가 가득한 눈빛으로 어떻게 한시민을 도울까 주야장천 생각만 하는 공주를 계산에 넣지 않았었다.

그렇게 황제의 이름하에 기부 단체가 생성되었다. 대륙 최초로.

Episode 45.

난세가 영웅을 만든다

1

　명분이 너무나도 좋았다.

　"살짝 설명을 덧붙여 드리자면 황제 폐하의 이름으로 만들어지는 기부 단체의 일종입니다. 모든 기부금은 투명하게 운영되며 기부금의 출처와 쓰임새는 전부 폐하께 보고됩니다."

　"……!"

　대륙에서 유일하게 한시민이나 황제를 돈이 화수분처럼 나오는 옆집 호구 할아버지쯤으로 생각하지 다른 사람들은 절대 그렇지 않다.

　심지어 신을 대변하는 교황마저도 현 황제를 인정하고 고개를 숙이지 않는가.

그런 황제에게 자신의 이름을 알릴 수 있는 기회다.

그깟 이름 따위 알려봐야 출세할 수 있을지 없을지도 모르는데 뭐 하러 돈을 쓰겠느냐 생각하는 것은 오산!

단 한 줄이라도 황제와 연관된 이력이 있다면 그것은 곧 황제와의 연줄이다. 굳이 황제가 직접 챙기지 않더라도 알아서 제국에서 챙겨주기 때문이다.

진짜 고마워서가 아니다. 황제의 이름에 그만큼 무게를 싣기 위해서다.

황제는 신의를 잃지 않는 사람이다. 그를 위해 충성을 다하면 돌아오는 것이 있다.

이런 식의 일종의 퍼포먼스다.

어쩌면 기브 앤 테이크.

어쨌든 이런 보여주기식 기회마저도 잡기 힘든 게 현실인데 리치 영지 VVIP 회원들에게 주어졌다.

눈에 불을 켜지 않을 수가 있나.

게다가 기부를 통한 황제와의 인연은 부수적인 수익일 뿐이다.

원래 목적은 많은 기부를 통한 성녀와의 티타임!

몇 분이 되었든 단둘이 이야기를 한다는 것 자체가 중요했다.

떡 줄 놈은 생각도 안 하고 있다는 현실에 대해선 잠시 잊었다.

어차피 미래는 만들어 나가는 것!

여기 모인 사람들은 적어도 자신이 원하는 것들은 전부 노력을 통해 쟁취해 본 경험이 있는 사람들이다.

해서 경쟁은 치열했다. 기부라는 명목하에 쏟아지는 배팅 액들은 또 한 번 VVIP 회원권을 딸 수 있지 않을까 고개를 갸웃거리게 만들 정도.

이날을 위해 골드를 꾸준히 모아온 켄지 역시 마찬가지였다.

'무조건 이긴다.'

그 역시 성녀에 대한 사랑은 무한했다. 다만 올인하지 않을 뿐이다. 모든 걸 내걸지 않고 가용할 수 있는 범위 내에서 쓴다.

그럼에도 세계에서 손가락에 꼽히는 부자인 그가 사랑이라는 감정에 쓸 수 있는 돈은 굉장히 많았다.

어지간한 부자들만 모여 있는 자리임에도 시간이 지날수록 하나둘 낙오자가 생기기 시작했다.

언제나 그렇듯 부는 상대적이다. 또 누가 돈을 더 많이 가지고 있든 결국 승자는 성녀에 대한 마음이 누가 더 크느냐의 싸움이다.

돈과 성녀와의 짧은 독대.

그 저울질에서 돈 쪽으로 기우는 순간 부자들은 깔끔하게 포기해 버리니까.

결국 남게 된 건 둘이었다.

당연히 켄지와.

"10만 골드 후원하겠습니다."

"……!"

세인트.

굳건한 표정으로 어떻게든 성녀와의 독대 시간을 갖겠다는 강한 의지가 표출된다. 어디서 저런 돈이 날까에 대한 의문은 한시민의 표정에 없었다.

'좋아, 좋아.'

돈이야 만들면 나온다.

중요한 건 이런 경쟁 분위기가 식지 않는 것!

한시민이 빼액이의 옆구리를 살짝 찔렀다. 신호를 받은 빼액이가 환하게 미소 지었다.

"11만 골드."

"12만!"

한 번 배팅에 15억씩 늘어난다.

물론 어디까지나 기부 금액이라는 점에서 가능한 포부다.

하나 한시민은 마치 자신의 지갑에 들어오는 것처럼 소름에 몸부림쳤다.

모두의 시선이 그 둘과 빼액이에게 집중되어 있지 않았다면 고개가 기울어질 그림.

왜 좋아할까? 자기 돈도 아닌데.

배팅은 계속되었고 마음만 먹는다면 얼마든지 대신전에서 단둘이 대화하는 게 가능한 켄지와 세인트는 자존심을 위해 전 재산을 투자하겠다는 일념으로 걸고 또 걸었다.

그리고 승자가 가려졌다.

"15만 골드. 세인트 님의 최고 입찰로 성녀님과의 단독 티타임이 결정되었습니다."

"……."

켄지의 패배!

세인트의 입가엔 승자의 자신감이 가득했다. 자기가 얼마를 썼는지에 대한 후회나 아쉬움 따위는 조금도 없었다.

반대로 켄지는 상당히 분노했다. 돈이 없어서 진 게 아니다. 바꿔놓은 골드도 부족했을뿐더러 어느 순간 깨달은 것이다. 이 싸움은 결코 이길 수 없는 싸움이라는 걸.

"대신전의 이름으로 좋은 곳에 기부할 수 있게 되어 기쁩니다."

개인 대 개인이라면 켄지가 결코 질 수가 없다. 하지만 개인 대 단체다.

그것도 판타스틱 월드 내에서 황제 다음으로, 아니, 어쩌면 황제보다 더 많은 돈을 모아두었을지 모르는 대신전!

공적인 명분으로 가져다 쓰는 돈을 어디 개인의 돈과 비교할 수 있겠는가.

거기다 여기는 현실도 아니다. 당장 골드로 준비 가능한 세인트의 돈과 말로 일단 주겠노라 거는 켄지의 돈의 가치가 같을 리도 없다.

아쉽지만 포기한다. 차라리 그 돈으로 다른 기회를 만드는 게 낫다는 판단.

하나 순순히 놓아줄 한시민이 아니었다.

"역시 모두 대단하십니다. 각자 말씀해 주신 기부액은 전부 황제 폐하께 보고가 올라갈 예정이며 좋은 곳에 쓰도록 하겠습니다."

"……?"

"폐하께서 아주 좋아하실 겁니다."

할 수만 있다면 돈을 위해 황제의 제국마저 팔아먹을 놈의 횡포에 다들 할 말을 잃었다. 어이가 없어서였다.

하나 그걸 표현할 순 없었다. 여기서 저렇게 선수 치는데 어찌 내뺀단 말인가.

사실 황제의 이름으로 만들어진 후원 단체에 기부하고 싶은 마음은 쥐꼬리만큼도 없는데 성녀와의 티타임을 위해 배팅한 것이라고 말했다가는 본전은커녕 그대로 황제의 귀에 들어가 찍히게 될 것이다.

그러면 뭐 앞으로의 귀족 생활은 다 했다고 봐야 하고.

흥미로운 표정으로 팝콘이나 뜯으며 둘의 돈지랄을 지켜보던 나머지 여덟의 VVIP 회원들의 표정이 굳었다.

그나마 초반에 낙오한 두 명의 유저만이 울며 겨자 먹기 식으로 돈을 냈고 나머지는 눈물을 삼켰다.

"……."

그리고 졌지만 잘 싸웠다며 자신을 위안하던 켄지는 한시민을 노려봤다.

한시민이 환하게 웃으며 손을 흔들어주었다.

가족 같은 편안한 사이!

이곳에 오기 전 이기는 호구가 되겠다는 켄지의 다짐을 응원하는 느낌의 인사였다.

리치 영지에서 대륙의 난민들을 돕기 위한 기부액만 팬미팅에서 30만 골드가 모였다.

현금으로 환산하면 자그마치 450억.

이 사실을 아는 사람은 팬미팅에 모였던 VVIP 회원 10명!

아니, 그들조차 정확한 금액은 모른다.

어쨌든 정확히 한시민이 대신전에서 쇼 한다고 날려먹은 금액과 거의 일치하는 수준!

입꼬리가 내려올 생각을 않는 한시민이 빼액이를 세인트와의 티타임에 보내고 곧장 수도로 향했다.

아빠면서 딸내미를 돈 받고 팔아넘기는 아주 파렴치한 그림으로 보일 수도 있고, 또 그런 주제에 걱정하지도 않은 채 떠나 버리는 게 야속해 보일 수도 있지만 한시민은 그런 부분에 있어 걱정을 조금도 하지 않았다.

"삐액아, 그럴 일은 없겠지만 막 만지려고 하고 그러면 제압해."

"응, 아빠."

골드의 사용을 허가했으니까.

저렇게 예뻐도 본질은 드래곤이다. 그것도 블랙 드래곤인 카르디안이 경계하는 골드 드래곤!

오히려 수작을 부리려고 하면 웃는 건 한시민일 것이다.

사용한 골드를 포함해 또 온갖 바가지를 씌워 뜯어먹을 테니까.

그렇게 수도에 도착한 한시민을 반기는 건 공주였다.

"서방님!"

"어? 폐하는? 드릴 말씀이 있어서 왔는데."

"그거 저한테 하시면 돼요. 제가 하겠다고 아바마마께 졸랐어요."

"……아?"

그리고 그의 발걸음을 막는 공주의 애교.

먹혔는지 한시민의 걸음이 멈춰 섰다. 품에 꼭 안기는 공주의 시선을 마주하는 한시민.

"정말?"

"네!"

머리가 빠르게 회전한다. 이내 답은 내려졌다.

"전권?"

"네, 제 이름으로 모든 걸 진행하기로 했어요."

"호오."

뭔가 앞길이 훤히 밝혀지는 그런 기분이다.

대충 머릿속에 짜놓았던 시나리오를 황급히 지웠다. 그런 어설프면서도 적당히 살을 내주고 뼈를 취하기 위한 대본 따위 공주와 이야기해도 된다면 필요가 없다.

등을 감싸 안고 있던 한시민의 손이 공주의 허리로 내려왔다. 동시에 박력 있게 그녀를 끌어당겼다.

"어멋!"

밀착되는 몸, 오르는 심박 수.

한시민이 그녀의 귓가에 속삭인다.

"우리 조용한 데 가서 이야기할까? 그럼? 그동안 못 본 회포도 좀 풀고."

"아잉, 좋아요."

황제가 보았다면 염장이 뒤틀려 임종했을 장면이었다.

한시민은 날먹의 달인이다.

날로 처먹기의 달인.

그런 그가 가장 자주 사용하는 방법은 은근슬쩍 어물쩍 넘어가기다.

"그래서 말인데. 이번에 걷은 기부금 중에서 그래도 기부금을 걷기 위해 준비한 이런저런 비용과 인건비를 제하고 기부금으로 보낼게."

말도 안 되는 이야기다.

세상에 기부금에서 인건비와 비용을 떼고 쓰겠다니.

현실에서 이런 일이 알려졌다면 바로 기부 단체에 대한 검찰 조사를 요구하는 시위가 벌어졌어도 이상하지 않을 상황!

판타스틱 월드 역시 마찬가지다.

이런 개념의 단체가 생소하긴 하지만 생각이 조금만 있는 사람이라면 이상하다는 걸 알 것이다.

게다가 판타스틱 월드에는 유저도 많이 있고.

하지만 아쉽게도 그들에게는 알려질 일 없는 은밀한 대화였다.

"네, 서방님. 걱정 마세요. 서방님의 이름으로 운영되지만 아바마마의 이름으로 설립된 단체라 운영비는 전액 황실에서 나오니까 너무 부담 가지시지 않으셔도 돼요."

"……응?"

그 은밀한 대화에서 의외로 한시민을 당황시키는 공주의 말들이 튀어나왔다.

"제가 서방님 돕기 위해 모아놓은 자금도 있고 그걸로 리치 영지 이미지랑 좋게 만들고 있을 테니 서방님은 그 기부금 전부 영지 발전에 쓰실래요?"

"……으응?"

"부족하시겠지만 이야기를 들어보니 리치 카지노랑 개발하신다고 영지 매출은 올라가는데 수익은 제로라고 들어서요. 제가 좀 도와드리고 싶은데 직접 나서면 폐하의 의중이 너무 치우친다고 알려질 수도 있어서……."

"어, 응. 그런데 그래도 돼?"

"그럼요!"

천하의 한시민이 눈치를 보는 상황!

얼떨떨할 수밖에 없었다. 돈 좀 떼먹겠다고 찾아왔는데 그쪽에서 알아서 그냥 다 꿀꺽하라고 부추기는 게 아닌가.

아무리 한시민이라도 불안하다. 한두 푼도 아니지 않은가.

"이걸 전부 다?"

"네, 그래 봐야 얼마 안 하잖아요."

"……."

아닐 텐데.

순간 이번에 걸은 금액을 알려줘야 하는 마음이 생겼지만 이내 평정을 되찾고는 고개를 끄덕였다.

"응, 고마워."

못 먹어도 고고 곧 죽어도 고다.

사기라도 쳐서 반은 떼먹으려고 했던 주제에 뭘 양심을 찾겠는가!

"폐하께는……."

"에이, 서방님. 절 믿으세요."

"응. 역시, 공주밖에 없다."

옆구리에 찬 묵직한 골드가 담긴 마법 주머니를 곧장 아공간에 던져 넣었다.

그러곤 진심을 담아 공주를 다시 한번 꼭 안아주었다.

"사랑해."

"저도요."

공주가 한시민의 마음을 저격했다.

2

흑마법사의 교단에 돌아간 스페셜리스트에게 드디어 퀘스트가 주어졌다.

"교주님의 뒤를 이을 자질을 증명해 보이시오."

강예슬에겐 전직 퀘스트, 그리고 정설아와 정현수에겐 서브 퀘스트!

하나 서브 퀘스트라 한들 그 무게가 일반 퀘스트와 같을 리가 없다.

퀘스트 등급부터 S등급이고 그 보상은 무려 메인 퀘스트 시나리오 3막을 여는 열쇠다. 침이 절로 삼켜지고 긴장이 될 수밖에.

조심스럽게 강예슬이 물었다.

"어떻게 증명하는데?"

"그 능력을 볼 것이오."

돌아오는 대답은 한결같았다.

미동도 없었다.

평생을 흑마법만 연구해 온 뒷방 늙은이의 고집에 대흑마법사를 모시던 강철 같은 수하의 면모까지 쌍으로 보여주니 어떻게 뚫고 들어갈 방법조차 보이지 않는다.

"아니, 그러니까 어떻게 보여야 하는지 대략적인 틀이라도 알려줘야 할 거 아니야."

"그 길은 차기 교주께서 찾아야 하는 법."

"……."

퀘스트 내용을 봐도 알 수가 없다.

그저 교주의 자리에 앉을 자격을 증명하라고 쓰여 있을 뿐.

그러니 답답하다.

겨우 두 달간의 고생 끝에 100레벨을 달성하고 본격적인 퀘스트에 들어가려 했는데 그 퀘스트가 미로 입구조차 알려주지 않고 미로를 통과하라는 식이니까.

"우씨, 할아범. 두고 보자. 내가 교주만 되면 할아범부터 부려먹을 거야."

"그러도록 하시오."

"아, 나 너무 시민 오빠 같았나."

"헛소리 그만하고 일단 나가자."

하지만 길을 모른다고 포기할 순 없었다.

어떻게 여기까지 왔는데! 무엇 때문에 두 달이라는 시간을 아무것도 하지 않고 사냥만 했는가!

대흑마법사의 제자로서 그 자리를 물려받고 대륙을 암흑으로 물들이는 데 일조해 게임에서 네임드가 되고 큰돈도 벌기 위함이 아닌가.

큰돈이야 한시민이 가장 관심 있는 분야지만 재벌집 자식들도 아예 흥미가 없지는 않다.

원래 있는 놈들이 더한 법.

한시민과 엮이면서 판타스틱 월드에 이미 꽤 많은 돈을 투자하기도 했고.

그리고 세계적인 게임이 되어 동시 접속자 수가 3천만을 찍은 게임에서 대륙 전체를 움직이는 위치에 오르면 벌어들일 수 있는 수익이 재벌도 감히 무시 못 할 정도라는 것쯤은 너무나도 잘 알고 있으니까.

그건 굳이 겪어보지 않아도 안다. 당장 리치 영지 매출만 봐도 알 수 있다. 왜 다들 그렇게 2D 게임 때부터 성을 독점하고 서버 유저들을 탄압하면서까지 군림하고 싶어 했는지를.

해서 째려봤지만 불만을 토로하거나 퀘스트를 때려치우는 짓은 하지 않고 우선 나왔다.

영 방법이 없는 건 아니다. 그리고 그들에게만 주어지는 불공평한 퀘스트도 아니다.

판타스틱 월드는 모든 유저에게 공평하다.

……공평하게 불공평하다.

"생각을 해보자."

또 하나의 세상이니까.

대륙의 사람들은 유저들에게 친절할 필요가 없다.

알려줘야 할 의무도 없으며 굳이 비교하자면 모험가들은 대륙인들에겐 일종의 미개한 곳에서 넘어온 난민들이다.

보자마자 쫓아내지 않는 것만으로도 감사해야 한다.

그리고 그건 사람 죽이는 걸 자신의 흑마력이 1이라도 높아진다면 웃으면서 할 수 있는 흑마법사들에게는 더더욱 그렇다.

생각하고 추리해 내자.

머리를 모아 고민하기 전, 셋은 길드 대화부터 열었다.

"네?"

—증명할 방법을 찾아야 해요.

—오빠, 빨리 알려줘.

공주와 5성급 호텔보다 푹신한 침대에서 세월아 네월아 시간을 즐기고 있던 한시민이 인상을 찌푸렸다.

"맡겨놨냐."

—그건 아니지만 다 서로 좋으라고 하는 일 아닙니까. 한시민 씨, 어서 내놓으십시오.

—……우리 예슬이, 좀 컸네?

맞는 말이다.

스페셜리스트가 저렇게 열심히 하는 건 결국 자신들의 이익 때문이 가장 큰 이유가 맞지만 또 한시민을 위한 부분도 없잖아 있다.

물론 그게 한시민으로 하여금 이토록 당당하게 요구할 수 있는 무조건적인 이유는 되지 않지만 한시민은 결국 같이 고민하게 되어 있다.

"흠."

그들이 챙겨갈 이익보다 그가 챙겨갈 것이 훨씬 많으니까.

이를테면 투자 규모의 차이다.

스페셜리스트는 투자한 것이라고는 일전에 운으로 얻은 직업뿐이고 일이 잘못되어도 그냥 게임 하면서 앞으로 대륙의 사람들의 눈에 잘 띄지만 않게 사냥하면 그만이다.

그거야 지금까지도 해왔던 것이고 영지 또한 갖지 않아도 게임 플레이 스타일상 별문제도 없다.

하지만 한시민은 이곳에 거의 모든 걸 걸었다.

신전엔 이제는 어찌어찌 성녀가 되었지만 처음엔 가짜인 골드 드래곤을 밀어 넣었고 스페셜리스트와의 연관성 또한 들키게 되면 신전과의 교류는 물론 황제의 사위라는 직위까지 박탈당하고 평생 쫓기게 될지도 모른다.

그래도 지금까지 번 게 있으니 상관이 없을지 모르겠지만 이미 김칫국을 트럭째로 퍼다 마신 한시민이 그걸 받아들일 수 있을까.

절대 아니다.

'투자한 게 얼만데.'

거기에 쇼를 하며 들어간 돈도 수백억 단위가 아니던가.

전부 다른 수단을 통해 채워 넣고 벌어들였지만 언제나 자기가 쓴 것만 기억하는 한시민에겐 뼈아픈 지출.

결국 머리를 굴렸다.

살짝 휴식 중인 두뇌를 옆으로 기울이자 온갖 아이디어가 쏟아져 나왔다.

그리 힘든 일은 아니었다.

'흑마법사 교단의 교주가 될 만한 자질을 증명하는 법이라.'

한시민이 생각하기에 가장 확실하고 효과적인 방법만 200가지가 넘게 떠올랐으니까.

고민하는 시간은 그 많은 것 중에 최고를 찾는 과정이었다.

그러다 이내 말을 내뱉었다. 잠시 멈칫한 것은 그래도 이런 말을 해도 되나 싶어서였지만 멈추진 않았다.

"학살."

―응?

"학살해. 저주, 역병, 방화, 파괴. 분위기 안 좋은 흑마법사 교단인데 그런 거 보여주면 딱이겠네."

―…….

한시민이 말을 하자 스페셜리스트도 잠시 침묵이 이어졌다.

그들 역시 멈칫한 것.

사람이라면 어쩔 수 없다.

아무리 게임이라도 그런 단어들은 어려서부터 거부감을 갖게 되는 게 당연한 일이니까.

―한번 해볼게요.

"네, 뭐 찝찝하면 너무 앞장서지는 마시고 흑마법사들 시켜요. 어차피 증명하는 자리라도 이건 흑마법사들이 해야 하는 일이니까."

―네.

사실 큰 문제가 될 건 없다.

여전히 세계의 수많은 인권 단체가 판타스틱 월드에서의 제재되지 않는 살인이나 범죄 행위들에 대한 규탄을 외치고 있지만 실제로 현실에서 벌어지는 범죄율은 오히려 줄어드는 등 사회적인 문제로는 번지지 않고 있으니까.

그건 시대가 변하며 범죄에 대한 더 강한 처벌들이 적용되고 있는 것과 더불어 고글에서도 이런 문제들에 대한 대비책으로 많은 장치를 마련하고 있기 때문이다.

또 정상적인 사람이라면 속에 그런 안 좋은 마음을 갖고 있더라도 그걸 풀기 위해 게임을 이용하지 현실에서 인생을 조질 생각을 대개는 하지 않으니까.

자기 자신의 문제다. 결국.

NPC들도 하나의 사람이라고 생각할 수 있기에 한시민도 당연하다는 듯 하라고 시키지 않는 것이고.

하지만 스페셜리스트는 하겠노라 했다.

"PK가 하루 이틀도 아닌데."

"이런 거에 죄책감 느낄 짬밥은 아니지."

어차피 예전 게임부터 NPC 학살과 같은 것들은 아무렇지 않게 해왔다.

0과 1로 이루어진 데이터라는 점은 변하지 않는다.

다만 그것이 2D냐 4D냐의 차이일 뿐이지.

그렇게 다시 흑마법사의 교단으로 돌아가는 스페셜리스트.

그와 함께 한시민도 공주의 침대에서 일어났다.

"서방님, 어디 가세요?"

"어? 나 중요한 정보를 입수해서."

"네?"

"아마 다시 흑마법사들이 활동을 시작할 것 같아. 폐하가 근심에 빠질 수도 있으니 내가 미리 가서 제압해야지."

"어머! 역시……."

"응, 다음에 또 올게. 그리고 기부금은……."

"아이참, 걱정 마시라니까요. 아무 문제 없을 거예요."

"응, 고마워."

한시민도 바쁘게 움직이기 시작했다.

3

비상이 걸렸다.

"폐하, 황실 기사단 좀 빌려줘요."

"······."

"가서 흑마법사 놈들 모가지 좀 따오겠습니다."

"······."

혼자 대륙을 지키는 영웅인 양 한시민에게만.

"데리고 갈게요?"

"······."

공주의 방에서 나와 곧장 황제에게 가서 정중하게 황실 기사단 전부를 요구하는 한시민!

그래도 중간에 티끌만큼의 양심이 튀어나와 열 명만 데리고 가기로 했다. 그러곤 곧장 대신전으로 향했다.

"교황님, 성기사단 하나랑 사제들 좀 지원해 주세요."

"······?"

"지금 영지에서 달려오는 길입니다. 성녀가 신탁을 받았습니다."

"······!"

"곧 대륙에 어둠이 흩뿌려지리라. 네 개의 어둠을 막아라!"

아무렇지 않게 신의 이름까지 팔아먹는 대담함!

황제도 팔아먹는 와중에 보이지도 않는 신의 이름을 파는 것쯤이야.

교황이 이상한 눈초리로 봤지만 한시민은 흔들리지 않았다. 이런 상대를 속이는 건 너무나도 쉽다.

"어? 교황님도 듣지 않으셨나요?"

"저는……."

"전 당연히 혜기도 들었다기에 교황님도 들은 줄 알고 바로 절차도 무시하고 달려온 건데. 아, 못 들으셨구나. 죄송합니다. 그럼, 너무 제가 갑작스럽게 들이닥친 것이 되어버렸네요."

"아닙니다. 당연히 저도 들었습니다."

이런 건 그냥 눈치 싸움이니까.

그렇게 당사자들의 의도와는 상관없이 황실과 대신전이 콜라보 된 정예 부대가 완성되었다.

그리고 그들은 남쪽으로 향했다. 리치 영지를 걸쳐서.

공주가 진행하지만 모든 보고는 황제에게 들어간다.

황제가 공주를 믿지 못해서가 아니다. 황제는 대륙 그 누구보다 공주를 믿는다.

정치적인 부분으로만 비교하면 황제의 전성기를 보는 것 같은 느낌까지 받을 정도이니 천하의 폭군의 후예로서 완벽하게 인증받은 셈.

물론 그녀의 남편이 된 빌어먹을 모험가 놈과 비교하면 살짝 고민을 해봐야겠지만 어쨌든 믿지 못해 몰래 보고를 받는 건 아니다.

그저 절차일 뿐이다.

황실에서 쓰이는 돈은 단 한 푼이라도 전부 황제에게 보고가 들어가는 것.

자잘한 돈들이야 황제가 굳이 읽지도 않고 넘기지만 이번 사업의 경우 대륙민들의 평화를 보존하고 가꾸기 위한 일이기에 황제도 그냥 보고서만 대충 훑는 정도로 확인하고 넘어갔다.

"음?"

그런 그가 보았다. 사업의 개요와 어떻게 진행되는지를.

"전액 황실에서 지원하며 책임자는 공주고 담당자는 시민?"

이상한 일은 아니다. 어쨌든 한시민이 제안했고 공주가 진행한다고 했으니까.

황제의 사위라고 이미 온 대륙에 인증까지 됐으니 자격도 문제가 없다.

다만 이상한 건 몇 단어다.

"여기 리치 영지에서 올라온 구체적인 금액은 없나?"

"예, 폐하. 공주께서 전액 황실 금고에서 사용하신 뒤 리치 영지에서 올라오는 금액은 추가적인 비용으로 잡는다고 하셨습니다."

"……."

그리고 사건의 진상을 들은 순간, 황제가 미간을 찌푸렸다.

"리치 영지에서 걷은 기부 금액을 알아오도록 하겠습니다."

눈치 빠른 기사단장이 얼른 말을 꺼냈지만 황제는 고개를 저었다.

"아니다, 됐다."

왠지 알고 싶지 않았다.

알면 뭐 하겠는가.

"공주가 알아서 잘하겠지."

차라리 한시민에게 욕을 하면 했지 공주에겐 절대 할 수 없다. 아빠의 마음이 넓은 황제의 집무실에 가득 찼다.

4

판타스틱 월드의 몬스터들은 기본적으로 똑똑하다.

레벨에 따라, 종족에 따라 다르지만 기본적으로 개체마다 생각할 줄 안다.

게다가 등급이 높은, 리스폰 되지 않는 네임드 몬스터 같은 경우 시간이 지나면서 경험도 쌓고 유저나 NPC를 잡아 레벨도 올리는 경우까지 있는 것을 볼 때 어쩌면 판타스틱 월드 시스템 가운데 가장 유저를 사로잡는 부분은 그런 부분일 수도 있다.

그런데 거기서 몬스터들이 테이밍까지 되면 더하다.

더 똑똑해진다. 일단 일반적인 몬스터의 틀을 벗어남과 동시에 반복 패턴이 박힌 몬스터의 경우 그것에서 벗어나게 된다는 뜻이니까.

게다가 주인과 함께하며 인간의 행동과 생각을 보고 느끼고 배운다.

서당 개도 주제에 3년이면 풍월을 읊는데 몬스터는 어떻겠는가!

그렇게 한시민이 풀어둔 토끼들은 나름의 생각을 갖게 되었다. 더해지는 레벨은 지능도 조금이나마 높아지게 만들었고.

"뀨뀨뀨!"

그런 토끼들이 한시민이 없을 때 영지 주변을 언제나 그렇듯 청소했다.

몬스터들이 알짱거리면 몰려가 쥐어패고 사체를 분해해 영지에 가져다 놓고 유저들이 버리고 간 쓰레기가 있으면 가져다가 버리고.

그렇게 시간을 보내다 토끼들이 한데 뭉쳐 토론을 시작했다.

"뀨뀨?"

"뀨뀨뀨!"

"뀨뀨뀨뀨뀨뀨?"

주인님이 왜 우릴 찾지 않을까?

이쯤 되면 찾으러 올 때가 된 것 같은데.

예전엔 얼마나 걸렸었지?

혹시 우릴 버린 건 아닐까?

아냐, 주인님이 그럴 리가 없어.

맞아, 주인님이 우리를 얼마나 아끼는데.

나름 의사소통도 되고 대화도 할 줄 알지만 아쉽게도 토끼들은 여전히 멍청했다.

한시민이 만들어준 무기와 방어구가 그들에 대한 무한한 애정이라 확신했고 또 매번 아껴주는 모습에 충성을 다하고 있는 상태!

그런 의심을 할 리가 없다. 대신 다른 쪽으로 추리 방향을 틀었다.

"뀨우?"

"뀨뀨!"

아니면 우리가 모아놓은 무기와 방어구들의 개수가 마음에 들지 않아서?

그럴 수도 있겠다.

요즘 주워놓는 물건들의 상태가 별로 좋진 않았어.

주인님이 좋아할 물건들은 잘 안 보이는데.

서당에서 배운 유일한 것!

물고 뜯는 것보다 토끼들이 더 잘하는 것!

아이템을 챙기는 것!

그것에 문제가 있다고 확신했다. 해서 토끼들은 결심했다.

"뀨우우우!"

"뀨뀨뀨!"

가자! 우리가 직접 찾아서 모아오자!

그래! 주인님이 우리를 믿고 가셨는데 아무것도 모아놓지 않으면 주인님이 얼마나 실망하시겠어!

우린 강해!

70레벨.

웬만한 랭커들 레벨을 뺨치는 90마리의 토끼는 그렇게 어느 날 리치 영지에서 자취를 감췄다.

토끼들의 여정은 빡셌다.

전원 70레벨이라는, 거기에 더해진 한시민의 특제 토끼 방어구와 이빨이 있다고 한들 토끼들이 떼로 몰려다니며 사냥하기 시작한 몬스터들의 레벨은 그와 비슷하거나 더했으니까.

게다가 본질적인 태생의 차이도 컸다.

아무리 레벨에 따른 스텟 변동치가 깡패라고는 해도 어느 정도 차이가 적은 상황에서는 덩치와 쌓아온 전투 경험, 본질적으로 갖고 있는 신체적인 이점이 더 크게 적용될 수밖에 없으니까.

덕분에 토끼들은 고난을 면치 못했다.

"크헝!"

"뀨뀨뀨!"

한시민 옆에서 눈만 높아져 어지간한 몬스터들이 떨어뜨리는 가죽이나 내용물들은 한시민이 좋아하지 않을 것이라 판단하고 북쪽으로 깊숙이 들어가 사냥하니 한두 마리야 떼거리로 덮쳐 잡는다고 해도 어쩌다 무리를 마주치게 되면 뒤도 돌아보지 않고 도망쳐야 했다.

도망치는 것도 한두 번이지.

아무리 토끼가 특정 지형에서 빠르다고 해도 평생을 이곳에서 살아온 몬스터들이다.

다행히 희생된 토끼는 없었지만 며칠 사냥을 하다 토끼들은 심각한 문제가 있음을 자각하고 다시 회의에 돌입했다.

"뀨뀨."

"뀨뀨뀨!"

이대로는 안 돼.

다른 방법을 찾아야 해.

아무리 주인을 위해서라지만 목숨은 누구에게나 귀하다.

특히 토끼들은 한시민의 토끼들이다. 목숨 귀한 건 세상 그 어느 토끼보다 잘 안다.

물론 한시민을 위해 대신 목숨을 던지는 것이야 그에 대한 충성심이 가득한 상황에서 그리 어려운 일은 아니지만 이건 그저 한시민의 용돈을 위한 전투가 아닌가. 그러다가 죽으면 정말 개죽음이다.

해서 한참을 고민하다 진로를 바꿨다.

"뀨뀨!"

토끼들이 방향을 북쪽에서 남쪽으로 돌렸다.

그리고 뛰었다.

뛰고 또 뛰었다.

리치 영지가 보일 때쯤에도 영지는 눈에 담지도 않고 지나쳐 계속 뛰었다.

그렇게 한참을 뛰어 토끼들이 도착한 곳은 그들의 동료들이 가득한 초보자 사냥터였다.

어느새 그들의 몸에 걸쳐 있던 방어구와 이빨은 사라진 상태였다.

"뀨!"

90마리의 고만고만한 토끼 중에 그래도 제일 똑똑한 토끼가 어깨를 으쓱였다. 토끼의 눈빛엔 착각이겠지만 얼핏 한시민의 사악함이 스며들어 있었다.

주인을 닮는 토끼!

그 토끼들이 쥐도 새도 모르게 일반 토끼들 사이로 스며들었다.

판타스틱 월드의 인기는 나날이 높아져 오픈한 지 1년이 되는 지금도 하루하루가 전성기인 것처럼 신규 유저들이 유입되고 있다.

어쩌면 역사의 한순간에 서 있는 것일지도 모른다는 말이 당연하게 나오고 또 사람들은 당연하게 받아들일 정도로 놀라운 기록이다.

가상현실.

뚝딱뚝딱 플레이하는 2D 게임도 아니고 하루하루가 또 하나의 현실에서의 삶이고 수많은 변수가 있는 게임이 무려 1년을 넘게 플레이하는 거의 모든 유저를 만족시키고 또 주변 유저들로 하여금 추천을 하게 만들고 있다는 뜻이니까.

동시 접속자 수 3천만!

계정 수만 따지면 억 단위가 넘는다.

높은 캡슐 값에 월 사용료까지 생각해 보았을 때 어마어마한 수치라고밖에 볼 수가 없다.

그런데 거기서 멈추지 않고 계속해서 늘고 있다.

시간이 흐르면서 캡슐에 대한 장벽이 흐려지고 중고가 시장에 풀리기 시작함과 동시에 고글사에서 캡슐의 대중화를 위한 많은 노력에 박차를 가하고 있기 때문!

그렇기에 메인 퀘스트, 시나리오 3막이 시작하려는 이때도 신규 유저들은 오히려 게임 초창기 때보다 훨씬 많고 북적거렸다.

오히려 지금이 초보 유저들이 게임을 플레이하기 더 쉬워졌기 때문일 수도 있다.

그래도 예전보다 구하기 쉬워진 골드.

비록 비율은 1.5배 이상 올랐지만 골드가 없어서 못 사던 때에 비하면 양반이니까.

게다가 이런저런 정보들과 팁도 검색해 보지 않고 커뮤니티만 들어가도 베스트 게시글에 쫙 깔려 있다.

전부 읽고 숙지하는 데에만 1주일이 걸린다는 말이 있을 정도로 방대한 정보들은 신규 유저들에게 거부감보다는 흥미를 가져다준다. 그만큼 흥미로운 세상이기 때문이다.

알고 들어가면 더 재미있다. 그 정보들이 있으니 부담 없이 들어갈 수 있다.

사냥도 초보자들에겐 너무나도 쉽고 편하다.

"자, 신입 유저분들? 이쪽으로 오세요. 전 카이니 길드에서 신규 유저분들의 적응을 돕는 도우미입니다. 뭐 많은 걸 해드리지는 않고요. 기본적인 것들하고 몬스터를 잡을 때 어떤 마음가짐을 가져야 하는지, 어떻게 죽여야 하는지 혹은 기본적인 파티 구성과 노하우 같은 것들을 알려드릴 예정입니다."

많은 사람이 신규 유저에 대한 도움을 많이 주니까.

대가를 바라는 것도 아니다.

도움을 받은 신규 유저들이 자신들의 길드에 들어오거나 길드의 이미지를 좋게 만들 의도가 있는 것은 부정할 수 없지만 그래도 이런 식의 시간 투자는 레벨이 어느 정도 있는 유저들에겐 손해인 경우가 더 크다.

그저 애정일 뿐이다.

게임에 대한 애정.

내가 사는 이 세상, 비록 0과 1로 이루어진 세상이지만 이제는 또 하나의 세상이 되어버린 판타스틱 월드에서 새로 오는 사람들에게 그 아름다움을 알려주고 싶은 욕심.

또 고인 물이 되어 판타스틱 월드가 하는 사람들만 하는 그런 게임이 되지 않았으면 하는 바람.

그런 것들이 만들어내는 훈훈한 그림!

오늘도 마찬가지로 한 길드의 40레벨쯤 되는 유저가 1레벨 유저들을 데리고 초보자 사냥터로 향했다.

성 밖 근처 3분 거리의 초원에 도착하자 수많은 토끼가 뛰어놓고 있었다.

그 사이엔 수많은 유저가 섞여 있었고 평화로운 분위기와 상반되는 전투의 현장도 섞여 있었다.

"자자, 너무 긴장하지 마시고요. 판월에선 이게 흔한 그림이니까 익숙해 두세요. 그나마 여긴 초보존이라 다른 토끼들이 먼저 건드리지 않지만 웬만한 사냥터에선 몬스터들이 먼저 선공하니 항상 주변을 살피시고요."

카이니 길드에서 나온 유저는 은은한 미소를 띠며 자신 있게 나섰다.

토끼들 옆을 자연스럽게 스쳐 지나갔지만 아무런 변화도 생기지 않는다.

그를 본 유저들이 하나둘 용기를 내 그를 따른다.

"우와."

"신기하다."

동시에 감탄이 터져 나온다.

게임 판타지 소설에서나 토끼들은 그냥 1레벨에 게임 접속하자마자 목검으로 때려죽이는 몬스터들이지 판타스틱 월드에서는 절대 그렇지 않다.

그런 생각이 있어도 막상 토끼를 보면 그럴 수 있으리라 확신이 서지 않는다.

그만큼 귀여우면서도 통통하다.

저걸 어떻게 죽이나 그런 생각부터 든다.

"만지지는 마시고요. 공격하는 것으로 간주할 수도 있으니까요."

순진한 유저들을 가르치는 재미는 말로 표현할 수 없다. 뿌듯함과 동시에 성취감이 대단하다.

이래서 다들 교직에 몸담고 싶어 하는 걸까.

한때 꿈이 교사였던 카이니 길드의 유저는 미소를 머금고 친절하게 설명을 시작했다.

"몬스터들은 날래고 잽쌉니다. 이렇게 판월에서 레벨이 가장 낮고 단순한 토끼라 해도 막상 공격을 당하면 어떻게든 살아보겠다고 죽어라 덤비고 또 안 될 것 같다 싶으면 냅다 도망도 치고요. 그래서 한 번에 죽여야 해요. 다른 몬스터들도 마찬가지겠지만 몬스터 사냥에서 가장 좋은 건 일격에 죽이는 겁니다."

"오오!"

당연한 말이지만 40레벨의 유저이기에 토끼도 일격에 죽일 수 있는 것이다.

1레벨부터 기본적으로 구할 수 있는 목검으로 토끼를 일격에 죽이는 건 거의 불가능.

사실상 퍼포먼스다. 얼떨떨해하는 유저들을 상대로 희망을 심어주는.

카이니 길드 유저가 목검을 들었다. 마력을 살짝 주입하자 목검이 가볍게 빛을 발하며 부르르 떨렸다.

"오오오!"

신규 유저들의 감탄이 진해졌다.

뿌듯하다. 역시.

보여주리라. 40레벨 유저의 위엄을!

비록 고레벨은 아니지만. 그래도 신규 유저들이 여기까지 다다르려면 몇 달은 고생해야 할지도 모른다. 현질을 하지 않는 경우엔 직접 돈도 벌어가며 파밍을 하고 사냥까지 해야 하니 더 걸릴지도 모르고.

그러니 자신감을 가졌다.

토끼 정도야 100레벨을 달성한 스페셜리스트처럼 멋있게 죽일 수 있다.

등을 돌린 카이니 길드 유저가 목표물을 탐색했다.

토끼가 뭐 다 거기서 거기지만 이왕이면 크고 통통한 놈을 찾아야 한다.

어차피 퍼포먼스니까.

있어 보이는 토끼를 죽이는 편이 훨씬 더 큰 환호를 받을 수 있겠지.

그런 그의 눈에 몇 걸음 떨어지지 않은 곳에 위치한 토끼가 눈에 띄었다.

일반 토끼보다 덩치가 조금 크고 통통한데 눈은 부스스 풀려 있는 토끼!

'저놈이다!'

원래 큰 놈이 잡기 더 쉽다.

레벨도 낮은 토끼니 변수라든가 그런 게 있을 리가 없다.

다만 조금 집중할 필요가 있었다. 그럴 일은 없겠지만 혹시라도 피했을 때 일반 토끼보다 맷집이 좋아 안 죽을 수도 있기에.

"하압!"

기합마저 크게 넣어가며 목검을 내려쳤다. 빠르게 내려치는 목검은 군더더기 없이 깔끔했다.

"우와!"

또 한 번 감탄이 터져 나왔다. 그 감탄에 힘입어 목검으로 토끼를 내려쳤다.

아니, 내려쳤다고 생각했다.

"엥?"

의문은 잠시였다.

목검이 정확하게 내려쳤어야 할 토끼는 보이지 않았다.

"어어어?"

찾지 못하는 그를 대신해 신규 유저들의 다급한 목소리가 들려왔다.

고개를 뒤로 돌린 그는 신규 유저들의 시선이 향하는 곳으로 눈을 내리깔았다.

"……!"

그곳엔 토끼가 목검을 피하고 폴짝 뛰어오르고 있었다. 그의 싱싱하고 파릇파릇한 목덜미를 향해.

콰직!

시야가 아득해졌다.

[사망하셨습니다.]

그리고 40레벨의 유저는 사망했다. 토끼에게.

그게 시작이었다. 판타스틱 월드에서 떠돌기 시작하는 이상한 소문의 시작이.

5

동영상은 빠르게 퍼졌다.

물론 처음엔 아니었다. 카이니 길드 소속의 유저는 레벨도 40이고 초보 유저들에게나 선망의 대상이자 도움을 주는 구원자일 뿐이지 전체 유저를 놓고 보면 랭킹에서 찾기조차 힘든 순위의 흔하디흔한 유저였으니까.

개인 방송 활동을 한 것도 아니고 동영상 구독자들을 모았던 것도 아니다.

길드에서 그의 영상을 받긴 했지만 오히려 길드의 이미지를 위해 자제하라는 말만 들었을 뿐.

당연하다.

레벨 40이 돼서 토끼한테 목이 물려 죽다니. 그것도 수많은 신규 유저에게 토끼를 어떻게 잡는 것인지 보여주겠노라 직접 나섰던 사람이.

이 무슨 개망신이란 말인가.

이미 카이니 길드가 활동하는 지역에선 알 만한 사람들은 알 만큼 퍼졌다.

전 대륙에 웃음거리로 만들 순 없지 않은가.

해서 토끼에게 죽은 유저는 억울한 마음에 개인의 이름으로 커뮤니티에 올렸다.

글재주는 별로 없지만 구구절절 억울한 마음이 가득한 글은 그래도 몇 명의 사람에게 보여졌다.

-쯧쯧. 레벨 40이라도 그럴 수 있죠.

-이래서 판월이 재밌음. 레벨이 아무리 높아도 급소 물리면 꼼짝 못해!

물론 대부분은 그의 마음을 이해해 주지 않는, 그냥 흥미용으로 읽고 넘어가는 사람들이었다.

어쩔 수 없다.

하루 종일 수만 개의 글이 올라오는 판월 게시판에서 재미있고 흥미로운 글들을 찾아 읽으려면 하나의 글에 배당되는 시간은 10초 내외.

그나마 그가 올린 영상이 짧고 굵은 것이라 봐주는 사람이 있는 것이지 웬만한 영상은 시작조차 눌리지 않은 채 묻히고 만다.

이번 영상 역시 마찬가지.

봐주는 사람이 있었지만 억울함은 알려지지 않고 묻히는 듯했다. 몇 명의 사람이 보지 않았다면.

–어? 좀 이상한데. 뭐지? 저 토끼 움직임이 일반 토끼가 아닌 것 같은데요? 생긴 건 완전 그냥 토끼인데 엄청 날렵하네.

처음엔 한 명이었다.

그냥 지나가다 들른 것 같은, 작성자의 억울함 따위는 조금도 신경 쓰지 않은 채 자신의 신기함만을 끄적거리고 간 것 같은 내용의 댓글.

하지만 그 아이디에 담긴 무게는 상당했다.

-헐. 랭커다.

-ㅁㅊ. 실화임? 아도니스를 여기서 보네.

-현 레벨 랭킹 234등 아도니스?

-와, 하루 3시간 자고 풀 사냥한다던데 지금 휴식 시간인가?

레벨 랭킹.

그리 중요하진 않다.

이미 1, 2, 3등이 넘지 못할 산 너머로 가버린 상황에서 순위가 뭐가 중요하겠는가.

하지만 몇몇 네임드는 존재했다.

레벨도 높으면서 아이템마저 좋아 PK로 유명한 마법사 유저! 그야말로 돈지랄의 결정체!

유저들이 좋아할 수밖에 없다. 그러다 보니 어쩌다 그가 남긴 댓글이 있는 글이 메인에 올라가 버렸다.

끄트머리일 뿐이지만 그 여파는 그냥 억울해서 적은 글을 보게 하는 것과는 차원이 달랐다.

조회수가 계속해서 늘어났다. 그리고 억울한 죽음에 대한 진상이 조금씩 밝혀지기 시작했다.

-그러네. 좀 이상하네.

-목을 물려 죽을 순 있는데 토끼가 너무 빠른데?

─빠르고 정확하고 강함. 한두 번 물어본 솜씨가 아닌데?

덕분에 억울하다는 건 밝혀졌다.

확실히 40레벨 유저가 토끼에게 목이 물려 죽는다는 건 수천만 유저가 플레이하는 판타스틱 월드라 해도 모든 스텟을 마력에 투자하지 않는 이상 어렵다.

거기에 글이 메인에 올라간 여파로 더해지는 댓글들은 이런 기현상에 대한 추가적인 불을 지폈다.

─어? 이 사람도 그러네. 혹시 여기 카를로스 성 아님? 나도 오늘 토끼한테 뒈짐. ㅂㄷㅂㄷ.

─헐. 나도. 대박. 뭐지?

─레벨 50에 소모품 충전하러 갔다가 토끼나 귀여워해 줄까 만졌다가 뒈졌다. 아, 시X. 뭐 떨어뜨렸지.

이어지는 증언들!

하나같이 작성자의 지역에서 일어난 증언들에 판월 커뮤니티 유저들은 긴가민가했다.

─뭐야. 주작이냐.

─물타기충들 또 등장이네.

―50 찍고 토끼한테 죽었다고? 무슨 시민이네 토끼들이냐?

하지만 그런 의심도 한두 번이다.
　계속해서 피해 글들은 올라왔고 베스트 게시글에 오른 그 글은 더 높이 날아올랐다.
　이렇게 화제가 되면 화제로 먹고사는 사람들이 출동한다.

―확인해 보고 옴.
―나도 가 봐야지.
―근처 사는 사람 지금 좀 가 보면 안 되냐?
―방송 켰습니다. 지금 가는 중.

그리고 확인했다.

―?!
―뭐야, 없는데?
―구라임?
―아니, 구라 아니라고.

파도처럼 몰려드는 유저들에 의해 학살당하는 토끼들을.
　경험치를 주지도 않아 평소엔 그냥 머리나 쓰다듬으며 지나가던 토끼들만 불쌍하게 희생당했다.

그렇게 일단락되는 것처럼 보였다.

잠깐 동안만.

한시민은 황실 기사단과 성기사단, 그리고 사제들을 데리고 곧장 남쪽으로 향하는 대신 리치 영지를 먼저 들렀다.

"시간이야 충분하니까."

어차피 통제권은 그에게 넘어왔다.

황제의 사람이니 신의 사람이니 그딴 건 조금도 신경 쓰지 않는 그에게 수많은 사람의 헛된 발걸음 따위야 아무런 감흥도 오지 않는 미안함.

영지 내에서 대기하라 말해놓고 곧장 보좌관을 찾았다.

"보좌관!"

"아! 영주님, VVIP 회원님들은 모두 돌아가셨고 성녀님과 티타임을 가지신 세인트 경만이 며칠 동안 묵고 계십니다."

"아, 네. 그 둘도 불러주고요. 혹시 토끼들 어디 있어요?"

집에 두고 온 지갑을 찾으러 왔다가 생각난 이어폰을 가져가는 듯한 자연스러움!

졸지에 생각난 김에 데리고 가지는 존재가 된 성녀와 세인트. 보좌관이 익숙하다는 듯 고개를 끄덕이며 자신이 아는 바를 말해주었다.

"요 근래 보이지 않습니다. 영지민들도 2주 전에 본 게 마지막이라고 하더군요."

"흠."

순간 한시민의 표정이 심각해졌다.

뭐지?

사실 토끼를 한동안 잊고 살긴 했다. 두 달여 간의 사냥 동안도 잊고 살았고 그 전에도 대충 풀어놓으면 알아서 용돈이라도 벌어주겠지 하는 마음으로 신경 쓰지 않았다. 무관심이 아니라 믿기 때문이다.

그래도 그가 빌어먹을 레전더리 테이머가 된 이후로 처음 테이밍한 몬스터이고 그만큼 정을 많이 준 몬스터들이니까.

와중에 열 마리 가까운 토끼가 죽긴 했지만 그걸 뚫고 살아남은 토끼들은 어느덧 한시민보다 레벨이 높아져 있었고 긴 시간 호흡을 맞춘 90마리의 토끼는 그들보다 강한 몬스터를 사냥할 정도로 노련해졌다.

거기에 돈까지 많아 투자하지 않았던가.

그런 토끼들이 갑자기 보이지 않는다?

걱정이 될 수밖에 없다.

'설마 흑마법사들이?'

어지간하면 도망치라 명령해 뒀다.

제1순위를 생존으로 두라고 했으니 되지 않는 전투를 했을 리는 없다.

그랬는데도 만약 봉변을 당했다면 애초에 도망치지도 못할 만큼 강한 적, 그리고 다수의 적과 마주했을 가능성이 높다. 현재로서 가장 유력한 건 흑마법사들이고.

"흠."

"찾고는 있습니다만 아직 소식이 없습니다."

"네."

걱정은 됐지만 호들갑을 떨지는 않았다. 매번 3일에서 7일 간격으로 모습을 보였다고 하니 만약 사고가 났으면 벌써 1주일이 지났다는 뜻이다.

"죽었으면 진즉 죽었겠지."

"……."

그런 태평함에 보좌관이 몸을 떨었다.

역시! 피도 눈물도 없는 놈!

속으로 삼키는 말을 아는지 모르는지 한시민은 곧장 캐릭터 정보를 열었다.

그가 태평한 이유는 하나다.

'아직 죽지는 않았네.'

죽었으면 테이밍 가능한 몬스터 숫자가 늘었을 것이다.

유저만이 가능한 시스템의 활용!

마음이 절로 놓였다. 동시에 인상이 찌푸려졌다.

"아니, 어디서 뭘 하는데. 이렇게 중요한 순간에 안 보이는 거야. 빠져 가지고. 혼 좀 나야겠구만?"

안심이 되니 불만이 터져 나왔다.

몇 달 동안 찾지도 않은 주인 주제에 필요할 때가 되니 찾는 꼴이란.

입맛을 다시던 한시민이 다시 보좌관에게 물었다.

"수달이는요?"

"한 달 전에 확인했을 땐 안개 산맥에서 광산을 만들고 있었습니다."

"걔도 좀 데리고 와야 하는데."

"알겠습니다."

"아니, 제가 갔다 올게요. 얼마나 만들었는지 확인도 할 겸."

"네, 영주님."

뭔가 그를 맞춰 기다릴 것이라는 발칙한 상상은커녕 아예 오기를 기다렸다는 듯 실종된 토끼들에 수달이도 참여했나 궁금해졌다.

'이거 광산 안 만들고 농땡이 피우는 건 아니겠지?'

그러기만 해봐라. 정말 혼쭐을 내줄 테니까.

각오를 다진 발걸음이 오랜만에 안개 산맥을 찾았다.

안개 산맥은 여전히 유저들로 붐볐다. 수달이가 다시 광산을 만들고 짙어지는 안개는 예전에도 그랬듯 그 레벨대의 유저들에게 있어 이보다 더 좋은 사냥터가 없다는 평가를 이어오고 있었다.

새삼 추억이 새록새록 떠올랐다.

안개를 뚫는 약으로 꽤 짭짤하게 벌었는데. 지금도 심심풀이로 해볼까 생각도 들었지만 이제 한시민은 그런 푼돈을 버는 클래스가 아니기에 과감하게 지나쳤다.

짙은 안개 따위는 아공간에 처박아두었던 진실을 꿰뚫는 눈에 아무런 방해도 되지 않았다.

그렇게 한참을 걸어 수달이가 새롭게 만든 것으로 추정되는 광산에 도착했다. 그곳의 입구는 막혀 있었다.

"호오."

멍청하지만 이미 예전에 집을 비웠다가 털린 기억이 남아있는 수달이의 똑똑함이 대견했다.

그런 노력을 존중해 주기 위해 벽을 두드렸다.

똑똑.

정중한 방문엔 돌아오는 대답이 없었다.

똑똑똑.

또 한 번 두드려도 마찬가지였다.

어디 나갔겠지.

라고 생각하기엔 너무나도 공교롭다.

"설마 이것들이?"

주인의 횡포에 시달리다 도망친 건 아니겠지?

수많은 가정 중에 가장 합리적이고 현실적인 내용이었다.

하나 이내 고개를 저었다.

그럴 리가 없다. 비록 아주 조금 부려먹긴 했어도 그만큼 투자한 게 있는데.

"도망치기만 해. 아주. 평생 쫓아가서 잡아올 테니까."

살벌한 말을 내뱉으며 망치를 든다. 찾는 건 찾는 거라도 일단 만들어진 광산이라도 구경할 심산이었다. 망치를 휘두르려던 찰나.

─오빠! 오빠! 시민 오빠!

"……?"

강예슬의 목소리가 들려왔다.

귀만 열고 하던 일을 하려던 그의 행동을 그녀의 뒷말이 가로막았다.

─그거 봤어? 오빠 토끼랑 수달이. 여기저기 돌아다니면서 일 벌이는 거 같은데. 오빠가 시킨 거야?

"엥?"

망치를 조용히 내려놓고 그녀가 말하는 대로 커뮤니티에 들어가 본다. 그리고 베스트 게시글들을 가득 메우고 있는 글

몇 개를 클릭한다.

굳이 설명이 필요 없는 영상.

전부 본 한시민이 그대로 망치를 집어 들고 발걸음을 돌렸다.

안개를 벗어나 기다리고 있는 기사단과 성기사단의 눈에 어느덧 미소를 짓고 있는 한시민의 얼굴이 들어왔다.

"가자."

"……이대로 갑니까?"

"응, 굳이 데려갈 필요가 없어졌어."

"그럼 왜……."

온 겁니까.

현명한 기사단은 뒷말은 잇지 않았다.

"꾸어엉."

수달이가 울었다.

"뀨뀨!"

토끼들이 그런 수달이를 위로했다.

너무 슬퍼하지 마. 이게 다 주인님을 위한 일이니까.

"꾸엉."

하지만 쉽게 위로는 되지 않았다. 주인님을 위한 일임은 맞지만 어디까지나 토끼들이 할 수 있는 일이다.

수달이는 수달이에게 주어진 한시민의 임무가 있다. 그걸 아직 다 하지도 못했는데 토끼들에게 영문도 모르고 끌려와 남의 일을 돕고 있다.

뭐 한시민의 펫이 된 이후로 남이 아닌 가족이라 봐도 무방하지만, 그렇기에 이렇게 곧장 돌아가지 않고 돕고 있지만 불안하긴 매한가지.

"꾸엉. 꾸엉!"

"뀨뀨뀨!"

혹시 주인님이 농땡이 피우는 걸 보기라도 하면 난 그 날로 제삿날인데.

걱정 마! 친구. 우리가 도와줄게.

돕고 사는 세상!

"꾸엉!"

그래, 이왕 이렇게 된 거 그냥 토끼들이나 도와주자.

수달이가 결심했다.

틀어박혀서 몇 달 동안 광산을 만드는 것도 휴식을 잠시 취할 때가 됐다.

지겨운 건 아니다. 평생을 그렇게 살아왔고 그 보람으로 사는 수달이니까.

다만 광산이 완벽하게 완성되어 새끼를 치고 한시민에게

도움이 될 만큼의 성과를 내려면 아직 더 많은 시간이 필요한 만큼 토끼들의 단기적인 성과에 한발 걸쳐 넣으면 그래도 그의 오랜 시간 내지 않는 성과를 어느 정도 만회하는 동시에 함께 칭찬을 받을 수 있지 않을까 하는 미래를 본 결정이었다.

나름 이런 똑똑한 생각마저 할 정도로 성장한 수달이!

그런 수달이와 합류한 토끼들은 제 세상인 양 날뛰었다.

"뀨뀨뀨!"

자연스럽게 스며들어 만만해 보이는 유저가 있으면 냅다 목을 문다.

처음엔 그냥 일단 건드는 유저면 신규 유저든 말든 일단 물고 봤었는데 신규 유저, 그러니까 면티에 반바지만 입고 있는 유저는 돈이 될 만한 물건을 가지고 있지 않다는 사실을 깨우친 이후로 더 현명하게 PK를 감행하고 있다.

그렇기에 수상한 토끼들에 대한 이야기가 온 대륙에 퍼져 가는 와중에도 토끼들은 걸리지 않고 자신들의 목적을 이뤄 나갈 수 있었다.

적당히 40~60레벨의 유저들만 노린다!

그런 유저들을 죽이다 보면 괜찮은 것들이 하나씩 떨어진다. 아무리 현질을 하지 않는 유저라 해도 그 정도 키울 정성이면 적어도 무기 하나 정도는 좋은 걸 갖고 있게 마련이니까.

안 떨어질 수도 있지만 떨어지면 대박이다.

토끼의 수가 90이니 그렇게 며칠을 죽치고 하다 보면 한 번은 운이 좋다.

그렇게 건지면 토끼들은 망설이지 않고 자리를 옮겼다.

멍청한 IQ로 낼 수 있는 최상의 전략!

수많은 몬스터와의 전투를 통해 익힌 생존 본능이다.

한자리에서 오래 있으면 위험하다.

실제로 토끼들은 아슬아슬한 선 위에서 노는 중이었다.

수상한 토끼들에 대해 알려지고 수많은 추측이 올라오는 가운데 그 토끼들을 잡아보겠노라 두 팔 걷어 나서는 고레벨 유저의 수가 하나둘 늘고 있었으니까.

특히 이번 사건은 명분도 꽤 괜찮다.

초보 유저들을 괴롭히는 토끼!

마기가 깃든 게이트에서 나온 게 아닐까 싶은, 그리고 일부에선 한시민이 푼 게 아닐까 하는 추측이 나오는.

어떤 것이든 잡으면 그 화제를 가져올 수 있다.

그러다 보니 토끼들의 수입은 하루가 다르게 늘어났다.

방어구와 이빨을 끼지는 않았지만 기본적으로 장착된 70레벨이라는 스텟은 어지간한 유저들로 하여금 명함도 내밀지 못하게 만들었으니까.

가끔 파티 단위로 낚시를 하다가 반격을 하는 경우도 없지 않아 있었지만.

"뭐야!"

"으악! 왜 이렇게 많아!"

주변에서 조용히 일반 토끼인 척 기다리던 토끼들이 냅다 뒤치기를 시전해 버린다.

그렇게 되면 작전상 후퇴의 서막.

순식간에 수많은 유저가 눈에 불을 켜고 칼빵 한 방 놓겠다고 달려들고 토끼들은 맞서 싸우다 힘들어 보이면 도망친다.

그때 지켜보던 수달이의 힘이 발휘된다.

룬의 발동.

한시민의 방송을 보던 시청자들은 어? 하며 고개를 갸웃할 만한 빼도 박도 못할 비슷함이지만 토끼와 수달이는 그딴 걸 신경 쓰지 않는다.

그렇게 한바탕 하고 도망치는 토끼들.

시간이 지날수록 추리의 화살은 한시민에게 쏠렸다.

―저거 혹시 시민 님 토끼들 아닌가요?

―시민 님 토끼들은 방어구 입고 있는 걸로 아는데.

―잠깐 벗었겠지.

―아마 맞을 거임. 긴가민가했는데 어떤 영상 보니까 수달이도 나오더라.

―ㅇㅇ 도망칠 때 빛나는 거. 그거 수달이 버프임.

—헐, 리얼 시민 님 토끼들? 대체 왜?

　나름 머리를 쓴다고 썼지만 이미 한시민의 방송에 의해 공개된 것이 너무나도 많다.

　아니, 애초에 이런 토끼가 나오면 마기가 깃든 게이트에서 나온 것이라는 의심이 먼저 들어야 하는데 한시민이 먼저 생각 드는 것 자체가 비밀스러운 토끼들의 임무가 성립될 수 없는 조건이었다.

　유저들이 투덜대기 시작했다.

　죽은 유저들도 유저들이지만 갑의 횡포니 뭐니 언제나 그렇듯 이런 일엔 전혀 상관없는 사람들까지 끼어서 까게 마련이니까.

　거기에 기다리기라도 했다는 듯 한시민의 방송마저 켜졌다.

　좌표가 찍히고 수많은 시청자가 몰려갔다.

　그리고 일부러 그랬냐고, 대륙에 대한 전쟁 선포냐는 글들로 도배가 되었다.

　물타기!

　분위기란 항상 타는 방향으로 흘러간다.

　제아무리 한시민 방송이라도 이걸 무시할 수는 없으리라!

　그런 사람들의 생각이 통했는지 평소처럼 채팅창에 시선조차 주지 않는 대신 미소를 띠고 읽어주었다.

"안녕하세요. 요즘 제 토끼들 때문에 말이 많은 걸로 아는데, 토끼한테 죽으신 분이 꽤 많으신가 봐요. 화력이 엄청나네."

—우서?
—어이없네. 사람을 죽여놓고 웃다니.

당연히 사람들은 더 격한 반응을 보였다.
억울할 법도 하다.

—아놔, 내일모레 개강이라 이틀 밤새우고 가려 했는데 죽었잖아.
—하, 짜증. 무기 떨어뜨림.

그냥 PK 유저한테 죽은 것도 아니라 테이밍된 펫한테 죽은 거니까.

어디에다 하소연할 데도 없이 억울하게 눈물이나 흘리며 술 한잔 기울일 뻔했는데 소통의 창구가 생겼다. 당연히 찾아와 하소연할 수밖에 없다.

하지만 그런 사람들은 잠시 잊었다. 한시민의 방은 일반 방들과 다르다는 걸. 그의 인성은, 게임 속에서의 인성은 블랙 드래곤마저 인정한 쓰레기라는걸.

"제가 마련한 이벤트가 역시 마음에 드셨나 봅니다. 요즘 방송도 제대로 못 하고 그러다 보니 기다리는 팬분들께 죄송스럽기도 하고, 그래서 혼란스러운 대륙 정세 와중에도 토끼들과 수달이를 풀어 팬분들께 작지만 소소한 기쁨을 드리고자 준비했습니다. 일명 토끼를 잡아라!"

‒……?

‒??????????

"토끼를 잡는 분은 제가 직접 만든 토끼 장비 15강을 얻으실 수 있으십니다. 지금 전 흑마법사들을 잡으러 가는 길이라 한 손이라도 거들 토끼들이 필요한데 위험을 감수하면서도 토끼를 푼 만큼 이벤트를 즐겨주시길 바랍니다!"

사과 따위 없다.

그러면서 뻔뻔하다!

토끼들이 사실은 유저들을 위해, 시청자들을 위해 준비한 이벤트일 뿐이다.

얼마나 어이가 없으면 시청자들의 채팅이 일순 멈췄다. 무슨 말인지 이해하는 데 시간이 필요했기 때문이다.

그리고 이해했다.

‒이런 미친. 배 째라는 거네.

—ㅋㅋㅋㅋㅋㅋㅋㅋㅋㅋㅋㅋㅋㅋㅋㅋㅋ

—역시 명불허전.

—응원합니다.

　욕과 웃음이 섞여 혼란의 도가니가 펼쳐졌다.

　사실 전체적인 시청자 수를 비교해 보면 방송엔 한시민의 팬이 이번 토끼 사건에 연루된 피해자들보다 압도적으로 많다. 나아가 전체적인 판타스틱 월드 유저 수로 보면 비할 바가 아니고.

　당연히 문제 될 게 없는 PK다. 길 가다가 심심해서 유저를 죽여도 큰 문제가 안 되는 게임에서 토끼한테 죽었다고 주인에게 책임을 무는 게 어디 있는가.

　굳이 물겠다면 마찬가지로 힘으로 제압한 뒤 사과를 받아 내면 된다.

　하지만 그럴 수 있는 유저는 얼마 없다.

　그 유저들이 할 수 있는 것이라곤 하나.

—이런 시……!

　욕설을 내뱉다 비싼 돈과 함께 강퇴당하는 것.

　방송 분위기는 점차 진정되었다. 반강제적이었지만 어쨌든 화면에 빼액이가 등장한 순간 더 이상 토끼 사건에 대한 진상 규명과 같은 채팅들은 그 힘을 발휘하지 못했다.

그렇게 토끼들을 핑계 삼아 시청자를 또 한 번 모은 한시민이 약속 장소를 향해 나아갔다.

7

흑마법사들을 이끌고 금지를 나온 강예슬은 거침없이 나아갔다.

"진짜 지금은 내 명령에 따르는 거 맞지?"

"대륙을 혼란에 빠뜨리기 위한 명령이라면 무엇이든 따릅니다."

"좋아!"

흑마법사들에게도 다시 한번 확실하게 물어본 뒤 어깨를 편다.

"나를 따르라!"

"……."

언젠가 한 번쯤 외쳐 보고 싶었던 말.

부끄러움은 언제나 정설아와 정현수의 몫이었지만 노련한 둘은 강예슬을 만류하지 않았다.

지금은 이런 똘끼가 오히려 도움이 되는 상황이다.

어울리지 않게 순백의 지팡이를 든 강예슬을 선두로 당당히 가장 가까이 있는 성을 향해 걷는다.

숲을 지나 몬스터들이 보이지 않을 때쯤 하나둘 나타나는 유저들.

"어?"

"뭐야!"

몬스터들의 사냥터에서 나오는 수많은 사람을 보며 놀라는 유저들.

그 와중엔 스페셜리스트의 얼굴을 알아보는 이들도 있었다.

"오! 스페셜리스트다!"

"뒤엔 누구지?"

"새로운 길드원인가?"

"그럴 리가. 소수 정예 길드잖아."

반가워하는 유저들. 그런 그들의 눈에 낯선 사람들의 복장이 들어온다.

"어라?"

"흑마법사?"

"왜 흑마법사들이 스페셜리스트랑……."

한동안 보이지 않았지만 그래도 근 몇 달 이내에 게임을 시작하고 꾸준히 플레이 한 유저라면 모를 수가 없다.

게다가 자신들이 흑마법사라는 걸 광고라도 하듯 검은색

로브를 뒤집어쓰고 있지 않은가.

의문은 길지 않았다. 대답을 요구하는 표정으로 쏠리는 시선들에 강예슬이 친절하게 화답해 주었으니까.

"죽여!"

"엥?"

"뭐야?"

유저들에게 마법이 쏟아져 내렸다.

깡패 같은 흑마법사들의 공격에 유저들이 허무하게 생을 마감했다.

그들이 서 있던 자리엔 그들의 유품만이 쓸쓸히 자리를 지킬 뿐이었다.

이어지는 침묵.

그걸 깨는 강예슬의 웃음소리.

"캬캬캬캬캬! 완전 재밌어! 진짜 악당이 된 것 같잖아? 완전 짱인데?"

"……."

정설아와 정현수가 고개를 저었다.

"하아."

"또 시작이네."

한숨도 나왔다.

우려했던 일이 벌어지기 시작했다. 언제나 그래 왔었기에 어색하거나 이상하지는 않았다.

"어쩌면 예슬이가 흑마법사가 된 건 오늘을 위한 게 아니었을까."

"그래도 예슬이가 가장 잘 어울리긴 해."

모든 게임에서 횡포를 부릴 때면 가장 먼저 나서 과금도 아끼지 않고 해가며 즐기던 강예슬의 본색이 서서히 드러나기 시작했다.

❽

강예슬은 어느 게임을 하든지 힐러만을 고집해 왔다.

기본적으로 어떤 게임이든 유저의 편의성을 고려하기 위해 힐러가 없는 게임은 없었기에 그녀가 직업을 선택하는 데 있어 망설임을 갖거나 긴 시간 고민을 해야 하는 경우도 없었다.

오로지 힐러!

무조건 힐러!

직업이 힐러가 아니더라도 치유 계열 마법이 있으면 무조건 그것을 선택했고 할 수 있는 게 파티원들 따라다니며 있으나 마나 한 힐을 주거나 말거나 경험치만 쪽쪽 빨아먹는, 그 정도로 힐러의 비중이 적은 게임에서도 묵묵히, 그리고 꿋꿋이 힐러를 택해왔다.

심지어 직업 분류가 없는 게임에서마저도 무기를 지팡이로 선택하고 다른 유저들을 서포트할 수 있는 역할을 만들어버릴 정도.

그녀의 힐러 사랑은 그녀를 힐러에 입문시킨 정설아와 정현수마저 혀를 차게 만들었다.

그럴 수밖에 없다.

얼마나 웃긴가.

게임을 할 때마다 힐러만 한다.

힐러라는 직업 특성상 게임을 빡빡하게 하지 않아도 되고 파티 사냥에서 적절하게 힐을 넣어주는 것을 제외하고는 직접 몬스터와 부딪치지 않아도 되니 수리비와 더불어 많은 게 필요하지 않긴 하다.

심지어 남들은 필수적으로 들고 다니는 물약값마저 아낄 수 있다.

어떤 게임에선 부활도 되니 얼마나 편하고 좋은가.

어지간한 정신 나간 개발자가 있는 게임이 아니고서야 힐러는 언제나 귀족이다. 특히 강예슬처럼 숙달되고 노련한 힐러라면 더더욱.

하나 정설아와 정현수가 혀를 차는 이유는 그런 게 아니다.

한 분야에서 최고가 되기 위한 선택이었다면 이렇게까지 고개를 젓진 않았을 것이다.

만족스러우니까. 뿌듯하니까.

판타스틱 월드에서만 해도 세계 최고의 힐러라 불리기엔 부족한 감이 없지 않아 있지만 그래도 정설아와 정현수의 체력 관리도 잘해주고 자발적으로 61억짜리 스킬북도 사서 공격에 디버프까지 해주니 그야말로 스페셜리스트에겐 최고의 서포터다.

하나 그런 그녀의 선택 배경은 정말 어이가 없다.

"힐러가 현질하면 제일 세니까 계속하다니."

"예슬이도 어떻게 보면 시민 씨 부류인 거 같아."

팀원을 위한 희생이 아니다. 애초에 강예슬은 재미를 위해 게임을 시작했다.

무조건적인 희생만 하는 게임이 재미가 있을 리가 없다.

레벨 업을 위해 밤을 새우는 것도 처음엔 거의 고문 수준으로 힘겨워했던 게 그 증거다.

실제로 정설아와 정현수는 너무 힘들어하는 그녀를 위해 그녀를 팀에서 빼줘야 하는가에 대한 고민까지 했었다. 그 당시에야 게임을 처음 시작하는 시기였으니 어쩌면 당연하고 쉽게 할 수 있는 생각.

그렇게 고민하다 어느 정도 순위에 안착한 뒤 강예슬을 보내주자는 판단과 함께 어차피 망한 게임 깽판이나 치자 생각하고 무차별 PK를 시작한 게 그녀의 본모습을 알게 된 계기였다.

사냥할 때와는 차원이 다른 모습.

정설아와 정현수가 접속하고 나서야 힘겹게 접속하던 그녀가 둘이 자러 갔음에도 게임에 남아 게임을 즐긴다.

그게 시작이었다. 그렇게 시작했고 여기까지 이어왔다.

그 성격이 어디 가겠는가.

흑마법사를 이끄는 강예슬의 표정은 그 어느 때보다 행복했다.

"하, 역시 이 맛에 게임 한다니까."

도시 하나를 몰락시켜 버렸다. 어려운 일은 아니었다.

흑마법사들이 표면 위로 모습을 드러냈을 땐 응당 그만한 화력이 나오게 마련이니까.

그들이 숨어 살던 건 단순히 약하기 때문이 아니다. 두려웠기 때문이다.

소수의 인원.

아무리 어둠의 힘으로 강해졌다 한들 대륙 전체와 싸워 이길 자신은 없었으니까.

그들이 강한 만큼 대륙엔 강한 이들이 넘쳐 난다.

하나, 하나의 전투력으로 보면 분명 밀리지 않지만 그들이 단합해 대륙에서 흑마법사의 씨를 말리기 위해 목숨을 걸고 덤벼든다면 결국 소모전에서 밀리는 건 흑마법사일 수밖에 없으니까.

하지만 이제는 이판사판이다.

마족들도 넘어오고 있고 제물들만 충분하다면 대륙에 어둠을 소환할 수 있다. 평생을 그를 위해 살아온 흑마법사들에게 그런 명분이 주어졌는데 뭐가 두렵겠는가.

거기에 똘끼 넘치는 차기 교주까지 합세했다. 처음엔 반신반의한 눈빛으로 보던 흑마법사들의 눈동자가 도시를 몰락시키는 모습을 봤을 때 살짝 흔들렸다.

"멋있다."

"피도 눈물도 없는 합리적인 리더다!"

"어떻게 저렇게 단호하게……."

흑마법사들도 사실상 또라이들이다.

그런 또라이들이 모여 있는 집단에서 또라이라 인정받는 기분이란!

"캬캬캬! 다 죽어! 죽여!"

평소엔 사냥할 때 말고 마나 소모 때문에 잘 나오지도 않던 강예슬의 61억짜리 스킬북이 마음껏 제 모습을 드러냈다.

한 번에 다섯 개.

흑마법사들의 보조를 받아 날아가는 마법들은 화려하기 그지없다. 그리고 그 모습들은 졸지에 봉변을 당하는 유저들의 카메라에 고스란히 찍혔다.

찍히기만 했을까. 죽은 유저들은 너도나도 할 것 없이 서로 커뮤니티에 올리기 바빴다.

그들에게 있어 죽음은 그리 대수로운 일이 아니다. 해서 죽었음에도, 아이템을 떨어뜨렸음에도 그들의 글엔 분노나 허탈함보단 흥분이 더 많았다.

―와, 대박. 흑마법사의 반란이다!

―미친. 이렇게 대놓고 도시 박살 낸 건 처음 아님?

―난 성안에 있는데 죽은 거 처음임.

―안전 지역도 안전 지역이 아니구나.

하나의 영화 같다. 신규 유저들에겐 전혀 다른 세상의 이야기일 텐데도.

그리고 50레벨부터 70레벨까지의 랭커들 또한 마찬가지다.

메인 퀘스트가 최초 클리어 되고 그 뒤를 따라가면서 깨는 퀘스트들도 벅찬데 다가오는 새로운 메인 퀘스트!

그 여파를 고스란히 느낄 수 있다니. 얼마나 흥분되고 떨리는가!

이게 판타스틱 월드의 매력이다.

내가 주인공이 아니다. 그렇다고 선두에서 달려 나가고 있는 자들 또한 주인공이 아니다.

혼자서 대륙 전체를 컨트롤 할 수 있는 사람은 그 누구도 없다. 거기다 이제는 대륙에 사냥만 존재하는 게 아니다.

사냥을 다녀오면 성이 없어질 수도 있다. 그 성이 흑마법사들의 것이 되어 포로로 잡힐 수도 있고 그들에게 순응해 흑마법사의 부하가 될 수도 있다.

현실성!

어디서 이런 걸 찾을 수 있을까.

유저들이 흥분했다. 그리고 그 흥분 뒤에 서 있는 자를 보고 더 놀라워했다.

─스페셜리스트! 스페셜리스트다!

─강예슬이잖아.

─정설아도 있음.

─뭐야, 왜 저기 있음?

─왜 있겠냐. 머리가 있으면 생각을 좀 해라.

소름이 돋는다.

어째서 스페셜리스트가 경쟁자나 다름이 없는 켄지의 세력이 우후죽순으로 불어나는 가운데 견제를 하지 않을까에 대한 의문이 풀렸다.

생각이 있다면 리치 영지를 바탕으로 세력을 넓히기 위해 길드원을 받아도 이상하지 않다.

아무리 소수 정예라 한들 그게 의미 없다는 사실은 판타스틱 월드를 1주일만 플레이해 본 사람이라면 누구나 알 테니까.

하지만 그러지 않고 묵묵히 레벨을 올렸었다.

할 수 없는 부분은 버리고 다른 부분에서 최고가 되겠다는 집념으로 보았었다.

혹은 진 것을 인정하고 싶지 않은 집착이라 보는 사람들도 많았다.

한데 이런 결과가 나오다니.

　

－켄지 어디 있냐. 이거 보고 있냐?

－와, 씨. 클라스가 다르네.

－설마 100레벨 찍은 게 흑마법사들하고 깽판 부리려고 찍은 거냐?

－어떻게 접점이 이어졌지?

－강예슬 흑마법사인 건 시민 방송 반년만 봐도 누구나 아는 사실.

－미쳤다, 미쳤어.

－매력 터진다. 저 순백의 지팡이는 뭐냐.

　

순식간에 켄지가 의문의 1패를 당했다.

제아무리 세력을 늘리면 뭐 하나.

레벨을 이겨 버린 스페셜리스트가 더 큰 세력을 들고 세상에 모습을 드러냈다.

그게 비록 유저들을 위협하는 반대쪽 적대 세력이라지만 객관적으로 둘만 놓고 비교해 본다면 흑마법사들이 강하다는 건 부정할 수 없는 사실.

컨셉 자체도 음침하고 화려하다.

하늘을 수놓는 어둠의 마법들과 보이지 않는 곳에서 스며드는 저주!

거기에 정점을 찍기라도 하듯 공개적으로 노출된 흑마법사들의 발걸음이 켄지 영지 쪽을 향했다.

아직 2주일은 걸어야 할 거리기에 속단할 수 없지만 어느 순간 갑자기 꺾은 것에서 누군가 의문을 품고 지도에 선을 그어본 결과 명확했다.

—이대로 일직선으로 가면 켄지네 영지다.

—와, 역대급 싸움 가냐.

—배팅합시다, 배팅!

누군가 말했었다. 메인 퀘스트 3막은 스페셜리스트의 무대가 될 것이라고.

그 말은 얼마 지나지 않아 현실이 되었고 무대를 만든 기획자의 발걸음은 유저들을 열광케 하는 행보를 선보였다.

누군가가 주목받으면 누군가는 소외된다.

그게 현실이다.

너무나도 화려한 데뷔를 마친 강예슬 덕분에 그냥 걸어만 다녀도 이목이 쏠릴 만한 화력을 지닌 한시민의 군대는 잠시 잊혀졌다.

"……이거 완전 개악마 아니야."

물론 아쉽진 않았다. 한시민 역시 그녀의 행보를 생생하게 는 아니더라도 동영상을 통해 보았으니까.

가상현실이라고 NPC를 죽이는 게 찜찜할까 봐 해준 배려 따위는 필요도 없었다는 걸 증명이라도 하듯 화려하고 화끈하게 흑마법사다운 면모를 보여준다.

너무 터프하게 나가니까 오히려 유저들에게도 잔인하니 뭐니 비난받지도 않는다.

만약 조금의 망설임이나 어물쩍대는 모습이 보였다면 그대로 게임이라는 몰입이 깨져 버렸을 테고 비난의 목소리가 나왔을지도 모른다.

그런데 잘해냈고 이제는 그녀가 이목을 집중 받고 있다.

거기에 더해지는 한시민의 대본.

"야, 예슬아. 곧장 방향 틀어서 퀜지 영지로 가자."

-응? 응! 다 때려 부순다!

유저들에게 있어 흑마법사들의 반란은 하나의 이벤트다.

대륙 전체적으로 진행되는 이벤트!

그러다 보니 자신들의 터전이 파괴되어도 게임사에 항의한다거나 물어내라는 등의 목소리가 많이 나오지 않는다.

이런 기회에 부술 수 있는 건 다 부숴야지.

그렇게 지시해 놓고 한시민도 방송을 켰다. 생각보다 훨씬 강예슬이 잘해주고 있으니 이제는 한시민의 차례다.

이미 커뮤니티에선 수많은 글이 올라오고 있고 스페셜리스트의 흑마법사 쪽 전향에 대한 의견이 분분한 가운데 가장 화제가 되고 있는 내용은 단 하나!

-아니, 그렇다고 쳐. 어차피 게임이고 어느 편에 서든 유저의 마음이니까. 그런데 흑마법사 쪽에 서면 신전과는 적 아닌가? 지금 내가 알기론 시민 이 사람 성녀 꼬드겨서 신전 쪽에서 활동하고 있는 걸로 아는데. 같은 길드 아닌가? 어떻게 되는 거지?

-어? 그러네.

-갈라서는 건가?

-짜치?

궁금하다.

알려달라!

수많은 쪽지가 날아온다.

그 모든 관심의 종점에 선 한시민이 방제를 설정했다.

[흑마법사……?]

짧고 굵은 의미를 포함한 단어.

막장 드라마의 시작이었다.

⑨

주점에서 두 명의 유저가 맥주잔을 부딪치며 대화를 나누고 있다.

"야, 세상 좋아졌다. 너랑 이렇게 밤마다 술을 마실 수 있다니."

"그러게. 빨리 출장 마치고 돌아가고 싶었는데 이제는 그럴 필요가 없다. 출장 가 있는 게 돈 훨씬 많이 주지, 금쪽같은 내 새끼들 헬조선에서 열심히 공부하게 뒷바라지하면서 얼굴도 볼 수 있지. 뭐 좋다고 일자리도 없는 지옥으로 기어들어 가냐."

"캬, 나도 너처럼 살고 싶다. 2년 전만 해도 친구들끼리 너 불쌍하다고 다들 혀를 찼었는데."

30대인 두 친구의 대화는 정겨웠다. 비록 방어구도 초라하고 레벨도 낮아 보이는 차림새였지만 주점 내부의 그 누구도 그들의 차림새에 신경 쓰지 않았다.

당사자들도 마찬가지다. 게임에서 그 게임을 얼마나 열심히 했는지의 지표인 레벨과 장비가 초라하다고 부끄러움을 느끼지 않는다.

다른 게임이라면 위축될 법도 하건만 판타스틱 월드에서는 그러지 않아도 된다.

동시 접속자 3천만 명 중 반절 이상은 판타스틱 월드를 그저 하루 일과를 마치고 힐링하기 위한 용도로 사용하는 유저들이니까.

골드 값이 비싸지만 현실의 술값과 안줏값에 비할 바가 아니고 분위기 역시 중세 시대의 고풍적인 느낌을 느낄 수 있는 술집이 술맛이 더 좋을 수밖에 없다.

게다가 요즘같이 흉흉한 세상에 취할 걱정도 없고 안전에 문제도 없는 상황에서 마음껏 음주를 할 수 있다는 메리트는 많은 여성에게도 이점으로 다가온다.

무엇보다 이렇게 거리에 상관없이 만날 수 있다.

판타스틱 월드 대륙도 어마어마하게 넓은 건 마찬가지지만 적어도 여권이 있어야 다른 나라를 갈 수 있는, 그리고 터전을 아무렇게나 버리고 떠날 수 없는 현실보다야 나으니까.

그렇게 게임을 즐기기보다 현실에서의 스트레스를 풀고 힐링하는 유저들의 대화는 한참을 갔다.

날씨, 정치, 가족.

온갖 이야기를 마음 놓고 시간 신경 쓰지 않고 하다 보니 별의별 이야기가 다 나온다.

그러다 이내 사냥이라곤 티끌만큼도 하지 않는 판타스틱 월드에 대한 이야기도 나왔다.

"흑마법사들이 본격적으로 들고 일어났다지?"

"듣기론 유저가 거기 통솔한다는데?"

"대단하네. 그런 사람들은 정말 뭘 해도 되겠어."

"성 하나 털 때마다 벌어들이는 돈이 적어도 억 단위라고 누가 그러던데."

"키야, 나도 해외 출장은 꿈도 못 꾸는데 사표 내고 게임이나 해볼까?"

"야, 야. 진정해. 그것도 아무나 하는 게 아냐. 그 사람들은 수천만 명 중에 1등 찍은 사람들인데 어떻게 따라가냐."

"하긴, 어쨌든 지금 흑마법사들이 보이는 곳은 다 쓸어버리면서 켄지 영지로 향한단다."

"켄지 영지?"

"있어, 작년 게임 초창기 때부터 그 유저들이랑 레벨 경쟁했던 곳. 한 번은 하도 격차가 안 좁혀지니까 무차별 PK 한다고 난리도 아니었지. 지금이야 그 사이에 낀 시민이라는 유저

때문에 잠깐 휴전하나 싶었는데."

"그런데 왜?"

"모르지. 갑자기 사이가 갈라졌나 봐. 그럴 만도 한 게 시민이라는 유저는 성녀를 어떻게 꼬드겨서 대신전 쪽에 섰는데 그 사람 길드원들은 흑마법사 쪽에 섰으니까. 결국에 어느 한쪽은 포기해야 하잖아. 그런데 누가 포기하겠어. 그냥 애들 장난하는 게임도 아니고 제대로 하면 억 단위로 벌어들이는데."

"포기하긴 아깝긴 하겠다."

"뭐 주작 아니냐 말도 많은데 시민 쪽에서 어제 방송 켜고 공식적인 입장 발표했더라고."

"뭐라고?"

"자기는 황당하다. 내가 도와준 게 얼만데. 이런 식으로 배신할 줄은 몰랐다."

"오, 흥미진진한데?"

"그렇지? 이거 때문에 지금 판월 커뮤니티랑 온갖 게임 방송이랑 다 난리야. 오죽하면 나도 이렇게 자세히 알고 있겠냐."

"많이 찾아봤나 봐."

"찾긴. 그냥 커뮤니티만 들어가도 사건 쫙 정리돼 있는데."

"나도 좀 봐야겠다."

"봐봐. 완전 흥미롭다. 원래는 스페셜리스트랑 켄지 길드랑 전면전 각 나왔는데 거기에 시민까지 끼어들면서 더 재밌어졌어.”

판타스틱 월드 내부의 이야기라지만 현실에서도 화제가 되고 있는 이야기.

시간이 흐르고 유저가 대륙에 개입하는 영향력이 커질수록 메인 퀘스트 역시 게임에 미치는 영향이 커진다.

당연히 이런 대규모 흐름은 게임을 소소하게 플레이하는 유저들에게도 직접적인 체감으로 느껴질 수밖에 없다.

당장 흑마법사들이 갑자기 대륙을 지배한다면 유저들은 이제 시간 날 때, 심심할 때 사냥하는 게 아니라 흑마법사들의 노예가 되어 시키는 노동을 하거나 혹은 자유를 위해 싸워야 할 수도 있으니까.

싫으면 접으면 그만이라는 사람도 많지만 이미 판타스틱 월드가 하나의 안식처가 된 사람도 많다.

그렇기에 관심이 더 많았다.

“그 시민이라는 사람 방송은 언제 켠대? 보고 싶다.”

“야야, 말도 마. 그거 생방이나 재방 보려면 20만 원이다.”

“헐, 미친.”

“나도 그래서 전쟁 터질 때만 보려고 기다리고 있잖아. 커뮤니티 반응 눈치 잘 봐야 돼.”

스페셜리스트의 분열, 그리고 그 사이에 낀 켄지.

소수였기 때문에 당했던 과거를 아는 유저들의 흥미는 이

삼각관계를 더욱 두드러지게 만들었고 팝콘 각을 만들었다.

어떻게 될까.

상식적으로 생각하면 굳이 갈라설 이유가 없는 소수 정예 길드지만 한시민이라는 점에서 모두가 납득하고 상황을 지켜본다.

–돈 많이 주는 쪽에 붙겠지?

–성녀도 버리고 흑마법사 쪽에 붙을 수도 있으려나?

–돈만 준다면야 그럴 수 있을 듯.

–에이, 그래도 성녀로 챙겨먹을 수 있는 게 많을 텐데.

–이분 시알못이네. 방송으로 시청자들한테 삥 뜯는 거 보면 그런 말 안 나옴.

그렇게 도화지가 펼쳐졌다.

남쪽으로 향하던 한시민은 곧장 꼬리를 돌려 켄지에게 향했다.

마주한 켄지의 표정은 그리 좋지만은 않았다.

당연하다. 예전의 악연이 이런 식으로 돌아올 줄 알았다면 절대 그런 식으로 켄지답지 않게 막 나가진 않았을 텐데.

아니, 켄지답지 않은 건 아니었다. 그는 가능만 하다면 적대적 인수 합병 같은 건 눈 하나 깜짝 않고 할 수 있는 사람이니까.

다만 상대의 역량을 잘못 파악했다. 할 거였으면 완벽하게 찍어 눌렀어야 했다. 그랬다면 이렇게 메인 퀘스트 3막, 아직 그는 참여조차 하지 못하는 시류가 그를 향해 불어오진 않았을 테니까.

물론 무작정 비관적인 상황은 아니다. 흑마법사들이 표면에 올라온 만큼 대륙도 그곳에 초점을 맞춘다.

자잘한 도시들이 날아감에도 반응하지 않는 것은 갑자기 나타난 흑마법사의 세력을 정확히 파악하고 피해를 최대한 줄여가며 일망타진하기 위함.

굳이 NPC 귀족들에게 로비를 하지 않아도 병력이 하나둘 켄지의 영지 쪽으로 몰려들고 있다.

싸움은 켄지 대 스페셜리스트가 아닌 흑마법사 대 대륙이라 봐도 무방할 정도.

다만 기분이 나쁜 건 이렇게 흘러오기까지 가장 큰 공헌을 쌓은 한시민이 안타까운 표정을 면전에서 짓고 있기 때문이다.

방송이 켜져 있지만 않고 성녀만 없었으면 당장에라도 맞짱 뜨자고 덤벼들어도 이상하지 않을 상황.

"무슨 일입니까."

화를 참고 물었다. 한시민의 입에서 나올 이야기야 뻔했지만 그래도 예의상 물었다.

"돕겠습니다. 전 배신자들을 처단하는 데 한 손 거들고 켄지 님은 여러모로 이것저것 챙기시고."

"대가는?"

"그거야 오프 더 레코드로 말씀하시죠."

"……."

묻지 말걸.

후회가 몰려왔다.

그래도 혹시 하는 마음에 물은 건데.

"대륙을 지키기 위한 전투를 돈을 받고 하겠다는 말씀입니까?"

"네."

"황제의 사위가?"

"네."

"황실 기사단과 신전 성기사단을 이끌고?"

"네!"

"성녀님의 이름에 먹칠이 될 것이 두렵지도 않으십니까?"

"네! 물론이죠!"

"……."

저 해맑은 미소와 뻔뻔한 끄덕임.

저도 모르게 이성을 잃을 뻔했다. 하나 참았다. 한시민은 저래도 되는 캐릭터다. 게임 초창기 때부터 이미지를 저렇게 구축해 왔다.

돈이면 뭐든 하는 놈.

시청자들에게 방송마다 20만 원씩 뜯고 광고란 광고는 들어오는 족족 다 받는 놈이 돈을 위해 대륙을 팔아먹는 것쯤이야 애교가 아니겠는가.

머리가 지끈거렸다.

받아야 하나 말아야 하나.

그래도 신중한 결정을 위해 조심스레 물었다.

"개인의 결정입니까?"

"네."

지금 모여드는 수많은 병력과 지원군들과는 전혀 연관이 없다는 이야기.

켄지가 두 눈을 감았다.

도움은 분명 될 것이다.

전체적인 숫자로 보면 한시민이 이끌고 있는 군대는 일부에 불과하지만, 전력은 절대 무시하지 못할 테니까.

하지만 그렇다고 한시민이 이끄는 군대가 없다고 세상이 무너지느냐?

그건 또 아니다.

그도 이런저런 이야기를 들은바 한시민이 데리고 다니는 군대는 일종의 별동대다.

내주긴 싫었지만 삥 뜯긴.

황제의 편, 그리고 신전의 편이기에 받을 수 있었던 병력.

당연히 황제와 신전은 그와는 별개로 대륙의 수호를 위해 흑마법사들의 현재 목적지인 켄지에게 병력을 계속해서 보내 줄 것이다.

거기까지 생각하니 마음이 굳었다.

"거절하겠습니다."

"헐?"

단호하게 말하니 여유롭던 한시민의 표정에 금이 갔다.

그럴 줄은 몰랐는데.

"진짜요?"

"네."

"정말?"

"네."

"우리 혜기가 부탁하는데도?"

"⋯⋯네."

뭔가 찜찜하지만 얄밉기 그지없는 대답을 돌려주는 통쾌함 은 짜릿하다.

한시민이 인상을 찌푸리더니 고개를 끄덕였다.

"어쩔 수 없죠."

"네?"

"아쉽지만 싫다니까."

그리고 이어지는 빠른 포기.

불안함은 짙어졌다.

"혹시 흑마법사 쪽에 붙으시려는 건 아니시겠죠?"

"글쎄요."

해서 물었다. 혹시나 하는 마음에. 동시에 쐐기를 박기 위해.

방송을 하는 마당에 진짜 그러진 않겠지.

그랬다간 유저들에게야 괜찮다 쳐도 NPC들에겐 평생 씻을 수 없는 낙인을 찍히게 된다.

황제의 사위, 성녀의 아빠.

돈을 위해서라면 절대 포기할 수 없는 직위들이 걸려 있는 만큼 그러진 않으리라.

하나 한시민은 그저 고개를 갸웃할 뿐이었다.

여지! 열린 결말!

사실 신경 쓰지 않으면 그만이긴 하다. 확신만 있다면야.

하지만 켄지는 그 확신을 확신할 수 없었다. 그렇기에 붙잡았다.

"잠시!"

"네?"

"그거 말고, 리치 영지 VVIP 회원 특권을 지금 사용하겠습니다."

"……?"

"14강 이용권 3회 중 2회를 지금 당장 사용하겠습니다."

삥 뜯기긴 싫지만 불안함의 여지를 남겨두기도 싫다!

생각지도 못한 곳에서 한 대 맞은 한시민이 이번엔 정말 당황했다. 그가 누군가에게 뭘 해줘야 한다는 걸 머릿속에 기억하고 다닐 리가 없다.

"음."

무슨 핑계로 거절할까 고민은 오래가지 못했다.

"VVIP 다는 데 든 돈이……."

"이쪽으로 모시겠습니다, 손님."

어차피 돈은 한시민이 버니까.

10

은밀한 회담이 이루어졌다.

캡슐이 많이 알려지고 어지간히 산다는 집은 대부분 하나씩 구매해 놓은 뒤 집에서 게임을 즐기는 사람들이 늘어나는 와중에도 여전히 목 좋은 곳에 자리 잡아 장사가 잘되는 고급

술집에서.

"⋯⋯좀 빙빙 돌아서 오라고?"

"어, 그래야 할 것 같아. 문제가 조금 생겨서."

그 회담은 넷이어야 할 것 같은 그림에 둘뿐이었다.

고급 양주를 이제는 당연하다는 듯 기울이는 한시민과 새초롬한 표정으로 다리를 꼰 채 젊음과 성숙함을 동시에 표출하는 강예슬.

그녀의 미모 또한 언제나 안 예뻤던 적이 없다. 다만 정설아의 매력이 남자들에겐 더 노골적으로 다가왔을 뿐.

하지만 정설아가 없으니 강예슬만의 아름다움이 더 빛이 났다.

그렇게 둘만의 술잔이 몇 번을 오가는 와중에도 정설아와 정현수는 나타나지 않았다.

둘만을 위한 은밀한 술자리!

"진짜 설아 씨랑 현수 형은 안 오신대?"

"응, 아직 흑마법사들 제대로 다룰 수 있는 것도 아닌데 셋다 자리 비우면 좀 그렇잖아. 혹시 몰라서 잠도 교대로 자고 있다니까?"

"독하네."

"오빠만 하겠어? 우리 독한 거야 이미 예전 게임 때부터 유명한데 오빠 때문에 요즘은 조금 자신감이 떨어졌다니까."

딱히 이유가 있는 건 아니었다.

오로지 게임만을 위해 숨 쉬는 이들!

만남이야 게임 내부에서도 할 수 있으니 술자리는 강예슬에게 양보한 것.

"딱 보니 네가 제일 할 거 없으니 나온 거네."

"……."

라기보다 역시 그런 이유.

정곡을 짚는 한시민의 말에 강예슬이 미간을 찌푸렸다.

"오빠 너무 나를 잘 아는 것 같아."

"뻔하지 뭐."

그러면서 은근슬쩍 엉덩이를 옆으로 옮겨 한시민 쪽으로 붙는다.

어두운 조명 속 둘만 있는 남녀!

이건 그냥 길 가다 만난 초면의 남녀라도 정분이 생길 수밖에 없는 그림이 아닌가.

강예슬이 슬쩍 한시민의 허벅지에 손을 올렸다.

"오빠."

"뭐냐, 이 수작은?"

돈을 건물째로 벌면서도 아직 이런 비싼 양주는 마실 엄두조차 내지 못하는 한시민이 술에 집중하다 그녀의 손을 쳤다.

그러곤 바로 옆에서 뚫어져라 아이 컨택을 시도하는 강예슬과 시선을 마주했다.

"……."

뭐지.

당황보단 감회가 새록새록 했다.

오랜만이네.

"또 도졌네, 도졌어."

"아잉, 오빠. 우리 옛날 추억도 있는데 어때."

"……."

"오늘 오랜만에 오빠의 개가 될까?"

초면부터 자유분방한 신여성의 표본을 마음껏 보여주던 강예슬이다.

오랜만에 당해 살짝 흔들릴 뻔도 했지만 아쉽게도 한시민은 판타스틱 월드를 시작한 이래 단 한 번도 예쁜 여자와 떨어져 본 적이 없다.

오히려 성적인 매력을 느낀다면 더 많이 느낄 기회가 게임 내에서 훨씬 많았으리라. 부부라는 이름으로 그냥 엉겨 버리는 공주도 있고.

해서 쉽게 흔들리지 않았다. 대신 그녀의 도발을 재치 있게 받아쳐 주었다.

"나 그럼 한신그룹 물려받는 거냐?"

역으로 당황시키기 충분한 발언! 이렇게 꼬리를 흔들면 냅다 물어서 지옥 끝까지 엉겨 붙을 테다!

재벌 2세에겐 충분히 위협적일 수 있다. 돈을 쓰는 연애야 넘쳐 나니 상관없지만, 결혼까지 가면 문제는 달라지니까.

게다가 강예슬은 하나뿐인 한신그룹의 후계자가 아닌가. 지금까지 보여준 한시민의 행동거지를 보면 그룹 내 돈은 물론 비자금까지 다 끌어다 개인 소유로 돌려놓고 회사를 망하게 해도 부족할 게 없다.

하지만 강예슬 역시 강적이었다.

"어? 정말?"

"……응?"

당황하는 기색 없이 그 말에 허벅지에 올린 손이 아래쪽으로 점점 내려간다.

"아니, 야. 인마."

"오빠 정도면 결혼해도 되지. 나야 완전 땡큐지. 언제 할까? 일단 오늘 도장부터 찍을까?"

"……."

"우리 할아버지가 손주 빨리 보고 싶다 했는데."

"……."

"술 그만 마시고 시간도 얼마 없는데 라면부터 먹을까?"

"……."

한시민이 슬쩍 술병을 들고 자리에서 일어나 반대쪽으로

넘어갔다.

생각했던 것보다 더 독하네.

고개를 저으며 매혹적인 미소와 함께 다시 달라붙으려는 그녀의 머리를 손가락으로 밀었다.

"접속할 시간이야."

"쳇, 고자야 오빠?"

"고자는 아닌데 고자처럼 살아온 내 인생인데 좀 여유 있게 생각 좀 하면서 살려 한다."

솔직히 흔들리지 않으면 남자도 아니다.

매사에 장난스럽고 가볍지만 이렇듯 진지해야 할 땐 남자의 마음을 제대로 흔들 줄 알고 배경 또한 눈코입만 제대로 붙어 있으면 누구든 손들고 장가가겠노라 인생을 걸 만큼 대단하니까.

거기에 어지간한 TV에 나오는 연예인 안 부러운 외모 몸매에 나이까지 어리다. 장난스러운 부분에 대한 의심만 없다면 거절할 이유가 없다.

다만 한시민은 그게 문제였다.

"빨리 가서 강화하고 돈 벌어야 돼."

"……어휴."

이게 없었다면 여기까지 오지도 못했을 걸 알기에 강예슬도 포기하고 채비를 갖췄다.

어차피 그녀 또한 시간이 없긴 매한가지다.

그래도 어느 정도 마음을 진정성 있게 나름대로의 방식으로 표현했다는 것에 만족했다. 적어도 거절당하진 않았지 않은가.

"오빠, 그건 왜 가져가. 얼마 남지도 않은 거."

"아깝잖아."

"하나 더 사줄 테니 그럼 그것도 가져가."

"사랑한다."

게다가 이제는 어떻게 다뤄야 하는지도 좀 알 것 같다.

보낸 시간의 반 이상이 은밀하고 야릇한 대화였지만 어쨌든 게임 내에서는 이제 쉽게 얘기하기 힘든 밀담이 성공적으로 오갔다.

사실 현실에서까지 만날 필요는 없었다.

"길드 대화를 도청할 수 있는 것도 아니고."

"에이, 그래도 오랜만에 술 마시고 좋았는데?"

"피곤만 해."

그냥 어쩌다 보니 교대로 수면을 취하는 스페셜리스트 중 한시민의 휴식 시간과 겹치는 게 강예슬이었고 그녀의 강력한 요구로 그랬을 뿐이다.

　정설아와 정현수야 그녀의 성격을 잘 아니 그러려니 알아서 하라고 보내준 것이고.

　어쨌든 그렇게 은밀하게 계획을 주고받은 뒤 게임에 와서 다시 길드 대화로 태연하게 대화하는 와중에 강화는 계속되었다.

　"이야, 켄지도 많이 컸네. 스페셜 등급 지팡이에 레전더리 등급 검이라니. 이거 저번에 나온 그 검 아닌가."

　14강 이용권을 두 개나 쓸 만한 가치가 있는 아이템들.

　레벨 또한 현 랭커들의 레벨을 생각하면 최상위 아이템이다.

　100레벨 무기와 비교해도 손색이 없는 무기들.

　그만큼 무기에 있어 등급이 중요하다. 그렇기에 스페셜리스트도 100레벨을 찍고도 아직까지 이전의 강화된 무기를 사용하는 것이고.

　마음 같아선 날름 먹고 튀고 싶을 만큼 좋다.

　가져다가 팔아도 수십억은 우습게 나오리라.

　그런 걸 강화하니 괜스레 VVIP 회원 특혜에 대한 아쉬움이 든다.

　"너무 많은 것들을 해주나 봐. 다음부턴 좀 줄여야겠다."

　저레벨 아이템이야 14강을 하든 15강을 하든 몇 개가 풀려도 상관없다.

어차피 유저들의 레벨은 계속해서 오르고 그에 맞게 아이템들도 풀림과 동시에 저레벨의 아이템들은 가치가 하락하게 마련이니.

물론 그 레벨대의 유저들은 구매하겠지만 그 아이템이 최고였을 때와는 가치가 많이 떨어질 수밖에 없다.

하지만 아이템의 레벨이 올라가면 올라갈수록 말은 달라진다.

고레벨이 될수록 유저들의 레벨 업 속도가 더뎌지고 그 레벨을 달성하는 유저의 수가 적어진다.

욕심이 있는 유저들은 더 높은 곳을 위해 더 좋은 아이템을 비싼 가격에 구매할 의향이 많아지고 자연스럽게 아이템의 가치는 올라간다.

아이템 바꾸는 주기가 길어지다 보니 고레벨의, 그것도 높은 등급의 강화된 무기는 오랜 시간 애용될 수밖에 없다.

당장 한시민이 강화하는 무기도 그렇다. 켄지가 말은 해주지 않았지만, 예의상 묻지도 않았지만 딱 봐도 누가 쓸 무기들인지 견적이 나온다.

'켄지랑 다이노겠지.'

온몸을 유니크 이상의 장비로 도배해 버리는 지갑 전사 켄지와 세상이 인정한 천재이자 대륙의 다섯 레전더리 등급 중

전설의 대마도사라는 마법 계열의 직업을 가져간 다이노.

미래의 경쟁자라 생각하면 상당히 위협적이다.

제아무리 한시민이라 한들 결국 그는 강화사.

테이머도 껴 있지만 빼액이를 제외하고는 그다지 레전더리 등급에 걸맞지 않다고 생각하니 그럴 수밖에 없다.

마법서는 어찌어찌 강예슬에게 넘어갔지만 그래도 레전더리 등급의 마법사.

레벨이 오르고 오르고 또 오르다 보면 결국 전설이었던 대마도사의 마법들을 배우게 될 테고 그는 곧 대륙을 휘어잡는 하나의 별이 될 것이다.

하늘에서 떨어지는 메테오.

강화한 장비들로 막을 수 있을까?

일신은 지킬 수 있을지도 모른다. 하지만 한시민은 이제 혼자가 아니다.

'영지 방어에 좀 더 신경 좀 써야겠네.'

대마도사의 꽃은 역시 영지전이다. 그리고 켄지 길드가 추구하는 방향 역시 영지전 쪽이고.

어쩌면 그를 노리고 일부러 방향을 틀었을 수도 있다. 그렇게 생각하니 조금 진지해졌다.

'터뜨릴까.'

욕은 먹겠지만 미래에 영지에 메테오가 떨어지는 것보다는 낫지 않을까.

하나 생각하다 고개를 저었다. 막는 것이야 돈을 좀 쓰겠지만 빼액이로도 막을 수 있다.

그리고 돈이 무한대로 나오는 게 아닐까 의심이 드는 켄지와 굳이 지금 여기서 돌이킬 수 없는 척을 질 필요도 없다.

"하, 역시 강화사랑 테이머가 레전더리 등급 직업에서 제일 쓰레기야."

푸념과 함께 망치질을 계속했다.

대륙 그 누가 들어도 돌멩이를 집어 들고 다짜고짜 던질 말을 아무렇지 않게 양심도 없이 지껄이며.

메인 퀘스트 시나리오 3막은 스페셜리스트의 무대다.

이건 판타스틱 월드를 플레이하는 유저 중 누구도 부인하지 않는 현실이다.

하지만 거기에 한 명이 추가적으로 꼽사리 꼈다.

바로 켄지!

—와, 켄지는 무슨 복이냐.

—어쩌다 역풍 제대로 맞는다고 불쌍해했는데 이건 뭐 그냥 한순

간에 승격 아니냐.

—황실군에, 성기사들에, 사제들까지 통솔한다던데.

—듣기론 통솔하는 직위 따내려고 쓴 골드만 20억이 넘는다더라.

—…….

—카더라 자제 좀요.

—카더라 아님. 실제 근 며칠 동안 골드 다 켄지가 사 갔잖음.

—ㄷㄷ. 그럴 만한 가치가 있나.

—있지. 지금 스페셜리스트가 쓸면서 다니는 성들 별로 크지도 않은데 최소 피해가 개당 수십억인데. 거기서 10%만 먹는다고 해 봐라.

—이거 게임 맞냐.

수익은 둘째 치더라도 이 기회를 통해 켄지는 황실, 신전과 밀접한 연관을 맺었다.

그 이점은 게임을 플레이해 본 유저라면 누구라도 부러워할 인맥.

게다가 어느 순간 흑마법사 부대가 방향마저 틀었다.

병력이 모이기까지 기다려 주기라도 하겠다는 듯.

—이걸 폭풍 전야라고 하나.

—기다리는 거 같은 느낌은 뭐지?

—그만큼 자신 있다는 건가?

—이쯤 되면 진짜 붙는 거지?

—더 모이기 전에 치는 게 맞지 않나?

동시에 대륙 전역에서 또 다른 움직임들도 하나둘 일어났다.

숨죽이고 보고 있던 다른 지역의 흑마법사들!

그들도 일어났다. 대륙 전역에서 한곳을 향해 몰려간다.

그야말로 대규모 전쟁을 알리는 신호탄!

—디데이 20일. 다들 경로에서 빠지시고 팝콘 구매하세요.

전쟁은 어떻게든 터진다.

그걸 부정하는 사람은 단 한 명도 없었다.

11

하루하루가 재미있다.

유저들에겐 그럴 수밖에 없다.

흑마법사 대 제국. 이 엄청난 재미가 보장되는 전쟁이 날짜마저 정해진 채 흐르고 있으니까.

심지어 진짜배기 에피소드인 마족들의 대륙 침공은 아직 시작도 되지 않았음에도 이런 재미를 보장하니 더 설레고 떨린다.

　어쩌면 이번 전쟁에서 흑마법사들을 암살할 수 있다면, 모습을 숨기고 있던 흑마법사들마저 모조리 끌어내 한 번에 다 죽일 수 있다면 대륙에 마족들이 넘어오지 못하게 하는 쪽으로 방향을 흐르게 할 수도 있다는 기대감은 유저들로 하여금 보는 것을 뛰어넘어 직접 전쟁에 참여할 의사까지 만들어냈다.

　물론 공짜는 아니다. 대륙에 대한 애착만으로 게임을 플레이하기엔 아직 유저들은 얻어야 할 것도 많고 올려야 할 레벨도 잔뜩이니까.

　보상!

　총사령관에 임명된 켄지는 지원받은 돈을 자원하는 사람들에게 아낌없이 풀었다.

　-사냥하는 것보다 전쟁 참여하는 게 개꿀이다.

　-흑마법사 잡으면 1골드라는데?

　-막타만 쳐도 된단다.

　-전쟁 하루 참여만 해도 경험치 오르는 게 장난 아님. 사냥하다가 전쟁 참여해야겠다.

　-정찰병 지원해 보셈. 흑마법사 위치 찾으면 퀘스트 완료됨.

─대박.

흑마법사 대 황실, 혹은 신전.

이런 틀에 박힌 이미지를 넓혀 버렸다.

모든 유저가 참여할 수 있는 이벤트. 켄지는 그걸 사비를 들여서 아낌없이 해냈다.

그러다 보니 그에 대한 인식은 나날이 높아질 수밖에 없었다. 그러면서도 길드 내부로는 하루 종일 머리를 굴리기 바빴다.

"무슨 꿍꿍이일까요."

"시간은 저희 편입니다. 그런데 저렇게 돌아오겠다는 건……."

어느 순간 승률은 켄지 쪽이 높아졌다.

아니, 애초에 흑마법사가 타깃을 정하고 움직이기 시작한 순간 그들에겐 불리한 싸움이었다.

숫자부터가 밀린다.

그리고 흑마법사들이 무서운 이유는 그들의 존재를 파악하지 못한 채 당하는 온갖 피해 때문이다. 정면으로 싸우면 피할 이유가 전혀 없다.

그러니 이유를 그쪽에서 찾으면 안 된다.

다이노의 표정이 어두워졌다. 그는 똑똑하기만 한 게 아니다. 현실도 잘 파악할 줄 안다.

"어쩌면 쇼일 수도 있어요."

"……쇼?"

"네, 제정신이라면 흑마법사들이 대륙과 정면대결을 할 이유가 전혀 없잖아요. 그들을 희생양 삼아 마왕이라도 소환할게 아니라면."

"……."

이번 전쟁을 준비하며 황실에서 예전 대륙 마족 침공 때의 자료를 조금 받았다.

그래 봐야 소설에서 읽었던 흔하디흔한 설정들이 대부분이었지만 그걸 참고로 생각해 보면 여러 가지 가정이 나온다.

"전쟁 목적지를 정해놓고 오는 길에 최대한 많은 피해를 내고 있어요. 그러면서 또 경로를 바꿔 최대한 시간을 끌고 있죠. 우리 입장에선 역으로 움직이자니 게릴라전에선 그들을 잡지 못하니 피해를 최소화하는 방향에서 내주고 있지만……."

"……."

"만약 전쟁 따위는 안중에도 두지 않은 피해만을 위한 쇼라면?"

"너무 위험부담이 큰 거 아닙니까?"

그중 가장 신빙성 있는 추리에 켄지가 신음을 삼켰다. 만약 그게 진짜라면 지금 그가 쏟아붓고 있는 돈은 모두 물거품이 된다. 애초에 흑마법사들이 전쟁을 생각하지도 않고 있다는 뜻이니까.

물론 이대로 기다리지 않고 모인 병력으로 그들의 뒤를 쫓는다면 어느 정도 피해를 줄 수도 있다. 대륙 깊숙이 모습을 드러낸 그들이니 쉽게 빠져나갈 수도 없을 테고.

하지만 그렇게 되는 순간 전쟁은커녕 혼란의 도가니가 펼쳐질 것이다.

쫓고 쫓기는 추격전 속에 얼마나 많은 피해가 있을지는 상상조차 되지 않는다.

당연히 현실이 아니니 희생되는 자들의 죽음을 슬퍼하며 자책할 이유는 없지만 그 피해들은 곧 흑마법사들이 원하는 혼란.

머리가 아파왔다.

그러고 보니 너무 초점을 스페셜리스트에 잡고 있었다. 기세등등하게 흑마법사들을 이끌고 나왔다는 것에 그들이 흑마법사들을 조종한다고 생각했다.

"그게 아니라면……."

만약 아니라면.

모두가 기대하고 있는 이때, 물이라도 먹는다면.

"……."

그림이 바뀌는 건 문제가 되지 않는다. 황제는 결국 흑마법사들을 잡기 위해 군대를 출격시킬 것이다. 다만 그렇게 될 경우 켄지가 지금껏 그린 그림은 모두 물거품이 되겠지.

"하아."

켄지가 지끈거리는 머리를 부여잡았다. 이런 와중에 떠오르는 건 역시 하나뿐이었다.

"시민 님을 만나야겠군요."

"……거래를 하는 쪽이 안전해 보입니다."

예상하고 이런 배짱을 부렸던 걸까. 아니, 어쩌면…….

"길마님! 큰일 났습니다. 시민이 지금 스페셜리스트와 접촉하기 위해 움직이고 있다고 합니다!"

"……!"

켄지에게 비상이 걸렸다.

12

한시민은 천재가 아니다.

IQ도 측정해 본 적은 없지만 태어나서 지금껏 뭐 특출하게 똑똑하다거나 이거 멘사에 가입시켜야 하는 거 아니냐는 말이라고는 단 한 번도 들어본 적이 없으니 맞을 것이다.

게다가 그렇게 똑똑했으면 공부에서라도 무언가 빛을 보였겠지.

하지만 아니었고 흥미도 없었으며 똑똑한 쪽으로 머리 굴리는 것 자체도 적성에 맞지 않았다.

다만 돈을 벌기 위해 굴리는 머리는 조금 비상하다 자신도 인정하는 바다. 그렇기에 자신의 분수를 알고 할 수 있는 만큼만 그림을 그린다.

언제나.

게다가 이건 사람의 일이고 수많은 사람이 부대끼는, 이권이 걸려 있는 일이다.

당장 가족마저도 돈 때문에 갈라서는 일이 비일비재하게 일어나는 현실인데 게임에서 누굴 믿고 큰 그림을 그리겠는가.

그저 정해진 수순대로 움직일 뿐이다.

그 과정에서 켄지의 변수에 의해 시간이 조금 늦춰졌지만 그건 또 그건 나름대로 변수로 작용해 한시민에게 유리하게 다시 돌아왔다.

"오랜만이네요."

"설아 씨, 잘 지냈어요?"

"난 안 보이냐."

"네, 형님도 하이요."

황실 기사단과 성기사단은 쏙 빼놓고 그로킬레만 대동했다. 카르디안은 빼액이를 지켜야 하니까.

그렇게 흑마법사들과의 접촉한 한시민이 곧장 방송을 켰다. 켜지 않고 진행되는 은밀한 회담 따위는 현실과 길드 대화만으로 충분하다.

이렇게 위험을 무릅쓰고 만나는 건 어디까지나 보여주기식!

가벼웠던 넷 사이의 분위기가 언제 그랬냐는 듯 가라앉았다. 경계하는 느낌으로 거리도 유지하고 흑마법사들은 언제든 공격할 준비가 되어 있다는 듯 지팡이를 치켜들었다.

거기에 더해지는 우정 출현!

"……."

그로킬레의 표정은 대륙에 온 이래 가장 썩었지만 오히려 그 표정이 분위기를 살리는 데 더 큰 도움을 주었다.

"언제 마족까지……. 이런 것까지 숨길 필요는 없었잖아요."

"흥, 오빠. 언제까지 우리가 한배를 타고 갈 수는 없잖아? 괜히 오빠한테 말했다가 우리가 상급 마족을 소환했다는 사실이 저쪽에 알려지기라도 하면 손해인데 왜?"

그리고 시작되는 드라마. 혼신의 힘을 다한다.

한시민에게 종속된 그로킬레가 어느새 흑마법사들에 의해 소환된 흑마법사의 희망이 되어 있고 넷은 건들기만 하면 폭발할 것처럼 위태롭다.

"그러지 말고 오빠, 오빠도 우리 쪽으로 넘어오면 안 돼? 거기 있어봤자 안 돼 이젠. 상급 마족이 소환되고 지금 인간들의 피로 제물을 바치고 있으니 조만간 마계의 문이 열릴 거야. 그러니까 애먼 데 투자하지 말고 이쪽으로 넘어와. 오빠가 보는 손해 다 만회하고도 남게 만들어줄게."

"맞아요, 시민 씨. 우리 끝까지 함께해요."

그러면서도 스페셜리스트는 한시민을 끝내 포기하지 않는다. 보는 시청자 입장에서 당장 다 때려치우고 흑마법사 쪽으로 넘어가고 싶은 애절함.

−방송하는 거 모르는 건가?

−와, 예쁘다.

−나라면 망해도 저쪽에서 망할래.

그 가장 큰 이유는 역시 외모다.

한시민 역시 흔들렸는지 잠시 말이 없다. 고민하는 기색을 보자 강예슬과 정설아는 더 강하게 어필한다.

"어차피 켄지 쪽에 협상도 결렬됐다며? 이왕 이렇게 된 거 성녀랑 기사단 데리고 우리 쪽으로 와주라. 응? 돈은 달라는 대로 줄게. 우리도 돈 많아. 오빠 하나 포섭하는 데 쓰는 돈은 아깝지도 않고. 제발. 오빠만 있으면 진짜 이번 시나리오 완벽하게 끝낼 수 있을 것 같아서 그래."

"오는 김에 지금 강화하고 있다는 무기도 넘겨주세요. 비싸게 쳐 드릴게요."

그러다 보니 어느새 은밀한 만남은 한시민을 꼬시는 자리가 되어버렸다.

뭔가 이상하지만 역시 흥미롭다.

–대륙의 운명을 결정짓는 자리인가?

–그런데 시민이 저쪽으로 넘어간다고 뭐가 달라지나? 황제가 죽는 것도 아닌데.

–판알못인가. 성녀가 흑마법사 쪽으로 넘어간다는 뜻인데.

–잘하면 기사단이랑 성기사들도 따라갈 수도 있음.

–미쳤냐. 걔들이 왜 넘어가.

–시민이라면 돈만 주면 충분히 꼬실 듯.

언제나 그렇지만 당하면 가장 기분이 더럽지만 보는 건 재미있는 게 배신과 정치다.

특히 이런 상황에서의 배신이라니.

전쟁의 승패는 둘째 치더라도 개인적인 원한 관계가 짙어지는 장면이 아닌가.

–강화 중인 무기?

–리치 영지 VVIP 회원 특혜 써서 무기 두 개 강화한다고 들었는데.

–ㄷㄷ 설마 얼마 전에 구매한 스페셜 등급 무기랑 레전더리 등

급 검인가?

　−헐.

　−근데 저거 먹튀 하면 리치 영지는 어떻게 되는 거지?

　−뭘 어떻게 돼. 넘어가면 황제 사위 자리도 버리는 건데 그런 거 신경 쓰겠냐.

　−뭐가 더 이득인 거지.

　−모르지. 얼마 버는지를 모르니까.

　이렇게 되면 주인공은 한시민이 된다. 그의 한마디에 이번 전쟁의 판도가 완전히 달라질 테니까.

　설사 흑마법사 쪽으로 넘어가지 않는다고 해도.

　"정 그러시면 이번 전쟁에서 참여만 하지 않는 쪽으로만 해 주셔도 돼요. 무기는 넘기시고. 그거만으로도 충분해요."

　이런 식의 전개도 가능하니까. 한참을 고민하던 한시민이 고개를 끄덕였다.

　그리고 그 어느 때보다 진지한 표정으로 말문을 열었다.

　"그래도 고객과의 신용이라는 게 있으니까 당사자의 의견을 한번 물어볼게요."

　"……?"

　진지한 답변은, 누구도 예상치 못했던 것이었다.

　그와 함께 곧장 통화가 이어졌다.

켄지는 당연히 방송을 보고 있었다.

수십억짜리 아이템을 먹튀 당하느냐 마느냐의 갈림길에 서 있기 때문이 아니다. 돈을 주고도 구할 수 없는 아이템이기 때문이다.

마음 졸이고 보고 있다 언급된 그에게 대화가 걸려왔다.

당연히 받았다.

-보고 계신가요?

"……정말 팔아넘기실 건 아니시죠?"

-그걸 여쭤보려고 연락드렸습니다.

"……."

제정신이냐고 묻고 싶었다.

세상에 아이템을 먹튀 당하고 싶냐 당사자에게 허락받는 경우가 어디 있단 말인가.

당연히 아니지.

그런데 말을 이을 수 없었다. 하고 싶은 말을 딱 봐도 알 수 있기 때문.

-얼마에 사실 거예요?

"……?"

-이쪽 가격은 우선 받긴 했는데, 아! 먼저 강화한 옵션부터

보여드릴게요.

"……."

한시민은 단호했다.

단호하고 당연했다. 마치 이런 상황이 당연하게 받아들여
진다는 듯. 그리고 한마디 덧붙였다.

―아! 절대 거래하자 했는데 엿 먹어서 복수하려고 이러는
거 아니에요. 아시죠?

절대 개인적인 복수가 아니다. 스페셜리스트와 짜고 친 적
도 없다.

애초에 그가 그린 그림엔 켄지의 무기를 강화하는 과정조
차 없었다.

―그러게 왜 이런 시국에 강화해 달라고 하셔서.

말도 안 되는 개소리지만.

책임이 이상하게 켄지 쪽으로 전가됐다.

13

졸지에 켄지가 나쁜 놈이 됐다.

나쁜 짓을 한 건 없다.

그가 한 행동이라곤 그냥 정당한 권리를 행사했을 뿐이다.

그 권리마저도 그가 달라고 한 게 아니다. 한시민이 직접 준

것이다. 언제든 어디서든 말만 하라고.

그래서 말했다. 믿고 가족에게도 넘겨주기 쉽지 않은 아이템을 넘기기까지 했다.

그런데 그걸 먹고 튀겠단다.

다시 받고 싶으면 얼마를 줄지 말해보란다.

내가 대체 왜 내 아이템을 다시 돈 주고 사야 하는지에 대한 의문이 들 수밖에 없다.

들지 않으면 그건 사람이 아니다.

"……."

당연히 할 말을 잃었다.

여기서 뭐라고 말해야 좋을까.

방송에 나가고 있든 말든 욕부터 시원하게 내지르는 게 맞긴 하다.

켄지야 이미지를 신경 쓰는 사람 중 한 명이지만 이런 상황에서 허허 웃으며 대처하는 것 또한 이미지를 관리하는 데 좋지 않은 방법이기도 하고.

하지만 이런 와중에서도 현명한 머리는 냉철하게 상황을 판단하고 있었다.

화내면 안 된다.

그러는 순간 저 뻔뻔한 놈의 손에 들려 있는 아이템들은 그대로 적의 손에 넘어가 아군을 향해 온갖 공격을 쏟아붓겠지.

그렇기에 침묵이 이어지는 것이다.

하고 싶은 말들은 눈치를 보느라 못하고 그렇다고 상대가 하자는 대로 하자니 어이가 없어 화병으로 돌아가실 것만 같다.

그걸 알기라도 하는지 한시민이 흔쾌히 명분을 내주었다.

─아, 오해하지 마세요. 제가 설마 이 두 개의 아이템이 켄지 님 것이라는 걸 잊고 이런 무례한 말씀을 드리겠어요? 전 그저 여쭤보는 것뿐입니다. 이 두 개의 아이템을 지키기 위해 얼마까지 쓰실 수 있으신지.

"……."

그 말이 그 말이잖아, 이 자식아.

실제로 방송에서도 비슷한 내용의 댓글들이 올라왔다.

이해하기 쉽지 않은 말인 것은 사실이다. 해서 한시민도 친절하게 더 구체적으로 설명해 주었다.

─그러니까 지금은 이 두 개의 아이템이 켄지 님의 것이죠. 하지만 제가 스페셜리스트에게 매수된다면 전 황제의 사위니 뭐니 다 버리고 흑마법사의 쪽에 넘어가게 되죠? 그러면 당연히 리치 영지는 제국으로부터의 보호에서 벗어나게 될 테고 빼앗기든 지키든 온전히 제 몫이 됨과 동시에 흑마법사의 영토가 되게 되죠. 그럼 당연히 황제 쪽 사람들에게 이득이 되는 행동을 할 수는 없으니 지금까지의 이벤트들은 전부 무효

가 되고 제가 발급해 드린 VVIP 특권들도 무효가 되죠. 그러니 제게 묶인 무기들의 소유권은 애매해지고 제가 마음만 먹는다면 얼마든지 이쪽에 넘길 수 있죠.

"······."

-그러니 결론적으로 제가 이 두 개의 무기를 가슴이 아프지만 그래도 손해를 메우기 위해 스페셜리스트한테 팔지 않도록, 흑마법사 쪽의 제안을 무시할 수 있게 절 포섭하는 데 얼마나 쓰실 수 있는지를 여쭤보는 겁니다.

"······."

긴 연설이었지만 결국 같은 말이었다.

켄지는 두 눈을 감았다.

-설마 그걸 왜 내가 포섭해야 하는지 모르시는 건 아니겠죠? 저도 뭐 켄지 님한테 이렇게 노골적으로 붙잡아 달라고 말하고 싶지는 않지만 켄지 님께서 얼마 전 총사령관이 되셨으니 이렇게 황제 폐하 다음으로 현 상황을 이끌고 있는 분께 말씀드릴 수밖에 없는 것 같습니다.

"······."

-우선 강화된 아이템들부터 보시죠. 궁금하셨을 텐데.

할 말을 마친 한시민이 레전더리 등급의 검과 스페셜 등급의 지팡이를 꺼내 옵션을 공개했다.

방송은 여전히 켜져 있었으니 옵션을 보는 데 전혀 불편함은 없으리라.

다만 주인의 허락도 없이 아이템의 옵션이 만천하에 공개되다는 사소한 문제가 있지만 켄지는 지금 그런 걸 따질 때가 아니었다.

"……!"

그리고 흔들리는 눈동자.

흔들릴 수밖에 없다.

15강 했을 경우 아이템이 보이는 효율은 하늘을 뚫고 우주를 뚫지만 일반 유저들에게 있어 14강만 해도 거의 행성을 파괴할 수준의 옵션들을 자랑하니까.

게다가 검 같은 경우 레전더리 등급의 아이템이다. 붙어 있는 옵션들뿐 아니라 새로 붙은 옵션들도 뛰어나다.

거기다 강화하는 사람이 한시민이 아닌가.

강화하면서 붙는 특수 옵션과 강화 효과 상승은 그냥 강화했을 때보다 1.3배 이상의 효율을 보인다.

-와, 저게 뭐냐.

-저걸 강화했다고? 안 터지고?

-이쯤 되면 판월에서 제일 사기 직업은 강화사 아니냐.

-저렇게 강화하는 것도 어려운 걸로 알고 있는데.

-어려워 봤자 무조건 강화시킬 수만 있다면 괜찮은 거지.

–대체 저런 직업을 베타고는 왜 만든 거냐.

다시 한번 드러나는 한시민의 사기성!
애먼 베타고만 욕을 잔뜩 먹었다.

–ㄴㄴ. 이건 뭔가 시민만의 비법이 있는 거 같음. 역사서 찾아보니 전대 레전더리 강화사도 15강 한 번 못 만들어 봤다고 하던데.

가끔 이렇게 판타스틱 월드의 역사에 빠삭한 사람들의 증언들이 나오기도 했지만 이미 흥분에 눈이 먼 사람들에게 먹힐 말이 아니었다.

그중에서도 가장 설레는 사람은 역시 켄지.

"방송 끄시고…… 말씀하시죠."

그가 결국 한시민의 올가미에 걸려들고 말았다.

길고 긴 여정이었다.

순간 머릿속에 얼마 전 한시민이 찾아왔을 때 그냥 도와달라고 부탁하는 모습으로 그를 섭외했으면 어땠을까 하는 생각마저 들었다.

지난 일을 후회해 봤자 달라지는 건 아무것도 없지만 그때의 찝찝함을 무시하지 말걸.

한숨과 함께 방송이 꺼졌다. 남의 고통을 즐기는 시청자들은 한동안 방송에서 나가지 않으며 자기들끼리의 이야기를 나눴다.

　―켄지, 이러려고 수십억 써가며 총사령관 했나 자괴감 들어.

　―ㅋㅋㅋㅋㅋㅋㅋㅋㅋㅋㅋㅋㅋ

　―이러려고 리치 영지 VVIP 회원 됐나 자괴감 들어.

　―진짜 시민은 악마다. 거의 VVVVVIP 회원급 호구한테 너무 매정하게 뽑아내는 거 아니냐.

　―진심. 그런데 저렇게 뜯는 게 또 매력임.

　―당하면서도 계속 당하는 거 보면 저런 게 여자들이 반하는 나쁜 남자 스타일이 아닐까 싶음.

　―X친. 매력? 개소리들 하고 있네. 내가 VIP였으면 다 뒤집어엎었다.

　―윗분, 켄지세요? ㅋㅋㅋ

　한시민은 이제 현금이 필요 없다.

　아니, 필요 없다기보다 이제는 굳이 현금을 많이 들고 있을 필요성을 느끼지 못한다는 게 맞다.

　매달 현금은 꾸준히, 예전이었다면 이걸로 평생 놀고먹어야겠다고 생각할 만큼 들어오고 있고 또 건물이 가져다주는 매력에 빠져 버렸으니까.

"현금 들고 있어봤자 이자가 나오는 것도 아니고 켄지 님도 현금 구하려면 귀찮으실 텐데 깔끔하게 부동산으로 쇼부봤다."

"……."

상대를 위해주는 척하면서 원하는 것으로 거래를 이끌어 내는 한시민!

방송을 끄고 시작한 진지한 대화의 끝은 역시 협상이었다.

연기였지만 진짜 협상이 결렬되어 한시민이 흑마법사 쪽에 서줬으면, 그리고 무기들을 넘겨받을 수 있었으면 하는 바람이었던 스페셜리스트에겐 아쉬운 소식이지만 어쩌겠는가.

"일단 그럼 전 저쪽에서 제 할 일을 할 테니 열심히 힘내서 파이팅 하세요."

"오빠, 알지? 너무 세게 하면 안 돼."

"걱정 마. 어차피 나 하나 낀다고 뭐 달라지지도 않아. 그냥 적당히 흑마법사들 눈치 보면서 몇 명 죽이는 시늉만 해야지."

스페셜리스트에게만 공개한 한시민의 거래 내역을 보면 수긍할 수밖에 없는데.

켄지가 아무리 호구라 한들 그가 지불하는 것들은 결코 무시할 수 없게 만든다.

"기껏해야 30억짜리 아이템으로 300억짜리 건물을 뜯어내는 시민 오빠는 대체 뭐 하는 악마일까."

"……."

재벌들마저 어이가 없을 스케일.

어쩌면 판타스틱 월드가 오픈하고 그것의 가장 큰 혜택을 보고 있는 사람은 고글사가 아니라 한시민이 아닐까 싶은 생각마저 들었다.

14

난세가 영웅을 만든다.

유명한 명언이다. 그리고 당연한 말이다. 제아무리 뛰어난 영웅이라 해도 어지러운 시국이 아니면 영웅다운 면모를 보일 수가 없으니까.

평화롭고 태평한 세상에서 영웅이 되어보겠다고 날뛰는 건 그야말로 악당이 되는 지름길.

그런 의미에서 지금 대륙의 상황은 영웅이 탄생하기 딱 좋은 시기다.

물론 어렵다.

대륙의 모든 사람이 고개를 끄덕일 정도의 영웅이 되기 위해선 그 혼자가 대륙의 불리함을 뒤집을 정도의 업적을 세워야 하니까.

그렇게 힘들게 영웅이 되고 나면 그제야 역사에 이름이 길이길이 남는 것이다.

"영웅을 만들어 드리겠습니다."

"……."

그리고 한시민은 켄지에게 그 영광을 주겠노라 호언장담했다.

원래는 예정에 없었던 선물이다. 하지만 이렇게 이어져 온 상황 역시 켄지의 돌발적인 변수가 시작이었다.

그러다 뉴욕에 작은 300억짜리 건물을 하나 더 인수받게 되었고 입꼬리는 하늘 끝까지 올라가게 되었다.

은혜 따위는 1초면 잊는 한시민마저도 춤추게 만드는 호구의 위력!

한시민이 군대가 모인 자리에서 말했다.

"악의 무리들이 추악한 방법으로 성녀를 어둠에 물들게 하려 했습니다. 하지만 총사령관께서 목숨을 걸고 구해내셨습니다. 우리는 할 수 있습니다! 총사령관을 믿고 어둠을 물리칩시다!"

"와아아아!"

말도 안 되는 말이고 앞뒤도 안 맞고 오글거리기까지 하다. 하지만 NPC들은 환호했다. 그들에게 그런 건 중요한 게 아니다.

사기!

시커먼 고추밭에서 눈을 환하게 뜨게 만들어주는 성복을 입은 성녀가 미소를 지으며 총사령관이 영웅이라는 것에 고개를 끄덕이는데 누가 감히 부정하겠는가!

유저들이야 사건의 전말을 알면서도 게임이니까 지켜보았다. 그렇게 켄지는 일시적으로 영웅이 되었다. 진짜 영웅은 아니었지만 수많은 병력을 통제하는 데 조금 도움은 되었다.

그게 300억의 가치를 하느냐에 대한 질문을 던진다면 켄지는 고개를 갸웃하겠지만 애초에 부당하게 삥 뜯긴 금액이나 마찬가지기에 개의치 않았다.

그저 강화된 무기를 산 것이라 생각하기로 했다. 물론 그렇다고 분노마저 삭인 것은 아니다.

이 분노는 어쩌면 짜고 치고 있을지도 모르는 스페셜리스트와 흑마법사들에게 풀리라!

흑마법사들을 기다리던 군대가 진격을 시작했다.

전면전의 시작!

목표는 단 하나!

흑마법사들의 소멸!

황제도 응원의 뜻을 보냈다.

"벌레들을 소멸하라!"

그러는 가운데 대륙의 파괴된 이곳저곳을 복구하기 위한 재단의 자금 소모가 심해지는 만큼 리치 영주의 이름이 드높여지는 것에 대한 분노마저 섞인 황제의 일침!

군대의 발걸음은 거칠 게 없었다. 온 대륙에서 흑마법사들 역시 모여 엄청난 군세를 이루었지만 대륙이 힘을 합쳐 모인 군대가 더 했다.

그리고 한시민도 따로 출격했다.

"돈을 받았으니 돈 받은 값은 하겠습니다."

"……"

"설마 짜고 친다고 생각하시는 건 아니겠죠? 아니라는 걸 보여드리겠습니다."

황실 기사단과 성기사단, 성녀로 이루어진 별동대는 흑마법사 본진이 아닌 추가적으로 합류하는 흑마법사들을 소탕하는 쪽으로 방향을 잡겠다고 했다.

고개를 끄덕이며 꼴도 보기 싫은지 시선을 피하는 켄지에게 한시민은 굴하지 않고 손을 흔들어 주었다.

"흑마법사 한 명당 1골드. 이거 저도 퀘스트 좀 주세요. 많이 잡아올게요."

"……"

마지막까지 염장을 긁는 발언을 하며.

Episode 46.
전장의 지배자

1

우여곡절 끝에 주사위는 던져졌다.

메인 퀘스트 시나리오 3막의 서막.

퀘스트 내용의 정체는 100레벨을 달성한 스페셜리스트만 알지만 유저들은 흑마법사의 대륙 정복을 막기 위해 움직인다.

그리고 그 내용은 높은 확률로 틀리지 않을 것이다.

흑마법사들의 움직임으로 보아 그들이 정녕 그들만의 힘으로 대륙을 집어삼키려 한다든지 혹은 이런 혼란을 통해 마계의 문을 열기 위한 수작을 부리거나 둘 중 하나일 테니까.

결국 그걸 막아야 한다.

그러기 위해 가장 좋은 방법은 그들을 죽이는 것이고.

흑마법사들 역시 위의 목적을 달성하려면 어찌 됐든 적들을 최대한 많이 죽여야 한다.

서로의 목적이 같으니 피할 이유가 없다.

대규모 군대와 군대가 마주하기 일보 직전!

사태의 원흉이나 다름없는 한시민도 바쁘게 움직였다.

지금까지는 어디까지나 짜인 대본 속에서 보인 가짜 행동들에 불과했지만 이제부터는 아니다.

"연락하지 말고 흐름에 맡기죠."

여기서부터는 어떻게 상황을 조절할 수 있는 방법이 없다.

스페셜리스트와의 이야기도 여기까지가 끝이었다. 그 이후에 대한 토론 또한 하려면 충분히 할 수 있었지만 하지 않았다. 전면전이 벌어지면 스페셜리스트뿐 아니라 한시민의 손에서도 화살이 날아가는 셈이기에.

제아무리 드래곤을 테이밍 했고 황실 기사단과 성기사들을 데리고 다닌다 할지언정 수만이 넘는 군대 간의 전투에서 원하는 대로 결과를 이끌어 낼 만큼의 힘은 역시 부족하다.

그렇기에 흐름에 맡기고 주어진 역할에 최선을 다하기로 했다.

어차피 여긴 게임이다. 현실보다 더 현실 같고 현실에서보다 더 많은 돈을 벌기에 더 신중해야 하는 곳이긴 하지만 그래도 게임은 게임.

죽어도 살아나는 마당에 적인 척하는 같은 편의 편의를 봐

줄 필요가 없다.

"보이는 흑마법사들은 전부 죽인다."

"네!"

물론 최대한 그런 소모적인 전투를 피하기 위해 한시민은 일부러 추가 유입되는 흑마법사들을 끊겠노라 선언하고 나왔다.

피해를 최소화하기 위함도 있었다.

그리고 편했다. 소수의 흑마법사 무리야 그가 굳이 나서지 않아도 사제의 축복을 받은 황실 기사들과 성기사단들이 알아서 처리할 테니까.

완전한 그의 소속이 아니라 경험치를 공유받지는 못해도 그들이 떨어뜨리는 아이템들은 전부 그가 수거해 간다.

이 얼마나 깔끔한 전개인가.

게다가 한 마리 잡을 때마다 올라가는 킬 포인트는 그의 이름으로 책정된다.

나중에 켄지에게서 뜯어먹을 수 있는 쏠쏠한 용돈까지.

큰 판을 벌였지만 너무 욕심내지 않는다. 이미 원하는 만큼의 보상은 이룰 만큼 이뤘다.

여기서 판이 그의 손을 벗어나더라도 후회는 없다.

"뉴욕 건물주라니. 괜찮잖아?"

인생은 길고 가늘게 사는 법!

망치를 집어 든 한시민이 패기 넘치게 걸음을 옮겼다.

그리고 그 뒤를 몇 주째 흑마법사는커녕 쓸데없는 몬스터나 잡고 다닌 황실 최정예 기사들과 성기사단이 불만 가득한 표정으로 따랐다.

흑마법사들은 대륙 곳곳에 자취를 감추고 살아왔다.

심지어 흑마법사끼리도 서로가 어디 있는지 잘 모르는 경우도 허다했다.

그럴 수밖에 없다.

대규모 집회 같은 건 꿈도 꿀 수 없으니.

가끔 교단이 위치한 남부까지 가기 위해선 사람들에게 들키는 것보다 그곳을 지나며 만나는 몬스터들을 더 조심해야 할 정도니.

해서 흑마법사 대부분은 끼리끼리 행동했다.

점조직이랄까. 하나의 공통적인 목표를 지녔지만 행동은 따로 하는.

목숨을 구하기 위해선 동료도 모른 척할 수 있는 그들만이 가능한 방법.

그런 그들이 수백 년 만에 대륙을 어둠에 물들이기 위해 칼을, 아니, 지팡이를 뽑았다.

그를 보며 수많은 흑마법사가 함께 세상에 나왔다.

하나둘 나와서 뭉치다 보니 정말 대륙엔 이렇게 많은 흑마법사가 있었구나 하고 흑마법사들마저 놀랄 만큼 많았다.

거기에 모험가들까지 합세하니 그 숫자는 더 많아 보일 수밖에 없다.

특히 유저들은 빠른 속도로 레벨 업 하며 흑마법사 군대에 큰 화력 보탬을 해주었다.

심지어 한 번에 흑마법사들을 소멸시켜 버리겠다며 황제조차도 섣불리 병력을 성마다 투입하지 않고 후퇴하는 쪽으로 명령을 내리다 보니 지금까지의 흑마법사들은 연전연승할 수밖에 없었다.

사기 최고조!

대륙의 어둠이고 뭐고 일단 자기 살기 바빴던 흑마법사들마저도 다 기어 나왔다.

그런 흑마법사들은 삼삼오오 무리를 지어 본대에 합류하기 위해 움직였다.

그 과정에서 만나는 양민들의 학살은 덤이었고.

동부에 위치한 스무 명 남짓한 흑마법사의 무리도 그렇게 만들어졌다.

"드디어 흑마법사들의 세상이 오는군."

"기다린 보람이 있어."

"금지에서 생활했던 날들을 돌이켜보면……."

"저기 인간이다!"

"죽여!"

"인간을 보고 검은 로브를 뒤집어쓴 채 학살을 할 수 있다니. 너무 기쁘군."

혼자일 때도 약하지 않다. 하지만 마법사란 종족은 뭉칠수록 강하다.

"으악! 뭐야!"

"다가갈 수가 없잖아!"

간단한 견제 마법이 쏟아지는 동안 영창이 긴 마법들이 완성된다. 완성된 마법이 떨어지는 동시에 또 다른 마법들이 영창에 들어간다.

열댓 명이 만들어내는 쉴드는 어지간한 원거리 공격들을 막기에 최적화되어 있고 심지어 가까이 붙는다 한들 생존을 위해 몬스터들과 뒹굴어 온 흑마법사들은 쉽게 근접전에서 목을 내어주지 않는다.

"이렇게 쉬운데. 대륙 놈들은 역시 약해 빠졌어."

자만심을 가질 만도 하다.

아직 진짜 전쟁터엔 도착하지도 않았지만 적어도 싸우기 전부터 주눅 들어 있는 것보다야 자신감이 넘치는 편이 훨씬 좋을 테니까.

그런 그들의 시야에 또 다른 사람들이 들어왔다.

"마법 준비…… 응?"

자연스럽게 먼저 공격할 준비부터 하던 흑마법사들이 멈칫했다. 갑자기 인도주의적 차원에서 이번엔 피해가야지 생각했기 때문이 아니다. 뭔가 낯익은 복장이었기 때문이다.

스무 명이 넘는 흑마법사 무리보다 조금 더 많은 숫자. 하나 그들과 같은 검은색 로브를 뒤집어쓴 자들. 한눈에 봐도 흑마법사다.

"누구냐!"

하지만 흑마법사들은 그것만 보고 멍청하게 동료라고 반갑게 뛰어가 팔을 벌려 포옹을 청하는 짓은 하지 않았다.

아군인 척 모습을 위장한 채 스며들어 인간들을 학살하는 건 그들의 주특기다.

당연히 저런 걸 보면 가장 먼저 의심한다. 그런 식으로 당하는 것만큼 멍청한 흑마법사는 없을 테니까.

그리고 그건 저쪽 역시 마찬가지인지 잔뜩 경계하며 지팡이들을 들어 올린다.

묘한 대치.

그 속에서 말없이 서로의 흑마력이 움직인다.

우웅―

그리고 흑마법사들의 시야에 들어온 낯선 검은 로브들 쪽에서 하나의 마법진이 완성됐다.

종속의 마법진! 흑마법사들만이 사용할 수 있는 마법!

"맞군."

흑마법사들이 경계를 풀고 마찬가지로 종속의 마법진을 그려내며 자신들의 신분을 증명했다.

그와 함께 긴장을 풀고 다가갔다.

일종의 암구호다. 흑마법사임을 증명하는.

이걸 그린다면 의심하지 않아도 된다. 적어도 흑마법사들끼리는 뒤통수를 맞을 일이 없을 테니까.

"어디서 왔나."

"북."

"본대에 합류하러 가는 길인데 함께하겠나?"

끄덕.

그렇게 그들과 비슷한 숫자의 검은 로브 흑마법사들이 합류했다.

동시에 자신감은 두 배로 늘었다.

흑마법사의 공식.

1+1은 2가 아니라 3, 4가 되는 걸 생각해 봤을 때 이 정도 전력이면 웬만한 영지 하나쯤은 찜 쪄 먹을 수 있지 않을까 생각이 들 정도!

해서 무리를 이끌고 있던 흑마법사가 새로 합류한 무리의 수장처럼 보이는 자에게 물었다.

"가는 길에 적당히 큰 영지가 하나 있는데 함락시키고 가는 게 어떤가."

"좋지."

그쪽 수장도 잠시 고민을 하더니 이내 흔쾌히 고개를 끄덕였다.

합의를 봤으니 망설임은 없었다.

무리가 곧장 근처의 영지로 향했다.

2

제법 큰 영지였다.

리치 영지의 것처럼 세상 튼튼해 보이진 않지만 제법 높은 돌로 올린 성벽도 있었고.

그런 영지는 대부분 비어 있지 않다.

대륙에 혼란이 찾아오고 수많은 사람이 대피했다지만 그렇다고 대륙의 모든 사람이 대피할 수는 없는 노릇이니까.

어찌 됐든 삶의 터전이다.

버리고 떠나면 목숨은 부지하겠지만 흑마법사들이 쓸고 지나가면 모든 걸 잃게 된다.

당연히 쉽게 버릴 수 없다.

그럼에도 피난을 선택한 사람들은 흑마법사 본대의 경로에 있던 사람들. 다행히 그곳과는 거리가 먼 영지였기에 이 성의 사람들은 자리를 피하지 않았다.

아니, 오히려 전 대륙에서 흑마법사들이 나타나기 시작함과 동시에 작은 마을들에서 성으로 피난을 오기까지 할 정도.

그만큼 규모가 있었다. 그럼에도 흑마법사 무리를 이끌던 자는 자신이 있었다.

"성문만 뚫으면 된다."

"뚫어주면 들어가겠다."

"그렇게 하지."

간단한 전략 회의에서도 새로 합류한 검은 로브의 흑마법사들은 자신감이 넘쳐 보였으니까.

각자 지니고 있는 검들 또한 자세히 보지는 못했지만, 검에서 광채가 흐르는 것이 흑마법과 동시에 검까지 제법 다루는 자들일지도 모른다는 생각이 들었다.

그러면 일은 더 수월하다. 흑마법사가 검을 다룬다는 것에 대한 의심 따위는 조금도 들지 않았다.

대륙엔 수많은 흑마법사가 있고 저주 정도의 보조 마법을 사용하며 검을 주력으로 사용하는 자들이 있다는 말이야 수백 년 전부터 돌았던 것이니까.

그런 자들이겠거니 싶었다. 어쨌든 마법과 검의 조화니 더 자신감이 넘쳤다. 그래서 흑마법사 주제에 공성전을 선포했다.

선포랄 것도 없다. 칠흑의 구체를 잔뜩 소환해 다짜고짜 성벽을 두드린다.

당연히 성 내부에선 혼란이 찾아왔다.

빠르게 병력이 배치되고 화살이 날아왔지만 두려움에 떠는 표정이 시야에 다 들어온다.

흑마법사들은 킬킬 웃었다. 저런 공포와 두려움은 그들에게 있어 행복과 기쁨이다.

화살이 닿지 않는 거리에서 충분히 즐기며 시간을 끈다.

어차피 도움을 주러 오는 병력 따위는 없을 것이다.

도움도 여유가 있어야 주지 온 대륙이 난장판인 가운데 다른 영지를 도우러 오다니.

제국과 가까운 이곳이라도 그건 불가능하다.

그걸 증명이라도 하듯 한 시간가량 기다려도 지원군은 오지 않았다.

만족스러운 표정으로 흑마법사들이 지팡이를 들었다.

새로 합류한 흑마법사들은 검을 뽑아 그들의 주위를 경계했다.

덕분에 영창은 길어졌고 그만큼 강력한 마법들이 하늘을 수놓았다.

원소 마법만큼은 아니지만 칠흑으로 뒤덮인 하늘은 오히려 더 위협적이었다.

그리고 날아가는 마법들.

적중하는 성문.

성벽에 대충 날리던 마법들과는 차원이 다르다.

성문만을 부수는 전차에도 견디도록 튼튼하게 만들어졌지만 아쉽게도 흑마법의 세례에는 버티지 못했다.

금이 가고 부서지고 이내 사라지는 성문.

성벽 위에서 보고 있던 병사들의 얼굴에 좌절이 깃든다.

그리고 천천히 움직이기 시작하는 흑마법사들.

여전히 검을 든 자들이 호위하고 기존의 흑마법사들이 위풍당당 어깨를 편다.

성문에 다다르자 무리의 수장이 눈짓을 준다.

"그쪽 차례네."

그와 함께 보조해 주기 위한 영창을 준비한다. 하나 그 이후의 상황은 그가 예상했던 것과는 조금 달랐다.

"내 차례긴 한데. 왜 반말?"

"……?"

"아까부터 좀 띠꺼워서 눈치 줬는데 계속 반말하네?"

"무슨?"

"흑마법사가 벼슬이냐. 이 새끼들은 아주 그냥 셋 이상 모이면 사람 죽이러 다닌다는 게 딱 맞는 말이네. 어지간하면 삥 좀 뜯고 보내주려 했는데 안 되겠다. 그냥 죽어라.”

“이런……!”

시비조로 내뱉는 말과 함께 로브를 걷는 합류한 자들!

흑마법사들은 그를 보고 말을 잇지 못했다.

얼굴을 알아봐서가 아니다.

“서, 성기사!”

일부의 왼쪽 목에 새겨진 성기사를 상징하는 문신이 보였기 때문.

속았다!

라고 생각한 순간은 너무나도 늦었다.

푸푸푹―

흑마법사들은 분명 근접전에도 강하지만 그건 어디까지나 상대적인 것.

평생을 검만 잡아온 황실 기사들과 성기사들에게 비할 바는 아니었다.

순식간에 쓰러지는 흑마법사들.

그들의 시체를 둘러메며 로브를 걷은 별동대가 성으로 들어갔다.

“문 열어줘서 고마워.”

죽은 이들에게 소소한 감사의 인사를 건네며.

3

뭐 특별히 무슨 생각이 있어서 그런 건 아니다.

그냥 출발하려던 그때, 한시민의 머릿속에 무언가 하나 스쳐 지나갔을 뿐이다.

"아! 잠깐, 잠깐!"

"……?"

모두가 의아한 표정으로, 그리고 뚱한 표정으로 볼 때 한시민은 개의치 않고 자신의 의견을 내뱉었다.

"다 벗어."

"……?"

"다 벗으라고."

이어지는 황당한 명령.

황실 기사들과 성기사들, 심지어 사제들마저 이건 무슨 개소리지 하는 표정으로 그를 보았다.

너무 황당하고 어이가 없어 이건 따라야 하는 건지 말아야 하는 건지에 대한 생각조차 하기 힘들 정도.

무슨 의도가 담긴 명령일까보다 대체 뭘 처먹으면 저렇게 정신병자가 될 수 있을까에 대한 의문이 먼저 든다.

그럼에도 한시민은 꿋꿋이 의견을 이어갔다.

평생 생각 없이 사는 것처럼 보여도 언제나 그는 돈을 위해 생각하고 또 생각한다.

그리고 내뱉는 말들은 모두 마음의 결정을 내린 뒤 하는 것.

그보다 더 강한 힘에 의해 굴복되는 게 아니라면 번복될 리가 없다.

"거기, 너."

"……예."

물론 한시민은 다른 사람들이 이해도 하지 못했는데 일단 까라면 까라는 그런 독재적인 인물은 아니다.

억지를 부릴 땐 부리지만 지금과 같은 상황에서의 억지는 뭐 딱히 시간이 촉박한 것도 아니고 큰 이익을 보겠다는 것도 아니고 앞으로의 행보에 관한 것이기에 친절히 설명해 주었다.

"너 그 성기사복. 얼마짜린지 알아?"

"은이 섞인 철이라 가격은……."

"그치? 어쨌든 엄청 좋은 거지?"

"그렇습니다."

"그럼 반대로 네가 그냥 길 가던 흑마법사라고 생각해 보자. 걔는 뭣도 없어서 그냥 통풍이나 잘 되는 검은 로브만 뒤집어쓰고 있다고 쳐. 그런 놈이 평생 숨어만 살다가 대륙에 처음 나왔지? 그것도 전쟁하러? 그럼 룰루랄라 소풍 간다는 생각으로 방방 뛰면서 올까 아니면 인적이 드문 길로 사주경계하면서 올까."

"……."

"그러다 만약 우리를 발견했다 치자. 멀리서도 아주 광이 나는 게 사람보다 광채부터 보이겠지? 그럼 흑마법사는 어떤 반응을 보일까? 와! 성기사들이다! 어? 황실 기사들도 있네? 아직 들키기 전 같은데 가서 인사나 할까? 이렇게 말할까?"

"……."

충분히 납득되는 설명이었다. 성기사들과 황실 기사들이 미처 생각하지 못한 부분이고.

그럼에도 갑옷을 벗는 데엔 망설임이 남아 있었다. 그것은 곧 그들의 목숨 줄이기 때문이다.

주섬주섬 벗긴 하지만 불안함이 한가득.

한시민은 그런 이들을 보며 위로가 가득 담긴 말로 안정시켜 주었다.

"사내새끼들이 갑옷 좀 없다고 그렇게 쪼냐. 우리 혜기는 속옷도 안 입고 성복만 입고 있는데 말이야."

"크흠."

"큼큼."

저도 모르게 시선들이 한시민의 옆에 서 있는 빼액이에게 향한다.

사이즈가 딱 맞게 나온 것인지 아니면 착용자의 클라스를 감당할 수 없는 것인지 딱 붙은 성복은 한시민의 말과 더불어

많은 상상을 하게 만든다.

"짜식들, 그럼 벗은 갑옷들은 나한테 반납하고 이거 하나씩 입어."

"예?"

"반납을요?"

혈액순환의 과다로 엉거주춤하게 서 있는 기사들의 빈틈을 노려 마법 주머니를 내미는 것과 동시에 한시민이 검은 로브를 하나씩 나눠 주었다.

어째서 갑옷을 걷는 거지?

불안하고 의심스러운 눈초리들이 한시민의 얼굴을 마구 찔렀지만 그는 태연했다.

"그럼 너희들이 들고 다니게? 집에 돈 없니? 내가 떼먹을까 봐? 진짜 너무한다, 너네."

"……."

"그리고 어? 기사들이 말이야. 장비에나 의존을 하고. 너네 그러니까 실력이 거기서 발전이 없는 거야, 발전이. 나만 믿고 다 반납해. 내가 깔끔하게 세탁하고 기분 좀 내키면 강화 좀 해서 잘 돌려줄 테니까. 알았지?"

설날에 자식들 세뱃돈 걷는 부모님처럼 친절한 표정의 한시민.

떨떠름하지만 고개를 끄덕일 수밖에 없다.

"죽을 거 같은 건 걱정하지 마. 사제도 있고 애초에 너희가 죽을 일은 흑마법 맞아 뒈지는 건데 이런 방어구 좀 걸친다고 마법 대미지가 감소하겠니?"

맞는 말이니까.

앞뒤를 따지고 말 그대로의 내용을 분해해 보면 사실상 장비발을 가장 내세우고 있는 건 모든 부위 15강에 방어구를 두 겹이나 덕지덕지 착용하고 있는 한시민이지만 그걸 모르는 기사들에겐 그들을 걱정해 주는 임시 별동대장의 모습이다.

그렇게 어째서 하필 검은 로브인지는 모르지만 화려한 갑옷들을 다 벗고 검은 로브만 걸친 별동대가 탄생했다.

그 뒤는 어렵지 않았다.

"흑마법사들은 서로를 확인하는 증표로 종속의 마법진을 사용한다."

"오, 칭찬 포인트 1점."

"이제 46점이다."

흑마법사에 대해 잘 아는 카르디안이 있었고.

"혜기야, 그거 흑마법사들 보이면 사용해."

"응, 아빠!"

5골드만 내면 성녀 주제에 흑마법도 사용할 줄 아는 삐액이도 있었으니까.

흑마법사 코스프레!

성기사들과 황실 기사들의 표정은 상당히 안 좋았지만 효과는 확실했다.

"뭐, 인마. 띠꺼워? 진짜 흑마법사도 아닌데 뭐 어때? 흑마법사들은 일반인 코스프레 하면서 일반인 학살하는데 우리도 역으로 공격해 줘야지."

"맞습니다."

하루에도 수십 번씩 주입되는 세뇌에 점점 누그러지긴 했지만.

"그런데 어떻게 성녀님께서 종속의 마법진을……."

"어허! 이런 건방진! 지금 신께서 선택한 성녀를 의심하는 거?"

"아니, 그게 아니라……."

"원래 흑마법과 백마법의 경계는 종이 한 장 차이. 신께서 배척하는 것은 마족들과 그들의 더러운 마력이지 흑마법은 아닌 것을. 쯧쯧."

"……아!"

"그래, 말조심하라고."

거기에 더해지는 MSG들은 검은 로브를 뒤집어쓰고 흑마법사들을 쉽게 도륙하는 것에 거부감을 점점 지워줬다.

그렇게 여기까지 온 것이다.

이제는 자연스럽게. 마치 흑마법사가 된 것처럼.

합류할 땐 그래도 여전히 들킬까 두근두근 하지만 완벽하게 속아 넘기고 이렇게 뒤통수를 칠 때면 속에선 참을 수 없는 짜릿함이 밀려온다.

이것이 배신이구나! 잠시뿐인 유희고 나쁜 놈들을 치기 위한 것이지만 이런 맛에 흑마법사들이 학살을 하는구나!

"자, 이제 들어가자."

"성에는 왜……."

"왜긴, 그래도 우리가 함락당할 뻔한 성을 구해줬는데 하루 정도 쉬고 가는 것쯤이야 괜찮지 않겠어?"

"……?"

"너희 무장도 별로 안 되어 있는데 그것도 좀 보충하고."

"……?"

그런 이들에게, 마음의 벽이 조금 허물어진 이들에게 다음 단계의 어둠의 손이 뻗어졌다.

"이래도 되는……."

"어허! 금강산은 뭐라고?"

"……식후경."

"그래, 우리 세상에는 금강산이라고 일생을 걸고 올라가야 하는 산이 하나 있는데 그 산을 올라가는 세계 최고의 기사들도 항상 그 산에 도전하기 전엔 든든하게 배를 채우고 갔다고. 여기는 뭐 그런 산은 없지만 흑마법사들을 때려잡으려면 배가 든든해야지."

"……아무리 그래도."

"이 성은 우리가 안전을 지켜줘서 고맙고, 우리는 이 성을 앞으로도 지켜주고 위해 나가서 흑마법사들을 때려잡아야 하니 여기 쓸모도 없는 장비 몇 개 받아가니 고맙고. 세상은 이렇게 서로 윈윈하면서 사는 거야."

차려진 진수성찬. 한쪽 가득한 갑옷들과 무기들.

기사들이 입던 것과 비교하기 민망한 수준이긴 하지만 일반 병사들이 입기엔 고급스럽다.

거기에 더해지는 한시민의 주머니에 이미 들어간 금은보화들.

이런 걸 전쟁 중에 챙겨도 되나 싶었지만 이미 한시민은 다 챙겼다.

별동대도 차려준 음식을 다 먹고 포근한 잠자리까지 받았으니 이에 대해 딱히 할 말은 없었다.

다만 양심에 찔릴 뿐이다. 영주가 마음에서 우러나오는 대접을 해줬다면 그나마 조금이라도 마음이 편했을 텐데 그게 아니었으니까.

누가 봐도 반강제다.

뭐 처음에야 환영을 받긴 받았다.

이왕 도와줄 거면 성문이 뚫리기 전에 도와주면 좋지 않았을까 하는 표정 따위야 어쨌든 성문이 뚫린 마당에 대규모 피해를 막아주었으니 고마운 거니까.

해서 음식과 잠자리 또한 한시민이 요구했을 때 영주는 기꺼이 들어주었다.

하지만 거기서 하나둘 추가될 때마다 영주의 표정은 썩어갔다.

마지막으로 금은보화를 뻔뻔하게 여행경비라며 요구할 땐 턱밑까지 차오른 말들이 나올 것만 같았다.

"감사합니다. 폐하게는 잘 말씀드리겠습니다. 폐하의 명으로 은밀하게 움직이는 별동대가 대접을 잘 받고 간다고."

"……."

비겁하게 황제를 팔아먹지만 않았으면 아마 온갖 욕을 다먹고 쫓겨났을지도 모른다.

그렇게 별동대는 하룻밤을 알차게 보내고 성을 나섰다.

나오는 기사들의 표정엔 체념이 가득했다.

이놈을 따라다니려면 내 신념 따위는 버려야겠구나.

황실 기사들이야 이미 몇 번 한시민을 겪은 경험이 있어 그나마 빠르게 적응을 했지만 성기사들은 조금 힘들어했다.

하나 한시민은 개의치 않고 그들의 어깨를 두드려 주었다.

"걱정 마. 인간은 원래 다 이기적이야. 조금 하다 보면 적응될 거야. 가자."

어제보다 오늘이 낫고 오늘보단 내일이 나아질 거야!

이런 좋은 말을 더럽히며 한시민이 검은 로브의 후드를 뒤집어썼다.

본격적인 흑마법사 사냥이 시작되었다.

4

그로킬레는 스페셜리스트와 한시민의 만남 이후 스페셜리스트 쪽에 남게 되었다.

딱 봐도 마족 티가 나는 생김새이기에 어쩔 수 없는 선택.

그로킬레에게도 딱히 나쁜 선택지는 아니었다.

"남아서 흑마법사 도와라."

"……? 인간들을 학살해도 된다는 뜻이냐?"

"그러거나 말거나. 성심성의껏 도와. 양심적으로 우리 설아 씨 말은 그래도 좀 잘 듣고."

"얼마든지. 인간들의 학살에 관여만 하지 않는다면."

"리치 영지만 안 치면 돼."

"알았다."

적어도 그의 옆에 있는 것보다야 직접적으로 그로킬레에게 영향을 줄 수 없는 자들 옆에 있는 게 마음이 더 편하기도 하고.

"그로킬레 님, 불편하신 게 있으시면 언제든지 말씀만 해주십시오."

"알았으니 꺼져라."

"예."

잠시 잊고 있던 그의 위치도 파악할 수 있는 아주 좋은 시간이었다.

그렇게 진격하던 그로킬레가 어느 순간 자리에서 일어나 흑마법사들을 불렀다.

"실력 좀 되는 놈 100명만 붙어라."

"예."

묻지도 따지지도 않는 복종!

만족스러운 미소와 함께 본대에서 벗어났다.

"마족들을 더 소환하고 오겠다."

"네, 그러세요."

가는 길에 정설아에게 보고하는 것도 잊지 않고.

그리고 소환을 시작했다.

그가 직접적으로 한 건 아니었다. 제약 없이 넘어왔지만 그에겐 그런 권한이 없다.

만약 마족이 마족을 소환할 수 있었다면 단 한 마리의 마족만 넘어와도 대륙 정복을 위한 마족의 대이동이 편하게 이루어졌겠지. 그 뒤엔 흑마법사의 존재 또한 필요가 없을 테고.

마족은 그저 알려줄 뿐이다. 흑마법사들에게.

"마기가 깃든 게이트에 이 주문을 사용해라."

"예."

100명의 흑마법사가 흑마력을 사용하며 무슨 주문인지도 모르는 주문을 외워댔다.

그 주문엔 오면서 살육한 사람들의 피가 제물로 들어갔다.

그렇게 한참을 흑마력을 투자하자 마기가 깃든 게이트에서 빛이 발했다. 동시에 튀어나왔다, 하급 마족들이.

"좋아."

비록 한 번의 마법에 상위 흑마법사들 100명의 진이 빠지고 수만의 피가 소모되었지만 상관없었다.

"이것은 너희만이 가능한 일. 내 특별히 너희에게만 내리는 상이다."

"감사합니다!"

일시적인 게이트 강화를 통한 마족과의 연결!

자신이 그렇게 소환된 줄 모르는 그로킬레는 뿌듯해했다.

5

그로킬레는 그렇게 계속 돌아다니며 마족의 수를 늘렸다.

최대한 마기가 많이 쌓인 게이트만을 찾아다니는 데도 시간이 꽤나 걸렸고 그 게이트에서 흑마법사들의 마력이 충전되기를 기다리는 데에도 많은 시간이 걸렸지만 늘어나는 마족의 수를 보면 그리 쓸데없는 짓만도 아니었다.

벌써 3일을 돌아다니며 스물에 가까운 하급 마족과 두 마리의 중급 마족을 소환했지 않은가.

그래 봐야 전장에 던져 놓으면 보이지도 않을 만큼 적은 숫자지만 정상적인 마계와 대륙을 잇는 게이트가 아니기에 온전한 힘을 발휘할 수 있다.

그렇게 생각하면 엄청난 전력!

물론 항상 마족만 나오는 것은 아니었다.

"크르르."

"이번엔 실패입니다, 그로킬레 님."

"흠, 그렇군."

흑마법사들의 주문이 미숙하고 마력의 양도 아슬아슬하다.

그렇기에 결국 중요한 건 게이트에 쌓인 흑마력 양인데 이게 구체적으로 볼 수 있는 게 아니고 그로킬레도 어렴풋이 느끼는 것이라 마족이 소환되지 않는 경우도 허다했다.

또 자격이 충분히 갖춰졌다 해도 마계에서 넘어오는 게 하필 마족이 아닌 몬스터일 경우도 있고.

어차피 마계의 몬스터들도 대륙의 것과 비교하면 충분히 강하긴 해서 데리고 다니면 그만이지만 아쉬운 건 아쉬운 것.

"앞으로 1주일. 최대한 모으고 전장에 합류한다."

"예, 그로킬레 님."

어쨌든 중요한 건 조금씩이나마 모으고 있다는 것이다.

전력을 향상시키고 전쟁에서 더 많은 피를 흘리게 한다.

그리고 여는 것이다.

마계와 대륙의 게이트를!

"그런데 그로킬레 님, 이런 식으로 마족들을 부르다 보면 천계 쪽에서 알아챌 텐데 괜찮겠습니까?"

그렇게 계획을 세우고 돌아다니다 문득 생각이 났는지 중급 마족이 물어왔다.

그로킬레보다는 덜하지만 근육질의 몸은 확실히 마족이란 전투의 종족이라는 걸 증명해 보이는 듯 탄탄했다.

그런 탄탄한 근육에서 나오는 자신감 넘치는 얼굴에도 걱정이 서릴 정도의 문제.

그로킬레도 잠시 멈칫했다.

생각하지 못했던 바는 아니다.

애당초 힘의 제한이 걸려 있지 않다는 것에서 가장 먼저 고민했던 부분이다.

천계와 마계가 합의한 조항.

중간계에 넘어올 땐 힘의 제약을 받는다.

이 조항을 어기면서 넘어와도 되는가.

부당한 방법으로 넘어오는 것이야 당연히 자기 마음이다.

다만 그렇게 될 경우 마계의 대륙 침공이 아니라 대륙에서 마계와 천계의 전쟁이 펼쳐질 수도 있다.

상극과 상극의 대결이니 당연히 어느 쪽이 이길지 장담할 수 없다.

그 가운데 등이 터지는 건 대륙이겠지만 마계나 천계나 그런 걸 신경 쓰지는 않고.

지지 않을 자신은 있지만 생각해야 할 부분은 그거다.

그렇게 싸우고 나서 이긴다 한들 이미 남아 있는 인간이 거의 없을 것이라는 것.

그러면 대륙을 정복하는 의미가 사라진다.

그렇기에 천계와의 마찰은 피해야 한다.

다행인 점이라면 천계는 마계와 달리 원리 원칙을 중요시해 간섭할 이유만 만들지 않는다면 괜찮다는 것.

신중하게 고개를 끄덕였다.

"조심해야겠지. 하지만 상관없다. 지금 대륙에서 게이트의 흑마력을 이용해 마계로의 권한 이상의 소환을 할 수 있는 존재는 나쁘니까. 최소 상급 마족 이상만 소환하지 않는다면 들킬 일이 없다.”

“예, 알겠습니다.”

그러다 문득 그가 소환되었을 때가 떠올랐다.

흑마법사에 의해 계약을 맺고 소환된 줄 알았건만 실상은 강화사에 의해 게이트가 강화되어 올 수 있었던 그때.

재수 없게 계약서에 도장을 찍고 완전히 발이 메여 버려 한 달을 함께 돌아다니며 사냥을 했던 그때도 분명 인간은 게이트를 강화하는 식으로 몬스터들을 불러냈었다.

‘그거랑은 상관이 없겠지.’

비교해 보면 비슷한 방식이기는 하다.

하지만 인간이 한 것은 강화고 지금 흑마법사들이 행하는 것은 흑마력을 기반으로 한 주술이다.

설마 게이트를 강화해 마계의 몬스터들이 넘어온다고 천계에서 마족들의 소행이라 단정 짓고 섣불리 대륙에 간섭하는 일은 없겠지.

암, 없을 거야.

있다면 진작 나타났겠지.

무려 한 달을 하루에도 몇 번씩 마계의 몬스터들을 불러냈었는데.

게다가 한시민은 그를 소환한 이후 단 한 차례도 마족을 소환한 적이 없다.

심지어 하급이라도.

그렇기에 그로킬레는 판단했다.

'운이었구나.'

그 더러운 운에 자신이 걸렸고 계약서에 서명을 했으며 노예처럼 부려지고 있는 현실은 분명 부정하고 싶은 게 맞지만 한 달을 지켜본 결과 한시민의 강화는 분명 운이었다.

그렇게 판단했기에 한시민의 행동에 대해선 별로 신경 쓰지 않았다. 어차피 더 이상 마족을 소환할 수는 없을 테니까.

소환이야 하면 좋지만 괜히 통제하지 못하는 놈이 무분별하게 마족을 소환하다가 자칫하다간 걱정대로 흘러갈 수도 있다.

"괜찮겠지."

"네?"

"아니다."

믿기로 했다. 한시민을.

세상에서 가장 어리석은 짓을 상급 마족이 해버렸다.

"뭐지, 인간계인가."

"오우, 뭐야. 웬 마족이 튀어나오냐."

"……이거, 뭡니까?"

"뭐긴, 인마. 난 말한 거는 지키는 사람이야. 흑마법사 100 마리 잡을 때마다 상으로 레벨 업 하루씩 시켜주기로 했잖아."

"하지만 이건 흑마법사들만의……."

"어허! 또 의심해? 아직 정신 수련이 덜 됐나 보네?"

"아, 아닙니다."

마기가 깃든 게이트에서 빛과 함께 30마리의 하급 마족이 튀어나왔다.

게이트를 둘러싸고 있던 별동대에겐 어이가 없는 상황.

물론 얼씨구나 대륙으로 향하는 게이트에 몸을 던진 하급 마족들 또한 어이가 없는 건 매한가지였다.

아니, 어이가 없기로 비교하자면 하급 마족이 더 없을 것이다.

"누구냐, 흑마법사들이냐."

"네 눈엔 우리가 흑마법사처럼 보이냐?"

"……."

나약해 빠진 인간들 주제에 그들보다 숫자도 적으면서 초면에 허세를 부리고 있으니. 기가 찰 노릇.

게다가 그들의 힘엔 제약도 없다.

"건방진 인간이군."

"죽어야 정신을 차리겠어."

당황스러움은 잠시지만 적응은 그보다 빨랐다.

하급 마족들은 어찌 됐든 대륙에 나와 느끼는 상쾌함을 조금이라도 더 누리기 위해 눈앞에서 거슬리는 것들을 치워 버리기로 했다.

자연스럽게 별동대도 무기를 뽑아 들었다.

하급 마족. 정면으로 싸워보는 건 태어나서 처음이다.

긴장이 될 수밖에 없다. 하지만 승산이 없는 건 아니다.

애당초 역사서에 나온 대로라면 황실 기사단과 신전 최정예 성기사단은 아무런 보조 없이 일대일로 중급 마족 정도는 검으로 겨뤄 이길 수 있는 실력을 보유한 자들이니까.

거기에 한시민의 특훈과 더불어 사제들까지 있으니 충분히 할 만한 싸움이다.

"사제의 힘과 축복, 거기에 은이 섞인 무기를……."

가능성을 점치던 성기사들이 멈칫했다.

은이 섞인 무기와 방어구는 압수당한 지 오래지.

시선이 슬쩍 한시민을 향했지만 그의 시선은 저 푸른 하늘을 향해 고정되어 있었다.

줄 생각이 없다는 강한 의지.

이러다 정말 떼먹히는 건 아닌지 살짝 의심이 들었지만 그걸 표현할 만한 시간도 아니었고 괜히 의심을 했다가는 또 6시간에 달하는 세뇌를 빙자한 정신 공격을 당할 게 뻔했기에 그냥 감수하고 싸우기로 했다.

우웅─

그래도 사제의 버프가 있지 않은가. 성에서 뜯어온 평범한 철검도 있고.

하급 마족들과 별동대가 격돌했다.

역사적인 순간!

비공식적으로 상급 마족 그로킬레가 한시민에게 일방적으로 두드려 맞은 것을 제외하면 대륙에 수백 년 만에 처음으로 마족이 인간계에 발을 딛고 인간과의 마찰이 일어나는 것이다.

긴장되는 순간!

검과 검이 마주했다.

그리고 튕겨 나갔다.

둘 다.

우위를 점한 건 별동대 쪽이다. 하지만 하급 마족들의 기세도 만만치 않았다.

별동대의 표정이 어두워졌다. 질 것이라는 생각은 들지 않는다. 하나 그들에게 이 전투는 시작에 불과하다.

흑마법사들과의 전쟁, 그리고 이어지는 마족들의 대륙 침공.

막으면 좋겠지만 최악의 상황엔 마왕마저 상대해야 한다는 불안함까지 떠안고 있어야 한다.

그런데 고작 하급 마족들과의 전투에서 우위를 점하는 정도라니.

이래서 대륙의 위기를 막을 수나 있을…….

"프레이."

팟−

"크아아아아악!"

온갖 생각을 다 하며 미래를 점치던 대치 현장에 갑자기 하늘에서 순백의 빛이 쏟아졌다.

그와 함께 고통을 호소하는 하급 마족들.

그것은 곧 기회임을 모르는 별동대는 없었다.

온갖 부정적인 잡념이 떨쳐지고 가벼운 발걸음이 내디뎌지며 검이 휘둘러진다.

저항하지 않고 검을 받아들이는 하급 마족들.

순식간에 서른 남짓한 하급 마족들이 쓰러졌다.

동시에 빛의 출처라고 확신되는 곳으로 시선을 옮겼다. 그곳엔 한시민의 팔에 매달려 헤헤 웃고 있는 성녀가 있었다.

"너무 고마워하지는 마. 너희들의 목숨을 받은 내가 베푸는 서비스니까. 이 정도 서비스 정도야 너희와 헤어질 때까지 해줄 수 있지."

"……."

손을 흔드는 한시민.

빼액이의 스킬을 사용하는 메커니즘을 모르는 NPC들은 고개만 갸웃할 뿐이지만 어쨌든 감사의 인사를 표했다.

그래. 대륙은 혼자 지키는 게 아니지.

자존심은 조금 상하지만 이렇듯 쉽게 마족을 잡을 수 있다는 게 어딘가!

훌륭한 성녀의 보조와 함께 마지막 일격을 넣을 수 있다면 그게 팀이지.

마족을 수습하는 한시민이 불현듯 기사들을 보았다.

"너네, 레벨 업은 했니?"

"……?"

무슨 말인지 모르는 성기사들과 달리 황실 기사들은 얼른 고개를 저었다.

"하긴. 업 하려면 이거 가지고 안 되긴 하겠지. 한 7강 가지고 계속해 보자."

무슨 뜻인지는 여전히 모른다.

하지만 자존심이고 신념이고 다 내다 버리고 검은 로브를 뒤집어쓴 채 흑마법사들을 학살한 보상을 주겠다는데 거절하는 이는 아무도 없었다.

망치를 들고 그로킬레가 그토록 걱정하는 상황을 아무렇지 않게 만들어낼 생각을 하는 한시민이 걸음을 옮겼다.

그 뒤를 별동대가 행복한 표정으로 따랐다.

그런 가운데 누구도 아까 한시민이 언급한, 그들의 목숨을 받은 대가라는 것에 의문을 품은 이는 아무도 없었다.

그것은 곧 이별 인사였다. 주머니에 반납한 갑옷, 무기들과의.

천왕에게 보고가 들어갔다.

"천왕 폐하, 대륙에 마족들이 속속들이 넘어가고 있습니다."

"마족들이라, 벌써 시기가 그렇게 되었는가."

"예, 흑마법사들이 대륙과 마계의 게이트를 열기 위해 전쟁을 벌이고 있습니다."

"흠, 승산은?"

"모험가들이라는 변수로 흑마법사들이 이길 가능성은 그리 높지 않습니다."

"그렇다면 도울 필요는 없겠군."

"하지만 일부 대륙에서 비정상적인 흑마력의 기운이 감지되었습니다."

"비정상? 그렇다는 것은."

"현재 상급 마족 하나가 제약 없이 대륙에 넘어와 있는 것으로 확인되었습니다. 그런 그가 하급 마족들을 소환하고 또 다른 곳에선 무분별한 마계의 비정상적인 게이트가 생성되고 있습니다.”

“흠, 선을 넘고 있군.”

“예.”

“이쪽도 그럼 그에 맞게 대처해 줘야겠지. 상급 천사를 파견하라.”

“예, 천왕 폐하.”

“신전에 협조를 구해 무분별한 게이트를 여는 놈부터 처단하고 상급 마족과 접촉하도록.”

그로킬레가 세상에서 제일 싫어하는 놈에 의해 그의 걱정이 현실로 일어났다.

6

천계에서 천족을 대륙에 보내는 방법은 간단하지만 간단하지가 않다.

마족의 경우 흑마법사를 통한 계약으로 소환된 마족이 그로킬레처럼 제약 없이 마족을 대륙으로 편법을 통해 소환할 줄 아는 마족이 있어야 한다.

천족 또한 마찬가지. 매개체가 필요하다. 길을 열어줄 열쇠랄까.

물론 천계의 경우엔 마계처럼 그렇게 까다롭지는 않다.

그들은 그들 나름대로의 방법을 연구해 왔고 싸움만 해대는 마족들과는 달리 이런 부분에서 많은 고민을 해왔으니까.

천계와 마계의 균형을 수호해야 하는 운명.

거기다 천계는 소수의 흑마법사가 모습도 제대로 보이지 못한 채 쭈구리처럼 숨어 사는 것과 달리 온 대륙에 그들과 소통할 신전이 가득하다.

하지 않을 뿐 하려고 마음만 먹는다면 언제든 가능한 것이 대륙과의 소통.

물론 이런 식의 간섭은 신이 원치 않기에 가능하다 해도 하면 안 되는 것이지만 이번 일은 결코 묵과할 수 없다.

해서 천왕이 직접 접선을 시도했다.

교황에게.

신이 아닌 자 중 유일하게 인간과 접선할 수 있는 존재.

"대륙의 안정을 위해 상급 천사를 보내노니 그녀를 맞이할 준비를 하라."

일방적인 통보 이후 접선을 끊는다.

그리고 기다린다. 지금껏 교황은 신이든 천왕이든 기대를 어긋나게 한 적이 단 한 번도 없다.

이번에도 마찬가지다. 대륙에 내려가기로 한 상급 천족이 거대한 마법진 위에 올라선다.

수많은 천족이 모여 신성력으로 마법진을 발동시키고 그와 함께 반대편에서도 그 부름에 응한다.

　신성력의 양은 감히 천계의 천족들과 비할 바는 아니지만 그래도 대륙 최고의 사제들이 모여 모든 힘을 쏟아붓는 노력에 마법진을 발동시키기 위한 최소한의 기준은 맞춘다.

　우웅—

　발동되는 마법진.

　빛이 쏟아지고.

　팟!

　천족을 삼켰다.

수많은 사제가 모였다.

　대사제. 심지어 새로 자리를 배정받은 장로들까지.

　아니, 교황마저 참여한 이 자리에서 누가 자신이 부름받은 것을 부정하고 불평하겠는가.

　누구도 힘든 기색 하나 없었다. 없을 수밖에 없다. 평생 단한 번 올까 말까 한 기회이니까.

　오히려 기뻐해야 한다. 실제로 기뻐하며 자신의 신성력을 마음껏 붓고 있다. 젖 먹던 힘까지 다 뽑아낼 기세로 쏟아붓는다.

그럼에도 마법진의 희미한 빛은 겨우 꺼지지 않고 유지될
정도.

그렇게 신성력이 바닥을 치고 한계에 다다라 의식이 희미
해졌을 때.

우우웅―

"오오!"

마법진이 반응을 했다. 그저 미약한, 한 줄 실오라기에 불
과한 빛만 새어 나오던 고대 마법진에서 그 어느 때보다 환하
고 온 세상을 뒤덮을 법한 빛이 터져 나왔다.

그 빛은 한참 동안 지속되었다.

그렇게 지속되는 동안에도 모인 사제들은 신성력을 풀지
않았다. 혹여 잘못되어 이 빛이 사그라지기라도 할까 봐. 당
장 흑마법사들과의 결전이 며칠 남지도 않는 상황임에도 컨
디션 관리 따위는 안중에도 없다는 듯.

신은 그런 사제들의 정성에 응답해 주었다.

"아아! 신이시여!"

끝나지 않을 것만 같았던 빛이 사그라졌을 때, 그곳엔 한 명
의 여신이 서 있었다.

허리까지 내려오는 은발에 몸에 걸치고 있는 한 장의 성스
러운 천.

그리고 들고 있는 그녀의 길쭉한 키만 한 은빛 창!

마치 전투의 여신 같다.

성녀와 비교해도 전혀 꿇리지 않는 아름다움.

아니, 오히려 성녀보다 일부 남자들에겐 더 큰 매력으로 다가올 수도 있다.

굳이 비교하자면 성녀는 지켜주고 싶은 마음을 절로 만들어내는 가냘픔을 가지고 있다면 나타난 천족에게는 든든함과 강인함이 느껴진달까.

진취적으로 적극적일 것만 같다.

물론 그런 감정을 느껴선 안 될 대상이지만.

"이곳이…… 인간계인가요?"

그리고 그걸 인지하고 자숙하려는 순간, 그녀가 말문을 열었다.

상급 천족 아리아.

목소리에 세상을 포근하게 만드는 따뜻함이 담겨 있었다.

7

대규모 전쟁은 드디어 코앞으로 다가왔다.

걱정했던 것과 달리 흑마법사들은 다가오는 대륙 군에 맞서 도망친다거나 꼬리를 틀어 더 많은 희생을 위해 시간을 끈다거나 하는 짓은 하지 않았다.

어차피 그들이 원하는 것은 전쟁과 피!

역사서에 길이 남을 전쟁터는 드넓은 초원이 펼쳐져 있는 평야로 결정됐다.

굳이 합의를 본 건 아니었다.

다만 흑마법사들의 진격 속도와 대륙 군의 속도가 맞물리며 동시에 서로가 가장 원하는 종류의 전장이 그곳이었을 뿐이다.

어떠한 변수도 웬만해선 허용되지 않는 동시에 가장 많은 피해를 입힐 수 있는 장소. 광범위 마법이 가장 효율을 많이 볼 수 있는 장소. 또 수적 우위를 갖고 있는 대륙 군이 흑마법사들을 둘러싸기에 가장 합리적인 장소.

그러니 이렇게 마주할 수밖에.

먼발치에 대치하기까지 정말 많은 시간이 걸렸다.

고요한 침묵.

방송을 통해 수많은 채널로 송출되고 또 TV에서도 다룬다.

게임 방송에서는 이를 위해 정규 편성마저 전부 빼버렸고 심지어 뉴스에도 나올 정도로 어마어마한 규모의 전쟁이었다.

오버 같긴 하지만 그만한 가치가 있음을 부정하는 이는 없다.

정말 대륙의 향방이 달린 문제다.

특히 흑마법사들이 어째서 전쟁을 일으키는지에 대해 레벨이 부족해 모르는 거의 모든 사람은 더더욱 그렇다.

이겨야 한다.

이기면 마족의 침공을 막을 수 있다.

메인 스토리상 마족이 대륙을 침공해야 더 재미있는 게임을 즐길 수 있다는 생각을 하는 유저들도 없지 않아 있었지만 이미 흑마법사들만으로도 아직 유저들은 손대기 힘든 정도의 수준의 컨텐츠다.

레벨을 이런저런 이벤트와 NPC들의 도움을 통해 빠르게 올리고는 있지만 여전히 시간은 부족하다.

재미란 건 그 컨텐츠가 아무리 크고 화려해도 본인이 직접 참여하고 주인공이 될 가능성이 있어야 배가 되는 법.

흑마법사들을 따라잡기도 전에 그보다 강한 마족들이 나온다면 유저들은 재미보다 피곤함을 느낄 가능성이 더 높다.

게다가 대륙이 마족에 의해 점령이라도 된다면? 막말로 마족의 노예가 되지 않으면 모조리 죽여 버린다면?

유저야 죽어도 다시 살아날 수 있다.

하지만 그것도 나름이지 이틀의 페널티를 감당하고 레벨도 다운된 상태로 아이템마저 떨어뜨리는 죽음을, 한두 번도 아니고 매번 들어올 때마다 겪으면서 게임을 하고 싶은 사람이 어디 있을까.

현재 게임을 플레이하고 있는 유저들 중 반은 그냥 소소한 일상을 즐길 수 있다는 점에서 판타스틱 월드에 접속한다.

그런 유저들이 접고 점점 소수가 즐기는 게임이 되다 보면 결국 판타스틱 월드는 망하게 되겠지.

게임사의 조치?

차라리 신이 인간들을 위해 마족들을 소멸시키는 게 빠르리란 건 지금까지의 게임사 행보를 보면 알 수 있다.

오로지 베타고에게 맡기는 운영.

현실성을 테마로 하는 게임에서 게임이 유저들을 배척한다고 그걸 수정할 고글사가 아니다.

그렇기에 이겨야 한다. 이겨야 한다는 의지는 모두를 응원하게 만들었다.

물론 그 와중에도 흑마법사들을 응원하는 이도 역시 많았다.

─수는 역시 대륙군이 많네.

─흑마법사들도 만만치 않음.

─평균 레벨로 보면 흑마법사들이 압도적으로 많을걸?

─그건 그렇지. 기대된다. 어떻게 될지.

─중요한 건 흑마법사들은 전원 마법사라는 거임. 내가 듣기론 수 차이가 거의 10배 이상이라고 들었는데 그마저도 전력이 비슷하게 느껴질 정도니 마법사의 위력이란…….

온갖 탁상공론이 이어진다.

누가 이길 것이냐.

불법 사설 배팅도 판을 치고 기사들이 줄을 잇는다.

하지만 그러거나 말거나 당사자들은 부딪친다. 서로 간의 견제나 전력 파악을 위한 시간 따위 갖지 않는다.

그런 것이야 이미 전쟁을 준비하며 충분히 많이 연구하고 또 연구했다. 전쟁을 어떤 식으로 이끌어 나갈 것인지, 흑마법사들의 마법을 어떻게 견뎌내고 그들에게 직접적인 타격을 줄 것인지까지.

우웅─

준비는 차고 넘친다.

그대로 행하기만 하면 이긴다.

그를 위해 대륙 군은 첫 공격의 포문을 열었다.

마법사들로!

우우웅─

흑마법사들 역시 당황하지 않고 대처할 영창을 시작한다.

저쪽에서도 마법사가 등장하리라는 건 당연한 일이다. 애초에 흑마법사 중 대부분은 백마법에 몸을 담았던 이들이니까.

신전에서도 흑마법사들을 싫어하지만 마탑에서는 더하다. 그런 이들을 처단하기 위한 일인데 어찌 마탑이 빼겠는가.

하늘을 수놓는 오색빛깔 마법과 흑마법이 충돌한다.

엄청난 파괴의 여파에 먼 거리 떨어진 양쪽에도 피해가 올 정도의 마력의 파동!

그와 함께 대륙 군이 달려 나간다.

사제의 축복과 함께.

사실상 올스타전이나 다름이 없다.

흑마법사와 마족.

그들이 아니라면 언제 신전과 마탑과 대륙의 군대가 하나가 되어 이렇게 싸워보겠는가!

기회가 없을 뿐이지 셋의 시너지를 합하면 그 기세는 감히 감당하기 어려울 정도로 대단하다. 제아무리 흑마법사라 한들 축복과 서포트되는 마법들과 함께 달려오는 10배 많은 병력을 감당하기란 어렵다.

흑마법사들도 그건 인정했다. 제아무리 광역기라 해도 어디까지나 온전하게 들어간다는 가정하에 많은 살상을 낼 수 있다.

마법사들의 방해와 사제들의 축복이 더해진다면 생각보다 힘들 수 있다.

그렇기에 준비했다.

"돌격!"

"와아아아!"

흑마법사들도.

초원이 시작되기 전 울창한 숲을 끼고 있는 흑마법사들의 외침과 함께 숲에서 엄청난 숫자의 몬스터들이 뛰쳐나왔다.

대륙의 사람들, 심지어 유저들마저 잠시 잊고 있었던 존재들. 마기가 깃든 게이트의 몬스터들이었다.

한번 터진 댐은 걷잡을 수 없다.

아주 작은 구멍에서 시작되는 물줄기는 그 압력으로 크기를 점차 넓히고 끝내는 거대한 댐을 무너뜨릴 정도로 힘을 가한다.

전쟁 또한 마찬가지다.

서로 숨기고 있는 패를 시작과 함께 하나둘 까다 보면 결국 모든 패를 까게 되고 곧 진흙탕 싸움으로 번진다.

흑마법사들이 준비한 몬스터들!

수적 우위가 여전히 대륙군에 있는 것은 맞지만 수많은 흑마법사가 덩그러니 마법사들끼리만 있는 것과 그 앞에 그들을 보호해 주는 방어벽이 생기는 것과는 차원이 다른 문제.

하지만 대륙군은 물러서지 않았다.

지금 그들에겐 축복과 마법사의 서포트가 뒤따른다.

평소보다 몇 배는 강하고 또 함께 하는 동료들이 있다.

마계의 몬스터들?

싸워 이길 수 있을 것만 같다.

"와아아!"

"다 죽여!"

"죽이고 천당 가자!"

몬스터들과 대륙군이 뒤엉킨다.

동시에 흑마법사들이 준비한 또 다른 카드가 하늘을 뒤덮는다.

위이이잉—

작은 벌레들!

그들은 빠른 속도로 날아가 전장 한가운데로 스며든다.

그리고 터졌다.

파파팍!

동시에 지옥이 펼쳐졌다.

"크어억."

"쿨럭! 쿨럭!"

걷잡을 수 없는 진흙탕의 시작이었다.

8

난장판에서 유리한 건 잃을 게 없는 놈들이다.

이미 목숨을 내던질 각오로 최대한의 피해를 내고자 온 흑마법사들과 그래도 살 사람은 살면서 흑마법사들을 박멸하자는 생각으로 온 사람들과 마음가짐이 같을 수는 없다.

죽어가는 와중에도 단 한 명이라도 더 죽이기 위해 발악한다.

대륙군 또한 그런 자들의 발악에 피하지 않고 맞선다.

서로가 뒤엉킨 싸움에 황제도 참여했다.

"폐하."

"어떻게 되고 있나."

"흑마법사 쪽에서 몬스터를 대동하고 벌레들을 이용해 전장을 역병의 장소로 만들고 있어 고전을 면치 못하고 있습니다."

"흠."

"하나 성수를 가져오는 등 대책을 마련하고 있고, 나타난 몬스터들 또한 차근차근 정리하고 있으니 크게 걱정하실 것은 없습니다."

"얼마의 피해를 감수하고서라도 흑마법사들의 씨를 말려야 한다."

"예, 폐하."

"비록……."

막을 순 없어도.

황제는 뒷말은 누구도 듣지 못하게 삼켰다.

전장에 참여하는 그의 표정이 어두운 까닭이다. 전쟁터에서 지리라는 생각은 단 한 번도 해보지 않은 황제다.

하지만 이렇듯 질 수밖에 없는 전쟁임을 알고 참여하는 건 찝찝하기 그지없다.

물론 대륙군을 믿는다. 지금껏 그가 정비해 온 대 흑마법사 전략도 믿고 이기리란 확신도 여전히 있다.

하나 역사서엔 언제나 흑마법사의 전쟁 끝엔 마족들의 침공이 이어졌다.

수백 년 전에도, 또 그것의 수백 년 전에도, 수천 년 전에도.

흑마법사와의 전쟁이 없었던 적은 있어도 결국엔 마족들은 대륙을 침공했고 역사서에 기록이 남았다.

매번 어떻게든 마족을 막아내곤 했지만 피해는 언제나 심각했고 또 그 와중에 흑마법사들은 바퀴벌레처럼 살아남아 그들의 유지를 이어갔다.

이번에는 다를 것이라 생각하고 싶어도 그건 너무 이상주의적인 생각이다.

역대 최고의 황제라 불리고 있지만 수백 년 전의 황제라고 멍청하기 짝이 없는 황제였을까.

아닐 것이다.

역사상 마족을 맞이한 황제 중 훌륭하지 않았던 황제는 단 한 명도 없었다.

곧은 심성과 포기하지 않는 불굴의 의지.

그게 없었다면 이미 대륙은 마족들의 손에 넘어가고 말았겠지.

해서 하나만은 꼭 이루어야 했다.

흑마법사들의 멸종! 다시 일어날 수 없는 파멸!

어떻게든 마족이 다시 넘어온다고 치면 그 뒤의 일은 운명에 맡겨야 한다.

그렇지만 지금, 전쟁을 통해 흑마법사를 사라지게 만들고 마족을 막아낸 대륙이 또다시 평화를 되찾으면서 동시에 후손을 위해 잔존한 흑마법사들이 유지를 잇지 못하게 할 수 있다면.

"전력을 다하라! 마탑과 신전에 알려 모든 아티펙트를 투입하라!"

"예! 폐하!"

전장에 황제의 의지가 잔뜩 퍼졌다.

안 그래도 온갖 저주에 역병에 사기가 떨어질 법한 병사들은 황제가 직접 나선 것을 보며 환호하고 힘을 냈다.

일종의 마약이다.

내가 싸우고 있는 이 전장. 죽어도 가치가 없는 곳은 아니구나.

피해는 점점 심해졌지만 대륙군의 전진엔 가속도가 붙었다.

조금만 더!

조금만 더 나아가면 철벽처럼 웅크리고 있는 흑마법사들 사이로 파고들 수 있다.

희망의 물결은 더 많은 힘을 실어주었다. 그 희망이 곧 흑마법사에게 닿으려고 하는 찰나.

스스슷–

하늘에서 어둠이 도래했다.

모두의 시선이 곧 하늘로 향했다. 당장 눈앞에서 오가는 몬스터들의 발톱이 더 중요했지만, 봐야 했기 때문이다.

시야를 가릴 만큼의 어둠이 어디서 오는 것일까. 분명 낮인데.

그 거대한 태양을 가린다고?

이미 짙은 그림자가 보일 만큼 가득한 어둠 속엔 수십의 날개 달린 마족들이 있었다.

상급 마족 그로킬레와 중급 마족 및 하급 마족들!

그들이 전장에 합류했다.

직접 참여하지는 못하고 각종 방송이나 개인 채널을 통해 보는 사람들의 손에 땀이 쥐어졌다.

그럴 수밖에 없다.

어느 순간 갑자기 등장한 마족들!

아니, 흑마법사와의 전쟁에서 웬 마족이란 말인가!

─뭐야? 웬 마족?

─설마 다음 페이즈로 넘어간 건가?

─무슨 패턴대로 만들어진 보스도 아니고 페이즈가 있음?

─그러게. NPC 대 NPC인데.

─흑마법사 쪽에도 유저 많잖음.

─아니, 그래도 지금 이거 메인 퀘스트 시나리오 3막이잖아요. 이
게 하나의 시나리오라고 치면 전쟁에서 흑마법사가 밀리는 게 예
정된 수순이었을 수도 있고 그럼 이제 곧 흑마법사들을 물리칠 수
있다는 뜻인데 당연히 다음 페이즈가 나와야죠.

─듣고 보니 그러네.

너무 현실감 넘치게 봤지만 이건 어디까지나 게임이다.

판타지스러운 영화를 보는 듯 편안하게 보던 사람들이 수
긍하며 그쪽에 초점을 맞춰 추리를 시작했다.

─그러면 마족은…….

─암시일 수도 있죠.

─암시?

-혹은 떡밥. 앞으로 나올 마족들의 강함을 어느 정도 맛보기로
만 보여주기 위한?

-애!

-아마 저 마족들은 대충 난이도 맞춰서 나온 것일 가능성이 농
후함.

그리고 이렇듯 자신의 카더라 지식을 마음껏 뽐내는 사람
들도 많았다.

나쁜 건 아니다. 어쨌든 이런 볼거리를 즐기는 방법 중 하
나니까.

하나 그로킬레는 그렇지 않은 듯했다. 나타나자마자 마
음껏 자신의 존재감을 과시하며 마족들과 함께 자신들은 그
저 앞으로 나타날 마족들의 맛보기가 아니라는 것을 보여주
었다.

보여주는 건 어렵지 않았다.

콰콰콰콰콰쾅!

마법을 쓸 것도 없었다. 그대로 전장에 내리꽂았다. 그리고
시작했다. 도륙을.

휘두르는 무기는 수십의 인간들을 학살하고 그들의 주변
에선 보조되는 저주가 수천, 수만의 병사들의 전력을 약화시
킨다.

단순히 마족 수십이라고 보면 그렇게 큰 전력은 아니지만 중급 마족 몇, 그리고 하나의 상급 마족이 포함된 전력은 지금껏 대륙군이 잡았던 우세를 한 번에 뒤집어버릴 만큼의 화력을 선보이고도 남았다.

이것이 바로 제약 없는 마족의 힘이다!

그로킬레는 천계에 들킬 것에 대한 두려움 없이 마음껏 보였다.

어차피 들켜도 상관없다. 전쟁이 시작된 이상 마족들의 침공은 거의 확실시된 것이나 다름이 없다. 이런 상황에서 균형을 맞추기 위해 천족 몇이 넘어온다 한들 지지 않을 자신이 있다.

여기서 무분별하게 게이트를 열어 천계와의 전면전만 벌이지 않는다면 된다.

"크하하하하!"

그를 가로막는 것은 아무것도 없다.

이게 주는 쾌감은 엄청나다.

아니, 그냥 그를 계약의 힘으로 두들겨 패던 한시민만 없으면 어디든 행복하다.

흠칫.

순간 그를 떠올린 것만으로도 멈칫한 그로킬레가 혹시나 하는 마음에 주변을 둘러보았다.

다행히 그는 보이지 않았다.

'아니, 보이면 어때.'

그가 시킨 일이 아니던가. 자신의 임무에 충실하라고.

그래놓고 이제 와서 인간들을 죽였다고 난리 치지는 않을 것이다.

그렇게 마족들이 전장에 합류하고 새로운 국면에 들어섰다.

동시에 시청자들의 반응은 하늘을 뚫고 올라가 폭발했다.

―뭐냐. 저건?

―……완전 개사기 아녀.

―너무 오밸인데?

―저거 누가 잡을 거?

―에이, 대륙군에도 저런 건 있겠지. 그래도 대륙의 고수들이 다 모였는데.

그리고 그런 반응들의 끝엔 항상 허탈함이 섞여 있었다.

그만큼 새로 나타난 마족들의 임팩트는 강렬했다.

⑨

한시민도 당연히 방송을 보았다.

흑마법사들을 뒤에서 끊는 것 또한 짭짤하지만 누가 뭐래도 전쟁의 꽃은 전쟁 상인이니까.

본격적인 전쟁이 시작되고 은근슬쩍 끼어들어 피해는 최소화하면서 돈은 최대로 벌 방법을 궁리하고 있었다.

굳이 궁리하지 않아도 방송을 보면 어떻게 해야 할지 머릿속에 이미 떠오르는 것들도 몇 개 있어 직접 실천에 옮기기 위해 이동하고 있던 참이었다.

이제는 양아치가 다 된 황실 기사들과 성기사들도 자잘한 흑마법사들보다 전장에 합류해 활약할 기회를 주겠다는 한시민의 말에 모두 수긍하고 따르고 있는 상태.

그런 상황에서 한시민이 보았다. 그로킬레의 화려한 등장을, 그리고 그를 따르는 마족들의 위엄을.

"뭐야. 시바."

뭐 저렇게 세?

그로킬레가 강할 것이라고는 어느 정도 예상은 하고 있었다.

계약서를 통해 얼떨결에 종으로 만들었지만, 마족치고 제약이 걸리지 않은 상태로 넘어온 상급 마족의 강함에 대해선 카르디안에게 이미 구체적인 척도를 들었었으니까.

하나 그냥 그러려니 하고 넘겼었지 이렇게까지 셀 줄은 몰랐다.

알았다면…….

"알았어도 뭐. 상관은 없지."

그러네.

순간 진지했던 한시민이 풀어졌다.

저도 모르게 대륙의 편에서 생각해 버렸지만 어찌 됐든 그에게 열린 길은 양쪽에 다 있다.

여차하면 흑마법사들 쪽에 서서 대륙을 어둠에 빠뜨리는 길로 가도 되고 그도 아니면 열심히 열과 성을 다해 대륙을 도와 그들을 막는 쪽으로 가도 된다.

그러니 저런 오버 밸런스의 몬스터가 나타난 것에 대해 심각하게 생각하지 않기로 했다.

그렇게 생각하면 오히려 지금의 사단은 그에겐 기회가 될 수도 있다.

"영지에서 성역 좀 가져와야겠네."

더 큰 위기엔 더 큰 돈이 따르는 법.

대륙에 넘치고 넘치는 게 돈이지만 그 돈은 원래 한시민의 것은 아니다.

하나 이런 상황에서는 얼마든지 그의 것으로 가져올 수 있다.

그를 위해 리치 영지로 향했다.

보좌관은 적극적으로 만류했지만 한시민은 그보다 더 강단이 있었다.

"확. 씨. 대륙이 마족들한테 다 정복당하고 영지도 그냥 마족들이 와서 성욕이나 풀고 파괴하는 그런 곳에 됐으면 좋겠어요? 이런 거 지금 가지고 있어봤자 흑마법사들 여기로 안 와요. 거기 가서 쓰는 게 100배 이득이니 얼른 내놔요."

"……."

사실 그에겐 그리 중요한 가치가 있는 물건은 아니다.

어쩌다 한 번 흑마법사들의 농간에 영지가 망할 뻔한 것을 구해준 은인이긴 하지만 그에 들어간 영지의 수익은 전부 원래는 한시민의 주머니에 들어갈 뻔한 것들이었으니까.

영지에 묵히느니 여기저기 돌려쓰며 돈이라도 벌어오는 게 맞다.

해서 마법진을 떼서 들고 움직였다.

성역이라는 게 마법진이라 마음대로 떼고 싶다고 뗄 수 있는 건 아니었지만 드래곤인 카르디안의 지식과 돈이면 무슨 마법이든 다 쓸 수 있는 빼액이 덕에 마법진을 고스란히 유지한 채 하나의 매개체에 담는 데 성공했다.

돈도 얼마 들지 않았다.

"아빠, 마나 다 썼어."

"응, 쉬고 있어."

사냥하는 시간 동안 가득 찬 빼액이의 마나면 충분한 마법이었으니까.

현재 빼액이가 보유한 마나는 약 10만 GP의 가치가 있지만 어차피 지불하지 않은 돈.

아깝다 생각지 않고 매개체를 들고 강화를 시작했다.

시간이 갈수록 대륙군이 밀리는 모습이 보였지만 그렇다고 급할 필요는 없다.

천천히, 여유를 갖고.

원래 주인공은 극적인 순간에 나타나는 법.

모조리 쓸리고 사라진 뒤에만 뒷북치지 않으면 된다.

그렇게 성역을 강화하는 한시민의 눈앞에 하늘에서 빛이 쏟아져 내렸다.

"……뭐야?"

"그대인가요. 마족의 개."

쏟아져 내린 빛에선 천사가 튀어나왔다.

천사와 악마의 운명적인 만남에 모두들 침묵했다.

한시민이 마족의 개가 아닌 건 모두가 알지만 뭐랄까. 무언의 수긍이랄까.

묘한 침묵이 이어졌다.

to be continued

세상S 현대 판타지 장편소설
WISHBOOKS MODERN FANTASY STORY

네 멋대로
던져라

 5

세상S 현대 판타지 장편소설

초판 1쇄 찍은 날 | 2018년 11월 8일
초판 1쇄 펴낸 날 | 2018년 11월 15일

지은이 | 세상S
펴낸이 | 예경원

기획 | 위시북스
편집책임 | 이규재
편집 | 위시북스

펴낸곳 | 예원북스
등록번호 | 제396-2012-000132호
등록일자 | 2012. 7. 25
KFN | 제1-331호

주소 | 경기도 고양시 일산동구 호수로 646-24 위너스21II빌딩 206A호 (우)10401
전화 | 031-819-9431 팩스 | 031-817-9432
E-mail | yewonbooks@naver.com

ⓒ세상S, 2018

ISBN 979-11-89564-38-4 04810
     979-11-89348-96-0 (set)

2019 월드 시리즈

세상S 현대 판타지 장편소설
WISHBOOKS MODERN FANTASY STORY

네 멋대로
던져라

Wish Books

CONTENTS

26장 승리를 향해(1)   7

27장 승리를 향해(2)   51

28장 2019 월드 시리즈   93

29장 귀국(1)   157

30장 귀국(2)   185

31장 새 시즌   233

26장
승리를 향해(1)

I.

구현진이 글러브를 챙겨 마운드로 향했다.

-1회 초 5명의 타자를 맞이해 잠깐의 위기가 있었습니다. 하지만 위기 관리 능력을 선보이며 무실점으로 막아냈습니다. 과연 2회 초는 어떻게 막아낼까요?

-저도 궁금해지는 가운데 구, 초구를 던집니다.

퍼엉!

"스트라이크!"

주심의 우렁찬 소리와 함께 구현진이 던진 공이 바깥쪽으로 꽉 차게 들어갔다. 인디언스의 6번 카림 산타나가 고개를 끄덕이며 잠시 타석을 벗어났다.

그리고 다시 타석에 들어서며 방망이를 돌렸다. 그사이 사인을 마친 구현진이 투구판에 발을 올렸다.

혼조가 타자 쪽으로 바짝 붙어 앉자, 구현진이 미트를 보며 힘껏 공을 던졌다.

공은 빠르게 날아가다가 홈 플레이트 앞에서 몸쪽으로 휘어져 들어갔다. 그때를 같이해 카림 산타나의 방망이 역시 돌아갔다.

딱!

방망이 헤드가 공의 위를 때리며 파울이 되었다. 곧바로 2스트라이크가 되며 볼 카운트가 구현진에게 유리하게 돌아갔다.

그 후 마음을 가라앉힌 카림 산타나는 3구와 4구를 잘 골라냈다.

2스트라이크 2볼인 상황에서 혼조의 선택은 바깥쪽 떨어지는 체인지업이었다. 구현진이 던진 공이 정확하게 제구되어 카림 산타나의 눈높이에서 떨어졌다.

그러나 체인지업을 노리고 있던 카림 산타나의 방망이가 돌아갔다.

딱!

공이 높이 올라가며 1루 측 관중석으로 향했다. 1루수가 뛰어가 봤지만 공은 멀찍이 멀어진 상태였다.

공을 건네받은 구현진은 로진백을 툭툭 건드린 후 마운드에 올랐다.

혼조가 카림 산타나를 힐끔거리더니 몸쪽 하이 패스트볼을 요구했다. 구현진이 고개를 끄덕인 후 혼조가 원하는 곳에 포심 패스트볼을 박아 넣었다.

퍼엉!

"스트라이크! 타자 아웃!"

-헛스윙! 구 선수 강타자 카림 산타나를 삼진으로 잡아냈습니다.

-이렇게 되면 연속으로 두 타자를 삼진으로 잡아냈군요.

-맞습니다. 벌써 삼진 3개째입니다.

-디비전 시리즈의 압박감을 털어낸 모습입니다.

그사이 구현진은 7번 야르니 디아즈를 상대로 초구 몸쪽에 꽉 찬 스트라이크 이후, 다시 몸쪽으로 이어지는 공을 던졌으나 살짝 빠지고 말았다.

볼 카운트 1스트라이크 1볼.

따악!

야르니 디아즈가 바깥쪽으로 날아오는 구현진의 공을 잡아당겼다.

타구는 유격수 앞으로 굴러갔다. 야르니 디아즈가 힘껏 달려봤지만, 유격수 안드레이 시몬스의 안정적인 송구를 1루수 루이스 발부에나가 캐치하며 아웃.

구현진은 1회와 달리 안정감 있는 투구로 2아웃을 잡아냈다. 그리고 8번 브랜드 가이어를 맞이해 중앙 낮은 쪽 커브를 던져 헛스윙을 유도, 2구는 파울팁이 되며 2스트라이크로 볼 카운트를 유리하게 가져갔다.

볼 카운트가 몰린 브랜드 가이어는 공격적인 자세를 취해 스트라이크존으로 들어오는 공을 놓치지 않으려 했다.

하지만 브랜드 가이어의 노림수를 눈치챈 혼조가 3구와 4구를 각각 높고, 낮게 요구하며 브랜드 가이어가 조바심을 느끼게 유도. 5구째 몸쪽으로 깊게 파고드는 공을 던져 방망이를 이끌었다.

구현진은 2회 초도 2개의 삼진과 땅볼 1개로 이닝을 마쳤다. 1회 초와 달리 2회 초는 삼자범퇴가 되었다.

관중들이 박수를 치며 환호했다.

구현진은 더그아웃으로 돌아와 간단히 땀을 닦았다.

그사이 에인절스의 공격이 시작되었다. 4번 알버트 퓨욜이 2루수 땅볼로 아웃되고, 5번 캐릭 칼훈이 5구째 공을 힘껏 때렸지만, 우익수 플라이 아웃으로 물러났다.

6번 루이스 발부에나가 1, 2루간을 뚫는 안타로 출루했지만 7번 타자 벤 루에비어가 유격수 앞 땅볼로 아웃되며 찬스를 살리지 못했다.

인디언스의 투수 조쉬 탐은 2회까지 31개의 투구를 기록하며 유유히 마운드를 내려갔다.

그사이 구현진이 모자를 눌러쓰고 글러브를 챙겨 마운드로 향했다.

마이크 오노 감독은 잔뜩 굳은 얼굴로 운동장을 응시했다. 옆에 있던 수석코치 역시 표정이 그다지 좋지 않았다.

"오늘따라 조쉬 탐의 공이 좋네요."

"그러게. 시즌 때에 비하면 괜찮네."

"오늘 최상의 컨디션일까요?"

"그럴지도 모르지."

"이러면 우리 타자들이 좀 고전할 것 같은데요."

"구를 믿어봐야지! 그 안에 분명히 찬스가 온다."

마이크 오노 감독은 구가 점수를 주지 않고 막아준다면 분명히 찬스가 올 것이라고 생각했다. 그 기회를 타자들이 살려줄 것이라고 믿고 있었다.

구현진은 진지한 얼굴로 마운드의 흙을 골랐다. 손가락에는 하얀 가루가 잔뜩 묻어 있었다. 그것을 입김으로 후 불었다. 그리고 모자를 고쳐 잡은 후 투구판을 밟았다.

혼조가 타석에 선 타자를 힐끔거렸다.

9번 타자 그루버 알렌.

'발이 빠른 타자야. 내보내면 성가시겠어.'

빠른 발뿐만 아니라 뛰어난 선구안과 컨택 능력을 바탕으로 출루율이 0.416에 달하는 타자였다.

'확실히 빠른 공에는 약했지.'

혼조가 타자의 몸쪽으로 붙어 앉아, 별다른 사인 없이 미트를 들었다.

구현진도 천천히 자세를 잡았다. 그리고 힘껏 공을 던졌다.

퍼엉!

"스트라이크!"

그루버 알렌이 생각보다 빠른 공에 움찔했으나 방망이를 휘두르진 않았다. 하지만 그의 얼굴은 적잖이 놀란 모습이었다.

'빠른데? 얼마야?'

그루버 알렌이 전광판을 바라보았다. 그곳에 찍힌 속도는 98mile/h(≒157.7km/h)이었다.

혼조가 공을 넘겨주고 힐끔 3루수를 바라보았다. 혼조의 사인을 본 3루수 파누 에스코바가 수비 위치를 조금 앞으로 당겼다.

혼조는 곧바로 똑같은 코스로 공을 던지게 했다. 그러자 그루버 알렌이 곧바로 기습 번트를 하며 뛰쳐나갔다.

딱!

공은 곧바로 3루 방향으로 굴러갔다. 파누 에스코바가 재빨리 러시를 해 맨손으로 타구를 캐치, 1루로 송구했다.

"아웃!"

1루심이 주먹을 들었다. 거의 간발의 차이로 그루버 알렌을 잡아냈다.

"좋았어! 나이스!"

구현진이 글러브를 낀 채 파누 에스코바를 향해 박수를 보냈다.

파누 에스코바 역시 미소를 지으며 인사했다.

모든 것이 혼조의 계산대로였다. 혼조가 적절한 타이밍에 수비 위치 이동을 요구하지 않았다면 세이프가 되었을지도 몰랐다.

혼조는 그루버 알렌이 발이 빠르고 번트 안타가 많다는 것을 기록을 통해 알고 있었다. 그래서 빠른 공 승부 시 번트를 댈 확률이 높다고 보고, 3루수 파누 에스코바의 수비 위치를 당긴 것이었다.

그루버 알렌도 파누 에스코바가 타구를 지체없이 잡아내지 못했더라면, 1루에 안착할 수도 있었을 만큼 절묘한 타이밍에 번트를 대었다. 그루버 알렌 역시 뛰어난 성적의 메이저리거임을 확실히 보여주었다.

까다로운 상대를 잘 잡아낸 구현진은 다시 1번 타자를 맞이했다. 저번 타석에서 프란시스콘 린은 삼진으로 물러났었다.

그리고 이번에도 처음과 마찬가지로 볼 배합을 가져갔다.

프란시스콘 린은 똑같은 코스에 똑같은 구종으로 첫 타석과 마찬가지로 삼진으로 물러났다.

"제기랄!"

프란시스콘 린은 두 번 연속으로 삼진을 당하자 방망이로 땅바닥을 강하게 내려쳤다. 아무래도 똑같은 공에 당한 자신에게 화가 났던 모양이다.

그사이 대기타석에 있던 2번 로니 치나가 방망이를 돌리며 타석에 들어섰다. 로니 치나의 눈빛에는 자신감이 가득했다.

구현진 역시 1회 초 때의 상황을 정확하게 기억했다. 로니 치나에게 떨어지는 체인지업을 던져 2루수 키를 넘기는 안타를 허용하고 말았다.

하지만 이번에는 그리 쉽게 안타를 맞을 생각이 없었다. 마음을 다진 구현진이 초구, 눈높이로 날아가는 포심 패스트볼을 던져다.

퍼엉!

로니 치나가 몸을 뒤로 젖히며 공을 피했다. 위협구는 아니었지만, 그래도 몸쪽으로 바짝 붙어서 날아오는 공이었다.

로니 치나가 피식 웃으며 타석에서 방망이를 돌렸다. 구현진은 그다음 공으로 바깥쪽 체인지업을 던졌다. 1회 초에 맞았던 그 공이었다.

로니 치나의 방망이가 공을 툭 하고 건드렸다.

공은 2루수 방향으로 굴러가는 땅볼이 되었다. 2루수 케일럽 코발트가 깔끔하게 포구한 후 1루수에게 던져 아웃을 만들었다.

이로써 3회 초마저 삼자범퇴로 막아낸 구현진이 마운드에서 내려갔다.

구현진이 공을 하나하나 던질 때마다 관중들은 탄성을 질렀다. 그리고 마운드를 내려가는 구현진을 향해 박수를 보내주었다.

한편 상대 팀 인디언스 토니 프랑코나 감독은 잠시 심각한 얼굴이 되었다.

"올해 메이저리그에 데뷔한 루키 맞아? 초반에 흔들려서 이번 경기도 쉽게 가져가나 했더니……."

"배짱이 두둑하네요."

"그러게 말이야. 탐나는 투수야."

토니 프랑코나 감독은 구현진에게서 쉽사리 시선을 떼지 못했다.

에인절스 더그아웃에서는 매니 트라웃이 박수를 치고 있었다.

"자자! 이번 이닝에 점수를 뽑아야지! 힘내자고!"

동료들을 격려하며 박수를 쳤다.

동료들 역시 매니 트라웃의 말에 동조했지만, 8번 혼조는 4구째 커트를 때려내며, 3루 땅볼로 아쉽게 물러났다.

9번 케일럽 코발트 역시 2구째 공을 때리며 중견수 플라이 아웃이 되었다. 3회 말도 허무하게 끝나는 것 같았다.

2아웃 상황, 에인절스의 타순이 한 바퀴 돌아 1번, 파누 에스코바가 타석에 들어섰다.

파누 에스코바는 좌익수 앞에 타구를 떨어뜨리며 출루했다. 바로 전 이닝 때의 활약에 연이어 공수 양면에서 진가를 드러냈다.

2번 안드레이 시몬스 역시 1, 2루간을 뚫어버리는 안타를 때려냈다.

2아웃 상황인 만큼 파누 에스코바가 전력 질주를 했다. 안드레이 시몬스의 타구가 안타가 되자, 속도를 더해 2루를 지나 곧바로 3루까지 내달렸다.

-아! 드디어 3회 말 에인절스에게 찬스가 찾아왔습니다.

-3회 투아웃을 잡을 때까지 역투를 펼친 조쉬 탐이 갑자기 연속으로 안타를 맞았네요.

-어? 매니 트라웃을 거르네요!

-아무래도 다소 부진한 알버트 푸욜을 상대할 모양입니다.

-그건 그렇지만, 알버트 푸욜도 한 방이 있는 선수거든요.

-그래도 매니 트라웃보다는 낫다고 생각한 모양입니다.

-알버트 푸욜이 타석에 들어섭니다.

"알버트 날려 버려!"

"한 방 쳐!"

"널 상대하려고 한 걸 후회하게 만들어줘!"

동료들의 응원을 들은 알버트 푸욜이 천천히 방망이를 돌렸다. 그의 눈에 베이스를 가득 채운 주자가 들어왔다.

'어제도 별다른 활약을 보여주지 못했어. 오늘 첫 타석도 그렇고……. 하지만 이번만은…….'

알버트 푸욜은 방망이를 쥔 손에 잔뜩 힘을 주었다. 살짝 구부린 다리를 쩍 벌려 자세를 잡았다.

그사이 공이 날아왔고, 바깥쪽으로 멀어지는 공 한 개를 지켜봤다.

"볼!"

알버트 푸욜이 다시 자세를 잡고 2구째를 기다렸다. 마침 조쉬 탐은 2구째 공을 몸쪽으로 넣으며 스트라이크를 잡으려 들었다.

그때 알버트 푸욜의 눈이 반짝였다.

"홉!"

방망이가 돌아갔다.

따악!

경쾌한 소리가 들리며 공이 하늘 높이 치솟았다.

'오늘만큼은 나도 팀에 보탬이 되겠어!'

알버트 푸욜의 강한 바람이 방망이에 힘을 실어주었다. 팔로우를 끝까지 가져갔고, 그에 힘입어 타구가 쭉쭉 뻗어 갔다.

그것을 본 알버트 푸욜이 자연스럽게 방망이를 놓았다.

모두의 시선이 공에 집중되었다. 구현진도 아름다운 포물선을 그리며 날아가는 공에 시선을 빼앗겼다.

그리고 타구가 중견수를 훌쩍 넘기며 전광판을 맞추었다.

알버트 푸욜이 쏘아 올린 공이 그랜드 슬램이 되어버렸다.

"와아아아아아!"

-넘어갔습니다. 우중간 전광판을 맞추는 알버트 푸욜의 강력한 일격! 에인절스 3회 말에 그랜드 슬램으로 4점을 먼저 획득하게 됩니다.

-알버트 푸욜이 지난 경기의 부진을 이 한 방으로 말끔히 날려 보내는군요.

-그렇습니다. 조쉬 탐의 선택! 한마디로 실패하고 말았습니다.

-역시 알버트 푸욜입니다. 팀이 가장 필요할 때 한 방 날려

주는군요.

알버트 푸욜이 득점하고 들어오며, 동료들과 하이 파이브를 나누었다. 마지막으로 구현진 앞에 선 알버트 푸욜이 주먹을 내밀었다. 구현진이 피식 웃으며 알버트 푸욜와 주먹을 부딪쳤다.

그사이 5번 타자 캐릭 칼훈이 3루 땅볼로 물러나면서 3회 말이 끝났다.

구현진이 모자와 글러브를 챙겼다.

-에인절스 스리 아웃 체인지. 추가점 없이 이닝이 끝났습니다.

-하지만 4점 차 리드라는 든든한 원군을 얻은 구! 침착한 표정으로 마운드에 오릅니다.

4점을 주자마자 인디언스의 불펜이 분주해졌다. 투수 교체 타이밍을 빠르게 가져갈 모양이었다.

하지만 구현진은 그럴 타이밍을 주지 않았다.

3, 4, 5번 중심 타선을 맞이해 특유의 빠른 볼과 제구력으로 구석구석을 노렸다. 최고구속 99mile/h(≒159.3㎞/h)까지 찍으며 타자들을 몰아세웠다.

게다가 패스트볼보다 10mile/h이나 느린 체인지업으로 타자들의 헛스윙을 유도했다.

그 결과 3번 타자 후노 라미레즈가 헛스윙 삼진, 4번 타자 에드 엔카나시온이 유격수 앞 땅볼로 아웃, 5번 타자 제이슨 브루스가 체인지업에 방망이를 헛돌리며 아웃되었다.

삼자범퇴로 인디언스의 공격을 틀어막은 구현진은 지난 이닝에 이어 2개의 삼진을 추가로 기록. 지금까지 총 8개의 삼진을 잡아냈다.

"저, 저 녀석 왜 저래? 펄펄 날고 있잖아!"

"오늘 아무래도 구의 공을 공략하기에는 힘들 것 같습니다. 미리 3차전을 준비하시는 것이……."

"닥쳐! 아무리 그래도 루키에게 고전한다는 것이 말이 돼!"

"……."

토니 프랑코나의 얼굴이 와락 일그러졌다.

"기회는 찾아와! 반드시 찾아온단 말이야."

3회 말 알버트 푸욜에게 그랜드 슬램을 맞았던 조쉬 탐이 4회 말에도 올랐다.

그 역시 3회 말 홈런을 맞은 것을 의식하는 듯 조심스럽게 피칭을 했다.

하지만 에인절스의 타자들이 급하게 덤벼들었다. 분명 흔들릴 거란 판단에 공격적으로 나갔지만, 볼을 건드려 모두 범타로 물러났다.

그사이 조쉬 탐은 다시 멘탈이 회복된 모양이었다.

5회 초 구현진은 마운드에 올랐다. 타석에는 6번 타자가 들어섰지만, 구현진의 구속은 조금도 줄어들지 않았다.

펑!

"스트라이크!"

2구째 공을 던졌다. 카림 산타나의 방망이가 돌아갔다.

딱!

하지만 3루를 크게 벗어나는 파울이 되었다.

3구째 공은 몸쪽으로 휘어지는 슬라이더를 던졌다.

딱!

카림 산타나가 힘껏 방망이를 돌렸지만, 공은 방망이 끝에 맞고 힘없이 투수 앞으로 굴러갔다. 구현진이 침착하게 타구를 잡아 1루로 송구, 아웃을 잡아냈다.

1아웃!

-구의 투구 후 수비 동작이 정말 깔끔하군요.

-군더더기가 없어요. 오늘 투구 역시 1회만 빼면 나머지는 퍼펙트합니다.

-인디언스는 7번 야르니 디아즈가 나오는군요.

야르니 디아즈가 방망이를 돌리며 우타석에 들어섰다.

구현진은 바깥쪽 꽉 찬 코스로 스트라이크를 잡았고, 이어 가운데로 떨어지는 커브를 던졌다.

1스트라이크 1볼.

3구는 몸쪽으로 붙이는 공이었지만, 주심의 손은 올라가지 않았다.

야르니 디아즈는 고개를 끄덕이며 다시 타석에 섰다. 그리고 4구째 몸쪽으로 휘어지는 슬라이더에 야르니 디아즈가 반응했다.

딱!

야르니 디아즈가 공을 힘껏 잡아당겼다. 타구가 3루 라인을 타고 빠르게 날아갔다.

날아간 공을 3루수 파누 에스코바가 침착하게 포구해 1루에 던졌다.

펑!

"아웃!"

2아웃이 되며 인디언스의 8번 타자 브랜드 가이어가 타석에 들어섰다. 구현진이 마운드에서 내려와 로진백을 두어 번 두드린 후 투구 위치에 섰다.

혼조가 사인을 냈고, 구현진이 힘껏 공을 던졌다.

구현진의 손을 떠난 공이 미트를 향해 빠르게 날아갔고, 브랜드 가이어의 방망이가 따라 나왔다.

따악!

공은 평범한 2루수 땅볼이 되었다.

2루수 케일럽 코발트가 안전하게 포구하려고 준비했다. 그런데 타구가 잔디와 흙의 경계선에 맞으며 불규칙 바운드가 되었다.

"어?"

튀어 오른 공이 케일럽 코발트의 왼쪽 팔뚝에 맞고 튕겨 나갔다.

케일럽 코발트가 깜짝 놀라며 공을 잡으러 뛰어갔다. 그리고 맨손으로 공을 잡은 후 1루에 던졌다

"큭!"

하지만 주자의 발이 공보다 조금 빨랐다.

"세이프, 세이프!"

1루심이 양팔을 펼치며 소리쳤다. 안타가 아닌 에러로 기록되었지만, 깔끔하게 삼자범퇴로 막을 수 없었던 것이 아쉬웠다.

"미, 미안. 구!"

2루수 케일럽 코발트가 다가와 말했다. 그러자 구현진이 고개를 흔들었다.

"미안해할 필요 없어. 잔디가 불규칙해서 튄 것뿐인데, 뭐. 불가항력이라는 것쯤은 잘 알아. 신경 쓰지 마."

"그, 그래……."

구현진은 신경 쓰지 않는 듯했다. 그리고 9번 그루버 알렌을 깔끔하게 스탠딩 삼진으로 잡아내며 5회 초를 막아냈다.

구현진이 터벅터벅 더그아웃으로 향했다.

마이크 오노 감독이 흐뭇한 얼굴로 구현진을 바라보았다. 그리고 투수코치를 향해 물었다.

"현재까지 투구 수는 몇 개지?"

"72개입니다."

"음……. 생각보다 투구 수가 많네."

"1회에 좀 많이 던졌습니다. 그리고 풀 카운트 승부도 많았고요."

"그럼 길어봐야 7회까지인가?"

"아무래도 그렇습니다. 어떻게 미리 불펜을 대기시켜 놓을까요?"

"6회 끝나고 나면 준비시키게."

"네, 감독님."

마이크 오노 감독은 지시를 내린 후 힐끔 구현진을 보았다. 구현진은 전혀 힘들어 보이지 않았다. 그저 덤덤하게 앉아 수분을 보충하고 있었다.

'오늘의 주인공은 너다.'

구현진은 이어진 6회와 7회에도 마운드를 지켜냈다. 삼진 1개와 땅볼 3개, 플라이 2개로 인디언스의 타자들을 농락했다.

투구 수는 107개.

7회 초, 에인절스는 인디언스를 상대로 4점 차 리드를 지키고 있었다.

마이크 오노 감독이 자리에서 일어나 구현진에게 향했다.

구현진은 감독이 다가오자 살짝 긴장했다.

'이제 교체인가?'

하지만 마이크 오노 감독의 입에서 나온 말은 구현진의 생각과 달랐다.

"어때?"

"아주 좋습니다."

"그렇군……. 알았네."

마이크 오노 감독의 말은 그것으로 끝이었다.

구현진이 눈을 깜빡거렸다.

"뭐지? 교체가 아닌가?"

구현진은 마이크 오노 감독에게서 시선을 떼지 않았다.

마이크 오노 감독은 단지 그 말만 하고는 팔짱을 낀 채 경기에 집중했다. 그리고 이닝이 종료되었는데도 교체 사인이 나오지 않았다. 투수코치 또한 가만히 있었다.

"이상하네."

구현진이 모자와 글러브를 챙겨서 일어났다. 마운드를 향하는 그때까지도 마이크 오노 감독에게서 이렇다 할 말은 없었다.

혼조 역시 고개를 갸웃하며 구현진에게 다가갔다.

"교체할 것 같은데? 아닌가?"

"그런가 봐. 아마 이번 회까지는 맡길 듯한데."

구현진이 힐끔 더그아웃 쪽을 응시했다. 전혀 움직임이 없었다. 혼조가 구현진을 툭 건드렸다.

"어쨌든 이번 회도 깔끔하게 막자! 감독도 무슨 생각이 있겠지!"

"그래!"

혼조가 포수석으로 이동했고, 구현진은 그사이 마운드의 흙을 골랐다. 혼조가 자리를 잡자 인디언스의 9번 타자 그루버 알렌이 타석에 들어섰다.

-어? 7회에 교체될 것만 같았던 구가 8회에도 나왔습니다. 마이크 오노 감독은 무슨 의도일까요?

-지금 구의 투구 수는 107개입니다. 이쯤 되면 원래 교체할 타이밍인데요.

-그러게요. 왜 교체를 하지 않을까요? 불펜은 지금 돌아가고 있는 상황인데요?

-글쎄요. 저도 잘 모르겠습니다.

중계진 역시 마이크 오노 감독의 의도를 몰랐다. 다만 구현진이 8회에 다시 등판했다는 것에 관중들은 환호를 보냈다.

그 환호에 따라 구현진의 포심 패스트볼이 빛을 발했다.

펑!

"스트라이크!"

2구는 바깥쪽으로 빠지는 체인지업에 볼이었다. 3구는 바깥쪽으로 들어가는 포심 패스트볼이었다.

딱!

그루버 알렌이 파울을 만들었다.

그것도 잠시, 구현진의 공이 다시 몸쪽으로 깊게 파고 들어갔다. 그루버 알렌이 뒤로 움찔했다. 주심의 판정은 볼이었다. 2스트라이크 2볼인 상황에서 혼조의 사인이 나왔다.

'끝내자!'

혼조가 원하는 것은 타자의 눈에서 가장 떨어진 무릎 위를 스치며 지나가는 포심 패스트볼이었다.

구현진이 피식 웃었다.

가볍게 고개를 끄덕인 구현진이 키킹 동작과 함께 힘차게 공을 던졌다. 공은 일직선으로 날아가 정확하게 미트에 꽂혔다.

퍼엉!

혼조가 프레이밍을 살짝 하며 그대로 있었다. 주심의 손이 움직이며 소리쳤다.

"스트라이크, 타자 아웃!"

이것으로 열한 번째 삼진을 잡아냈다. 관중들은 환호성을 보냈고, 구현진은 몸을 돌려 마운드를 내려가 로진백을 두드렸다.

그때였다.

관중들이 웅성거리기 시작했다. 혼조와 내야수들이 구현진 곁으로 다가왔다.

"뭐지?"

구현진의 시선이 천천히 더그아웃 쪽으로 향했다. 마이크 오노 감독이 걸어오고 있었다.

"구, 고생했다. 공 이리 주게."

"감독님 8회를 맡기시는 것이 아니었습니까?"

"아니, 한 타자만 맡길 생각이었네."

"그, 그렇습니까? 더 던질 수 있는데요?"

"아니야, 이 뒤는 불펜에게 맡겨."

마이크 오노 감독의 단호한 말에 구현진은 손에 꼭 쥔 공을 바라보았다. 그사이 불펜 투수 블레이크 파커가 다가왔다.

"구 고생했어! 이 뒤는 나에게 맡겨!"

구현진은 꼭 쥐고 있던 공을 블레이크 파커에게 전했다.

"뒤를 부탁해! 블레이크!"

"걱정 마! 네 승리는 내가 지켜줄게!"

블레이크 파커의 눈에서 강한 자신감이 내비쳤다. 또한 구현진에 대한 신뢰도 엿볼 수 있었다.

구현진은 미소를 지으며 마운드를 내려갔다.

그 순간 홈 관중들이 모두 일어나 기립박수를 보내주었다.

짝짝짝짝짝!

구현진은 멍한 상태로 그 소리를 들었다. 심장이 요동치고 마치 자신이 영웅이 된 것 같은 착각이 들 정도였다.

"뭐, 뭐지?"

모든 관중이 구현진에게 보내주는 박수였다. 구현진의 고개가 숙어졌다. 벅찬 감동이 가슴속 깊숙이 밀려 들어왔다. 그리고 모두에게 인정받는 것 같아 너무도 좋았다.

구현진이 더그아웃에 들어왔을 때도 동료들의 축하가 이어졌다.

"구, 고생했네."

"나이스 구!"

"멋진 피칭이었어."

구현진은 얼떨떨한 얼굴로 벤치에 앉았다. 그러자 옆으로 투수코치가 다가왔다.

"왜 자네를 8회에 올리고 한 타자만 상대하게 했는지 아나?"

"아니요."

"바로 저 모습을 자네에게 보여주고 싶어서였네."

구현진은 투수코치가 가리킨 방향으로 눈을 돌렸고, 관중석에 시선이 이르렀다. 관중들이 아직까지도 기립박수를 보내고 있었다.

"자네가 에인절스에, 팬들에게 인정받고 있다는 것을 보여주고 싶었던 거야, 감독님은……"

"아……"

그제야 구현진은 이해가 되었다. 그리고 새삼 마이크 오노 감독님에 대한 배려에 감사했다.

"아무튼, 오늘 멋진 피칭이었네. 푹 쉬게."

투수코치가 미소를 지으며 자리로 돌아갔다.

구현진은 그때까지 가슴이 쿵쾅쿵쾅 뛰었다.

'그렇구나, 그랬던 거구나.'

구현진이 피식 웃었다. 그리고 자리에서 일어나 더그아웃 뒤쪽 트레이닝실로 향했다.

그사이 8회를 막으러 올라온 블레이크 파커는 간단하게 두 명의 타자를 잡아냈다.

공수가 교대되고 8회 말 에인절스의 공격. 9번 자리에 호세가 대타로 들어섰다.

호세는 나가자마자 초구에 방망이를 휘둘러 큼직한 2루타를 때려냈다. 운이 겹쳐 인디언스의 중계 플레이에 미스가 났고 호세는 3루까지 내달렸다.

3루로 공이 날아왔지만, 호세는 헤드퍼스트 슬라이딩으로 세이프를 얻어냈다.

호세는 2루타에 실책으로 노아웃 3루에 위치했다.

"야, 봤어? 봤냐고! 내가 쳤어!"

호세가 손가락으로 구현진을 가리키며 기뻐했다. 아이싱을 마치고 돌아온 구현진은 호세의 안타 소식에 같이 기뻐해 주었다.

-오오오, 호세의 장타가 나왔습니다. 실책까지 겹쳐 노아웃 3루!

-오늘 에인절스의 어린 선수들이 어마어마한 일을 해내고 있군요.

-그렇습니다. 정말 대단합니다.

호세는 1번 파누 에스코바의 좌중간 안타 때 홈을 밟았다. 그 후 에인절스의 타자들의 안타 행진이 이어졌다. 급기야 매니 트라웃마저 홈런을 때려냈다.

그리고 알버트 푸욜의 백투백 홈런으로 아예 쐐기를 박아버렸다. 이로써 에인절스는 8 대 1로 승리를 거두며 디비전 시리즈 1승 1패를 기록하게 되었다.

2.

전문가들이 오늘 2차전에 대한 이야기를 늘어놓았다.

"에인절스에게 있어 오늘 경기는 피할 수 없는 그런 경기였죠?"

"맞습니다. 1승 1패로 원정경기를 떠날지? 아니면 2패를 안고 갈지. 그런 아주 중요한 경기에 구가 등판했어요."

"어린 나이에 디비전 시즌 2차전 선발. 아마도 어깨가 많이 무거웠을 것입니다."

"그런 면이 1회 초에 나타났어요."

"네, 큰 위기에 몰렸지만, 위기 관리 능력을 선보이면서 막아냈죠."

"구는 그 이후로는 거의 퍼펙트한 경기를 선보였습니다. 게다가 조용하던 알버트 푸욜이 홈런 두 방으로 에인절스에게 확실하게 승리를 안겨줬죠."

"무엇보다 구의 빼어난 투구가 아니었다면 에인절스는 승리할 수 없었죠."

"제가 나름 구의 투구를 분석해 봤는데요. 2차전 때 구의 투구는 포심 패스트볼, 체인지업, 커브, 슬라이더까지 같은 궤적에서 움직였다는 것입니다. 그러니까 포심, 커브, 체인지업, 슬라이더까지 같은 궤적으로 날아오다가 떨어지니 타자들이 속는 것입니다."

"아, 한마디로 타이밍 잡기가 쉽지 않다는 것이죠?"

"네, 그렇습니다."

"어쨌든 오늘 구의 투구는 거의 완벽했습니다. 1승 1패로 원정경기에 나서는 에인절스는 다소 편안한 마음으로 3차전에 나갈 것입니다."

"네, 2차전 승리를 계기로 3차전을 이기기 바랍니다."

디비전 시리즈를 분석하는 방송이 끝났다.

구현진과 에인절스는 하루 휴식 후 곧바로 3차전을 맞이했다.

에인절스의 3차전 선발은 JC 라미레즈였다. 그런데 JC 라미레즈의 제구며, 구위가 갑자기 뚝 떨어져 인디언스 타자들에게 난타를 당했다.

3이닝 동안 무려 9실점을 했다.

마이크 오노 감독은 심각한 얼굴로 투수표를 확인했다. 그 옆으로 투수코치가 다가왔다.

"어떻게…… 4선발로 내정되었던 파커 브리드월을 올릴까요?"

"경기가 오늘만 있는 것이 아니잖아!"

"그건 알지만 지금 상황에서는⋯⋯."

"알아. 그런데 오늘 올려 버리면, 내일은? 내일은 어떻게 할 거야? 내일 1선발인 유스메이로 페페를 올리게 될 텐데, 유스메이로 페페는 아무래도 체력적인 부담을 가지고 있을 거야. 그래서 그 뒤를 받쳐줄 투수가 파커 브리드 월 아닌가. 우리도 그렇게 가기로 했고 말이지."

마이크 오노 감독이 고민하는 부분이 이 부분이었다. 지금이라도 팀이 이길 가능성이 있다면, 곧바로 파커 브리드월을 투입시켜 총력전을 펼칠 것이다.

그런데 초반에 너무 난타를 당해 점수 차가 크게 벌어졌다. 이런 상황에서 이 경기를 포기하고 내일 집중할 것인지는 고민해 봐야 했다.

마이크 오노 감독은 투수진을 하염없이 쳐다보았다. 쉽게 결정을 내리지 못했다. 그로부터 몇 분이 흐른 후 마이크 오노 감독은 결단을 내렸다.

"오늘 경기는 이대로 간다. 우리는 내일 총력전을 펼친다."

마이크 오노 감독의 생각은 이랬다.

우선 유스메이로 페페와 4선발인 파커 브리드월이 4차전을 책임지고, 5차전까지 간다.

그리된다면 4일 휴식 후 구현진이 5차전에 나가는 시나리오가 된다.

"만약 구가 2차전에 보여줬던 퍼포먼스를 5차전에 보여주기만 한다면…… 우리는 충분히 이길 수 있어."

마이크 오노 감독이 나직이 중얼거렸다. 투수코치 역시 감독의 의도를 알고 고개를 끄덕였다.

"네, 알겠습니다."

곧바로 투수코치가 불펜에 연락했다.

그러자 불펜이 갑자기 바쁘게 움직였다. 대기하고 있던 필승조가 대거 빠지고 다른 불펜 자원을 가동시켰다. 그 결과 에인절스는 3차전을 13 대 1로 졌다.

그리고 그다음 날 4차전에 임했다.

에인절스는 4차전 선발 라인업에 약간의 변화를 줬다. 2루수 케일럽 코발트를 빼고, 그 자리에 호세 브레유를 집어넣은 것이다. 호세가 디비전 시리즈 첫 선발로 나서게 된 것이다.

경기 전 마이크 오노 감독이 구현진을 찾았다.

"오늘 우리는 총력전을 펼칠 거야. 팀이 어렵게 되면 너 또한 투입될 수 있다는 각오로 준비했으면 한다."

마이크 오노 감독의 말에 구현진이 고개를 끄덕였다.

"네, 감독님. 준비하겠습니다."

"물론 그런 일이 일어나지 않았으면 좋겠지만……."

마이크 오노 감독의 말을 듣고 구현진 역시 마음의 준비를 해두었다.

다행히 1선발인 유스메이로 페페가 꾸역꾸역 잘 막아냈다. 1회부터 풀 카운트 승부도 많았고, 볼넷도 많고, 제구도 되지 않아, 안타도 제법 많이 맞았지만, 팀의 수비가 도와주었고, 유스메이로 페페도 중요할 때마다 삼진을 잡으며 실점 없이 경기를 이어나갔다.

5회 말까지 90개에 가까운 공을 던진 유스메이로 페페는 6회 말에 교체되었다. 다행히 1 대 0으로 이기고 있는 상황에서 교체되어 마음은 편안해 보였다.

그리고 6회 말부터 등판한 투수는 구현진이 아닌, 파커 브리드웰이었다. 일단 구현진에게도 대기하라고 했지만, 왠지 자신이 나서지는 않아도 될 것 같았다.

7회 초.

선두 타자로 나선 호세 브레유. 인디언스의 바뀐 투수 초구를 롱타해 우익수 방향으로 날아갔다.

구현진은 자리에서 벌떡 일어나 타구를 확인했다.

"넘어가! 넘어가라. 넘어가……."

구현진의 간절한 바람에도 타구는 넘어가지 못하고 펜스 상단에 맞고 떨어졌다. 호세는 이미 홈런이 되지 않을 걸 알고 있었는지, 3루를 향해 전력으로 뛰었다.

"호세……."

그사이 인디언스는 중계를 통해 3루에 힘껏 공을 던졌다.

정말 아슬아슬한 상태로 공이 날아왔다. 호세가 곧바로 헤드 퍼스트 슬라이딩을 시도했다.

인디언스의 3루수가 공을 잡으려 했지만, 앞에서 바운드가 되면서 뒤로 흐르는 악송구가 나왔다.

그때 3루 주루 코치가 소리쳤다.

"호세 달려! 달리라고! 달려!"

에인절스 더그아웃에서도 소리가 들려왔다.

"호세! 달려! 달려!"

호세는 곧바로 자리에서 일어나 홈을 향해 다시 한번 달렸다. 뒤늦게 3루수가 뛰어가 봤지만 호세는 이미 홈 플레이트를 터치한 후였다.

호세가 홈을 밟으며 포효했다.

"우오오오오오!"

호세의 빠른 발로 득점에 성공했다. 비록 우익수 실책으로 기록되어 인사이드 파크 홈런으로 인정받지는 못했지만, 그래도 홈런이나 마찬가지였다.

-아, 인디언스의 투수가 백업을 가지 않았군요.

-왜 그랬을까요? 원래라면 3루수 뒤쪽에 투수 백업이 있어야 하는데 말이죠?

-저도 그것이 의문입니다. 왜 그랬을까요?

"저 녀석 맛이 갔군. 완전히 멘탈이 흔들렸어."

"아무래도 그런 것 같습니다. 교체하시는 것이 좋을 듯합니다."

"몸을 풀고 있는 투수는?"

"이미 준비해 뒀습니다."

"알았네."

인디언스의 토니 프랑코나 감독이 투수 교체 사인을 냈다. 곧바로 인디언스의 3번째 투수가 올라왔다.

그사이 에인절스의 1번 타자 파누 에스코바는 대기타석에서 생각에 잠겼다.

'이렇게 당하면 안 되겠다. 뭐라도 해야 해.'

호세의 안타와 주루플레이를 보고 뭔가 크게 생각에 잠긴 모양이었다.

그 결과 교체된 투수의 3구를 공략해 우중간 안타를 만들었다. 그 뒤에 나온 2번 안드레이 시몬스는 볼넷. 게다가 폭투로 인해 무사 2, 3루가 되었다.

이어서 등장한 매니 트라웃마저 유인구에 속지 않으면서 결국 볼넷을 내주고 말았다.

그리고 2차전에서 만루 홈런을 때렸던 알버트 푸욜이 타석에 들어섰다.

-무사 만루 상황에서 알버트 푸욜이 등장합니다. 지난 2차전 때 만루 홈런을 쳤던 경험이 있어요.

-네, 오늘도 기회가 왔는데요. 그때의 기억을 떠올려 다시 한 방 쳐줬으면 좋겠습니다.

그때 알버트 푸욜의 방망이가 힘껏 돌아갔다.

딱!

경쾌한 타격음과 함께 공이 좌익수 방향으로 높이 날아갔다. 좌익수가 달려가 봤지만, 이내 포기했다.

공은 좌중간 담장에 그대로 꽂히는 만루홈런이 되었다.

-터졌습니다. 또다시 터졌습니다. 알버트 푸욜!

-이러면 오늘 4차전을 가져가는 팀은 에인절스가 될 확률이 높아졌습니다.

-알버트 푸욜, 정말 대단합니다.

-대단한 노익장을 과시하고 있어요.

에인절스의 팀도 알버트 푸욜의 홈런 한 방으로 활활 타오르기 시작했다. 그사이 팀의 안타가 또 나오고 8회에만 타자 일순하며 10득점을 올렸다.

그리고 9회 2득점을 올리며 13 대 1로 게임을 끝내, 어제의 대패를 설욕해 주는 에인절스였다.

-드디어 디비전 시리즈를 5차전까지 가져가게 되었습니다.
-하루 쉬고! 에인절스 홈구장에서 5차전을 펼치게 됩니다.
-5차전 선발은 정해졌죠?
-네, 구가 출격할 만반의 준비를 마친 상태입니다.

각 팀 감독의 인터뷰가 진행되었다.
인디언스의 감독 토니 프랑코나 감독은 '우린 아직 5차전이 남아 있다. 반드시 이길 것이다. 챔피언십 시리즈에 나가는 팀은 바로 우리다.'라고 말했다.
마이크 오노 감독 역시 인터뷰를 했다.
"오늘 경기는 모든 것이 좋았다. 내일 5차전에 대해서는 별로 생각지 않는다. 우리에겐 구가 있기 때문이다."
양 팀 감독의 장외 설전이 벌어졌다.
그렇게 두 팀의 승부는 5차전으로 넘어갔다.

4차전을 마친 에인절스는 5차전, 홈에서 열리는 경기를 위

해 일찌감치 LA에 도착했다. 구현진과 혼조는 곧바로 집으로
향했다.

"아, 오늘은 좀 지친다."

구현진이 축 처진 어깨를 하고 집 현관을 열었다. 그런데 현
관 앞에 가지런히 놓인 여성의 신발이 있었다.

"어?"

게다가 집 불도 다 켜져 있고, 은근히 음식 냄새까지 흘러나
왔다.

"여기 우리 집이 맞는데?"

구현진이 고개를 갸웃할 때 혼조가 아차 하며 자신의 머리
를 툭 쳤다.

"아. 미안, 현진아. 사실 오늘 우리 동생이 오기로 했거든. 마
중 못 나간다고 먼저 집에 들어가 있으라고 했는데……."

"뭐? 동생? 여동생?"

"그, 그래……. 미리 말하지 못해서 미안, 깜빡했다."

혼조가 미안한 얼굴로 말했다. 구현진은 피식 웃으며 손을
흔들었다.

"무슨 소리! 괜찮아. 그래도 동생이 집을 잘 찾아왔네."

"잠깐만."

혼조가 먼저 집 안으로 들어갔다. 그 뒤를 구현진이 천천히
움직였다.

"아카네? 아카네, 어디 있어?"

"어? 오빠 왔어? 나 지금 부엌!"

아카네의 목소리가 들려왔다. 잠시 후 부엌에서 앞치마를 두른 깜찍한 모습의 아카네가 환한 미소를 뿜내며 나왔다.

"오빠들 안녕!"

"어어, 아, 안녕."

구현진이 어색한 미소로 손을 흔들어 인사했다.

혼조가 아카네에게 다가가 물었다.

"언제 왔어?"

"한, 두 시간 됐나?"

"지금 뭐 하고 있는데?"

"아, 오빠들 오기 전에 저녁 준비 한다고."

"네가? 저녁을?"

"왜? 내가 못 할 것 같아?"

"그, 그건 아니지만……."

혼조는 걱정스러운 표정을 지었다. 그러자 아카네가 혼조와 구현진에게 말했다.

"준비 다 되었으니까, 오빠들은 어서 씻고 나오세요. 어서!"

"그, 그래……."

혼조가 등 떠밀리듯 움직였다. 구현진 역시 방으로 가서 옷을 갈아입고 나왔다.

그런데 식탁에 이미 음식이 차려져 있었다.

'어? 일본 가정식이네. 여긴 미국인데 어떻게 된 거지?'

구현진이 고개를 갸웃하는 사이 혼조가 나왔다. 혼조 역시 식탁에 차려진 가정식을 보고 눈을 크게 떴다.

"어? 어떻게 된 거야?"

"그냥. 내가 장 좀 보고 왔지, 어서 앉아. 앉아요."

"어어, 그래."

구현진하고 혼조가 자리에 앉았다. 구현진은 자기 앞에 차려진 밥상을 보다가 혼조를 툭 쳤다.

"이거 먹어도 되냐?"

"먹어도 돼. 단, 맛은 장담 못 하지만."

"그래?"

그 앞에 아카네가 미소 띤 얼굴로 지켜보고 있었다. 구현진이 젓가락을 들어 우선 한 입 먹었다. 살짝 눈살이 찌푸려졌다.

그러자 혼조가 아무렇지 않게 말했다.

"맛없으면 먹지 마. 너, 내일 선발인 건 알지? 탈 나면 큰일 나니까."

"마, 맛없다니……"

구현진이 어색하게 웃으며 말했다. 곧바로 아카네가 걱정스러운 눈으로 물었다.

"내 음식이 그렇게 맛없어요?"

혼조가 바로 답해주었다.

"아니, 그게 아니라. 한국 사람 입맛과 우리 입맛은 다르니까. 억지로 먹어서 탈 나면 안 되잖아. 적당히 먹으라고."

"그 말이 맞긴 한데······. 전에 할머니가 해주신 음식은 잘 드셔서······."

"그건 할머니가 해주신 거니까 그렇지."

"나도 할머니랑 똑같이 한다고 했는데."

아카네의 얼굴이 시무룩해졌다.

그러자 구현진이 손을 흔들었다.

"아니야. 맛있어, 정말 맛있어. 난 음식 가리는 거 없어."

구현진이 신나 하며 음식을 맛나게 먹었다. 그 모습을 물끄러미 보던 아카네가 방긋 웃었다.

"다행이다."

구현진은 아예 허겁지겁 먹었다. 그리고 한 그릇을 금세 뚝딱 하고는 아카네에게 말했다.

"네 덕분에 오래간만에 맛나게 먹었네. 아카네가 이렇게 요리를 잘할 줄은 몰랐어. 시집가도 되겠네."

"호호호, 정말요?"

"거짓말하고 있네."

혼조가 퉁명스럽게 중얼거렸다. 그러자 아카네가 눈을 흘기며 발로 툭 찼다.

"아얏! 왜 차고 그래!"

"오빠 먹지 마!"

"아, 아니야. 내가 잘못했어. 한 번만 봐줘."

"이번 한 번만 봐준다."

"그, 그래……"

아카네가 뺏었던 음식을 다시 주었다. 혼조는 얼굴을 박고 밥을 먹었다. 혹여 또 뺏어가지는 않을까 조심하면서 말이다.

"그럼 나 먼저 쉴게!"

혼조가 하품을 하며, 먼저 자기 방으로 들어갔다. 구현진도 자리에서 일어나 방으로 들어가려 했다. 그때 아카네가 조심스럽게 말했다.

"자, 잠깐만요."

"나?"

"네."

"왜? 무슨 할 말 있어?"

"잠시 저 좀……"

아카네가 수줍게 말하고는 테라스로 나갔다. 그 뒤를 구현진이 따라갔다.

"왜 무슨 일인데?"

아카네가 수줍어하며 조심스럽게 말을 꺼냈다.

"제가 줄 게 있는데 눈 좀 감아봐요."

"뭐? 누, 눈을?"

아카네가 살며시 고개를 끄덕였다. 구현진은 어떻게 해야 할지를 몰랐다.

'이, 이건 뽀뽀 각인데⋯⋯. 난 아직 준비도 안 됐고, 우린 아직 사귀는 사이도 아닌데⋯⋯. 그 뭐냐 혼조가 알면 난리 날 텐데.'

구현진은 오만 가지 생각이 머릿속을 헤집고 있었다.

하지만 이성은 본능을 따라가지 못했다. 귀엽게 웃고 있는 아카네를 보며 구현진이 말했다.

"눈만 감으면 되는 거지?"

"네에."

"알았어."

구현진이 눈을 감았다. 그리고 떨리는 입술을 조금 내밀었다. 그 순간 구현진의 심장이 엄청나게 뛰었다.

쿵쾅쿵쾅!

당장에라도 심장이 가슴을 뚫고 튀어나올 것만 같았다.

그 모습을 본 아카네가 피식 웃었다. 그리고 주머니에 고이 모셔놓은 것을 꺼내 구현진의 목에 걸어주었다.

구현진이 움찔하며 눈을 떴다.

"어? 이건?"

"행운의 목걸이예요. 예전에 아버지께서 쓰셨던 거예요."

구현진은 목걸이를 보며 눈을 반짝였다.

"어? 이거 혼조도 같은 것을 하고 있던데?"

"아, 오빠가 하고 있는 것은 어머니 거예요. 그리고 이건 아버지 거구요. 아버지가 외국에 나가서 쌍으로 사 오신 건데, 돌아가시고 나서 각자 하나씩 가지고 있었어요."

"아, 그래? 그럼 아카네에게 소중한 거잖아. 이걸 나한테 줘도 돼?"

구현진이 조심스럽게 물었다.

그러자 아카네게 미소를 지었다.

"사실 이거 여자가 하고 다니기에는 너무 커서 집에만 고이 모셔뒀었는데, 오빠가 하면 좋을 것 같아서요. 오빠가 선물해 준 머리띠도 잘 사용하고 있어요."

그 말을 들은 구현진은 솔직히 미안했다. 그건 그냥 전 여자친구 주려고 샀던 거였다.

하지만 아카네는 그것을 소중하게 간직하고 있었던 모양이었다.

"끝이 살짝 부러졌지만, 본드로 붙였어요. 평생 소중히 간직할게요."

아카네가 환한 미소를 지으며 말했다.

구현진이 곧바로 손을 흔들었다.

"아, 아니야. 나중에 내가 더 좋은 거 사줄게."

"아뇨. 전 그거면 충분해요."

"그, 그래도……."

아카네는 구현진을 더욱 미안하게 만들었다. 잠시 아카네를 바라보던 구현진이 입술을 물며 고개를 끄덕였다.

"좋아! 그럼 내일은 내가 널 위해서 꼭 이겨줄게."

"네, 오빠!"

아카네가 박수를 치며 환하게 웃었다. 마치 지금 밤하늘에 떠 있는 반짝이는 별들처럼 말이다.

27장
승리를 향해(2)

I.

인디언스와의 5차전.

선발은 당연히 구현진이었다. 마운드에 오른 구현진은 활활 타오르는 눈으로 연습구를 던졌다. 그런데 기합이 팍팍 들어간 것인지, 연습구인데도 실전처럼 공이 들어왔다.

혼조는 잔뜩 걱정스러운 얼굴로 구현진에게 다가갔다. 혼조가 공을 건네며 말했다.

"야, 너 괜찮아?"

"그럼 괜찮지. 컨디션 최상이야."

"그, 그래?"

"그런데 그건 왜 물어봐?"

"아니, 오늘 네 공이 연습구인데도 힘이 잔뜩 들어가 있는 것 같아서."

"아, 글쎄다. 나는 못 느끼는데."

"그래도 살살 던져! 초반부터 전력으로 던지면 후반은 어떻게 하려고?"

"걱정 마. 오늘의 난 그 누구라도 이길 자신이 있어."

구현진이 자신했던 대로 공의 날카로움이나 구속, 제구는 거의 완벽했다. 간혹 실투가 몇 개 나왔지만, 뜬 공으로 끝이 났다.

이에 중계진들이 대단하다고 한목소리를 내고 있었다.

-오오, 오늘 구의 공은 판타스틱합니다. 인디언스의 타자들이 좀처럼 건드리지 못하고 있어요. 삼진! 또 삼진을 잡아냈습니다.

-아무래도 오늘 구의 공은 그 누가 와도 치지 못할 것 같은데요.

6회 초.

구현진은 4번 에드 엔카나시온을 2스트라이크까지 몰아붙였다.

그러다 3구를 몸쪽으로 붙인다는 것이 약간 가운데로 몰렸다.

따악!

공은 크게 포물선을 그리며 날아갔고 중앙 스탠드에 그대로 꽂히며 솔로 홈런이 되었다.

에드 엔카나시온은 오른손 주먹을 불끈 쥐고, 하늘 높이 올렸다.

"우오오오오오!"

환호성까지 지르며 구현진을 도발했다.

그러나 구현진은 신경 쓰지 않았다. 오히려 걱정되는 것은 혼조였다. 혼조가 포수석에서 일어나 구현진에게 갔다.

"현진아, 괜찮아?"

"어, 아무렇지 않은데."

"정말? 저 녀석이 널 도발하는데도?"

"그랬어? 난 전혀 신경 쓰지 않고 있는데?"

"너 혹시 나 몰래 약했냐?"

"무슨 소리야. 그냥 오늘 기분이 최고라서 그래!"

"그래? 그렇다면 다행이고……."

혼조는 잔뜩 걱정스러운 시선으로 바라보다가 마운드를 내려갔다.

"이상하단 말이야. 도대체 저 녀석 왜 저러지? 다행히 공의 위력은 줄어들지 않았지만……."

혼조는 포수석에 돌아가는 내내 고개를 갸웃했다. 지금 구현진의 행동은 여태까지 보지 못했던 파이팅이었다.

'뭐, 오버 페이스는 아닌 것 같으니까.'

혼조는 이 상황을 담담히 받아들였다.

반면 구현진의 입가에는 미소가 번졌다.

'오늘은 뭐라고 해도 무조건 이길 거야. 아니, 이길 수밖에 없어. 승리의 목걸이를 받았으니까.'

구현진의 시선이 관중석 쪽으로 향했다. 잠시 두리번거리던 구현진이 나직이 중얼거렸다.

"어딘가에서 지켜보고 있겠지?"

그 이후 구현진은 단 한 번의 실투도 없이 역투를 펼쳤다. 그 결과, 에인절스는 인디언스와의 디비전 시리즈 5차전을 8 대 1로 마무리 지을 수 있었다.

구현진은 9이닝 1실점 완투를 펼쳤다. 투구 수는 총 108개였으며, 삼진은 무려 15개를 잡아냈다.

"오늘의 승리 투수인 구현진 선수를 만나보겠습니다."

금발의 아나운서 제시가 환한 미소로 구현진을 맞이했다.

"오늘 승리 축하드립니다. 그리고 에인절스가 챔피언십 시리즈에 나갔습니다. 당연히 2승을 올린 구현진 선수의 공이 큰데요. 어떻게 생각하십니까?"

"전 제가 할 수 있는 일을 했을 뿐입니다. 팀을 위해서 최선을 다해 던진다. 그것이 다입니다."

"오늘은 의외로 파이팅 넘치는 모습이었는데요. 무슨 계기라도 있었습니까?"

"아, 그거요. 오늘은 왠지 꼭 이기고 싶었습니다. 그래서 더욱 힘을 냈던 것 같습니다."

"마지막으로 한 말씀 해주신다면?"

"멀리서 나를 응원하기 위해 온 작은 소녀에게 이 영광을 받칩니다."

2.

대한민국은 그야말로 난리가 났다. 구현진이 마지막에 한 발언 때문에 네티즌들은 그 소녀를 찾기 위해 수사를 시작했다.

   └누구야?

   └누군데? 그 소녀가 누구야?

   └뻔하지. 아이돌 누구겠지?

   └아이돌 누구? 혹시 아는 사람 있으면 남겨줘요.

   └A양?

   └A양이 누구냐고!!!

└병신아! 네가 찾아봐!

└야, 씨팔아! 내가 못 찾으니까 이러지! 너도 모르면서 지랄이야!

└뭐? 새끼야? 죽을래?

└죽여봐, 병신아!

아버지 역시 구현진의 연애설을 보고 있었다. 하지만 디비전 시리즈 5차전의 승리보다 연애설이 중점적으로 보도되는 것에 화가 났다.

"아, 네. 잘 알겠습니다. 다시 한번 챔피언십 시리즈 진출을 축하드립니다."

"감사합니다."

구현진의 인터뷰가 끝이 났다.

하지만 조금 전 구현진이 내뱉었던 그 한마디로 인해서 한바탕 소란이 벌어졌다.

"이눔이 하라는 운동은 안 하고, 연애질이야! 가만 있어 보자, 핸드폰이 어디 있어?"

"여, 여기요."

김 여사가 냉큼 핸드폰을 가져다줬다. 아버지는 곧바로 미국에 있는 구현진에게 전화를 걸었다.

하지만 신호만 가지 받질 않았다.

"이놈이 전화도 안 받네."

아버지는 다시 한번 전화를 걸었다. 그래도 받지 않았다. 아버지는 계속해서 전화를 걸었다. 그 모습을 지켜보던 김 여사가 말했다.

"그만 해요. 다른 볼일이 있겠죠."

"아무리 그래도 그렇지. 이놈이……. 정임이는 어쩌고."

"정임이 그 처자는 시집갔다고 하지 않았어요?"

"그러니까 내 말이, 그 좋은 여자를 놔두고 말이야."

"어쩌겠어요. 다 인연이 있겠죠."

"그보다 임자 주변에 아는 처자 없는가?"

"내가 지금 나이가 몇 개인데. 어린 여자를 어떻게 알아요."

"그러지 말고 괜찮은 처자 있으면 소개해 줘. 참한 여자면 되네."

"현진이 아버지가 이렇게 까다로운데, 누가 현진이랑 살려고 하겠어요."

"에이, 그런 소리 하려면 가! 가라고!"

"또 이런다, 또."

아버지는 몸을 홱 돌려 버렸다.

김 여사는 그 모습을 보고 혀를 찼다.

"쯧쯧쯧, 저 모습을 보고 누가 시집오려고 하겠어."

아버지는 연애설이 난 기사를 보며 걱정스러운 표정을 지었다.

"현진아 아무 여자나 만나면 안 된다."

아버지는 혼잣말을 중얼거리며 다시 핸드폰을 들었다.

대한민국이 구현진의 연애설로 뒤집혔는데도, 오히려 당사자는 아무 일도 없는 듯 일상적인 생활을 하고 있었다.

"역시 문제는 저지네. 이 녀석을 어떻게 잡느냐가 문제네."

"그렇지."

구현진은 혼조가 가져온 데이터를 토대로 챔피언십 시리즈에서 상대할 양키즈를 분석하고 있었다.

지잉지잉-

혼조가 고개를 돌려 소리가 나는 곳을 보았다.

"현진아, 네 스마트폰이 울리는데."

"그래?"

혼조가 말을 걸었지만, 구현진의 신경은 온통 데이터 분석 자료에 가 있었다.

"너희 아버지 아냐?"

"에이, 나중에 통화하지, 뭐. 마저 얘기해 봐."

"그러니까 다시 말하면 양키즈는 세대 교체를 한 상태야. 일단 홈런왕인 아론 저지, 이 타자를 조심해야 해. 올해 홈런만 54개나 되는 강타자야."

"취약점은 어디지?"

"일단 변화구에 약하다고 볼 수는 있는데, 그래도 2할 5푼이야. 따지고 보면 약하다고 볼 수도 없지."

"코스는 일단 몸쪽이 불리해. 빠른 공에도 강점을 보이고. 핫 존은 바로 여기와 여기!"

"그렇구나. 일단 중요 체크를 해놓자."

"오케이."

구현진과 혼조가 열심히 얘기를 나누고 있을 때, 그 앞에는 아카네가 앉아 있었다. 아카네는 환한 미소로 두 사람을 지켜보고 있었다.

그러던 중 구현진이 배를 문질렀다.

"입이 좀 심심한데. 뭐 좀 먹을래?"

"안 그래도 출출하던 참인데."

"앗! 그래요? 내가 뭐 좀 만들어 올까요?"

아카네가 자리에서 일어났다. 그녀는 곧장 부엌으로 뛰어갔다.

"아카네, 괜찮은데……."

"아니야, 간단한 샌드위치 정도는 만들 수 있어."

"그, 그래. 고마워."

구현진도 아카네를 보며 말했다.

"고마워, 아카네."

"아니에요."

아카네가 수줍게 대답했다. 그런 아카네를 보며 구현진 역시 희미하게 웃었다.

그날 저녁 구단 회의실에 감독과 코칭스태프들이 모두 모였다.

"양키스와는 하루 쉬고 바로 경기를 펼쳐야 해. 그런 상황에서 우리는 1선발부터 로테이션을 돌릴 수가 없어. 어떻게 했으면 좋겠나?"

양키스는 3차전에서 끝나 기다리고 있던 상황이었다. 그래서 1선발부터 운용할 수 있었다.

하지만 에인절스는 5차전까지 갔고, 실질적인 에이스나 다름이 없는 구현진까지 나왔기 때문에 선발을 운용할 수가 없었다.

그래서 3선발을 내세워야 했다. 그렇다는 것은 양키스 1선발과 에인절스의 3선발의 맞대결로 이어진다는 뜻이었다.

"일단 1, 2차전은 양키스 원정경기입니다. 여기서 최소 1승은 가져와야 합니다."

"알고 있네. 하지만 현재 1, 2선발 모두 나서지 못하는 상황이 아닌가."

"지금 현재로서는 답이 없습니다. 3선발인 JC 라미레즈를 믿는 수밖에요."

"그럼 2차전은?"

"그게……."

"4선발로 가야 하지 않겠습니까. 중요한 것은 3, 4, 5차전이 우리 홈에서 열린다는 것입니다. 이때 승부를 걸어야 합니다."

수석코치의 답에 다른 코칭스태프들도 고개를 끄덕였다.

"그럼 2차전에는 파커 브리드 월이 나서야 하는데……."

"그럴 수밖에 없군."

"아마도 그래야 할 것 같습니다."

어느 정도 결론이 나오자 코칭스태프들의 시선이 일제히 마이크 오노 감독에게 향했다.

"으음……."

마이크 오노 감독은 잔뜩 미간을 찌푸린 채 선뜻 답을 주지 못했다.

"어쨌든 1차전은 JC 라미레즈로 가지. 그리고 1차전 결과를 보고 결정을 내리자고!"

"네, 알겠습니다."

그렇게 회의가 끝났다.

다음 날 에이절스는 원정경기를 위해 뉴욕으로 향했다. 1차전 선발로 내정된 JC 라미레즈는 잔뜩 긴장한 채 마운드에 올랐다.

그러나 우려했던 대로 JC 라미레즈는 초반부터 난타를 당했다. 3회 초까지 7점을 헌납하며 결국 4회 말에 강판되고 말았다.

덕분에 에인절스는 일찍부터 불펜을 가동할 수밖에 없었고, 7회 말에 6 대 10으로 패색이 짙어졌다.

그나마 다행인 것은 양키스의 1선발 CC 사비르의 컨디션 역시 좋지 않은지 6회 초까지 6점이나 헌납했다는 것이다.

그리고 운명의 8회 초가 되었다.

선두 타자는 호세 브레유였다.

"호세! 살아 나가라!"

"호세, 너라면 칠 수 있어."

동료들의 응원을 받은 호세는 2구째 낮게 떨어지는 커브를 건드려 유격수 키를 넘기는 안타를 만들었다. 노아웃 1루에 출루한 호세는 천천히 리드를 넓게 가져갔다.

양키스의 배터리 역시 호세의 발이 빠르다는 것을 알고 있었다. 그래서 잔뜩 경계하며 호세를 지켜보았다. 1루에 나간 호세는 투수를 흔들었다.

"자, 자. 나 도루한다. 도루할 거야."

호세는 눈을 반짝이며 투수를 응시했다. 그러면서 계속 소리쳤다. 투수가 몸을 돌려 1루 견제를 했다.

좌라라라라!

호세가 슬라이딩하며 손으로 1루 베이스를 터치했다. 그리고 옷에 묻은 흙을 털어냈다.

"그 정도 가지고 날 잡을 수는 없어. 그냥 난 도루할 테니까, 주자만 신경 써!"

그러면서 다시 리드를 길게 가져갔다. 그리고 공을 던질 때마다 2루로 도루하려는 동작을 취하며 투수의 멘탈을 흔들었다.

그러자 CC 사비르의 제구가 흔들리기 시작했고, 결국 1번 타자 파누 에스코바가 볼넷으로 출루하게 되었다.

그런데 여기서 더블 스틸이 나오면서 주자 모두 세이프가 되어, 무사 2, 3루를 만들었다.

이어 2번 타자 안드레이 시몬스마저 볼넷으로 출루하며 무사 만루가 되었다.

에인절스는 절호의 기회를 맞이했다.

3번 매니 트라웃이 타석에 들어섰다. 양키스의 배터리는 어쩔 수 없이 매니 트라웃과 승부를 봐야 했다. 이미 흔들릴 대로 흔들린 CC 사비르의 초구가 한가운데로 몰렸고, 매니 트라웃은 그것을 놓치지 않고 받아쳤다.

따악!

타구가 힘차게 솟구쳐 좌측 담장을 훌쩍 넘는 만루 홈런이 되었다.

"와아아아아! 트라웃! 트라웃!"

방망이를 집어 던진 매니 트라웃이 주먹을 불끈 쥐고 손을 높이 들었다. 그는 당당히 다이아몬드를 돌아 홈 플레이트를 밟고는 동료들과 하이 파이브를 나누며 기뻐했다.

6 대 10에서 곧바로 동점을 만들었다.

그 뒤에 나온 알버트 푸욜마저 백투백 홈런을 때려내며 역전에 성공했다. 믿기 힘든 대역전극이 벌어진 것이다.

그 뒤로 후속 타자를 잡아낸 양키즈는 8회 말부터 가동된 에인절스의 필승조에 꼼짝도 못 하고 11 대 10으로 1차전을 내주게 되었다.

양키즈는 1선발을 내놓고도 패하는 불운을 맞이했다.

그 충격은 2차전까지 이어졌다.

에인절스는 일단 1차전을 승리로 가져왔기에 무리하게 2차전을 가져갈 생각이 없었다.

그래서 4선발인 파커 브리드월을 올렸다.

파커 브리드월은 1차전과 마찬가지로 초반부터 난타를 당했다. 무려 6점이나 내준 에인절스는 또다시 불펜을 가동했고, 7회 말까지 간신히 추가점을 내주지 않은 상태로 경기를 이어갔다.

그렇게 3 대 6으로 간신히 따라붙으며 8회 초가 되었다.

운명의 8회 초 선두 타자로 나선 혼조가 볼넷으로 걸어 나가며 물꼬를 텄다.

뒤이어 타석에 들어선 9번 타자 호세 브레유가 어제의 기억을 되살리는 듯, 호쾌한 스윙으로 좌익수와 중견수 사이를 꿰뚫는 2루타를 때려냈다.

그사이 혼조는 열심히 3루로 내달렸다.

운이 따랐다. 좌익수가 공을 더듬었고, 그 때문에 송구가 늦어졌다.

3루 코치가 열심히 팔을 돌렸다.

혼조는 최선을 다해 홈으로 뛰었다. 그리고 공이 중계되며 포수에게 전달되었다. 그와 동시에 혼조가 슬라이딩을 시도했다.

쏴아아아아아!

혼조의 발이 홈 플레이트를 터치하고 지나갔다.

양키즈의 포수, 론 산체스가 뒤늦게 미트를 휘둘렀고 혼조의 어깨를 스쳤다.

혼조가 고개를 들어 심판을 보았다. 그러자 심판이 주먹을 내리며 아웃을 선언했다.

"노우! 아니에요. 닿기 전에 홈을 밟았다고요!"

혼조는 억울하다는 듯 벌떡 자리에서 일어났다.

그러자 곧바로 에인절스의 더그아웃이 분주하게 움직였다. 수석코치가 전화로 무언가 듣더니 마이크 오노 감독에게 엄지를 올렸다.

이에 마이크 오노 감독이 자리에서 일어나 주심에게 다가가 비디오 판독을 요청했다.

3, 4분이 흐른 후 주심이 양팔을 펼치며 세이프를 선언했다.

"세이프! 세이프!"

"좋았어!"

혼조가 주먹을 불끈 쥐며 포효했다.

아웃이었던 원심을 뒤집어 세이프가 된 것이다. 이로써 한 점을 보태 4 대 6으로 쫓아갔다.

구현진은 더그아웃으로 들어온 혼조를 반갑게 맞이했다.

"잘했어, 혼조!"

두 사람은 하이 파이브를 나눴다. 호세 역시 2루 베이스를 밟고 손가락으로 혼조를 가리켰다.

이 점수 하나를 시작으로 에인절스는 대추격전을 벌였다.

어제와 같이, 상대 투수가 흔들린 틈을 타 1번과 2번 타자가 볼넷으로 출루했다. 무사 만루인 상황에서 다시 매니 트라웃이 타석에 들어섰다.

그때 양키즈의 투수코치가 마운드를 방문했다.

"1점 줘도 되니까. 트라웃과 승부하지는 마. 까다로운 공으로 유인해."

"네, 알겠습니다."

"내야수들은 더블플레이에 대비하고."

"네."

투수코치가 내려갔다.

양키즈는 매니 트라웃에게 좋은 공을 주지 않았다. 매니 트라웃 역시 욕심을 부리지 않았다. 결국, 밀어내기 볼넷으로 다시 한 점을 보탰다.

곧바로 4번 알버트 푸욜이 타석에 들어섰다. 포스트 시즌에 접어든 후 정규 시즌 때보다 좋은 성적을 보여주고 있는 알버트 푸욜이었다.

그의 불방망이는 여전히 뜨거웠고, 3구째 떨어지는 체인지업을 때려냈다. 타구가 롱타 우중월로 홈런성 타구가 되어 날아갔다.

그러나 공은 더 이상 뻗지 못하고 떨어졌다.

양키즈의 중견수 제르코 엘스버리가 펜스에 몸을 딱 붙인 채 대기했다. 그리고 점프하여 공을 낚아채려 했지만, 공은 펜스에 맞고 앞으로 떨어졌다.

그 사이 2, 3루 주자가 홈으로 들어왔고, 1루 주자마저 홈을 밟으며 싹쓸이 2루타가 되었다.

-오오오, 알버트 푸욜이 또 해냅니다. 싹쓸이 2루타! 역전타를 만들어냅니다.

-오늘도 역시 8회 초에 역전을 시킵니다. 에인절스 정말 미쳤습니다. 미쳤어요!

-약속의 8회! 1차전 때도 8회에 역전하더니 2차전도 8회 역전을 합니다.

-양키즈에게는 악몽의 8회가 되겠군요.

에인절스가 2차전마저 8 대 7로 1점 차 승리를 하며 원정경기에서 2승을 가져왔다.

이제 하루 휴식 후, 에인절스 홈에서 3, 4, 5차전이 벌어진다.

3차전 선발을 앞두고 팬들끼리 각자 의견을 내놓고 있었다.

└당연히 1선발로 가야 한다.

└무슨 소리야. 구현진이 나서야 해.

└맞아, 구현진이 4일 쉬고 던지는 게 컨디션이 맞아. 만약 하루 더

쉬고 던져서 컨디션에 문제 생기면 당신이 책임질 거임?

　└무슨 그런 말도 안 되는 말이야? 4일 쉬나, 5일 쉬나 그때 상황에 맞게 던지는 것이 프로 아닌가?

　└그래도 최상의 컨디션을 위해서는 4일 쉬고 던지는 것이 맞지!

　이런 찬반 의견이 갈린 가운데 마이크 오노 감독은 자신의 사무실에서 볼펜을 들고 책상을 톡톡 두드렸다.

　그 옆에 수석코치가 앉아 있었다.

　"어떻게 하시겠습니까?"

　수석코치의 물음에 마이크 오노 감독이 고개를 끄덕였다.

　"구로 가지!"

　그 한마디로 3차전 선발이 정해졌다.

　라인업이 공개되자마자 기자들은 곧바로 마이크 오노를 찾아갔다.

　"디비전 시리즈부터 지금까지 유스메이로 페페는 충분히 무리하여 활약해 주었습니다. 휴식 차원에서 하루 더 여유를 주기로 했고, 하여 3차전 선발을 구로 정했습니다. 구는 지금까지 4일 휴식 후 등판을 계속 유지한 상태로 3차전에서도 활약해 줄 겁니다."

마이크 오노 감독이 차분히 인터뷰에 응했다.

1선발인 유스메이로 페페 역시 받아들이는 분위기였다.

"감독님의 말씀에 동의합니다. 현재 우리는 상승세를 타고 있습니다. 아무래도 감독님의 의중은 3, 4차전마저 가져와 깔끔하게 4 대 0으로 끝낼 생각인 것 같고, 저 역시 충분히 가능한 일이라 생각합니다. 어차피 챔피언십 시리즈까지 온 만큼 기세를 늦출 필요는 없습니다. 최대한 빨리 끝내고 월드 시리즈에 대비하겠습니다."

전문가들 역시 마이크 오노 감독의 선발 라인업에 동의하는 듯했다.

-마이크 오노 감독이 승부수를 던진 것이죠?

-맞아요. 원래 원정경기에서 1승 1패면 성공이라고 하지 않았습니까? 그런데 2승을 했어요. 정말 에인절스에게는 엄청나게 유리한 입장입니다. 게다가 1, 2차전 모두 8회에 역전패를 당한 양키즈 입장에서는 충격이 아닐 수 없습니다.

-그렇다는 것은 이참에 아예 끝내겠다는 것입니까?

-그렇죠. 3차전, 4차전으로 아예 끝내겠다는 입장입니다. 그도 그럴 것이 그 뒤로는 또다시 에인절스가 불리해집니다. 하위 선발로 양키즈의 상위 선발을 상대해야 하죠. 1, 2차전처

럼 역전승이 나올 가능성은 적습니다. 그러니 마이크 오노 감독의 입장에서는 3, 4차전에서 승부를 봐야만 하겠지요.

-그렇군요. 과연 마이크 오노 감독의 의중대로 될지 내일 3차전 구현진 선수의 결과에 따라 결정될 것 같습니다.

그날 저녁 뉴스와 인터넷 기사에 대대적으로 떴다.

[3차전 선발 구현진!]

속보로 전해지며 미국 전역과 대한민국에 알려졌다. 무엇보다 3차전은 한·일 투수의 맞대결로 더욱 이슈가 되고 있었다.

에인절스 구현진 대 양키즈 다노카 다이치로.

두 선수의 매치업이 양국의 각종 매체에서 뜨거운 화두로 다뤄졌고, 마침내 운명의 3차전 날이 밝아왔다.

다노카는 빠른 공과 포크볼로 에인절스 타자들의 방망이를 유도했다. 에인절스 타자들은 번번이 포크볼에 헛스윙하며 제대로 대처하지 못했다.

그러나 타자를 상대로 호투를 펼치는 것은 구현진도 마찬가지였다.

내·외각으로 푹푹 찔러 들어가는 포심 패스트볼과 체인지업, 슬라이더로 양키즈의 타선을 농락했다.

다노카와 구현진 모두 6회까지 단 1점만을 허용하며 에인절스 대 양키즈의 3차전은 지난 1, 2차전과 달리 투수전의 양상을 보이고 있었다.

7회 초, 양키즈가 볼넷과 번트로 주자를 2루로 내보냈다.

이에 구현진은 체인지업으로 2루 땅볼을 유도했다. 이때 호세가 2루 베이스로 좀 깊게 수비를 펼치고 있었다.

"어?"

방망이에 맞고 굴러오는 공을 본 호세가 재빠른 동작으로 슬라이딩을 시도했고, 간신히 글러브로 공을 막아냈다. 하지만 공이 글러브에 맞고 굴절되었다.

호세가 자리에서 일어나 공을 주워 재빨리 1루에 던졌다. 그런데 제대로 공의 실밥을 낚아채지 못했는지 1루 방향에서 조금 벗어났다.

1루수 루이스 발부에나가 몸을 날려 공을 잡아냈지만, 발이 베이스에서 떨어져 결국 세이프가 되었다.

그사이 2루에 있던 주자가 3루를 돌았고, 공을 더듬는 사이 홈으로 돌진했다.

1루수 루이스 발부에나가 재빨리 홈으로 공을 던졌지만, 주심은 세이프를 선언했다.

결국, 호세의 송구 실책으로 인해 주자가 득점하게 되었다. 1 대 1로 팽팽했던 스코어가 7회 초에 2 대 1로 바뀐 것이다.

"미안해, 현진아."

호세가 잔뜩 미안한 얼굴로 말했다. 그러자 구현진이 고개를 가로저었다.

"괜찮아, 신경 쓰지 마! 내 집중력이 흔들려서 그래. 내가 잡았어야 했어. 내 탓이야."

구현진이 오히려 호세에게 사과했다. 그러자 호세는 더욱 미안한 얼굴이 되었다.

"그런 표정 짓지 말래도."

"아, 알았어."

호세가 고개를 끄덕이며 곧바로 자기 자리로 돌아갔다. 이후 구현진은 후속 타자를 깔끔하게 삼진으로 처리하고 7회 초를 끝냈다.

7회 말 양키즈의 수비. 다노카가 내려가고 불펜이 가동되었다.

다노카는 더그아웃에 앉아 자신이 승리했다는 듯 웃고 있었다.

양키즈의 불펜은 확실히 강했다. 에인절스의 타선은 7회에도 침묵하였고, 8회 초가 되어 구현진이 다시 마운드에 올랐다. 그리고 세 타자를 깔끔하게 연속 삼진으로 잡아내며 마운드를 내려왔다.

마이크 오노 감독이 투수코치에게 물었다.

"투구 수는?"

"현재 108개입니다. 교체합니까?"

마이크 오노 감독이 구현진을 바라보았다. 구현진은 아무렇지도 않게 당당히 대기하고 있었다.

마이크 오노 감독이 고민하는 와중, 8회 말 역시 끝이 났다. 구현진은 말없이 모자와 글러브를 챙겨 일어났다. 그 모습을 보고 투수코치가 말했다.

"구를 말려야 하지 않나요?"

"지금 이 순간 저 녀석을 말릴 사람은 아무도 없어. 오늘 경기는 구에게 맡기는 수밖에."

"하지만……"

"괜찮아. 오늘 경기는 져도 상관없네. 이 경기를 통해서 구가 더 성장해 에이스가 될 수 있다면 오늘 경기는 버려도 돼."

마이크 오노 감독은 지금 당장의 구현진을 보는 것이 아니라, 앞으로 에인절스의 에이스가 될 구현진을 보려고 했다.

그래서 이 중요한 경기도 믿고 맡길 수 있었다.

투수코치는 말없이 고개를 끄덕였다. 그리고 9회 초에 마운드에 오른 구현진을 바라보았다. 당당히 마운드에 선 구현진은 벌써 에이스의 기운을 풍기고 있었다.

9회 초, 마운드에 오른 구현진을 보고 관중들은 환호와 함께 박수를 보냈다.

    관중들의 응원에 힘입은 구현진이 1번과 2번 타자를 연속해서 삼진으로 돌려세웠다.

    하지만 3번 론 산체스를 상대로 몸쪽 깊게 던진다는 것이 옷깃을 스치며 데드볼이 주고 말았다.

    주자가 1루로 간 상황에서 구현진은 양키즈의 4번 타자 에릭 그레고리우스를 맞이했다.

    그러나 신경을 바짝 끌어올린 구현진은 2스트라이크 1볼로 볼 카운트를 유리하게 이끌었고, 4구째, 슬라이더로 에릭 그레고리우스를 삼진으로 잡아냈다.

    구현진이 내려갈 때 관중들이 기립박수를 보냈다.

    "오늘 경기 져도 좋다고."

    "괜찮아, 구. 잘했어!"

    구현진이 피식 웃었다. 이겼을 때만 기립박수를 받는 게 아니었다. 지고 있는데도 9회까지 최선을 다해 던져준 투수에게 보내는 기립박수였다.

    에인절스의 팬들로서는 당연한 반응이었다. 1, 2차전은 선발이 무너지면서 불펜이 혹사를 당했다. 아무리 하루를 쉬었다고 해도, 3차전에서마저 불펜이 가동되었다면 뒤로 갈수록 힘들어졌을 것이다.

    그런데 오늘, 구현진이 9회까지 에인절스의 마운드를 지켜냈다. 불펜에게 또 하루 휴식을 준 것이었다.

오늘 승패를 떠나서 팀에게 정말 필요했던 일을 오늘 구현진이 해준 것이었다.

그리고 2 대 1로 패색이 짙은 9회 말 2사.

옛날 요기 베이라는 이런 말을 남겼다.

'끝날 때까지 끝난 것이 아니다.'

혼조가 타석에 들어섰다. 혼조가 타석에 임하는 자세는 조금 달랐다.

'현진이가 9회까지 던졌어. 패전 투수로 만들 순 없지.'

마음을 다진 혼조는 타석에 들어섰다.

따악!

3구째, 빠른 공을 받아쳐 투수 옆을 스치는 안타를 만들어 냈다. 9회 말 2아웃에 꺼져가는 불씨를 다시 살리는 혼조였다.

그다음 타자는 대기타석에 있던 호세였다. 원래 호세 자리에는 대타를 내리려고 했다. 그런데 호세 역시 분위기가 심상치 않았다.

"대타 안 내보내십니까?"

"자넨 저 의지의 눈빛을 보고 느끼는 것도 없나? 마지막 기회일 수 있는데 한번 맡겨보자고."

그리고 호세는 아무도 생각지도 않았던 기습번트를 시도했다.

딱!

공을 3루 방향으로 굴려 1루로 냅다 뛰었다.

3루수 체스 해드리가 수비를 위해 달려와 맨손 캐치를 했지만, 1루에 던질 수는 없었다.

발 빠른 호세가 이미 1루 베이스를 밟고 지나간 후였다.

9회 말, 2아웃의 상황에서 절대 할 수 없을 거라 생각했던 플레이라 양키즈로서는 허를 찔릴 수밖에 없었다.

2사 1, 2루의 찬스에서 파누 에스코바가 나왔다.

그 역시 절호의 기회를 놓치고 싶지 않았다. 그런 마음이 집중력으로 이어져, 파누 에스코바의 방망이가 공에 닿았다.

딱!

슬라이더를 받아친 파누 에스코바가 투수 옆을 스치는 안타를 만들어냈다.

유격수가 다이빙 캐치를 시도해 봤지만, 공은 중견수 쪽으로 굴러갔다.

그사이 혼조가 홈을 밟아 동점을 만들었다.

그리고 2번 안드레이 시몬스가 몸에 맞는 공으로 출루하며 2사 만루가 되었다.

이번에 등장하는 타자는 매니 트라웃. 양키즈의 투수코치가 마운드를 방문해 마무리 데이빗 로빈스를 진정시켰다.

하지만 물러설 수 없는 대결이었다. 매니 트라웃은 이미 흔들릴 대로 흔들린 데이빗 로빈스를 봐주지 않았다. 그리고 초구 스트라이크를 잡으러 들어온 공을 때려 중견수 앞에 떨어지는 안타를 만들었다.

끝내기 안타였다.

호세가 홈을 밟아 득점했고, 더그아웃에 있던 선수들이 일제히 튀어나와 매니 트라웃에게 달려들었다.

그사이 양키즈 선수들은 모두 고개를 푹 숙인 채 더그아웃으로 걸어갔다.

또다시 대역전극을 펼친 에인절스. 지금 에인절스를 막을 수 있는 팀은 그 어디에도 없어 보였다.

3 대 2로 9회 말 역전 끝내기 안타를 때린 매니 트라웃이 구현진 앞에 섰다. 구현진은 말없이 미소를 보냈고, 두 사람은 뜨거운 포옹을 나누었다.

3차전 역시 구현진의 승리로 돌아갔다.

경기가 끝이 나고, 인터넷에서는 또다시 뜨거운 설전이 벌어졌다.

[구현진 9이닝 2실점. 다노카 6이닝 1실점. 구현진이 다노카를 꺾어!]

기사 밑에 댓글이 엄청나게 달렸다.

└**다노카가 6이닝 1실점. 평균자책점 1.50. 구현진은 9이닝 2실점.**

2.00인데 왜 구현진이 이겼지? 다노카가 이긴 거지?

└그래! 다노카가 잘 던진 건 맞아. 하지만 승부는 누가 이겼지? 게다가 팀을 살린 건 누구지? 구현진이야. 구현진은 팀의 영웅이야.

└다노카는 뭐야? 아무것도 한 것이 없어.

└다노카 역시 6이닝 동안 최고의 피칭을 했어. 하지만 구현진은 9이닝을 던졌어. 다노카가 일찍 내려간 반면에 구현진은 끝까지 던져서 승리를 쟁취했어. 누가 팀을 위한 일을 했을까?

일본의 다노카 팬들은 모두 다노카를 높이 사려고 열심히 댓글을 남겼다. 하지만 에인절스 팬들과 대부분의 메이저리그 팬들은 이렇게 말했다.

└그래서 다노카는 그것밖에 안 되는 거야. 하지만 구는 떠오르는 스타고, 에인절스의 에이스야. 그 이외에 말할 가치가 있나?

클럽하우스에서는 선수들끼리 자축 파티를 하고 있었다.

아직 챔피언십 우승을 한 것이 아닌데도 분위기는 뜨거웠다.

"우오오오오오오!"

"이야, 또 역전승이야."

"우리가 챔피언이야."

팀 동료들이 함성을 지르고 있는 사이 1선발인 유스메이로 페페가 구현진에게 다가왔다.

"구!"

구현진이 유스메이로 페페를 바라봤다. 그가 미소를 지으며 말했다.

"고맙다! 정말 고맙다. 솔직히 네가 나보다 먼저 등판한다고 해서 마음이 편치만은 않았어. 나도 너만큼 잘 던질 수 있는 데, 뭔가 너에게 밀리는 느낌을 받았거든. 하지만 오늘, 그동안 내가 착각하고 있었다는 것을 알았어. 고백하자면 난 오늘 너처럼 던지지 못했을 거야. 오늘의 승리는 너의 혼신과 열정으로 거둔 거나 다름없어. 기다려! 내가 반드시 널 월드 시리즈로 데려가 줄게."

"믿을게요."

구현진과 유스메이로 페페가 서로 주먹을 부딪쳤다. 그리고 그다음 날 유스메이로 페페는 자신의 인생투를 펼쳤다.

양키즈는 3차전 구현진 때문에 멘탈이 많이 붕괴된 상태였다.

거기에 유스메이로 페페의 노련한 변화구가 들어오자 정신을 차릴 수 없었다.

-양키즈 타자들 전혀 타이밍을 못 잡고 있어요. 어제 구현진의 공에 맛이 간 것 같아요.

-그러게요. 더군다나 오늘 유스메이로 페페의 투구도 인상적입니다. 어제 빠른 공에 농락당했던 양키즈의 타자들을 변화구 위주의 피칭으로 셧 다운시켜 버리네요.

끝내 에인절스가 양키즈를 4 대 1로 이기며 챔피언십 시리즈를 4 대 0으로 우승했다.

이로써 아메라칸 리그 우승은 에인절스가 거머쥐게 되었다. 게다가 가장 먼저 월드 시리즈에 진출한 팀도 에인절스였다.

유스메이로 페페가 인터뷰를 하고 있었다.

"오늘 경기 가장 고마웠던 사람을 뽑는다면?"

"음, 아마도 구가 아닐까 싶습니다."

"구요? 구는 어제 등판하지 않았습니까?"

"맞습니다. 구가 어제 경기를 잡아줬기에 오늘 경기에서 편안하게 던질 수 있었습니다."

"그 말은 구를 에이스로 인정한다는 말인가요?"

그러자 유스메이로 페페가 잠시 고민하다가 결심한 듯 말했다.

"아직 에이스 자리를 내려놓진 않았습니다. 아니, 앞으로도 그 자리를 포기하는 일은 없을 겁니다. 다만, 지금은 구가 에인절스의 에이스라 생각합니다."

3.

복도를 오가는 수많은 기자가 모두 상기된 표정으로 카메라 플래시를 터뜨렸다. 그 속에서 에인절스 스태프들이 분주히 움직였다.

경기를 마친 선수들이 챔피언십 우승을 마치고 하나둘 클럽 하우스로 들어왔다. 그들은 챔피언십 우승 티셔츠를 입고 머리에는 고글을 착용한 채였다.

클럽 하우스 내부는 온통 비닐로 도배가 되어 있었다.

그 속에서 수십 명의 선수가 고함을 내질렀다.

선수은 저마다 샴페인을 들고 있었다. 뚜껑을 따고 신나게 흔들어 맞은편 동료에게 쏘았다.

"하하하하하!"

"받아랏!"

샴페인을 뿌리는 동료도, 그것을 고스란히 맞고 있는 동료들의 얼굴에도 함박웃음이 가득했다. 구현진, 혼조, 호세 역시 마찬가지였다.

구현진은 고글을 쓴 채 한 손에 샴페인을 들고 있었다. 챔피언십 우승 티셔츠를 입었고, 우승 모자를 쓰고 있었다. 그리고 우승의 기쁨을 동료들과 마음껏 즐겼다.

구현진은 모든 잡념을 버리고, 이 순간을 제대로 누렸다. 샴페인을 서로에게 퍼부으며, 그간 힘들었던 기억도 씻어냈다. 무엇보다도 트리플 A에서부터 함께한 혼조와 호세를 끌어안고 기쁨의 눈물도 흘렸다.

"고생했어! 모두!"

"너도 축하해! 잘했어."

"우리 모두 이 자리에 함께여서 난 너무 기뻐!"

클럽하우스는 이미 샴페인으로 샤워를 한 상태였다. 그때 클럽하우스로 누군가 나타났다.

바로 피터 레이놀 단장이었다. 선수들에게 축하 인사를 전하기 위해 내려온 것이었다.

그도 챔피언십 티셔츠와 모자를 쓰고 있었다. 피터 레이놀 단장의 등장에 클럽 하우스는 잠시 조용해졌다.

"모두 감사합니다. 여러분들의 노력이 있었기에 오늘 같은 날을 맞이할 수 있었습니다. 오늘은 마음껏 즐기시길 바랍니다."

말을 마친 피터 레이놀 단장이 선수들과 일일이 악수를 나누었다.

구현진의 차례에 이르러선 구현진을 끌어안기까지 했다.

"고맙습니다, 구현진 선수. 내 생각이 옳다는 것을 증명해 줘서 정말 고마워요."

"아닙니다. 믿음을 보여주셨기에 전 보답을 해드린 것뿐입니다."

구현진 역시 미소를 보여주었다.

이후 혼조와 악수를 나눈 피터 레이놀 단장은 옆에 있던 호세에게 손을 내밀었다. 호세가 순간 당황하며 움찔했다.

피터 레이놀 단장이 고개를 갸웃하며 말했다.

"왜요? 저랑 악수하기 싫으신 겁니까?"

"아, 아뇨! 절대 그렇지 않습니다. 다만……."

호세는 난감한 표정을 지으며 두 손으로 잡고 있는 샴페인을 보았다. 호세는 이러지도 저러지도 못하고 우물쭈물했다.

"그럼 제 손이 민망하지 않게 해주세요."

피터 레이놀 단장이 웃으며 말했다. 호세는 더욱 난감해하다가 중얼거렸다.

"이, 이러면 안 되는데……."

그 말과 함께 조심스럽게 오른손을 내밀었다. 그와 동시에 오른손으로 막고 있던 샴페인이 분출되며 그대로 피터 레이놀 단장의 얼굴에 뿌려졌다.

쏴아아아아아아!

조용한 분위기의 클럽하우스.

갑자기 분출되는 샴페인 소리에 주위에 있던 선수들 모두 입을 가리며 웃음을 참지 못했다.

호세는 당황하며 피터 레이놀 단장에게 말했다.

"죄, 죄송합니다. 제가 그러니까……."

그는 말까지 더듬으며 어쩔 줄을 몰라 했다.

하지만 피터 레이놀 단장은 샴페인을 얼굴에 직격으로 맞고 도 미소를 잃지 않았다.

"괜찮습니다. 저도 함께 샴페인을 맞을 준비를 하고 왔습니다. 이런 식은 아니었지만……."

어쨌든 호세도 악수를 나누었고, 또다시 샴페인 파티는 계속되었다. 그것도 잠시, 클럽 하우스에 있던 선수들이 일제히 운동장으로 나갔다.

그곳에는 샴페인 대신 음료수들이 가득했고, 선수들의 가족들이 내려와 있었다. 그들과 함께 우승 파티는 계속 진행되었다.

그날 저녁 생방송 스포츠 뉴스가 진행되었다.

"챔피언십 시리즈 우승은 아메리칸 리그에서 먼저 나왔습니다. 4전 전승으로 양키즈를 꺾은 에인절스가 먼저 월드 시리즈에 진출한 상태입니다."

"이에 맞서 내셔널 리그는 아직 진행 상태인데요. 다저스와 내셔널스의 경기는 현재 다저스가 2 대 1로 지고 있는 상황입니다."

"현 상태로 보면 다저스가 조금 불리합니다. 시즌 전적은 다저스가 앞선 상황인데 말이죠."

"하지만 단기전이고, 챔피언십입니다. 앞으로 어떻게 될지는 그 누구도 모르는 일입니다."

"그것도 맞는 말씀입니다. 개인적으로는 다저스가 월드 시리즈에 올라와 LA 더비를 이루었으면 하는 바람입니다."

"하하하, 저도 같은 생각입니다. 아무래도 에인절스의 구현진과 다저스의 유현진의 대결도 볼 만할 것 같은데 말이죠."

"그렇군요. 한때는 사제지간으로 불리기도 한 것 같은데 말이죠. 저도 기대가 됩니다."

"LA 더비가 성사되길 기대하며 오늘 있었던 주요 장면부터 보시죠!"

그 시각 대한민국의 스포츠 채널을 전문적으로 다루는 방송국에서는 회의가 한창 진행되고 있었다.

총괄 PD의 주관하에 각 PD가 모였다.

"지금 당장 구현진 특집 방송을 준비해야 합니다."

한 PD가 말했다.

"지금에 와서 특집 방송이 필요해? 굳이 해야 하냔 말이야."

"네, 에인절스가 월드 시리즈에 진출하지 않았습니까? 구현진의 인기도 엄청나고요. 지금이 아니면 시기를 놓칩니다. 지금 당장 준비해서 월드 시리즈에 맞춰서 넘어가야 합니다."

실질적인 담당 PD인 박건영은 강하게 요구를 했다.

총괄PD 노유석은 미간을 잔뜩 찌푸린 채 고민했다. 그러다 다른 PD가 입을 열었다.

"하긴 지금 구현진의 인기가 장난이 아니긴 해요. 잘하면 월드 시리즈 우승을 할지 모릅니다. 뭐, 준우승해도 특집으로 만들기에는 충분한 것 같은데요."

동료 PD의 지원사격에 박건영은 눈짓으로 고마움을 표했다.

그러나 다른 PD가 고개를 갸웃했다.

"솔직히 우승 전력은 아닌 것 같은데. 내셔널 리그에서 누가 올라오든 에인절스는 약세야. 챔피언십 우승만으로도 기적이라고 볼 수 있어."

"그래도 다저스가 올라왔으면 좋겠는데. 그럼 특집 방송을 해도 대박이 날 것 같고 말이야."

"일단 특집 준비는 하는 것이 좋을 것 같아."

가만히 듣고 있던 총괄 PD 노유석이 처음으로 입을 열었다.

"준비하도록 해. 그럼 콘셉트는 어떻게 가져가지? 그냥 뻔하게 다큐로 갈 생각은 아니지?"

박건영 PD가 고개를 끄덕였다.

"아니요. 좀 다른 방식으로 접근할까 합니다."

"다른 방식? 어떤 식으로?"

"요새는 리얼이 대세 아닙니까. 여기에 아이돌 하나 넣으시죠. 아이돌이 직접 현지에 가서 구현진과 데이트도 하고, 주변인들과 만남도 갖고, 구현진의 단골 가게와 경기장 구경까지 함께하는 것이 어떻습니까?"

박건영 PD의 말을 듣고 총괄 PD의 눈이 반짝였다.

"오, 그거 괜찮은데? 그럼 아이돌은 누구로 했으면 좋겠나!"

"제가 이미 생각을 해뒀는데요. 아유 어떠세요? 귀여운 이미지에, 가득 담긴 애교까지 왠지 구현진과 궁합이 잘 맞을 것 같은데요."

박건영 PD가 조심스럽게 말을 꺼냈다. 이에 다른 PD들도 고민했다.

하지만 총괄 PD는 살짝 인상을 쓰며 고개를 흔들었다.

"아유? 야구에 관심 있는 사람이 낫지 않겠어?"

이 반응도 이미 예상했다는 듯, 박건영 PD가 곧바로 말했다.

"물론 그렇습니다만, 저는 오히려 아무것도 모르는 상태에서 구현진 선수를 통해 하나하나 알아가는 방식도 괜찮을 거라 봅니다. 아무래도 메이저리그에 대해 잘 모르는 사람도 많으니까요. 두 사람이 어색하게 만나서 자연스럽게 친해지는 과정을 그려내면 시청자들에게도, 구현진 선수에 대해 효과적으로 전달할 수 있을 겁니다."

그러자 다른 PD가 웃으며 말했다.

"야, 이게 무슨 특집 방송이야. 뭐 우결이라도 찍게?"

"지금 확실하게 가자고! 우리 지금 특집 방송을 예능으로 가자는 거야? 아님 다큐야?"

총괄 PD가 박건영 PD를 바라보며 물었다. 그러자 박건영 PD가 입꼬리를 올리며 말했다.

"당연히…… 예능 겸 다큐죠!"

28장

2019 월드 시리즈

I.

구현진이 침대에서 일어나 기지개를 켰다.

"으으으으윽!"

어제 밤늦게까지 우승 기념 파티를 하느라 정신이 없었다. 새벽 늦게야 간신히 집에 들어와 샤워를 하고 잠이 들었다.

"지금 몇 시지?"

시계를 확인하니 오전 10시를 조금 넘겼다.

"헉! 너무 늦게 일어났네."

구현진은 간만에 늦잠을 잤다.

양키즈를 4승으로 이겼기 때문에 내셔널 리그보다 휴식일이 많이 보장되었다. 그 결과 오늘은 구단에서도 선수들에게 휴가를 주었다.

"혼조는 일어났나?"

구현진이 침대 이불을 정리한 후 거실로 나갔다. 혼조와 아카네는 이미 일어나 있었다.

"어? 오빠, 일어났어요?"

"어어…… 그런데 뭐 해?"

구현진은 눈을 끔뻑이며 거실에 펼쳐놓은 캐리어를 보았다. 그러자 아카네가 아쉬운 얼굴이 되었다.

"저…… 오늘 일본으로 가요."

"뭐어?"

구현진은 눈을 크게 떴다. 곧바로 혼조를 바라보았다. 혼조는 묵묵히 아카네의 짐을 쌌다.

오후 1시 반 비행기였다.

구현진과 혼조, 아카네는 차에 짐을 싣고 LA 국제공항에 나갔다. 아카네를 직접 배웅해 주기 위함이었다.

현진은 공항에 도착할 때까지 입을 다물고 있었다.

아카네도 마찬가지였다. 차창만 바라보고 있었다.

공항에 도착하고도 마찬가지였다. 짐도 다 부치고 수속장 앞에 이르고 나서야 아카네가 혼조를 보고 입을 열었다.

"오빠, 갈게."

"그래, 조심히 가. 도착하면 꼭 연락하고."

"알았어."

아카네는 혼조와 작별인사를 나누고 이번에는 구현진에게 다가갔다.

"건강…… 하세요. 보고 싶을 거예요."

"그래, 나도……."

구현진은 말을 하면서도 아쉬움이 가득 담겨 있었다.

잠시 아카네를 바라보던 구현진이 주머니에서 목걸이를 꺼냈다.

"아! 이거 가져가. 큰 힘이 되었어. 고마워."

구현진이 목걸이를 돌려주려고 내밀었다.

그러자 아카네게 미소를 지으며 구현진의 손을 밀었다.

"아니에요. 오빠가 가지고 계세요."

"내가?"

"네, 그냥…… 저라고 생각하고 소중히 간직해 주세요."

아카네의 부드러운 말에 구현진은 그만 울컥하고 말았다.

"소, 소중히?"

"네, 오빠……."

아카네가 고개를 숙였다. 그 모습이 구현진은 더욱 안타깝게 했다.

"얼굴만 예쁜 줄 알았더니, 말도 참 예쁘게 하네. 이 세상에 말 예쁘게 하는 대회가 있다면, 아마 네가 1등일 거야."

"아니에요."

구현진의 칭찬에 아카네는 수줍게 웃었다.

그런 두 사람의 모습을 지켜보던 혼조는 자신도 모르게 한숨이 나왔다.

"하아……."

혼조는 생각이 복잡 미묘했다.

'난감하네…….'

혼조는 구현진이 좋은 친구인 것은 잘 알고 있었다. 장래가 촉망되는 선수이기도 했다.

하지만 혼조는 아카네의 오빠였다.

다른 한편으로는 여동생이 걱정되었다. 아직 어리기도 하고, 무엇보다 저 둘이 진지하게 좋은 관계로 갈 수 있을지 걱정이 앞섰다.

그러나 구현진은 이 상태로 쭉 가면 분명 좋은 성적을 올릴 것이고, 인기 또한 많아질 것이 불 보듯 뻔했다. 당연히 여자들에게 인기도 많아질 것이다.

그러다가 남녀가 헤어질 때도 있고, 그 속에서 동생이 상처는 받지 않을까 걱정이 되는 것이었다. 그런데 다른 한편으론 둘이 잘 어울리는 것 같기도 했다.

동생도 구현진을 좋아하는 것 같고 말이다.

"하아……."

혼조는 또다시 한숨이 내쉬었다.

그사이 아카네는 손을 흔들며 출국장 안으로 들어갔다. 구현진은 아카네가 사라질 때까지 손을 흔들어주었다. 그리고 모습이 보이지 않을 때 고개를 홱 돌려 혼조를 바라보았다.

구현진의 눈가에 이미 눈물을 맺혀 있었다.

"아카네가 갔어."

구현진이 약간 울먹였다.

그러자 혼조가 말했다.

"너 지금 우는 거냐?"

"아, 아니야. 내가 왜? 어서 가자."

구현진은 애써 눈물을 참으며 발걸음을 옮겼다. 혼조는 말없이 구현진을 따라갔다.

주차장에서 차에 올라탔다. 안전띠를 매고 차의 시동을 거는 것과 동시에 혼조가 구현진을 불렀다.

"현진아."

"왜?"

"있잖아. 할 말이 있어."

"말해, 뭔데?"

"일단 미안해. 너한테 얘기하지 못한 말이 있어."

"무슨 말? 뭔데?"

"아카네에 관한 얘기야."

아카네라는 말에 구현진의 눈이 커졌다.

"아카네? 왜? 뭔 일 있는 거야?"

"그건 아니고, 아카네가 먼저 간 이유는……."

구현진은 긴장한 얼굴로 말하는 혼조의 말에 침을 꿀꺽 삼켰다.

"뭔데 말해봐? 뭘 말하고 싶은 거야?"

구현진은 자꾸 뜸을 들이는 혼조를 보며 다그치듯 물었다. 그러자 혼조가 침을 한 번 삼키며 말했다.

"사실 나 때문이야. 내 실수 때문에 아카네가 지금 일본으로 간 거야."

"뭐? 실수?"

"그래. 사실 우리 팀이 이렇듯 월드 시리즈까지 진출할 것이라고는 전혀 생각지 않았거든. 그래서 이 정도 날짜라면 충분히 LA 구경하고 놀다가 같이 일본으로 들어갈 수 있을 거라고 생각했었지. 그런데 팀이 월드 시리즈에 진출하는 바람에……."

"뭔 소리야? 그럼 아카네가 돌아가는 표는 이미 예약되어 있었던 거야?"

"그, 그렇지."

"너도 함께?"

"뭐, 그럴 셈이었지."

"야, 그럼 표를 연기하면 되잖아!"

구현진이 버럭 고함을 질렀다. 혼조의 말도 안 되는 설명에 살짝 짜증이 일어났다.

"아카네가 이미 다른 스케줄을 잡아놓은 상태라 돌아가야 했어. 미안해."

혼조의 말에 구현진이 어이없는 표정을 지었다.

"그건 그렇다 치더라도 우리 팀이 월드 시리즈에 진출 못 할 거라 생각했어?"

"그래⋯⋯."

"야! 넌 팀에 대한 애정이 있긴 한 거야?"

"무슨 말을 그렇게 해! 당연히 있지. 말은 바로 하자! 솔직히 우리 팀이 챔피언십 우승을 한 것도 기적이지 않냐? 어느 누가 우리 팀이 여기까지 올라올 거라 예상했냔 말이야."

"그건⋯⋯."

솔직히 구현진도 생각지 못한 부분이었다.

올해 에인절스의 전력으로는 리그 우승은커녕 간신히 와일드카드를 바라볼 수밖에 없었다.

그런데 어떻게 하다 보니 월드 시리즈까지 진출해 있었다.

"그건 나도 공감하는데⋯⋯. 그런데 왜 하필 오늘 보내는 거야?"

구현진의 물음에 혼조가 조용히 대답했다.

"사실 오늘이······."

"오늘 뭐?"

"항공권이 최저가였어."

"뭐?"

구현진이 울컥했다.

"망할 최저가!"

구현진은 인상을 구기며 혼조를 바라보다가 이내 고개를 돌렸다.

"젠장! 고작 그런 이유였다니······."

2.

집으로 돌아온 구현진과 혼조.

혼조는 부엌으로 향했고, 구현진은 곧바로 거실로 향했다. 소파에 앉자마자 리모컨으로 TV를 켰다.

"아직 하고 있을 텐데······."

구현진은 곧바로 채널을 돌려 스포츠 채널을 찾았다. 그리고 구현진이 찾는 경기가 중계되고 있었다.

오늘은 내셔널 리그 챔피언십 시리즈 4차전이 벌어지고 있었다.

다저스 대 내셔널즈의 경기였다. 선발 투수로 유현진을 내정하고 있었던 다저스는 계획대로 유현진을 출격시켰다.

경기는 어느덧 4회를 지나가고 있었다.

혼조는 냉장고에서 맥주 두 병을 꺼내 거실로 가지고 나왔다. 소파에 앉은 구현진에게 맥주 한 병을 내밀었다.

"누가 이기고 있어?"

"다저스……."

"오! 오늘 선발 누군데?"

"유현진!"

"유현진? 오, 저분도 잘 던지네."

"당연하지. 바로 내 스승님인데 말이야."

구현진은 말을 하고는 어깨를 으쓱했다. 그런데 그때 유현진이 홈런을 맞았다.

"으악! 안 돼……."

구현진은 안타까워하며 고개를 푹 숙였다.

"왜 그래? 홈런을 맞으니 아파?"

"아파, 마치 내가 맞은 것처럼."

"지랄한다!"

혼조는 구현진의 행동을 보고 고개를 흔들었다. 그러기를 잠시, 구현진이 자리에서 벌떡 일어났다.

"왜?"

"나 못 보겠어!"

"야! 고작 홈런 하나야!"

"아니야, 나 안 볼래."

급기야 구현진이 고개를 돌려 버렸다. 그 모습을 혼조는 너무 어이없이 쳐다봤다.

"아주 꼴값을 떨어요."

다행히 다저스가 내셔널즈를 7 대 2로 이기고 있었다. 홈런을 맞았어도 7 대 3이었다.

그런데도 구현진은 안절부절못하고 있었다.

"야, 어떻게 됐어?"

구현진이 고개를 돌린 채 물었다.

혼조가 낮게 한숨을 내쉬며 말했다.

"7 대 3으로 이기고 있고. 지금 막 공수교대 했어!"

"아, 그래?"

잠시 후 구현진은 또 물었다.

"어떻게 됐어?"

"야! 구현진! 그냥 봐! 우리 경기도 아닌데 무슨 난리야!"

"아니, 못 보겠는 걸 어떻게 해! 못 보겠다고!"

"미친……. 내가 말을 말지."

혼조는 고개를 절레절레 흔들었다.

그사이 경기는 종반으로 향하고 있었다. 이대로 다저스가 이길 분위기였다.

"야, 현진아. 호들갑 그만 떨고 그냥 봐. 다저스가 이길 분위기야."

"그래?"

구현진은 이긴다는 소리에 고개를 돌려 확인했다. 9회 초 내셔널스의 공격이었다. 아웃카운트 하나만 잡으면 끝이었다.

그리고 중견수 플라이 아웃으로 마지막 아웃카운트가 채워지며 다저스가 승리를 거머쥐었다.

이로써 챔피언십 스코어는 2 대 2로 동률이 되었다.

"이겼다! 이겼어!"

구현진이 두 팔을 들어 환호했다. 혼조는 그런 구현진의 행동에 이해가 되지 않는 듯 고개만 흔들었다.

잠시 후 기자 회견이 시작되었다.

양 팀의 감독이 나왔다. 먼저 승자의 인터뷰가 있었고, 곧바로 패장의 인터뷰가 이어졌다. 기자들이 질문하고 답변하기를 약 30여 분이 흘러갔다.

마지막으로 손을 든 기자가 물었다.

"내일 5차전에서 선발은 어떤 선수가 나옵니까?"

기자의 질문에 다저스의 로버츠 감독이 마이크를 잡았다.

"내일 우리의 선발은 커쇼입니다."

그 말을 듣는 순간 혼조가 깜짝 놀랐다.

"허걱! 커쇼라고?"

급기야 혼조는 TV 화면을 손가락으로 가리키며 중얼거렸다.

"어어? 어라……."

혼조가 고개를 갸웃했다. 그리고 뭔가를 골똘히 생각하는 것 같았다.

"이거 참……. 잘하면……."

혼조의 중얼거림을 들은 구현진이 물었다.

"왜 그래?"

"으음……."

혼조가 낮은 신음을 흘리며 미간을 찌푸렸다.

"야! 뭔데? 왜 그리 심각해?"

구현진이 버럭 소리를 지르자 그제야 혼조가 말했다.

"아, 아니야. 아무것도."

"너 요새 자꾸 비밀이 많아진다?"

"비, 비밀은 무슨 비밀이야."

"아니 내가 물어보면 자꾸 아니라고만 하잖아."

"정말 아무것도 아니니까 그렇지."

"정말이야?"

"그래!"

혼조가 자리에서 일어났다.

그런 혼조의 행동이 구현진은 자꾸 수상해 보였다. 구현진이 혼조를 따라 부엌으로 향했다. 그때 구현진의 귓가로 혼조의 중얼거림이 들렸다.

"아닐 수도 있으니까."

"야, 나 다 들었어!"

그 말에 혼조가 움찔했다.

"뭐, 뭘?"

"솔직히 말해. 뭐가 아닐 수 있다는 거야?"

"그냥 나 혼잣말이야. 신경 쓰지 마."

"야, 신경 쓰게 해놓고. 신경 쓰지 말라는 게 말이 돼?"

"거참! 나한테 왜 이렇게 관심을 가져? 난 남자에게 관심 없다니까!"

"말 돌리지 말고 빨리 말 못 해? 치사하다, 치사해!"

구현진이 한마디 툭 내뱉으며 거실로 발길을 돌렸다. 그 모습을 보던 혼조가 물었다.

"오늘은 외식 할까? 갑자기 스테이크가 당기네."

스테이크란 말에 구현진의 눈빛이 반짝였다.

"네가 사는 거냐?"

"그래, 인마. 내가 살게."

"그럼 가야지. 옷 입고 나올게."

구현진이 자신의 방으로 가서 옷을 입고 나왔다. 혼조 역시 옷을 입고 나왔다.

"어디로 갈까?"

"어디긴, 항상 가던 곳이지."

"그래!"

다음 날, 다저스와 내셔널즈의 5차전 승부는 커쇼를 앞세운 다저스의 승리였다. 다저스는 내셔널즈를 5 대 0으로 제압했고 이날 커쇼는 8이닝 무실점, 12개의 탈삼진을 기록했다.

6차전은 올해 FA로 다저스와 계약한 일본인 투수 다르빗슈였다. 5회까지 무실점으로 호투하던 그는 6회 안타와 홈런을 맞고 2실점을 했다.

그때까지 다저스는 내셔널즈의 막스 슈어저에게 꼼짝없이 당하고 있었다. 결국 다저스가 2 대 1로 지면서 6차전을 내주었다. 이로써 챔피언십 전적은 3 대 3으로 동률을 이뤘다.

최종 승부는 7차전으로 넘어갔다.

하루 휴식 후, 월드 시리즈 진출 팀을 결정하는 내셔널 리그 챔피언십의 마지막 7차전이 벌어졌다.

다저스의 7차전 선발은 우드였다. 우드는 초반에 살짝 흔들렸지만, 1실점 이외에 추가 실점 없이 6회까지 마운드를 지켰다.

6이닝 1실점 7탈삼진을 기록한 우드에 힘입은 다저스는 타선을 폭발시키며 초반에만 7점을 내며 앞서갔다.

내셔널즈가 안간힘을 다해 따라가 봤지만, 결국 7 대 3으로 다저스가 7차전을 가져가며 월드 시리즈에 진출하게 되었다.

"이겼다! 이겼어! 다저스가 이겼다고!"

TV를 통해 내셔널 리그 챔피언십 시리즈를 보고 있던 구현진은 마지막 아웃카운트가 잡히자마자 자리에서 벌떡 일어났다.

"혼조, 다저스가 이겼어."

"나도 봤어."

구현진은 기뻐하는 반면, 혼조는 약간 떨떠름한 반응을 보이고 있었다.

구현진이 소파에 앉았다.

"이제 현진이 형이랑 붙네."

"그래서 좋아?"

혼조가 물었다.

"좋다기보다는 그냥 기뻐!"

"그래?"

혼조가 씁쓸한 표정을 지었다. 그러거나 말거나 구현진은 다시 소파에서 벌떡 일어났다.

"아, 이러고 있을 때가 아니지."

구현진은 자신의 방으로 냉큼 들어갔다. 그 모습을 지켜보는 혼조의 표정은 복잡 미묘했다.

"하아…… 이것 참 좋아해야 하는 건지, 아닌지."

혼조는 알 수 없는 말을 중얼거렸다.

구현진은 방으로 들어와 곧바로 스마트폰을 들었다. 전화번호를 검색해 유현진에게 전화를 걸었다. 신호가 갔다.

"전화 받을 수 있으시려나?"

따각!

-현진이냐?

"아, 형! 전화 받으시네요."

-아, 잠깐 화장실 간다고 나왔어.

수화기 너머로 선수들의 우승파티 소리가 들려왔다.

"맞다. 형, 축하드려요."

-야, 똥줄 타는 줄 알았다. 너무 힘들게 우승했어.

"그래도 우승했잖아요. 그럼 된 거죠."

-그래! 그럼 된 거지.

"이제 우리랑 붙네요. LA 더비가 성립되었어요."

-그러게. 생각은 하고 있었지만, 실제로 되니 조금 이상하다.

"그래도 봐주지는 않을 거예요."

-나도 마찬가지다.

"어쨌든 힘들게 우승하셨으니. 이제 좀 쉬시는 게 어때요?"

구현진이 먼저 도발했다.

그러자 유현진이 피식 웃었다.

-어쭈! 그건 내가 할 소리인데. 형도 절대 양보할 생각이 없

거든. 각오하는 게 좋을 거야.

"그건 제가 드릴 말입니다."

-어라? 스승을 한번 밟아보겠다고?

"당연하죠! 제자가 스승을 한번 이겨보겠습니다."

-후후, 과연 그렇게 될까? 그보다 너 형이랑 선발 맞춰서 나와야 하는 거 알지? 우리 뉴스에 한번 크게 나와보자, 현진 더비로 말이야.

"어? 전 싫은데요?"

-내가 하고 싶어서 그래! 하자, 응?

"싫어요! 싫어!"

-이렇게 나오기야?

"전 무섭단 말이에요."

-아까 그 도발은 어디 가고?

"그거야 뭐……."

그때 수화기 너머로 유현진을 부르는 소리가 들려왔다.

-현진아, 나 들어가 봐야겠다. 부르네.

"아, 네. 들어가세요. 샴페인 적당히 많이 드세요!"

-많이 먹으라는 거냐? 적당히 먹으라는 거냐?

"후후, 알아서 들으세요."

-아, 진짜 들어가야겠다. 월드 시리즈 건투를 빈다.

"네, 형도요."

-그래, 나 끊는다.

"네."

구현진은 전화를 끊고 잠시 스마트폰을 바라보았다. 그리고 히죽 웃으며 자리에서 일어나 밖으로 나갔다.

혼조는 부엌에서 커피를 내리고 있었다.

"너도 커피 마실래?"

"부탁해."

혼조가 커피 두 잔을 들고 구현진에게 다가갔다. 왼손의 커피잔을 내밀었다. 구현진이 그것을 받아들었다.

"고마워."

구현진이 커피 한 모금을 마셨다. 혼조가 맞은편 소파에 앉으며 물었다.

"다저스가 이겼는데, 넌 어때?"

"나야, 솔직히 다저스가 올라오길 바랐지."

"그래?"

"넌?"

이번에는 구현진이 물었다. 그러자 혼조가 커피잔을 내려놓으며 말했다.

"난 내셔널즈가 올라왔으면 했지."

"아니, 왜?"

구현진이 눈을 크게 떴다. 그러자 혼조가 가볍게 헛기침한 후 말했다.

"허험, 솔직히 다저스는 투수진이 너무 좋잖아. 우리 타자들은 좋은 투수들을 상대로 별로 재미를 못 보고. 그래서 투수력이 다저스보다 한 수 아래인 내셔널스가 올라오길 바랐지."

"아…… 확실히."

구현진이 고개를 끄덕였다.

"그런데 다저스가 올라왔으니 이번 월드 시리즈가 쉽진 않을 거야."

"야, 상대도 안 해보고 그런 말을 하냐?"

"안 봐도 다 아네요."

"에이, 벌써부터 그러지 말자고. 어차피 길고 짧은 건 대봐야 알지. 그보다 보너스라고 생각하고 즐겨! 즐기자고."

구현진이 당차게 말을 했다. 혼조가 피식 웃었다.

"그래, 까짓것 즐기자!"

혼조 역시 동조를 하며 말했다. 하지만 막상 즐기자고 말을 했던 구현진이 어색하게 웃었다.

그리고 월드 시리즈 LA 더비의 날짜가 다가왔다.

3.

LA 더비가 확정된 후 각 TV와 언론사들은 난리가 났다. 앞다투어 LA 더비에 대해 방송을 내보냈다.

[에인절스와 다저스, 같은 지역에서 맞대결이 벌어졌다]

이에 각 전문가가 나서서 전력분석을 했다.

-LA 더비가 확정되었는데요. 현재 투수진은 다저스가 앞서고 있어요. 물론 타격은 에인절스가 조금 더 우위에 있습니다. 하여 창과 방패의 대결이라고들 하는데, 어떻게 생각하십니까?

-일단 월드 시리즈는 단기전 승부예요. 단기전 승부에서 가장 중요한 것은 투수력이죠.

-물론 투수도 중요하지만, 타자가 점수를 뽑아주지 못하면 힘들죠.

-하지만 타자들은 기복이 있을 수밖에 없습니다. 흐름을 탈수만 있다면 엄청난 화력을 보여주지만, 항상 그럴 수는 없는 법이거든요.

-네. 그런데 투수 하면 다저스가 많이 앞서지 않나요?

-물론입니다. 커쇼를 비롯해, 다르빗슈, 우드, 유현진으로 이어지는 강력한 투수력을 보유하고 있죠. 이런 투수력을 바탕

으로 내셔널 리그 서부 지구 1위를 6년 동안 하지 않았습니까.

　-물론 그렇습니다만, 에인절스도 만만치는 않습니다. 우선 디비전 시리즈와 챔피언십 시리즈까지 무패를 기록하고 있는 구현진이 있죠. 게다가 1선발 유스메이로 페페까지 안정을 되찾고 있고요.

　-그러나 다른 선발 투수들이 부진하다는 것도 사실입니다. 이것이 해결되지 않는다면 이번 월드 시리즈 우승은 장담할 수 없습니다.

　각 전문가의 분석이 흘러나오고 실시간으로 팬들의 댓글들이 달리기 시작했다. 그곳에서도 에인절스 팬과 다저스 팬들의 충돌이 있었다.

　└무조건 우리 에인절스가 이기지.

　└닥쳐! 너희는 여기까지 온 것만으로도 감사히 생각해. 우리가 박살 내주지.

　└7차전까지 빌빌거린 주제에 입은 살아가지고. 우린 양키즈를 4 대 0으로 발랐거든!

　└지랄, 우리에겐 커쇼가 있어.

　└우리에게는 떠오르는 태양, 구가 있어.

　└이제 갓 올라온 루키! 그래, 잘 던지긴 하더라. 그런데 그다음은?

누구 있긴 하냐?

└없네! 없어! 커쇼 말고도. 다르빗슈, 우드, 유현진까지 10승 넘는 투수만 무려 4명이나 보유했다고. 도대체 에인절스는 10승 넘는 투수가 몇 명이야?

└그래, 10승 투수들 많아서 좋겠다. 어차피 한 방 날리면 투수는 무너지게 되어 있어!

└맞아. 점수를 잃으면 그만큼 점수를 뽑으면 되는 거야!

└아, 그러세요? 어디 한번 뽑아보세요.

각 팀의 팬들은 인신공격도 서슴지 않았다. 월드 시리즈가 점점 다가올수록 그러한 분위기는 더욱더 고조되어 갔다.

에인절스의 코칭스태프들은 오늘도 회의실에 모였다.

월드 시리즈 선발 로테이션을 확정 짓기 위함이었다.

먼저 마이크 오노 감독이 코칭스태프들을 보며 말했다.

"자, 모두 의견을 제시해 주게. 일단 로테이션을 어떻게 끌고 갔으면 좋겠나?"

수석코치가 말했다.

"현재 다저스의 로테이션 상황이 1차전은 유현진으로 되어 있습니다. 2차전은 커쇼, 3차전은 다르빗슈, 4차전은 우드, 이런 식으로 돌아갈 것 같습니다."

네 멋대로 던져라 5

투수코치가 나섰다.

"일단 1, 2차전은 원정경기입니다. 확실한 1승을 추가하기 위해서라도 구가 맡아줘야 합니다. 지금 상황에서는 1차전은 어떻게든 이겨야 하니까요. 현재 우리에게 구보다 확실한 카드는 없습니다. 그를 내보내 우선 1승을 확보하는 게 어떻습니까."

"무슨 소리야, 우리에겐 엄연히 1선발이 존재하잖아. 유스메이로 페페를 두고 굳이 왜 구를 1차전에 내보내려는 거야? 그건 아니라고 보는데."

"그럼 타격코치는 페페를 1선발로 내보내면 1차전에서 이길 수 있다고 보십니까? 확실히요?"

"그, 그걸 어떻게 장담하나. 하지만 1선발의 자존심도 있고, 저번 경기에 구위도 상당히 뛰어나지 않았나."

"그러니까, 그런 꾸준함을 보여줄 수 있냐 말입니다."

"어험……."

타격코치와 투수코치가 서로 대립하고 있는 사이 마이크 오노 감독이 탁자를 두드렸다.

"그만들 하게. 자네들의 의견을 잘 들었네."

마이크 오노 감독의 중재에 타격코치와 투수코치가 입을 다물었다. 마이크 오노 감독이 투수코치를 보며 말했다.

"솔직히 나도 구를 2차전에 커쇼랑 붙이고 싶네."

"가, 감독님……."

투수코치의 눈이 커졌다.

"알고 있네. 아마 구를 1차전에 내보내면 확실히 승리할 확률이 높겠지. 하지만 올해 에인절스 1선발은 페페네. 그의 자존심도 세워줘야 하지 않겠나. 무엇보다 로테이션이 꼬일 수도 있는 것이고 말이야."

"로테이션이야 지금 다들 충분한 휴식을 취하고 있으니 우선할 문제는 아닙니다."

"물론 그렇지. 그런데 말이야. 난 좀 더 큰 그림을 그리고 싶네. ……구를 커쇼와 붙여보고 싶네."

마이크 오노 감독의 말에 투수코치가 난색을 표했다.

"감독님, 그건 좀……."

이에, 다른 코치들도 한마디 거들었다.

"맞습니다. 커쇼와의 맞대결은 루키로서는 부담이 클 수밖에 없습니다. 만약 1차전에서 승리하지 못한다면 그 부담은 더할 것입니다."

그러자 마이크 오노 감독도 기다렸다는 듯이 말했다.

"월드 시리즈가 이번만이 끝은 아니야. 우리 팀은 내년에 더 강해질 거야. 올해 마운드가 이렇게 초토화되고, 개판이 되었는데도 월드 시리즈에 진출했어. 우린 저력이 있는 팀이야. 내년에 선발만 보강하면 더욱 강해질 수 있어. 그래서 이번 월드 시리즈 때 구현진을 더 키우고 싶네. 물론 우승을 하지 않겠다는 것은 아니야. 그저 미래의 에이스가 많은 걸 경험할 수 있게 도와주고 싶다는 생각뿐이야. 그냥 다른 투수들을 상대로 가볍게 이기는 것보다 현존하는 최강의 투수인 커쇼를 상대로 얼마나 대등한 경기를 벌이느냐, 난 그것을 보고 싶다네. 아니, 그만큼 구현진을 믿고 있다는 것을 알려주고 싶어."

마이크 오노 감독은 눈빛을 반짝이며 자신의 의견을 피력했다.

가만히 듣고 있던 코칭스태프들도 그런 마이크 오노 감독의 의지에 더 이상의 반박은 하지 않았다.

그리고 그날 구현진은 마이크 오노 감독의 요구대로 2차전 선발로 낙점되었다.

구현진의 상대 투수는 다저스의 에이스 커쇼였다.

그날 오후 월드 시리즈 선발 로테이션이 발표되었다.

에이절스 VS 다저스
1차전 유스메이로 페페 vs 유현진.
2차전 구현진 vs 커쇼.
3차전 JC 라미레즈 vs 다르빗슈.
4차전 파커 브리드윌 vs 우드.

5차전 미정 vs 미정.

6차전 미정 vs 미정.

7차전 미정 vs 미정.

선발 로테이션이 발표되자마자 댓글들이 엄청난 기세로 이어졌다.

└떴다! 로테이션이 떴어!

└구가 2차전? 너무 오래 쉬는 거 아냐?

└차라리 잘됐다. 구가 커쇼랑 붙다니! 우리가 그토록 원하던 꿈의 매치가 정해졌어.

└야, 구가 커쇼를 이길 것 같아?

└다들 꿈 깨!

└야구는 그 누구도 몰라! 혹시 알아? 구가 커쇼를 꺾을지?

└이보세요. 꿈 깨세요.

└너나 정신 차려, 인마!

└딱 봐도 선발진에서 확실하게 차이가 나는데!

└어디? 도대체 어디가 차이가 난다는 말씀?

└개념은 저기 안드로메다에 놓고 왔나? 뭐로 봐도 차이가 심한데, 진짜 몰라서 묻는 거냐?

반면 한국 사람들은 달랐다. 다른 곳에서 아쉬움을 드러
냈다.

└와! 현진 더비 날아갔네. 염병!

└진짜 메이저리그 맘에 안 들어.

└둘이 붙는 거 보고 싶었는데. 꼭 이래야만 했나!

└그런데 만약 맞대결을 펼치면 누가 이길까?

└누가 이기겠어? 잘 던지는 놈이 이기겠지!

└장난해. 당연히 구현진이지.

└우리 유현진 무시하셈?

└너, 이글스 팬이냐?

└그래, 이글스 팬이다. 어쩔래?

└좋겠다. 이글스 팬이라서.

└야! 우리 유현진 무시하지 마!

└무시를 누가 했다고 그래!

└자자, 여기서 이러지들 맙시다. 구현진이든, 유현진이든 국위선양
하고 있는데 우리끼리 싸워서 뭐 합니까?

└꺼져!

구현진도 로테이션이 발표된 것을 확인하고 그저 고개만 작
게 끄덕였다. 어차피 만나야 할 상대고, 꼭 한번 상대해 보고

싶었다.

서로 리그가 달라서 붙어볼 기회는 없었지만, 그래도 커쇼의 투구는 꾸준히 봐왔다. 정말 대단한 투수라는 것은 이루 다 말할 수 없었다.

"어차피 주사위는 던져졌어. 이기고 지는 것은 내가 하기 나름 아냐?"

구현진은 스스로 마음을 다잡았다.

그리고 대망의 월드 시리즈 1차전이 시작되었다.

1차전 선발은 에인절스 유스메이로 페페, 다저스는 유현진이었다.

유현진은 비록 빠른 볼은 아니었지만, 안쪽과 바깥쪽을 오가는 제구력과 다양한 구종을 앞세워 에인절스의 타자들을 요리했다.

유스메이로 페페도 역투를 펼치며 다저스의 타자들을 상대로 7이닝까지 단 2점만 내주었다.

반면 유현진은 7이닝 5피안타 1실점으로 호투했다.

2 대 1로 에인절스가 지고 있는 상황에서 불펜 투수들이 가동되었다. 다저스의 불펜은 삼진과 땅볼로 8회 초를 깔끔하게 막아냈다.

그런데 문제는 에인절스였다.

불펜으로 올라온 캠 베드로시안이 첫 타자부터 안타를 맞더니 볼넷을 내주었다. 그리고 터너에게 우중간 2루타를 맞으며 점수를 내줬다.

이어지는 4번 타자 벨린저에게 역시 큼지막한 2루타를 맞고 두 명의 주자를 불러들였다. 결국 에인절스는 8회 말 대거 3점을 헌납하며 무너졌고, 다저스는 마무리 잭슨을 9회 초에 내보내며 마무리를 지었다.

다저스가 1차전에서 에인절스를 5 대 1로 꺾으며 승리했다.

이로써 2차전인 구현진의 어깨가 무거워질 수밖에 없었다.

구현진은 자신의 팀이 패배하는 모습을 더그아웃에서 지켜봐야만 했다. 무겁게 가라앉은 팀 분위기는 자신도 어찌하지 못했다.

선배들이 박수를 치며 독려했지만, 8회에 급격하게 무너진 충격은 쉽게 벗어나지 못했다. 구현진은 내일 2차전을 위해 집으로 향했다.

'현진이 형이 이겨서 좋긴 한데…….'

유현진이 이겨서 기분은 좋았지만, 다른 한편으로 팀의 패배에 씁쓸함을 감추지 못했다.

아직 아침 해가 떠오르지 않은 새벽.

동쪽 하늘로 어스름 빛이 올라오고 있었다. 구현진은 후드를 쓰고 가볍게 동네를 뛰었다. 이미 몇몇 사람이 아침 일찍 일어나 가볍게 러닝을 하고 있었다.

또 다른 주민들은 마당의 잔디 청소를 하고 있었다. 그중 몇몇 주민이 구현진을 알아보고 손을 흔들며 응원해 주었다.

"구! 파이팅!"

"오늘 2차전 꼭 이겨줘!"

"우린 구를 믿어!"

옛날 같았으면 구현진은 그들의 응원에 일일이 답변해 주었을 것이다. 자신을 알아봐 주고 응원해 주는 팬들이 너무 감사했기 때문이었다.

하지만 지금은 그러지 못했다. 지금은 집중하고 싶었다. 2차전을 꼭 이겨야겠다는 중압감이 구현진의 어깨를 짓눌렀다.

그런 구현진의 마음을 아는지 팬들도 이해해 주었다.

그러다가 단골집인 핫도그 가게 앞을 지나가게 되었다. 그곳 사장이 갑자기 구현진을 불러 세웠다.

"이봐, 구! 잠시만, 잠시만 멈춰봐."

구현진은 어쩔 수 없이 러닝을 멈추었다.

"네?"

"잠깐 이리로 와봐."

사장이 구현진을 이끌고 가게 안으로 들어갔다. 그리고 뒤쪽으로 가서 커다란 핫도그를 꺼내 구현진에게 주었다.

"이, 이게 뭐예요?"

"보면 몰라? 핫도그지."

"이렇게 큰 핫도그가 있었어요?"

"내가 만들었어. 자넬 위해 준비한 선물이야."

구현진은 커다란 핫도그를 받아들고 난감해했다.

"헉! 이런 선물은 처음 받아보네요. 그런데 사장님, 저 이거 다 못 먹어요."

"못 먹어도 돼! 그저, 내 맘이야. 무엇보다 꼭 커쇼를 이겨줬으면 좋겠어."

"네, 노력하겠습니다."

구현진이 고마운 마음을 담아 말했다.

"아참! 다저스의 유현진도 있던데. 그 녀석, 엄청 잘 던지더라."

"네, 잘 던져요."

"이름도 같고 말이야. 같은 현진끼리 잘 던져줘."

핫도그 사장은 또 한 번 구현진에게 말했다.

"알았어요. 감사합니다."

구현진은 커다란 핫도그를 들고 집으로 향했다.

그사이 시민들의 응원은 계속 이어졌다.

"구, 잘해!"

"꼭 이겨!"

"난 널 보며 산다."

구현진은 그들의 응원에 힘을 얻었다.

4.

월드 시리즈 2차전이 시작되었다.

구현진은 마운드에 올라 연습구를 던졌다. 중계진이 그 모습을 지켜보며 말했다.

-어제 1차전은 정말 아쉽게 졌습니다. 하지만 선발 투수 간의 대결은 팽팽했어요.

-그렇죠. 스코어도 팽팽했고, 두 팀 다 8회에 투수를 교체했었죠. 하지만 에인절스의 뒷문이 불안하긴 했습니다.

-안타깝죠! 오늘은 구가 등판하는 만큼 에인절스에게도 기회가 있다고 봐야겠죠?

-글쎄요. 하필 오늘 다저스의 선발이 커쇼입니다. 현존하는 최강의 투수를 상대로 과연 루키인 구가 그 부담감을 떨치고 제 실력을 보여줄 수 있을까요?

-그래도 디비전 시리즈와 챔피언십 시리즈 때 보여줬던 투구라면 충분히 가능성이 있지 않을까요?

-물론 가능할 것입니다. 오늘 구가 어제의 유처럼 던지기만 한다면 말이죠.

-커쇼도 만만치 않을 것입니다.

-어쨌든 오늘 경기는 매우 흥미진진할 것 같습니다.

-저도 그렇게 생각합니다.

1회 초 에인절스의 공격부터 경기가 시작되었다. 커쇼는 마운드에 올라 초반부터 빠른 공으로 타자들을 윽박질렀다.

에인절스 타자들은 커쇼의 공에 제대로 대응하지 못하고 삼자범퇴로 물러났다.

그리고 1회 말, 구현진이 마운드에 올랐다.

1회 초 커쇼가 만들어놓은 것을 스파이크를 쓱쓱 문질러 없앤 구현진은 자신만의 투구 포인트를 만들었다. 몇 번의 투구 연습으로 발의 위치를 맞춰 투구판의 흙을 스파이크로 꽉꽉 다졌다.

그리고 다저스의 1번 타자 커너 테일러가 타석에 들어섰다. 구현진은 초구 바깥쪽 포심으로 스트라이크를 잡고, 몸쪽으로 다음 공을 던졌다.

커너 테일러가 그 공을 때려 2루수 앞 땅볼로 물러났다.

구현진은 첫 타자를 깔끔하게 잡고 2번 타자 크리스 시거를 맞이했다.

초구를 몸쪽으로 찔러 넣었다.

펑!

혼조는 그 자리에 가만히 있었다. 그런데 심판이 볼을 선언했다. 혼조가 고개를 갸웃했다.

'분명히 들어왔는데.'

혼조가 공을 건네준 후 다시 몸쪽 사인을 보냈다. 첫 타자를 상대할 때도 심판은 몸쪽 공에 인색했다. 2구째 공도 몸쪽으로 요구했다.

구현진이 고개를 끄덕인 후 자세를 잡았다. 그리고 다시 힘껏 공을 던졌다. 타자는 꿈쩍도 하지 않았다.

퍼엉!

혼조는 이번에는 확실하게 스트라이크가 되었다고 생각했다. 혼조가 슬쩍 고개를 돌려 심판을 보았다. 심판은 무표정한 얼굴로 '볼'이라고 외쳤다.

'확실히 들어왔는데……'

구현진 역시 공이 확실하게 들어갔다고 생각했다. 그런데 심판은 볼을 선언했다. 구현진이 살짝 흔들렸다.

'분명히 스트라이크라고 생각했는데……'

구현진은 일단 마운드를 내려가 로진백에 손을 툭툭 건드렸다. 크게 심호흡을 하며 안정을 찾으려 했다.

하지만 투 볼로 볼 카운트가 몰린 상황이었다.

혼조 역시 지금은 스트라이크를 잡아야 할 상황이라 판단했다. 그래서 바깥쪽으로 걸치는 포심 패스트볼 사인을 보냈다.

그에 구현진이 재빨리 키킹 동작을 가져가며, 힘껏 공을 던졌다. 공은 정확하게 혼조의 미트를 향해 날아갔다.

그때 크리스 시거의 방망이가 돌아갔다.

딱!

스트라이크를 잡으러 들어온 공을 크리스 시거가 기다렸다는 듯이 때려 좌중간을 가르는 2루타를 만들어냈다.

1아웃 주자 2루인 상황에서 3번 타자 저스트 터너가 들어섰다. 이번에도 혼조는 몸쪽으로 초구를 요구했다. 구현진이 살짝 뜸을 들였지만, 이내 수긍했다.

그리고 공을 던졌다. 그런데 몸쪽 깊숙한 것이 아니라, 가운데로 살짝 몰린 공이었다. 그 공을 저스트 터너가 힘껏 잡아 돌렸다.

딱!

공이 높이 치솟으며 좌익수 파울 폴대 쪽으로 날아갔다.

-아! 이 공은 큰데요. 큰데요. 아, 파울 폴대를 살짝 벗어나는 파울이 되었습니다.

-구 선수, 이번 공은 위험했어요.

-가운데로 몰렸죠?

-네, 아무래도 주심이 몸쪽 공을 잘 잡아주지 않으니까 신경이 쓰였던 모양입니다.

-털어내야 하는데요.

혼조도 큰 파울 타구를 보고 안도의 한숨을 내쉬었다. 그리고 주심을 보며 '타임'을 외쳤다. 곧바로 구현진을 방문했다.

"지금 뭐 하는 거야? 좀 더 깊숙이 던지라니까."

"그럼 볼인데?"

"심판이 몸쪽 공을 짜게 준다고 해서 그런 평범한 공을 던지면 얻어맞잖아. 방금 공도 그래. 괜히 몸쪽을 의식하니까, 가운데로 살짝 몰렸잖아. 완전히 실투야."

혼조의 지적에 구현진이 고개를 끄덕였다.

"그건 미안."

"현진아, 걱정하지 말고 그냥 네 맘대로 던져! 내 리드와 네 공을 믿어. 내가 네 몸쪽 공을 어떻게든 살려서 타자들이 반응할 수밖에 없도록 만들어줄게. 그러니 던져!"

"알았어."

"그래! 오늘 일 한번 만들어보자!"

혼조가 다시 포수석으로 돌아가자, 구현진은 마운드를 내려가 잠시 호흡을 골랐다. 그리고 다시 마운드에 올라와 투구판에 발을 올렸다.

혼조가 다시 몸쪽 공을 요구했다. 구현진은 혼조를 믿고 과감하게 몸쪽 공을 던졌다. 볼인 줄 알면서도 당당하게 던졌다.

퍼엉!

"볼."

주심이 볼을 선언했다.

하지만 저스트 터너는 고개를 갸웃했다.

'날카로워서 스트라이크인 줄 알았네. 공이 너무 꿈틀대는데.'

저스트 터너가 조금 당황했다. 그 후로 다시 바깥쪽으로 떨어지는 체인지업에 헛스윙을 만들었다. 2스트라이크 3볼인 풀카운트에서 혼조는 또다시 몸쪽 공을 요구했다.

구현진은 혼조를 믿고 힘껏 몸쪽 미트를 향해 공을 던졌다.

'몸쪽 볼인가? 아님 스트라이크?'

저스트 터너가 고개를 갸웃했다. 하지만 꼭 스트라이크가 될 것만 같았다.

'어딜!'

저스트 터너가 몸쪽 공을 때려내 파울을 만들었다. 그냥 두면 볼인데, 이제 점점 공을 안 칠 수 없게 느껴지고 있었다. 그만큼 지금 구현진의 구위가 뛰어났다.

사선으로 정확하게 날아오는 공이 마치 살아 움직이는 것처럼 꿈틀거렸다. 저스트 터너의 눈에는 그렇게 보였다.

결국 그는 몸쪽 슬라이더에 반응하며 헛스윙, 삼진으로 아웃되었다.

첫 삼진이 나온 후 4번 코드 벨린저 역시 몸쪽 떨어지는 체인지업에 헛스윙 삼진을 당하며 위기를 벗어났다.

구현진이 위기를 마무리 짓고 마운드를 내려가며 힐끔 커쇼를 바라보았다. 구현진은 피식 웃으며 '어때?'라는 식으로 바라봤다.

커쇼는 그런 구현진의 눈빛에, 오히려 덤덤히 마운드에 올랐다. 그리고 세 타자 연속으로 삼진을 잡아내며 구현진의 도발에 반응을 보였다.

구현진 역시 커쇼의 반응이 재미있다는 듯 슬쩍 미소를 지었다.

"행동으로 보여주시겠다. 역시 커쇼네. 좋아!"

중계진은 환호를 보냈다.

-와우! 세 타자 연속 삼진! 커쇼가 왜 대단한지 오늘 제대로 보여주고 있네요.

-역시 커쇼가 한 수 위예요.

-오늘 커쇼의 컨디션이 최강이네요.

-맞습니다. 커쇼가 오늘 불붙었어요.

-그와 반대로 1회 말 위기를 보였던 구현진이 마운드에 오르네요.

2회 말 마운드에 오른 구현진은 커쇼를 따라잡기 위해서 공의 구위를 끌어올렸다.

펑!

"스트라이크!"

다저스의 타자들이 헛스윙하기 시작했다.

그 결과 5번 로칸 포사드를 삼진. 6번 야스 푸이그 역시 삼진. 7번 야스마달 그랜달을 좌익수 뜬 공으로 처리하며 구현진이 2회 말을 깔끔하게 마무리 지었다.

커쇼 역시 3회 초에 땅볼과 삼진으로 두 타자를 잡아냈다. 그리고 아홉 번째 타석에 구현진이 들어섰다. 오랜만에 타석에 들어서서 그런지 조금 긴장이 되었다.

(현재 다저스 홈구장에서 1, 2차전이 벌어지기에 투수가 타석에 들어선다. 지명타자 제도가 있는 아메리칸 리그와 달리, 내셔널 리그는 지명타자 제도가 없다. 그래서 9번 타순에 투수가 들어선다.)

왼쪽 타석에 들어선 구현진은 약간 어색한 듯 방망이를 휘둘렀다. 현재 투아웃이기에 번트도 댈 수 없는 상황이었다.

변화구가 들어올 거라 판단했던 구현진의 생각과 달리, 커쇼는 한가운데로 포심 패스트볼을 던지며, 칠 수 있으면 쳐보라는 식으로 던졌다.

펑!

펑!

구현진은 타석에서 직접 커쇼의 구위를 보고 놀랐다.

'역시 빠르긴 하다. 공의 움직임도 심하고.'

그리고 마지막, 한가운데로 날아오는 공을 어설프게 휘둘러 헛스윙 삼진으로 물러났다.

'우씨, 한가운데로 던지는데 못 치겠네.'

구현진이 허무하게 물러나고, 곧바로 3회 말 투구에 나섰다. 8번 타자 커티스 그랜더슨을 우익수 플라이로 잡은 구현진은 다음 타석에 들어선 커쇼를 노려봤다.

구현진은 눈빛을 반짝이며 역시 빠른 공으로 커쇼를 상대했다. 하지만 커쇼와 달리 내·외각을 오가며 던졌고, 마지막에 헛스윙을 유도한 공은 하이 패스트볼이었다.

"좋았어!"

구현진은 그래도 뿌듯했다. 커쇼를 삼진으로 잡았다는 것에 기뻐했다. 그리고 타순이 한 바퀴 돌아 다시 1번 타자부터 상대하게 되었다.

구현진은 상대 타자를 공 5개로 깔끔하게 루킹 삼진으로 돌려세웠다. 이렇게 3회까지 커쇼와 구현진은 팽팽한 투수전을 이어나갔다.

이때까지 커쇼는 삼진을 7개를 잡아내고, 구현진은 6개를 잡아내고 있었다.

4회 초에 마운드에 오른 커쇼는 타순이 한 바퀴 돌자 곧바로 투구에 변화를 주었다. 지금까지 빠른 공 위주로 투구를 했다면 4회부터는 커브와 슬라이더의 비중을 높였다.

커쇼는 커브와 슬라이더를 적절하게 던지며 타자들의 타이밍을 빼앗았다. 1, 2, 3회 힘으로 몰아붙였던 투구뿐만이 아니라 노련함까지 보여주었다.

구현진은 더그아웃에서 커쇼의 투구를 보고 저런 모습을 배워야겠다고 생각했다. 그래서 마운드에 오르긴 전, 혼조와 잠시 얘기를 나눴다.

"이제 타순도 한 바퀴 돌았고, 투구에 변화를 줘야 하지 않을까?"

"너 방금 커쇼의 투구를 보고 그렇게 생각한 거지?"

"뭐, 그렇지?"

"야, 커쇼는 커쇼고, 넌 구현진이야. 그냥 네 스타일로 가!"

혼조의 한마디에 구현진이 피식 웃었다.

"내 스타일? 알았어."

그 후로 구현진은 빠른 공과 체인지업으로 상대를 농락하며 닥터 K의 면모를 보여주었다.

반면 커쇼는 투구의 변화를 주며 맞혀 잡는 식으로 갔다.

그사이 커쇼의 삼진 개수는 확 줄었다.

하지만 구현진의 삼진 개수는 오히려 늘어났다. 5회까지 9개의 삼진을 잡아내며 위력투를 펼쳤다.

그런데 6회에 올라온 커쇼가 살짝 자존심이 상했는지, 무리

해서 공을 던졌다. 그러다가 안타를 두 개 맞았다. 그것도 하위타선에 말이다.

8번에게 안타를 맞고, 구현진은 번트로 주자를 2루에 보냈다. 다시 1번 타자가 타석에 섰지만, 커쇼는 곧바로 커브로 삼진을 잡아냈다.

2아웃 주자 2루에서 에인절스의 2번 타자 안드레이 시몬스가 타석에 들어섰다. 하지만 갑자기 홈 플레이트 앞에서 떨어지는 폭포수 커브를 잡아당겼고 3루수 앞 땅볼로 물러났다.

6회에 공을 좀 많이 던진 커쇼가 인상을 쓴 채 마운드에서 내려갔다. 6회 말에 오른 구현진은 곧바로 타자를 상대했다.

그리고 몸쪽으로 공을 던진 구현진.

퍼엉!

"스트라이크!"

그렇게 잡아주지 않던 몸쪽 공을 이제 심판이 잡아주기 시작했다. 혼조의 얼굴에 슬쩍 미소가 피어올랐다. 오히려 당황한 쪽은 타자였다.

여태까지 잡아주지 않던 몸쪽 공이었다. 그런데 스트라이크를 잡아주니 혼란스러웠다.

'젠장, 심판도 흔들렸군. 하긴 나도 스트라이크로 착각할 정도니까. 더 힘들어지겠네.'

그러는 사이 구현진의 위력적인 공은 더욱 살아났다.

커쇼는 7회 초를 막아내고 내려왔다.

7회 말, 구현진이 마운드에 올라섰다. 6회까지 3개의 안타를 맞았지만, 무실점으로 호투하고 있었다.

7회 말 구현진이 투구하는 모습을 보던 투수코치가 슬쩍 다저스의 더그아웃을 보았다. 커쇼가 뒤쪽 트레이닝 룸으로 움직이는 것을 보니 투수 교체가 될 모양이었다.

"감독님, 커쇼가 내려간 것 같은데요."

"그래?"

"네. 우리도 구를 바꿔야 하지 않을까요?"

"투구 수는?"

"6회까지 88구를 던졌습니다."

"음……."

마이크 오노 감독은 인상을 찌푸리며 슬쩍 투수 라인업을 바라보았다. 불펜 투수들의 이름을 보고는 고개를 다시 돌렸다.

"지금 이 분위기에서 구를 내리면 대안은 있고?"

마이크 오노 감독의 물음에 투수코치는 쉽게 말을 하지 못했다.

"……."

"지금 이 분위기에서는 구를 믿고 맡길 수밖에 없어. 다만 타자들이 점수를 빨리 뽑아줘야 하는데……."

마이크 오노 감독이 나직이 읊조렸고 그사이 구현진은 7회 말 다저스의 타자들을 12개의 공으로 잡아내 버렸다.

7회 말에만 3개의 삼진을 추가한 구현진에게 팬들이 환호했다.

그리고 8회 초, 다저스는 커쇼를 내리고 불펜 투수를 올려 보냈다.

-아, 커쇼가 교체되었네요. 바이탈이 올라왔어요.

-그럼 구는 어떻게 되나요? 구도 교체가 될까요?

-글쎄요. 에인절스 불펜은 아직 움직일 기미가 보이지 않는데요.

-그럼 8회에도 구가 던지는 걸까요?

-좀 더 지켜봐야 할 것 같습니다.

다저스의 바이탈이 8회를 삼자범퇴로 깔끔하게 막아냈다. 그리고 카메라가 에인절스의 더그아웃을 비추었다. 그때 구현진이 모자를 쓰고 글러브를 든 채 천천히 마운드로 걸어 나가고 있었다.

-아! 구가, 구가 지금 8회 말에도 마운드에 올라옵니다.

8회 말에도 마운드에 오른 구현진은 모자를 벗어 땀을 닦아 내었다. 혼조는 약간 힘들어하는 모습의 구현진을 보고 마운드를 방문했다.

"괜찮아? 어떻게? 더 던질 수 있겠어?"

"무슨 소리야. 여기까지 왔는데."

"지금 많이 힘들어 보이는데?"

"괜찮아. 더 던질 수 있어."

"그래도 무리하지 마. 넌 충분히 잘했어. 커쇼도 내려갔잖아."

혼조의 위로에 구현진은 애써 미소를 지어 보였다.

"난 아직 끝나지 않았어!"

구현진의 말에 혼조가 작게 한숨을 내쉬고는 말했다.

"새끼, 고집은……. 알았어. 이제부터는 맞혀 잡자! 삼진 욕심내지 말고."

"왜? 내 공이 형편없어?"

"아니. 이왕 이렇게 되었는데 까짓것 완투까지 가자고."

혼조의 한마디에 구현진이 피식 웃는다.

"그래, 그 말 마음에 드네. 알았어, 네 마음대로 리드해. 네가 던지라는 곳에 던질게."

"그럴 생각이야."

혼조가 미트로 가볍게 툭 치고는 포수석으로 갔다.

그 후로 리드가 조금 바뀌었다. 혼조의 리드는 애매한 볼이 아닌 스트라이크를 노리는 공을 요구했다.

다만 홈 플레이트 앞에서 조금씩 변화를 줘 정타가 되지 않게 했다. 다저스의 타자들 역시 적극적으로 스윙을 가져갔다.

그 결과 초구에 반응을 보이고, 2구에 방망이가 나갔다.

덕분에 구현진은 단 7개의 공으로 8회 말을 마칠 수 있었다.

구현진은 다저스의 타자들을 간단히 처리한 후 천천히 마운드를 내려갔다.

마이크 오노 감독이 구현진을 바라보았다.

"107구라……. 조금 애매한데."

"어떻게. 준비시킬까요?"

투수코치의 말에 마이크 오노 감독이 상대 팀 타선을 확인했다. 9회 말 타순이 첫 타자가 8번 타자였다.

"일단 준비시켜. 어차피 9번 타순 때 대타로 교체할 테니까. 그때 상황 봐서 우리도 바꾸자고."

"네, 감독님."

투수코치는 곧바로 불펜에 전화를 넣었다. 잠시 후 에인절스의 불펜에 좌완과 우완 두 명의 투수가 나와 몸을 풀었다.

9회 초 다저스는 클로저, 잭슨을 올리며 초강수를 두었다. 경기를 확실히 끝낼 생각이었다.

에인절스 타자들은 잭슨의 커터를 제대로 공략하지 못했고, 결국 세 타자 연속 삼진으로 물러날 수밖에 없었다.

그리고 9회 말, 구현진이 다시 마운드에 올랐다. 다저스의 8번 타자, 커티스 그랜더슨이 타석에 섰다.

구현진이 초구 체인지업을 던졌다. 커티스 그래던슨의 방망이가 돌아갔다. 그런데 타구가 마운드 앞에서 튀었고, 곧바로 구현진을 향해 날아들었다.

구현진이 팔을 들어 날아오는 공을 막았다.

팟!

팔에 맞은 공이 옆으로 굴절되었다. 구현진이 재빨리 달려가 공을 잡아 1루에 던졌지만, 안타가 되었다.

구현진은 오른손의 글러브를 바닥에 떨어뜨린 후 곧바로 팔을 부여잡고 웅크린 자세를 취했다.

혼조가 곧바로 타임을 불러 구현진에게 뛰어갔다.

"괜찮아?"

"아니, 통증이 있는데."

감독과 투수코치, 닥터가 마운드에 올라왔다.

그사이 스크린에 리플레이 장면이 돌아갔다.

중계진을 그 화면을 보며 말했다.

-아! 구현진 얼굴을 맞았나요?

-아니군요. 오른손 손목 부위에 맞았군요.

-괜찮을까요? 위험하진 않을까요?

-다행히 왼손이 아니라 오른손에 맞아서 괜찮을 겁니다.

구현진이 어느 정도 통증이 가시자 떨어진 글러브를 챙겼다. 마이크 오노 감독이 물었다.

"괜찮나?"

"네. 괜찮아요. 더 던질 수 있어요. 글러브 위쪽에 맞았어요."

하지만 마이크 오노 감독은 고개를 가로저었다.

"아니, 교체야."

"괜찮아요. 제가 마무리 짓겠습니다."

"처음부터 8번 타자까지만 맡기려고 했어. 그러니 내려가."

"감독님……."

구현진은 솔직히 속상했다. 주자를 남기고 마운드에서 내려가는 것이 편치 않았다. 그래서 조금 더 버텼다.

"괜찮아. 그러니 내려가서 얼음찜질부터 해."

마이크 오노 감독이 구현진을 위로했으나 구현진은 쉽게 발을 떼지 못했다.

마이크 오노 감독이 마지못해 말했다.

"불펜을 믿어! 비록 너를 승리 투수로 만들진 못하겠지만, 오늘 경기 절대 지지 않을 거야. 그러니 내려가! 오늘 너의 노력은 헛되이 하지 않겠다."

마이크 오노 감독의 말에 구현진이 고개를 끄덕였다. 그리고 마운드를 내려가 더그아웃 벤치에 앉았다.

그사이 교체된 불펜 투수, 블레이크 파커가 공을 던졌다.

2아웃까지 잘 잡아내자 구현진이 주먹을 움켜쥐었다.

"좋았어. 잘하고 있어!"

그런데 2아웃부터 잘 잡고 난 후 2번 타자 크리스 시거의 타구가 2루 방향으로 굴러갔다. 호세가 2루에 깊게 수비를 하고 있었다.

그런데 딱 봐도 안타가 될 타구였다. 호세가 죽을힘을 다해 다이빙 캐치를 시도했다.

좌르르르르!

글러브로 간신히 막아냈지만, 공이 굴절되었다.

1루수 루이스 발부에나가 재빨리 달려가 공을 낚아챘지만, 공을 1루에 던질 수는 없었다.

크리스 시거가 행운의 안타를 기록했다.

호세는 땅을 치며 안타까워했다.

"제기랄!"

그때부터 블레이크 파커가 흔들리기 시작했다. 폭투로 주자를 한 베이스씩 진출시킨 그는, 3번 저스트 터너와 어렵게 승부하다가 기어이 볼넷을 내주고 말았다.

2사 만루에서 다저스의 4번 타자 코드 벨린저가 타석에 들어섰다.

블레이크 파커의 호흡이 거칠었다. 주자가 베이스에 꽉 차자 부담을 느끼는 것 같았다.

블레이크 파커가 스트라이크를 잡으려고 던진 초구가 약간 높게 형성되었다. 코드 벨린저는 그것을 놓치지 않고 방망이를 힘껏 돌렸다.

딱!

공이 높게 치솟았다.

마운드에 있는 블레이크 파커가 그 자리에 주저앉았다.

코드 벨린저가 1루 방향으로 뛰어가다가 주먹을 쥔 손을 힘껏 치켜들었다.

그리고 구현진 역시 공이 방망이에 맞는 순간 홈런임을 직감하고 수건으로 얼굴을 감쌌다.

그렇게 에인절스는 끝내기 만루 홈런을 맞고 2차전마저 패하고 말았다.

다저스의 모든 선수가 그라운드로 뛰쳐나왔다. 코드 벨린저를 두드리며 축하해 주었다. 함성을 지르고 물병의 물을 뿌리며 기뻐했다.

하지만 구현진은 그러지 못했다. 벤치에 앉아 얼굴을 감싼 채 그대로 있었다. 자신도 모르게 눈물까지 나왔다. 굳은 표정의 선수들이 하나둘 구현진에게 다가와 위로의 말을 건넸다.

"수고했어!"

"굿 잡! 잘했어."

그들의 위로의 말을 들은 구현진은 울음을 더 이상 참을 수 없었다.

"흐흑……"

혼조가 다가와 등을 두드렸다.

"현진아, 울지 마! 너 잘한 거야."

"안 울어!"

구현진이 힘겹게 말을 했다. 하지만 그 목소리에 울먹임이 가득했다.

"너 충분히 잘했어! 여기 있는 모두가 알아."

그러나 구현진은 패전 투수로 기록되고 말았다.

대한민국에 있는 아버지는 경기 결과를 보고 분개했다.

"하아, 이게 뭐꼬, 이게! 등신 같은 새끼들."

"와요, 현진이 졌어요?"

"안 졌다!"

"그런데 현진이가 패전 투수인데요?"

"현진이가 잘못해서 진 거 아니다. 하아……"

아버지는 낮게 한숨을 내쉬었다. 그리고 그 밑에 달린 댓글을 확인했다.

└이건 현진이가 진 게 아니다.

└진짜 잘했다, 구현진. 오늘 정말 다시 봤다.

└오늘 투혼이었다. 그 타구만 아니었어도 오늘 진짜 끝까지 갈 수 있었을 텐데. 많이 아깝다.

└에인절스 불펜진은 반성해야 한다. 어제도 그렇고, 오늘도 불펜이 다 말아먹었다.

└하아, 진짜 답답하다.

이런 댓글을 봐도 아버지는 전혀 위로가 되지 않았다. 아버지는 스마트폰을 매만지면서 한숨만 계속 내쉬었다.

경기 인터뷰는 간단히 끝났다.

마이크 오노 감독에게 마이크가 갔다.

"오늘 경기에 대해서 한 말씀 부탁드립니다."

"구는 충분히 잘 던져주었습니다. 마지막 뒷심이 부족했고, 우리에게 운이 따라 주지 않았을 뿐, 그뿐입니다."

"9회 말에 구가 타구에 맞았는데, 상태는 어떻습니까?"

"엑스레이 결과 뼈에는 이상이 없습니다. 단순 타박상입니다. 며칠 충분한 휴식을 취하면 괜찮습니다. 다행히 투구를 하지 않는 오른팔이기도 하고."

"3차전은 어떻게 준비할 생각이십니까?"

"잘 준비하겠습니다."

마이크 오노 감독은 그렇게 간단히 인터뷰를 마쳤다.

다음 날 아침 구현진이 눈을 떴다.

어제 집에 들어와 샤워 후 곧바로 잠을 잤다. 그리고 곧바로 스마트폰을 찾아 시간을 확인했다. 그런데 스마트폰 화면에 수십 통의 전화가 와 있었다. 몇 통은 아버지에게서 온 전화였고, 나머지는 유현진에게서 온 전화였다.

"현진이 형이?"

구현진이 잠시 생각을 하다가 스마트폰을 내려놓았다.

"나중에 전화하지, 뭐."

그런데 곧바로 진동이 '지잉' 하고 울렸다. 화면에 나타난 발신자는 유현진이었다.

"여보세요."

-형이야.

"네, 형!"

-일어났니?

"방금요."

-기분은 어때? 좀 풀렸어?

"네, 뭐……. 그냥 그래요."

-팔은 어때? 괜찮아?

"아무렇지 않아요."

-다행이네. 조심해. 아이싱 잘하고.

"네, 잘했어요. 아무튼 이긴 거 축하드려요."

-고맙다. 솔직히 너랑 월드 시리즈에 만나서 기뻤는데, 또 일이 이렇게 되니까, 가슴 아프고 그렇다.

"에이, 형! 이기니까, 좋잖아요."

-좋긴 하지. 그래도 인마! 정말 기쁘진 않아. 한편으로 씁쓸하기도 해.

"괜찮아요, 형. 우리 아직 안 끝났어요"

-그래, 인마! 그 마인드지.

"참! 형! 지난번에 약속한 거 잊지 않으셨죠?"

-그래! 이긴 사람이 쿨하게 쏘기로 한 거?

"네, 형 각오해요. 엄청 비싼 거 얻어먹을 테니까요."

-오오, 우리에게 양보해 줄 생각인 거야? 까짓것 우승 양보해 준다면 형이 얼마든지 사줄게.

"무슨 소리예요. 그냥 얻어먹고 싶다는 거지."

-괜찮아! 그 마음 다 알아!

"아니거든요. 꼭 이기고 말 겁니다."

-그렇게 하시든지요. 어쨌든 마지막까지 최선을 다하자!

"네, 형!"

-알았다. 쉬어라! 그래도 목소리가 씩씩하니 좋네. 풀 죽어 있을 줄 알았더니.

"전화 주셔서 감사합니다."

-오냐. 쉬어라.

전화를 끊고 구현진이 침대에 걸터앉았다. 스마트폰을 바라보며 나직이 중얼거렸다.

"형! 우리 아직 안 끝났어요. 3차전은 반드시 이길 거예요."

구현진 마음을 다잡은 후 샤워를 했다. 물기를 닦아내고 거실로 나오니 혼조가 선수 데이터를 보고 있었다.

"공부하고 있어?"

구현진의 물음에도 혼조는 집중력을 발휘하며 분석을 하고 있었다.

구현진은 그런 혼조를 보며 미소를 지었다. 원래 평소대로라면 '야, 벌써부터 분석이야?' 이런 핀잔을 줬을 것이다.

하지만 오늘은 방해하지 않았다.

구현진만큼이나 혼조 역시 분했을 거라는 걸 알았기 때문이다.

구현진은 부엌으로 가서 커피를 내린 후 거실로 나갔다.

"자, 커피 마셔."

그제야 혼조가 고개를 돌아봤다.

"어? 일어났냐? 고마워."

구현진이 그 옆에 앉으며 말했다.

"내가 6차전에 나갈 수 있을까?"

"우리도 이대로 끝나지 않을 거야. 한두 경기 이긴다고 가정했을 때 분명 찬스는 있어."

"그때도 커쇼겠지?"

"아마도?"

"두 번 지지는 않을 거야."

"그래! 나도 최선을 다할게!"

"꼭 이겨!"

"그럼!"

두 사람은 그렇게 전의를 불태웠다.

하지만 그런 구현진과 혼조의 바람과 달리 에인절스는 와락 무너져 내렸다. 월드 시리즈 3차전 역시 불펜 방화로 경기가 끝이 났다.

그리고 4차전은 총력전으로 펼쳤다.

월드 시리즈 4차전 에인절스타디움에서 벌어졌다.

선취점은 역시 다저스였다.

2회 초, 1사 후 5번 타자 로칸 포사드의 2루타, 6번 야스 푸이그의 2루수 땅볼로 만든 2사 3루 기회에서 7번 야스마달 그랜달의 좌전 적시타가 터지며, 에인절스는 1점을 내주고 말았다.

에인절스도 곧장 반격에 나섰다. 4회 말, 1사 주자 없는 상황에서 등장한 매니 트라웃이 다저스의 선발 우드의 초구, 94mile/h(≒151.3㎞/h)짜리 빠른 공을 통타, 우중월 솔로포로 1 대 1 동점을 만들었다.

이때까지 에인절스는 이길 수 있을 것 같다는 생각을 가지고 있었다.

그런데 5회 초, 선두 타자 커티스 그랜더슨의 유격수 내야 안타와 코너 데일러의 몸에 맞는 공으로 만들어진 무사 1, 2루 상황에서 크리스 시거의 좌익수 방면 2타점 3루타가 터지고 말았다.

다저스는 이어진 무사 3루에서 저스트 터너의 희생플라이로 1점을 더 추가해 스코어를 4 대 1로 만들었다.

에인절스는 5회 말, 곧바로 무사 만루 기회를 잡았지만, 점수로 연결시키지는 못했다.

이후 6회 말 1사 주자 없는 상황에서 등장한 호세가 좌중월 솔로포를 쏘며 추격에 나섰다.

그러자 7회 초 곧바로 다저스가 다시 달아나며 안정적인 점수 차를 만들었다.

1사 후 야스마달 그랜달과 커티스 그랜더슨의 연속 안타로 1사 1, 2루 기회를 잡은 다저스는, 재키 피더슨이 삼진으로 아쉽게 아웃, 코너 데일러가 우전 적시타로 그 아쉬움을 달래며

1점을 추가했다.

그리고 상대 송구 실책을 틈타 1루 주자가 홈까지 들어오며 2점을 추가, 다저스가 6 대 2로 달아났다. 그리고 9회 초, 야스푸이그의 희생플라이로 1점을 추가, 승부에 쐐기를 박았다.

다저스의 선발 우드는 7이닝 동안 2실점 역투로 승리의 발판을 만들었다.

에인절스는 선발 파커 브리드윌이 5이닝 4실점으로 기회를 무산시키며 무너졌다. 결국 에인절스는 월드 시리즈 4차전마저 패했고, 2018년 메이저리그 월드 시리즈 우승은 다저스에게 돌아갔다.

구현진은 이 모든 과정을 지켜보며 그저 고개를 푹 숙였다. 혹여 커쇼에게 복수할 날을 기다리고 있었지만, 4전 전패로 기회를 다음으로 미뤄야 했다.

무엇보다 에인절스의 홈에서 다저스의 월드 시리즈 우승을 지켜봐야 한다는 것이 못내 기분이 좋지 않았다. 그러면서 한편으로는 부러웠다.

그렇게 구현진의 월드 시리즈는 끝이 났다.

다음 날 인터넷에 기사가 크게 나왔다.

[에인절스 월드 시리즈 4전 전패! 완패를 당하다!]
[다저스 월드 시리즈 우승!]

다저스 선수들이 월드 시리즈 우승 트로피를 든 모습을 보며 구현진은 씁쓸한 표정을 지었다. 그 속에 유현진의 해맑은 얼굴을 보며 웃기도 했다.

"축하해요, 형."

그때 스마트폰이 '지잉' 하고 울렸다.

"아버지?"

-오냐, 나다!

"네……."

-목소리가 와 그렇노? 사내자식이 되어가지고. 괜안타, 이게 끝이 아니니까. 어깨 펴고! 고생했다! 이만하면 잘했다. 장하다, 우리 아들!

"아버지!"

구현진의 눈이 커졌다. 언제나 쓴 말만 하셨던 아버지가 처음으로 격려를 해주었다. 솔직히 보통 전화가 오면 맨 첫마디가 '문디자슥 똑바로 안 하고…….'라며 욕부터 했던 아버지였다.

그런데 오늘은 달랐다.

-실망하지 말고. 내년에 또 도전하면 되는 기라, 알았제! 그러니까. 풀 죽어 있지 말고, 힘내라.

"네, 아버지."

-오야, 알았다. 쉬라.

"네."

아버지는 여전히 자기 할 말만 하고 끊었다.

구현진은 스마트폰을 바라보며 피식 웃었다. 아버지에게 왠지 인정을 받은 느낌이었다. 구현진의 입가에 저도 모르게 미소가 스르륵 번졌다.

대한민국에 있는 아버지도 전화를 끊고 모니터를 바라보았다. 그곳에 커쇼와 대결했던 기사에 관한 내용이 있었다.

기자는 커쇼와 대등한 경기를 펼친 구현진을 커쇼만큼 뛰어난 투수로 표현하고 있었다. 그 내용을 본 아버지는 기분이 좋았다.

"우리 아들이 이렇게 잘했구나."

아버지는 절로 흐뭇해졌다. 아버지도 커쇼가 어느 정도인 줄을 알고 있었다. 그런데 그런 녀석과 동급으로 취급받으니 내심 뿌듯했다.

"자식, 저 무지막지한 녀석을 상대로 1점밖에 주지 않았다는 건 대단한 거야."

아버지는 연신 입가에 미소를 머금었다.

"장하다, 우리 아들!"

그날 저녁 구현진은 유현진과 약속을 잡고 고급 레스토랑에서 만났다. 유현진은 나온 음식을 보고 눈을 동그랗게 떴다.

"이걸 다 먹게?"

"형이 사는 거니까요."

"형 요새 못 벌어!"

"형 이번에 이닝 다 채워서 보너스 받는 거 알고 있거든요."

"이놈의 인터넷이 문제야!"

"헤헤, 아주 현명한 인터넷이죠."

구현진은 흐뭇하게 웃으며 곧바로 식사에 돌입했다. 그러다가 어느 정도 배가 찼을 때 구현진이 물었다.

"참, 형 이번에 FA잖아요. 어떻게 됐어요?"

"그것 때문에 걱정이다. 어디 가야 할지 모르겠다."

"형이 원하는 곳에 가면 되죠."

"내가 원하는 곳?"

유현진이 잠시 고민하더니 이내 입을 열었다.

"혹시 에인절스에 자리 하나 안 남냐?"

"엥? 우리 팀이요? 와, 형. 제 자리 뺏게요?"

"야, 내가 무슨 후배 자리를 뺏어. 그냥 넌 그대로 2선발 계속해. 1선발은 형이 할 테니까."

"에이, 형! 무슨 소리예요. 내년부터 제가 에이스 할 건데요?"

"뭐? 구단에서 너 에이스 시켜준대?"

"후후, 형은 구단에서 저를 얼마나 아끼는지 모르시죠?"

"어느 정도인데?"

"형이 상상하는 그 이상일 겁니다."

"뻥 치시네!"

"뻥 아니거든요."

그렇게 두 사람은 식사를 하면서 장난도 치고, 분위기가 물어 익어갔다.

그리고 그다음 날 대한민국을 발칵 뒤집히는 뉴스가 터졌다.

[FA 유현진, 에인절스행?]
[에인절스, 유현진과 접촉 중!]

· 29장 ·
귀국(1)

I.

[2018년 월드 시리즈 우승 다저스!]

[에인절스의 아쉬운 준우승!]

구현진이 머무는 아파트 거실에는 TV만 켜져 있을 뿐 아무
도 없었다. TV 화면에는 며칠이 지났는데도 월드 시리즈에 대
한 뉴스가 계속해서 흘러나왔다.

하지만 TV를 시청하는 사람은 아무도 없었다. 구현진도 혼
조도 거실에는 보이지 않았다.

그때 TV 화면에서는 전문가들이 나와 이번 월드 시리즈를
평가하고 있었다.

-다저스가 예상대로 월드 시리즈 우승을 했어요. 물론 에인 절스도 잘 싸웠어요.

-네, 그럼요. 에인절스는 대부분 전문가가 이번 시즌 중위권 을 기록할 것으로 예상했었어요. 그런데 올스타 브레이크가 끝나고 난 후부터 변했어요.

-아마 구의 각성 때문일 겁니다.

-하하하, 맞습니다. 메이저리그 1년 차인 구가 어마어마한 투구를 했어요. 후반기 방어율 1위에 탈삼진 1위까지 했죠. 아 메리칸 신인왕 0순위라고 봐야겠죠?

-그럼요. 오늘 저녁에 곧 투표가 있을 것인데, 거의 확정입 니다.

전문가들의 예상대로 아메리칸 신인왕은 만장일치로 구현 진이 차지했다.

"신인왕을 수상하셨는데 현재 기분이 어떻습니까?"

기자의 질문에 구현진은 담담히 대답했다.

"신인왕보다는 월드 시리즈에서 우승 트로피를 들고 싶었습 니다. 하지만 그러지 못해 무척이나 아쉽습니다."

"그래도 2012년 매니 트라웃이 수상한 이래 에인절스로서 는 6년 만의 신인왕 출신 선수가 되셨는데요."

〈매니 트라웃은 2012년 30홈런-30도루를 최연소로 이루어 내, 에인절스의 중심 타자로 자리 잡으며 신인왕 상을 수상했 었다.〉

"네, 평생 한 번밖에 탈 수 없는 상이라 제게도 남다릅니다. 하지만 중요한 건 에인절스라는 팀입니다. 내년에는 반드시 월 드 시리즈에서 우승할 수 있도록 하겠습니다."

이 한마디에 팬들이 미친 듯이 댓글을 달기 시작했다.

└와우! 진짜 대박! 저 녀석 완전 물건이네.

└너 진짜 괜찮은 놈이야. 완전 반하겠어.

└나 구랑 결혼할래! 넌 이제부터 내 거야! 까악!!!

└오늘 인터뷰 보고 구가 정말 멋있는 놈이라는 것을 알게 되었다.

└구, 절대 어디 가지 마! 에인절스에 평생 남아줘.

└나는 LA에 살지만, 야구에 관심은 없었다. 하지만 구가 던지는 공을 보고 완전 빠져들었다. 오늘부로 난 구의 영원한 팬이 되겠다!

└좀 이른 얘기지만, 장기계약으로 묶어야 하지 않을까?

└에인절스 프런트는 발 빠른 움직임을 보여라!

└구는 반드시 장기계약으로 묶어서 평생 에인절스에 남아야 한다.

└맞소! 구에게 에인절스란 팀의 수갑을 채워야 함. 도망 못 가게!

└워워, 진정들 해요. 고작 1년만 보고 장기계약은 이르다는 생각이 들지 않아? 2, 3년은 더 지켜보고 해도 늦지 않아.

     └내가 보기에는 절대 변하지 않을 것 같은데.

     └내 생각도 그럼! 구는 더욱더 발전할 것이고, 매년 사이영 상 수상 자는 구일 것이다.

     이렇듯 구현진은 에인절스의 팬들의 마음을 사로잡으며 일약 스타가 되었다. 이제 밖으로 함부로 돌아다니지도 못했다.

     지나가는 사람마다 구현진을 알아보고 사인이며 사진을 요청했다. 단 10m를 지나가는데 무려 30분이 소요될 정도였다.

     그만큼 구현진은 에인절스의 대스타가 되어 있었다.

     "혼조! 아직 덜 되었냐?"

     구현진이 자신의 방에서 캐리어를 가지고 나오며 혼조를 불렀다. 잠시 후 혼조도 자신의 방에서 캐리어를 가지고 나왔다.

     "준비 다 했냐?"

     구현진이 물었다.

     "그럼, 너는?"

     "나도 다 했어. 호세는?"

     "호세는 공항에서 만나기로 했어."

     "그래! 이제 가는구나……."

     오늘은 구현진이 대한민국으로 돌아가는 날이었다. 혼조도 마찬가지였다.

구현진은 잠시 자신의 아파트를 돌아보았다. 한 2달간 자리를 비울 테지만, 구단 관계자가 가끔 들러 확인해 주기로 했다.

구현진이 리모컨으로 켜져 있는 TV를 껐다.

"자, 이제 갈까?"

"가자!"

구현진의 말에 혼조가 고개를 끄덕였다. 그리고 10개월간 지냈던 아파트를 떠나 LA 공항으로 향했다.

LA 공항에 도착한 구현진과 혼조는 곧장 호세와 만나기로 약속한 장소로 이동했다.

"몇 번 게이트였지?"

"1번 게이트!"

"오케이!"

1번 게이트에 거의 도달하자 그곳에 익숙한 덩치의 호세가 있었다. 호세는 짙은 선글라스에 하와이안 셔츠를 입고, 지나가는 여자들과 얘기를 나누며 웃고 있었다.

"야, 호세!"

구현진이 호세를 불렀다. 호세가 깜짝 놀라며 구현진을 바라보았다. 그 뒤에 혼조가 손을 흔들고 있었다. 호세 역시 얘기를 나누고 있던 여자에게 양해를 구하고 손을 흔들었다.

"헤이, 나의 동료가 왔네. 다음에 또 기회가 된다면 보자고."

호세는 윙크를 보내고는 캐리를 끌고 구현진과 혼조가 있는 곳으로 갔다.

"헤이, 브라더!"

호세는 구현진과 혼조에게 악수를 하고, 포옹했다.

"준비 다 했어?"

"그래! 그런데 넌 잠깐 사이에 헌팅이냐?"

"노우! 헌팅이라니. 연애 사업이지."

"말이나 못 하면⋯⋯. 어쨌든 안에 들어가자."

구현진은 피식 웃으며 공항 안으로 들어갔다. 일단 공항 시간이 조금 남아 모두 VIP라운지로 향했다.

그곳에 앉아 차를 마시며 잠깐 얘기를 나눴다. 구현진이 호세를 보았다.

"넌 몇 시 비행기냐?"

"난 13시 30분 비행기. 너희는?"

"우린 너보다 한 시간 후."

그러다가 혼조가 구현진을 툭 친다.

"왜?"

"너 이번에 우리 집에 올래?"

"너희 집?"

"동생이 많이 보고 싶어 하는데."

"아카네가?"

"언제 오냐고, 아까부터 문자로 난리다."

"아, 그래?"

구현진은 혼조를 보면서 살짝 미안한 표정을 지었다.

"미안, 이번에는 안 될 것 같은데. 이번에 한국 가서 할 일이 많아."

"할 일?"

혼조가 잠시 생각하다가 박수를 쳤다.

"맞다! 너 한국 가면 광고 찍겠구나. 게다가 TV 출연 섭외도 끊이지 않고 있지?"

혼조의 말에 구현진은 괜히 쑥스러운지 머리를 긁적였다.

"뭐, 많이는 아니지만 몇 개는 찍겠지."

그러자 가만히 듣고 있던 호세가 끼어들었다.

"야! 광고? 우와, 돈 많이 벌겠네. 그럼 이제부터 네가 쏘는 거야?"

호세의 환한 미소를 본 구현진이 말했다. 그러곤 피식 웃으며 조용히 말했다.

"나도 들은 게 있거든!"

"들어? 뭘?"

호세는 눈을 끔뻑거렸다.

"호세, 네 에이전트랑 얘기를 나눌 기회가 있었어."

"무슨 얘기?"

호세가 살짝 불안한 표정을 지으며 물었다.

"이거 왜 이래, 아마추어같이. 너, 이번에 CF 엄청 들어왔다며? 한 30개 된다고 하던데?"

구현진의 팩트에 호세가 고개를 푹 숙였다.

"젠장, 소식 한번 빠르네. 아무튼 광고를 그렇게 찍어도 소용없어. 우린 광고료가 엄청 싸! 얼마 안 돼!"

호세가 반항해 봤지만, 구현진에게 통하지 않았다.

"야, 확인해 보니 우리가 더 싸던데. 뭔 소리야."

호세가 갑자기 시무룩해졌다.

"제기랄, 또 내가 사야 하는 거야?"

그러자 구현진이 호세의 어깨에 손을 살포시 올렸다.

"광고 들어온다고 해서 아무거나 막 찍고 그러지 마. 나중에 흑역사로 남을 수 있어."

호세는 눈을 깜빡이며 물었다.

"흑역사? 예를 들면 어떤 거?"

"예를 들면? 그게…… 아, 속옷 광고!"

"속옷 광고?"

"그래, 팬티만 입고 몸매 다 드러내지 말라고. 그게 나중에 보면 엄청 민망한 거야."

"민망? 훗!"

호세가 갑자기 콧방귀를 꼈다.

구현진이 눈을 가늘게 뜨며 물었다.

"뭐야? 기분 나쁜 그 웃음은?"

"뭐, 너희야 흑역사로 남을 수 있겠지만. 난 아냐! 난 내 바디에 자신이 있거든. 너희랑 달라!"

호세는 엄청난 자신감을 보이며 당당하게 일어섰다. 구현진과 혼조는 어색한 웃음을 보이며 고개를 끄덕였다.

"그, 그래. 많이 찍어라!"

"난 너의 그 당당함이 부럽다!"

"그럼! 난 항상 자신감에 가득 차 있지!"

"좋겠다. 그보다 너 이제 갈 시간 아니냐?"

"앗! 벌써 시간이 이렇게 되었네. 야, 나 먼저 간다. 다들 스프링 캠프 때 보자!"

"그래, 잘 가! 몸조심하고!"

"그래!"

호세가 캐리어를 챙겨 부랴부랴 수속을 위해 떠났다. 구현진과 혼조는 떠난 호세의 뒷모습을 바라보았다. 그러다 구현진이 힐끔 혼조를 보며 말했다.

"넌 무슨 소식 없냐?"

"뭔 소식?"

"뭐, 광고 촬영이라든가……."

구현진의 물음에 혼조가 피식 웃었다.

"없어, 그런 거……."

"그래? 찍고 싶긴 하고?"

"야! 당연한 거 아니야? 나도 돈 벌고 싶다고!"

"뭐, 조만간 좋은 일이 있겠지."

"그렇겠지."

혼조가 쓸쓸한 표정을 지었다. 그러다가 시계를 확인했다.

"나도 이제 서서히 가봐야겠다."

혼조가 자리에서 일어나 가방을 챙겼다. 그리고 오른손을 내밀었다. 구현진이 그것을 보고 역시 오른손을 내밀어 악수를 했다.

"1년 동안 고마웠다. 몸 건강하고, 잘 챙겨 먹고, 아프지 말고."

"알았어. 너도!"

"그래."

혼조가 피식 웃으며 캐리어를 챙겨 라운지를 떠났다. 혼자 남은 구현진이 시계를 확인했다.

"현진이 형이 올 때가 되었는데……."

마침 그때 VIP라운지 문이 열리며 익숙한 덩치의 동양인이 들어왔다.

"형! 여기요!"

"어, 그래."

유현진도 구현진을 확인하고 다가왔다.

"오래 기다렸냐?"

"아뇨. 조금 전까지 친구들이랑 같이 있었어요."

"그래? 잘됐네. 이제 들어가면 되나?"

유현진이 시계를 보며 말했다.

"네. 지금 들어가면 딱 맞아요."

"그럼 들어가자!"

구현진 역시 유현진과 함께 대한민국으로 돌아가기 위해 입국장 안으로 들어갔다.

인천 국제공항에 도착한 구현진은 사뭇 긴장된 표정이었다. 방금 박동희로부터 연락을 받았기 때문이었다.

"형, 밖에 기자들이랑 팬들이 엄청 많다는데요?"

"왜? 긴장돼?"

"당연하죠. 형은 안 떨려요?"

"하루 이틀이야, 이런 거? 너도 몇 번 하고 나면 익숙해져."

"그럴까요?"

"그럼! 일단 출구로 나가면 사람들이 소리치고 난리거든. 그때는 놀라지 말고 의연하게 대처해. 놀란 눈으로 어리바리하게 나가지 말고. 그저 밝게 웃으면 돼. 손 흔들어주면서."

"아, 알겠어요."

"정 불안하면 선글라스 껴도 돼."

구현진은 곧바로 선글라스를 착용했다. 그리고 살짝 호흡을 내뱉은 후 출구로 나섰다. 자동문이 열리며 먼저 유현진이 밖으로 나갔다.

그러자 카메라 플래시가 수없이 터졌고, 팬들의 함성은 고막을 울릴 정도였다.

"우와, 현진이다!"

그 모습을 보며 뒤따르던 구현진이 경이로운 표정을 지었다.

"아, 역시 현진이 형은 내공이 대단해."

구현진은 지켜보며 엄지를 올렸다. 유현진은 카메라 존 앞에 서서 미소를 지으며 손을 흔들어주었다. 구현진 역시 어설프게 자세를 잡으며 카메라 세례를 받았다.

그러자 유현진은 능숙하게 구현진을 이끌었다.

"이리 내 옆에 와서 서! 같이 찍게."

"아, 네에……."

구현진은 유현진이 자신을 챙겨주자 너무 고마웠다. 그래서 어색한 웃음을 지으며 유현진 옆으로 갔다.

그런데 카메라 기자들이 웅성거리기 시작했다.

그중 베테랑 스포츠 기자가 유현진을 불렀다.

"야, 현진아."

"네, 형!"

"있잖아, 잠시만 옆으로 비켜줄래?"

"엥?"

유현진은 자신이 뭔가 잘못 들었나 싶었다.

"아니, 잠깐만 나와보라고!"

순간 유현진은 어이없는 표정을 지었다.

"뭐예요? 지금 나한테 무슨 짓이에요?"

"알았으니까, 잠깐만 나와봐!"

유현진은 주둥이를 불쑥 내밀며 구현진에게서 멀어졌다.

"변했어, 변했어. 쳇!"

유현진이 벗어나자 곧바로 기자들의 카메라 플래시가 다시 터졌다.

"구현진 선수! 여기 좀 봐주세요."

"여기도요. 손도 흔들어주세요."

"여기도 좀 봐주세요."

구현진은 갑자기 쏟아지는 셔터 세례에 어안이 벙벙했다.

하지만 기자들이 요구하는 대로 착실히 수행은 했다. 옆으로 벗어나 있던 유현진의 입가에 흐뭇한 미소가 번졌다.

유현진은 뒤로 빠져 구현진의 당황하고 있는 모습을 지켜보았다. 지금은 구현진이 주가 되고, 자신이 뒤로 밀린 느낌이었다.

한편으로는 씁쓸했지만, 다른 한편으로는 흐뭇했다. 일 년 사이에 제자가 훌쩍 커버린 것이다. 그 옛날 자신이 누렸던 모든 것이 구현진에게로 서서히 넘어가고 있었다.

물론 구세대는 가고, 신세대가 오는 것이 맞다. 그것이 순리고 정석이었다.

하지만 유현진은 자신의 자리를 넘겨주기에는 아직 마음의 준비가 되지 않았다.

"현진아, 형 간다! 바이바이!"

"에? 네에? 간다고요?"

"그래!"

"형, 같이 가요!"

"싫어! 내가 왜?"

유현진은 삐진 척하며 몸을 돌려 걸어갔다.

"같이 밥 먹기로 했잖아요."

"됐어, 인마. 너랑 안 먹어!"

"혀어엉!"

구현진이 애타게 불러보았지만, 유현진은 그저 말없이 손만 흔들고는 가버렸다.

두 사람의 모습을 본 기자들의 표정이 묘해졌다.

"오오, 이거 특종인데."

"이거 올릴까? '구현진에게 밀린 유현진, 삐져서 그냥 가버리다.' 이런 식으로 말이야."

"킥킥, 재미있겠는데?"

기자들은 농담 반, 진담 반으로 말했다. 그런데 한 카메라 기자가 그 장면을 찍어서 올렸다. 그러자 그 밑에 댓글들이 엄청난 속도로 달리기 시작했다.

⌐어머나! 저 모습 좀 봐. 두 사람 다 귀엽다.

⌐정말 유현진이 삐졌나? 장난이지?

⌐당연히 장난이지. 내가 알기론 두 사람 엄청 친한 걸로 아는데.

⌐진짜? 정말 친해서 저러나?

⌐당연히 친해서 그러지. 저 모습 보면 모르나.

⌐모르니까 물어보지. 진짜 화나서 간 걸 수도 있지. 당사자가 아닌 이상 어떻게 알아?

⌐그것도 맞는 말씀! 하지만 내가 보기에는 두 사람 정말 친한 걸로 보이는데.

⌐동감!

⌐그보다 구현진 진짜 돈방석에 앉겠는데.

⌐이러다가 유현진이 찍었던 광고, 구현진이 다 뺏어가는 거 아냐?

⌐CF 말이야? 그 흑역사 CF들?

⌐오오, 맞아, 맞아! 유현진이 찍었던 그 CF들 다 구현진에게 넘어가겠네.

⌐그렇지 않아도, 유현진 말고는 적임자가 없었는데. 딱, 구현진이 나타났네. 이거 완전 부활 각인데.

┗난 대환영! 그 당시 유현진 귀여웠는데, 구현진은 얼마나 귀여울까? 소장 가치는 충분함!

┗나도 소장에 강추!

"이, 이런 미친 녀석들을 봤나!

아버지는 일일이 댓글들을 확인하며 열을 내고 있었다.

"이노마들이, 지금 제대로 보고 말을 하는 기가?"

그러자 옆에 있던 김 여사가 힐끔거리며 말했다.

"와요? 와 그러는데요?"

"지 아들 아니라고 막말을 하잖아."

"그냥 현진이 광고 찍는 거 말하는 거 아니에요?"

김 여사는 정말 궁금해서 물었다. 아버지는 몸을 홱 돌려 김 여사를 보았다.

"이봐, 김 여사!"

"말하세요."

"예전에 유현진이가 얼마나 이상한 거 찍은 줄 아나?"

"모르죠. 제가 우예 압니꺼."

"자, 봐라. 이거 찍었다 아이가."

아버지는 김 여사한테 예전 유현진이 찍었던 야구볼 광고와, 사발면 광고 장면을 보여주었다.

"아, 나도 봤어요. 이거 엄청 웃기고 재미나던데요."

"그니까, 그걸 지금 우리 아들한테 찍으라고 하잖아! 그게 지금 말이 되나?"

"와요? 찍으면 되지. 귀여울 텐데……."

김 여사가 피식 웃으며 말했다. 그러자 아버지가 길길이 날뛰었다.

"지, 지금 뭐라는 기고. 우리 현진이가 이런 몰골로 TV에 나오라고? 미칫나!"

"아니, 나는 유현진도 귀엽고 해서……."

"치아라 마! 갸는 딱 봐도 먹을 거 좋아하게 생겼잖아!"

"현진이도 그리 보이는……."

김 여사의 중얼거림에 아버지가 날카로운 눈빛을 쏘았다.

김 여사는 움찔하며 눈빛을 피했다.

"그럼 현진이 아부지는 현진이가 뭘 찍었으면 하는데요?"

"딱 보믄 모르나. 일단, 자동차 광고 하나 찍고, 그 담에 양복 하나 찍고 뭐, 그런 것들?"

"그게 현진이하고 어울릴까요?"

"뭐라꼬? 지금 뭐라고 했노? 오늘따라 당신 와 이라노?"

아버지가 눈을 부라리자, 김 여사가 냉큼 입을 다물었다. 그러기를 잠시, 김 여사는 아버지의 기분을 풀어주려고 조심스럽게 말했다.

"그래도 현진이 아버지는 좋겠네요. 현진이 광고 찍으면 돈 많이 벌 것 아닙니꺼. 이사하는 거 아닙니꺼?"

김 여사의 말에 아버지의 표정이 순간 바뀌었다.

"어험! 이사는 무슨! 그건 그렇고, 여기 재개발이 얼마나 남았더라?"

아버지는 딴청을 피우며 시선을 돌렸다.

구현진은 박동희의 사무실에 앉아 있었다. 박동희가 내민 여러 개의 서류를 확인한 구현진의 표정은 꽤나 무거웠다.

"하아……."

구현진은 서류 한 장, 한 장을 넘길 때마다 땅이 꺼지라 한숨을 내쉬었다.

"이게 진짜 이번에 들어온 광고 계약 건이에요?"

"어…… 그, 그래."

박동희는 구현진의 눈치를 살폈다. 표정을 보아하니 자신이 내민 광고 계약 건을 그다지 반기지 않는 분위기였다.

"별로야?"

박동희가 조심스럽게 물었다.

"형, 미안한데요. 진짜 이런 것만 들어왔어요?"

"미안하다. 어쩌다 보니 자꾸 이런 광고만 들어온다."

"솔직히 저 이런 광고 싫어요."

"그럼 싫은 건 다 뺄까?"

"그래도 돼요?"

구현진의 눈이 커졌다.

박동희가 피식 웃으며 고개를 끄덕였다.

"빼도 되지. 하지만 다 빼고 나면 한두 개밖에 안 남을걸."

"그래요? 이거 다 빼야 돼요?"

"네가 찍기 싫은 쪽이 식품이잖아."

"그렇죠."

"그럼 식품 쪽을 빼야지. 사실 그게 네가 가려서 하면 이미지가 안 좋아지잖아. 좀 컸다고 어린놈이 벌써부터 일을 가려서 한다는 말이 나올 수 있으니까."

박동희는 조심스럽게 말했다.

"그래서 차라리 식품 쪽은 안 찍겠습니다. 이렇게 해버리면 괜찮을 것 같은데."

"그래요? 식품 쪽 안 하면 뭐가 남아요?"

"확인해 봐야 알 것 같은데……."

박동희가 탁자에 깔린 여러 개의 서류를 하나하나 살피며 분류했다.

"……없네."

"없어요? 전부 먹을 것만 들어왔어요?"

"어, 만두부터 시작해서 과자, 라면 등 전부 먹는 거네."

"그럼 골라서 찍는 게 의미 없잖아요."

"지금은 그렇지, 뭐. ……현진아, 사실 말이야. 나중에 네가 톱스타가 되고 그러면 이해를 하겠는데, 솔직히 지금 이 상황에서 골라서 찍기에는 좀 그렇지 않아? 막말로 물 들어올 때 노 저으라고 했다고."

박동희가 구현진을 슬슬 달래기 시작했다. 구현진은 작게 한숨을 내쉬었다.

"하아, 진짜……."

그때였다.

구현진의 스마트폰이 '지잉' 하고 울렸다.

"어? 잠시만요."

유현진에게서 온 전화였다.

"형이 갑자기 왜?"

구현진이 곧바로 전화를 받았다.

"네, 여보세요."

-야, 구현진! 내 걸 다 가져가면 어쩌냐? 너무한 거 아니야?

"네? 형, 무슨 말이에요?"

-광고 말이야, 광고! 내가 찍었던 거 네가 다 가져갔다며!

"하아…… 맞다. 이거 형이 다 찍었던 거죠. 그런데 형은 이런 거 어떻게 찍으신 거예요?"

구현진은 진심으로 궁금해서 물었다.

-찍긴 뭘 어떻게 찍어? 그냥 돈 되는 건 다 찍었지. 인마, 물

들어올 때 노 저으라고 했어. 지금 아니면 광고 찍을 수 있을 것 같아? 너 조금이라도 실력 떨어져 봐. 그때 가면 광고 하나가 아쉬울 테니까. 그리고 니가 뭘 가리고, 그럴 처지는 아니지. 벌 수 있을 때 바짝 벌어봐!

유현진의 충고에 구현진 역시 생각을 조금 달리했다.

하지만 싫은 건 어쩔 수 없었다.

"형, 그럼 형이 좀 가져가요. 아니, 몇 개만 가져가서 찍어주면 안 돼요?"

-싫은데. 인마, 나 자동차 광고 들어왔거든. 또, 슈트 광고도 들어왔거든. 그래서 싫어! 이미지랑 안 맞아!

"뭐라고요? 자동차 광고요? 형! 어울리지 않게 무슨 자동차 광고예요."

-어라, 이 새끼 봐라.

그때 수화기 너머로 여자 목소리가 들려왔다. 구현진이 눈을 반짝였다.

"어? 형 옆에 여자 있어요?"

-여자? 아…… 잠깐만 있어 봐. 이 여자가 너 팬이란다. 팬 바꿔줄게.

잠시 후 맑으면서도 편안한 아나운서 톤의 여자 목소리가 들려왔다.

-구현진 선수, 정말 팬이에요.

구현진이 목소리를 듣자마자 상대가 누군지 금방 알 수 있었다. 구현진의 입가로 미소가 번졌다.

"아, 네. 감사합니다."

-올해 정말 멋졌어요. 그리고 준우승 하신 거 정말 축하해요.

"아닙니다. 감사합니다."

-그런데 밥 한번 먹고 싶은데, 너무 바쁜 것 같아서 같이 먹자고도 못 하겠네요.

"아니에요, 형수님! 부르시면 당연히 가야죠."

-어머나! 형수님이래. 꺄악!

그러자 곧바로 수화기 너머로 유현진의 목소리가 들려왔다.

-야! 그런 표현 쓰지 말랬지!

"싫은데요. 형수님이라고 할 건데요."

-네, 저도 좋아요.

-야, 무슨 소리야. 현진아! 우리 아직 날 안 잡았거든!

수화기 너머로 두 사람이 아웅다웅하는 것이 들렸다.

"형수님, 빨리 날 잡으시고, 좋은 여자 있으면 소개시켜 주세요."

-네. 알겠어요, 현진 씨! 조금만 기다리세요.

"네, 형수님. 기대하고 있을게요."

-알았다. 이만 끊자!

유현진이 쑥스러움을 더 이상 못 참겠는지, 수화기를 뺏어 든 모양이었다.

"알겠어요. 형수님하고 재미난 시간 보내세요."

-아직 형수 아니라니까! 끊어!

유현진이 당황하자 장난기가 발동한 구현진이 능글맞게 굴었고, 곧 전화가 뚝 하고 끊겨 버렸다.

구현진은 스마트폰을 내려놓았다. 그 모습을 보고 박동희가 웃으며 물었다.

"유현진?"

"네, 자동차랑 슈트 광고 찍는다고 자랑질이네요."

"후후, 너도 나중에 뺏어오면 되지."

"그래야겠어요."

구현진이 주먹을 불끈 쥐었다.

"그건 그렇고, 형!"

"말해."

"형 말마따나 있을 때 찍어야죠."

"잘 생각했다."

"그럼 다 말고요. 딱 4개만 찍어요. 광고료 제일 많이 주는 곳으로다가."

"오케이 알았어!"

박동희가 책상에 놓인 서류 중 계약서 4장을 꺼내 구현진

앞에 딱딱 놓았다.

　그것을 확인한 구현진이 눈을 크게 떴다. 구현진이 가장 싫어했던 광고 4개가 떡하니 놓여 있었던 것이다.

　구현진이 어색하게 웃으며 물었다.

　"에이, 아니죠?"

　박동희가 미소를 지었다.

　"정말이에요?"

　박동희가 환한 얼굴로 고개를 끄덕였다.

　"농담하지 마요."

　"농담 아냐."

　"그럼 이거 4개가 돈 많이 주는 거예요?"

　"어! 다른 곳의 두 배야. 아무래도 너 안 찍을 것 같아서 높게 불렀는데, 그쪽에서 오케이 하더라!"

　"형, 이거 찍으면 영원히 흑역사로 남을 것 같은데요."

　"하지만 네 통장 잔고는 두둑하겠지. 어떻게 할래?"

　"뭘 어떻게 해요?"

　구현진은 곧바로 울상이 되었다.

　"아버지가 정말 좋아하시겠다."

　"하아…… 알았어요. 찍죠, 뭐……."

　"알았어. 아, 참! 야구볼 과자는 아이돌이랑 찍는다고 하더라."

　"아이돌이랑 찍으면 뭐 해요. 어차피 야구볼 과자 뒤집어쓰고 찍을 텐데……."

박동희가 시무룩해 있는 구현진을 위로했다.

"괜찮아, 괜찮아. 형이 맛난 거 많이 사줄게! 소고기 먹으러
갈까?"

"소고기?"

구현진이 반색하며 되물었다.

"그래! 안심? 아님 등심?"

"둘 다는요?"

"까짓것 둘 다 사줄게! 가자!"

"좋았어!"

구현진은 소고기를 먹는다는 생각에 기분이 금세 풀어졌다.

그리고 며칠 후, 구현진은 경기도 외곽에 위치한 CF 촬영장
에 모습을 드러냈다.

"현진아, 도착했다."

박동희가 내리며 구현진의 어깨를 가볍게 두드렸다.

"이왕 찍기로 했으니까 좀 웃어봐. 응?"

"네, 네……."

구현진이 애써 미소를 지으며 건물 안으로 들어갔다. 건물
내부에서는 스태프들이 분주히 움직이고 있었다.

구현진은 그들에게 일일이 인사했다.

"안녕하세요."

"예, 안녕하세요. 구현진 선수."

"안녕하세요."

"아, 예! 정말 반갑습니다. 경기 잘 보고 있습니다."

그렇게 안면을 튼 구현진이 광고 제작사 측에서 마련한 대기실로 이동했다.

"어려서부터 성공해서 성격 더러울 줄 알았는데, 싹싹하잖아?"

"그러게, 표정도 밝고."

구현진과 인사를 나눈 스태프들이 구현진의 첫인상에 대해 저마다 한마디씩 나누는 사이, 구현진은 뜻밖의 여자와 만났다. 자신을 보며 환하게 웃고 있는 여자를 알아본 구현진이 눈을 크게 떴다.

"어?"

30장 ·
귀국(2)

I.

광고 촬영 대기실에서 아유가 메이크업을 받고 있었다. 그 뒤에 매니저가 서서 그 모습을 지켜보았다.

"이 CF 찍는다고 했을 때 깜짝 놀랐잖아. 이미지도 있고, 다른 좋은 조건 내건 곳도 많은데, 왜 하필 이 건이야?"

"그냥. 과자 광고 하나 정도 찍고 싶었어요."

"그러니까 왜 하필 이거냐는 말이지. 솔직히 이거 하느라 놓친 것 중에 더 좋은 조건도 많았잖아."

"그야 야구볼 과자를 좋아하니까요."

"그래?"

아유의 말에 매니저는 별 의심을 하지 않고 곧바로 수긍했다. 그렇게 메이크업이 거의 마무리될 즈음 촬영장이 소란스러웠다.

"뭐예요?"

그러자 매니저가 곧바로 확인했다.

"응, 구현진 선수가 왔나 보네."

"그래요?"

아유의 표정이 갑자기 환해졌다. 그녀는 곧바로 대기실을 빠져나갔다.

"진짜 왔네?"

아유는 환한 미소로 구현진을 바라보았다.

구현진은 스태프들에게 일일이 인사하고 있었다. 게다가 구현진을 보기 위해 몰려드는 스태프들 하나하나에게 사인을 해주고, 사진도 같이 찍어주고 있었다.

"그때는 고등학생인 줄만 알았는데, 지금은 어엿한 성인이네. 피부도 새까맣게 타고…… 꽤 남성적으로 변했어."

아유는 혼잣말을 중얼거리면서 구현진에게서 시선을 떼지 못했다. 그러다가 구현진이 아유를 바라보았다. 아유는 최대한 밝은 미소로 환하게 웃어 보였다.

구현진이 고개를 갸웃하더니, 이내 놀란 표정으로 바뀌었다.

"어? 다, 당신은……"

아유가 구현진에게 다가와 인사했다.

"안녕하세요. 저…… 아시겠어요?"

아유는 살짝 긴장한 얼굴로 물었다. 구현진은 바로 고개를 끄덕였다.

"알죠! 옛날에 KTX에서 졸던……."

"네, 맞아요."

아유가 손뼉을 치며 좋아했다.

그 모습에 구현진은 살짝 멋쩍은 표정을 지었다.

'그게 저렇게 기쁜 일인가?'

하지만 아유는 구현진이 자신을 잊지 않았다는 사실에 매우 기뻤다.

'잊지 않았어. 잊지 않고 있었던 거야.'

아유는 두근거리는 가슴을 부여잡고 조심스럽게 말했다.

"오랜만이에요. 지금 여기서 다시 보니 정말 반가워요."

"아, 그래요. 저도 반가워요."

아유는 히죽 웃었다.

구현진은 그런 아유를 보며, 옛날 기차에서의 모습을 떠올렸다.

'그때만 해도 많이 지쳐 보였는데, 지금은 활기차고 많이 밝아졌네. 다행이다.'

예전보다 더 예뻐진 모습에 구현진 역시 눈을 떼지 못했다. 반면 아유는 눈도 제대로 마주치지 못하고 말했다.

"메이저리그에서의 활약 잘 보고 있어요. 정말 멋있는 선수가 되셨네요."

"잘 봐주셔서 고마워요."

"항상 응원하고 있어요."

아유가 수줍게 말했다. 구현진 역시 어색하게 웃으며 고개를 끄덕였다.

"가, 감사합니다."

그때 매니저가 아유를 불렀다.

"아유! 의상 체크해야지."

"앗! 알겠어요."

아유가 잠시 돌아보고 답하곤 구현진에게 공손히 인사했다.

"그럼 이따가 촬영장에서……."

"그래요. 촬영장에서 봐요."

그렇게 구현진은 아유와 짧은 인사를 나눴다. 아유가 대기실로 들어가고, 구현진 역시 대기실에 들어갔다. 들어가자마자 가장 눈에 먼저 띈 것은 우스꽝스러운 옷이었다.

그것을 본 구현진은 깊은 한숨을 내쉬었다.

"하아, 형! 저거예요?"

박동희도 웃음을 참으며 고개를 끄덕였다.

"그런가 보네."

구현진이 힘없이 걸어와 소파에 털썩 앉았다.

"촬영은 언제부터인데요?"

"가만 보자…… 9시부터네."

"아직 1시간 정도는 여유 있네요."

"아니야. 메이크업도 해야 하고 의상도 체크해야지. 시간 없어."

"의상 체크요? 저게 뒤집어쓰는 거 말고 또 뭐 있어요?"

구현진이 얼굴을 잔뜩 찌푸리며 묻자 박동희가 딴청을 피웠다.

"아, 맞다. 감독님이랑 얘기할 것이 있었는데……."

박동희가 울리지도 않는 스마트폰을 들고 연락이 왔는지 확인하면서 대기실을 나갔다. 구현진은 다시 한번 우스꽝스러운 옷을 보고 고개를 푹 숙였다.

"자! 촬영 시작합니다."

모든 준비를 마치고 한 스태프가 촬영 시작을 알렸다. 야구공 모양으로 된 옷을 입은 구현진이 촬영 장소에 섰다. 아유 역시 나와서 대기하고 있었다.

그녀는 환한 미소를 보이며 말했다.

"우리, 잘해봐요."

"제가 너무 우스꽝스럽게 나와서 민망하네요."

"아니에요. 너무 잘 어울려요. 정말 귀여워요."

아유는 수줍게 말하고는 고개를 돌려 버렸다. 자신의 얼굴에 드러난 감정이 혹여 들킬 것 같아서였다.

하지만 구현진은 그런 아유의 행동을 의심의 눈초리로 바라보았다.

'뭐야, 웃긴데 참는 건가?'

돌아선 아유의 눈에는 하트가 가득했다.

'어떻게 해. 너무 귀여워! 어쩜 좋아!'

이렇듯 두 사람은 서로 동상이몽을 꾸고 있었다.

잠시 후 촬영이 본격적으로 시작되었다. 촬영장은 웃음이 가득했다. 아유는 전혀 힘들어하지 않고, 항상 밝은 얼굴로 촬영에 임했다.

그런 아유의 모습을 모니터로 지켜보던 감독이 고개를 갸웃했다.

"오늘따라 아유가 잘 웃네. 그리고 원래 저렇게 말도 많았나?"

그러자 옆에 있던 조연출도 고개를 갸웃했다.

"글쎄요. 원래 조용조용한 성격인데요. 그래서 이번 우리 광고 콘셉트랑 안 맞을 줄 알았는데…… 의외네요."

조연출의 말에 감독이 고개를 끄덕였다.

"아마 소속사에서 단단히 교육시켰나 보지."

"그러게요. 그런데 구현진 선수는 역시 너무 잘 어울리는데요, 큭큭."

"유현진 말고 저 야구볼 의상에 어울리는 사람이 또 있을 줄이야. 진짜 하늘이 주신 기회야."

"그때 유현진이 야구볼 광고 찍고 매출이 급등했다가, 광고가 끊기고 난 후 매출이 뚝 떨어졌지?"

"네, 이 회사의 매출 탑3에 드는 상품이었거든요. 그런데 지금은 10위권 밑으로 떨어져서 난리도 아니라고 하네요."

"이번 기회에 잘 찍어서 다시 명예 회복하려고 하겠지. 그보다, 보면 볼수록 체형이 유현진이랑 닮았네."

"맞습니다. 정말 신이 주신 몸매예요."

그렇게 광고 촬영은 어느덧 막바지에 이르렀다. 여태까지 별다른 사고 없이 모든 것이 순조롭게 진행되었다.

"자, 자! 이제 마지막 신만 남았어요. 지금까지 좋습니다. 바로 들어갈게요."

조연출의 말에 구현진은 그제야 한도의 한숨을 내쉬었다.

"후우, 이제야 이 옷과도 곧 안녕이구나."

구현진은 빨리 촬영을 마치기 위해 정말 열심히 했다. 온몸이 땀에 흠뻑 젖었지만 벗지 않았다. 그리고 마지막 촬영이 곧 시작되었다.

마지막 장면은 아유가 너무 좋아하는 야구볼에 달려가 안기는 장면이었다. 그런데 이 장면을 촬영하는데 아유가 자꾸만 NG를 내고 있었다.

"NG! 아유, 거기서 넘어지면 어떻게 해요."

"죄송합니다. 죄송합니다."

아유는 곧바로 사과했고, 곧바로 촬영이 재개되었다. 그런데 아유는 또다시 NG를 냈다. 이번에는 구현진을 너무 세게 끌어안았다는 이유였다.

그때마다 아유는 곧바로 사과했다.

하지만 이 모든 것은 아유의 의도였다. 구현진을 세게 안고 싶고, 자꾸만 안고 싶어서 일부러 NG를 냈던 것이다.

"자! 아유 씨, 좀 약하게 안아주세요."

"네, 감독님."

"자, 그럼 다시 한번 갑니다. 레디, 큐!"

아유가 환한 미소로 구현진의 야구볼에게 뛰어가 안겼다.

퍽!

"윽!"

구현진은 갑자기 저돌적으로 달려와 안기는 아유의 충격에 그만 뒤로 넘어가 버렸다.

"NG! 넘어지게 하면 안 된다니까! 그냥 달려가 살포시, 부드럽게 안으라니까! 자꾸 왜 그래요?"

급기야 감독이 버럭 고함을 질렀다.

이내 아유가 시무룩해지며 사과를 했다.

"죄송합니다. 죄송합니다."

아유의 사과에 감독은 살짝 인상을 쓰면서 모니터를 바라봤다. 그런데 조금 전 NG를 냈던 그 장면을 보며 눈알을 굴렸다.

"가만! 이거 괜찮은데?"

"네?"

"여기 봐봐! 아유의 표정에서 너무 좋아하는 느낌이 들지 않아? 야구볼을 진심으로 좋아하는 모습이 그대로 드러났잖아. 이대로 가도 되겠는데? 어때요?"

감독이 뒤에서 지켜보던 회사 관계자들에게 의견을 물었다. 회사 관계자들도 이렇게 가는 것이 좋을 것 같다는 의견을 내놓았다.

"괜찮은데요. 이대로 가죠."

"이 장면이 좋을 것 같습니다."

"알겠습니다."

감독은 곧바로 아유에게 말했다.

"아유 씨, 조금 전 그 장면 괜찮았어요. 그 장면으로 갈 테니까. 이번에는 좀 더 과감하게 안으면 좋을 것 같은데요."

그러자 아유의 표정이 너무도 밝아졌다.

"네! 좀 더 세게 달려가서 넘어뜨려 볼까요?"

"그렇게 하면 좋을 것 같아요. 하지만 표정은 아주 밝게!"

"맡겨주세요."

아유는 주먹을 쥐며 파이팅을 외쳤다. 그리고 '큐' 사인이 나오자마자 아유는 있는 힘껏 구현진에게 안기며 넘어뜨렸다.

구현진은 아유에 의해 몇 번이고 넘어졌다. 그리고 아주 힘들게 몸을 일으켰다. 그럴수록 감독의 주문 강도는 점점 더 세졌고, 아유의 표정은 더 밝아졌다.

"더 세게! 부딪쳐도 되니까. 더 세게 해봐!"

"네, 알겠어요."

"자자, 다시 한번 가요."

구현진은 몇 번을 넘어지고 일어나고를 반복했다. 시간이 지날수록 구현진의 얼굴이 점점 일그러졌다. 생각보다 광고 촬영이 너무 힘들었다.

"와, 돈 벌기 힘드네."

구현진은 나직이 중얼거리면서 다시 몸을 일으켰다. 그렇게 다시 10번을 더 넘어지고서야 CF 촬영이 끝이 났다.

"컷! 수고했어요."

"하아, 드디어 끝났다!"

구현진은 그 자리에 털썩 주저앉아 한동안 일어나지 못했다. 그 앞으로 아유가 다가왔다.

"죄송해요. 많이 힘들었죠?"

아유가 귀여운 얼굴로 말하자, 구현진은 애써 고개를 가로 저었다.

"아니에요. 즐거웠습니다."

"그래요? 다행이다."

아유는 마지막 말은 낮게 중얼거렸다. 구현진이 자리에서 힘겹게 몸을 일으켰다. 그리고 대기실로 가기 위해 몸을 돌렸는데, 아유가 구현진의 팔을 붙잡았다.

"저기요……."

"왜요?"

"시간 되시면 저녁이라도 같이 먹어요."

"네? 저랑요?"

"안 될까요?"

아유가 눈망울을 초롱초롱하게 빛내며 물었다.

"저야 상관이 없지만…… 괜찮아요? 아이돌이잖아요."

"뭐, 어때요. 전 구현진 선수 팬인데요."

아유가 씩씩하게 말했다. 그렇다고 거절하기에는 아유가 많이 무안해할 것 같았다.

'지금 아니면 또 언제 아이돌이랑 밥 먹겠냐.'

구현진은 곧바로 고개를 끄덕였다.

"그럼 괜찮으시면……."

"네! 그럼 매니저에게 얘기하고 올게요."

아유가 환하게 웃으며 매니저에게 뛰어갔다.

하지만 매니저는 아유의 말을 듣고 화를 냈다.

"안 돼!"

"왜요? 한 번만요, 오빠!"

"안 된다고, 너 스캔들 나면 어떻게 하려고 그래? 안 돼!"

매니저는 단호했다. 하지만 아유 역시 물러서지 않았다.

"신세 갚으려는 거예요. 옛날에 KTX에서 저 한 번 잃어버렸던 적 있죠?"

"아…… 한 3년 되었나?"

"그래요. 그때 절 구해준 사람이 누군 줄 알아요?"

"어? 어…… 야구 선수라 했던가? 가만. 혹시 그때 그 야구 선수가?"

"그 사람이에요. 그때 날 돌봐줬던 사람, 바로 구현진 선수라고요. 그때 신세도 못 갚았는데……."

"정말이야?"

"그럼요. 제가 왜 거짓말을 하겠어요."

아유의 말에 매니저는 구현진이 있는 대기실을 바라보았다. 그러다가 깊은 한숨을 내쉬었다.

"알겠다. 하지만 이번 한 번만이다!"

"고마워요, 오빠!"

아유는 금세 얼굴이 환해졌다. 그런 아유를 향해 매니저가 신신당부했다.

"너, 절대 사고 치면 안 된다."

"안 쳐요! 내가 언제 그런 적 있어요?"

"어휴, 그래. 알겠다, 알겠어."

아유는 신이 나서 구현진과 저녁 약속을 잡고 매니저에게 식당 예약까지 부탁했다.

"나참, 스캔들이라도 나면 큰일인데……."

매니저는 불안함을 감출 수가 없었지만, 그러면서도 익숙하게 식당을 예약했다.

아유가 매니저에게 다가왔다.

"식당은요?"

"이미 예약했어."

"그럼 저쪽 에이전트에게 보내줘요."

"알았어."

매니저는 퉁명스럽게 말을 한 후 예약했던 식당을 문자로 보내주었다. 그리고 그때 SNS를 통해 고하라의 사진이 올라왔다.

"어? 여기는……."

아주 정갈한 음식 사진과 함께 글이 올라와 있었다.

[오늘 난 여기서 밥 먹어야지! 맛나겠다! 아이, 좋아라! 나중에 꼭 남자친구랑 같이 와야지.]

이 글을 본 순간 매니저의 눈빛이 음흉하게 바뀌었다.

"오호, 고하라가 여기에 뜬단 말이지?"

매니저는 잠시 눈알을 굴리더니 곧바로 구석으로 가서 누군가와 통화를 했다.

"아, 임 기자님. 나예요. 그럼요, 잘 지내죠. 그런데 저한테 지금 아주 재미난 소스가 있는데……. 당연하죠. 곧바로 기사 쓸 준비하세요. 누구냐구요? 고하라요. 당연하죠. 사진도 보내 드릴게요. 네, 네, 알겠어요."

매니저는 전화를 끊고는 회심의 미소를 지었다.

"우리 아유는 내가 지킨다!"

잠시 후 아유가 나왔다.

"자! 가요."

"그래."

"구현진 선수는요?"

"바로 따라오기로 했어."

"네."

그 길로 아유는 매니저가 예약한 식당으로 갔다.

미리 예약해 둔 식당에 도착한 아유는 차에서 내렸다. 바로 뒤로 따라온 차에서 구현진도 내렸고, 둘은 함께 식당으로 들어갔다. 그 모습을 매니저가 스마트폰으로 찍었다.

그리고 곧바로 임 기자에게 사진을 전송했다. 잠깐의 시간이 지난 후 매니저가 전화를 걸었다.

"임 기자님, 사진 받으셨어요?"

-오우, 잘 받았습니다. 늘 고맙습니다.

"우리 아유 기사를 잘 써주셔서 오히려 저희가 고맙죠. 항상 감사합니다."

-그런데 사진 좀 흐릿하네요. 확실한 거 맞죠?

지금 임 기자가 보고 있는 사진은 아유의 옆모습이었다. 하지만 날도 어둡고, 옆모습이다 보니 잘 보이지 않았다.

고하라와는 약간 느낌이 달랐지만, 무엇보다 키와 몸매가 여렸다. 게다가 모자를 쓰고 있어서 그 모습이 비슷해 보였다.

"무슨 소리예요. 진짜예요."

-그게 아니라. 고하라 SNS에 떴는데, 보내준 사진의 의상과 좀 달라서요.

"당연히 중간에 갈아입었죠. 하루, 이틀 장사하시는 분도 아니고, 아실 만한 분이……."

-아하하. 하긴 그렇죠?

"그럼요. 완전범죄잖아요, 요즘은."

매니저의 말을 들어보니 맞는 것도 같았다.

-하마터면 속을 뻔했네요. 역시! 우리 매니저님. 조만간 소주 한잔 사겠습니다. 앞으로도 종종 이런 소스 부탁드립니다.

"걱정 마세요. 대신 우리 아유 것은……"

-네네, 잘 알고 있습니다.

그렇게 매니저는 전화를 끊었다.

"고하라 양! 미안해. 우리 아유를 위해서 잠시 희생해 줘."

그리고 얼마 후 임 기자는 사진과 함께 구현진과 고하라의 스캔들 기사를 작성해 올렸다.

한편 그 시각, 아유와 구현진은 미리 예약해 둔 장소에서 식사를 하고 있었다.

"여기 맛 어때요?"

"맛있네요."

구현진은 미국에서 먹는 정통 스테이크만 못하지만, 나름 괜찮은 맛이었다. 둘은 그렇게 말없이 칼질만 했고 참다못한 아유가 무엇이 그리 궁금한지 질문을 이어가기 시작했다.

"혼조, 그 사람이랑 호흡이 잘 맞나 봐요."

"네, 아주 잘 맞아요."

"그 사람 일본 사람이라면서요?"

"재일교포예요. 한국말도 잘해요."

"진짜요? 우와! 대단하다."

아유는 별거 아닌 것에도 리액션을 크게 해주었다. 그럴수록 구현진은 이야기할 맛이 났다. 그렇게 약 1시간가량의 저녁 식사가 끝이 났다.

아유는 다음 스케줄 때문에 나가봐야 했다. 그녀가 잔뜩 아쉬운 얼굴로 말했다.

"시간이 벌써 이렇게 되었네요."

"다음 스케줄 있다고 하셨죠?"

"네, 아쉽게도요."

"힘드시겠네요. 그렇다고 저번처럼 아무 곳에서나 자면 안 돼요."

"이젠 안 그래요."

아유가 살짝 투정 부리듯 말했다.

"그럼 됐어요."

구현진이 자리에서 일어나려고 하자, 아유가 갑자기 구현진의 팔을 붙들었다.

"우, 우리 사진 찍어요!"

"네?"

"이렇게 다시 만난 것도 인연인데, 사진 한번 찍어요."

"그거야 어렵지 않지만…… 괜찮겠어요?"

"그럼요! 제 핸드폰에만 간직할 건데요."

아유의 부탁에 구현진은 함께 사진을 찍었다. 서로 사인도 해주었다. 그렇게 아유는 구현진과 헤어져, 미리 대기하고 있던 매니저 차에 올라탔다.

"밥은 맛있게 먹었어?"

"맛있게 먹었는데, 시간이 너무 짧아!"

"아쉬움을 간직해야 나중에 또 만났을 때 더 반가운 거야."

"알아."

아유가 별 감흥 없이 대답하고는 스마트폰에 저장된 사진을 보았다. 그 속에 구현진과 아유가 환한 미소를 짓고 있었다.

"이거 SNS에 올리고 싶은데……."

그 사진을 물끄러미 바라보던 아유가 아쉬운 소리를 했다. 아니, 몇 번이고 SNS에 올리고 싶었지만 그러지 못했다.

혹시나 모를 스캔들 기사가 뜨면 자신은 물론 구현진에게도 마이너스 요인이 될 수도 있었다. 그런데 갑자기 실시간 속보가 떴다.

"응? 이게 뭐지?"

"왜? 무슨 일 있어?"

매니저의 물음에도 아유는 말없이 스마트폰을 뚫어지라 응시했다. 그곳에는 구현진과 고하라의 스캔들 기사가 떠 있었다.

"어? 이 모습은 난데…… 왜? 고하라? 구현진 선수는 나랑 밥 먹었는데?"

아유는 갑자기 서운한 표정을 지었다. 조금 전까지 구현진과 함께 있던 사람은 바로 자신이었다. 그런데 왜 고하라와 스캔들 기사가 떴고, 밥을 먹었다고 하는지 이해할 수가 없었다.

"왜, 고하라냐고!"

아유가 소리를 질렀다.

그러자 매니저가 모르는 척 물었다.

"고하라라니 무슨 소리야?"

"이것 좀 봐!"

아유가 내민 그곳에는 구현진과 고하라의 스캔들 기사가 버젓이 올라와 있었다. 그것을 본 매니저가 피식 웃었다.

"역시, 임 기자. 빨리도 올리네."

"방금 뭐라고 했어요?"

"나? 아무 말 안 했는데?"

그때 마침 작가에게서 전화가 왔다.

"아, 김 작가님. 예, 예. 지금 가고 있어요."

아유는 다시 스캔들 기사를 보며 한숨을 내쉬었다.

"하아, 말도 안 돼!"

한편 구현진은 박동희와 함께 호텔로 돌아가던 중이었다. 그때 갑자기 아버지에게서 전화가 왔다.

"이 시간에 아버지가 무슨 일이지?"

구현진이 곧바로 전화를 받았다.

"네, 아버지. 잘 지내고 계시죠?"

구현진이 환한 목소리로 물었다. 그런데 들려오는 대답은 아버지의 호통이었다.

-야, 이놈의 시끼야. 지금 당장 부산으로 내려온나!

"네? 갑자기 무슨 말씀이세요?"

-잔말 말고 부산 내려오라꼬!

"아, 안 돼요. 아버지. 저 내일 광고 촬영 있어요."

-니 지금 장난하나. 조금 전에 동희하고 얘기 다 했는데. 내려올래, 아니면 내가 갈까? 아이다, 지금 표 끊으러 갈꾸마. 그람 되겠제?

"아, 아니요. 제가 내려가요. 당장 내려갈게요."

-퍼뜩 온나!

아버지는 그렇게 말을 하고는 냉큼 전화를 끊었다.

"미치겠네. 아버지가 갑자기 왜 그러지?"

"왜, 아버지가 내려오라고 해?"

"그러네요."

"이참에 다녀와. 어차피 부산 가려고 했잖아. 광고 스케줄은 조정할 테니까. 내려갔다가 좀 쉬고 올라오면 되지."

"알았어요."

"가자, 내가 데려다줄게."

"고마워요."

구현진은 박동희와 함께 움직였다. 그런데 부산으로 내려가는 내내 박동희의 스마트폰에 불이 났다.

"네? 아니에요, 오보입니다. 절대 아닙니다. 만난 적도 없어요."

전화를 끊으면 또 다른 전화가 왔다. 구현진 역시 스마트폰을 통해 스캔들 기사를 확인하고 있었다.

"고하라? 고하라가 누구지? 만난 적도 없는데 왜 스캔들이 나지? 그보다 이 사진은 아유인데?"

구현진은 첫 스캔들 기사에 어리둥절하면서도 왠지 재미있었다.

"내, 살다 살다 여자 연예인하고 스캔들 기사까지 나고 오래 살고 볼 일이네."

구현진은 중얼거리면서 댓글들을 하나하나 보았다.

└고하라랑 어울린다.

└역시 남자는 능력 있고 봐야 해.

└무슨 소리야? 돈이 많아야 함. 보나 마나 구현진 광고 제의 엄청 받았을걸? 연봉까지 더하면 어마어마할 듯.

└운동선수니까 힘이 좋았겠지. 후후!

└그 말에 나도 공감!

└또 하나의 커플 탄생인가?

이런저런 댓글들을 보며 구현진도 흐뭇한 표정을 지었다. 그러다가 박동희를 보며 말했다.

"형! 진짜 고하라랑 만나보면 어떨까요?"

"현진아, 형이 항상 얘기하지만 여자는, 아니, 와이프는 헌신적으로 내조를 잘해야 해. 이건 아닌 것 같아. 고하라는 너무 화려하지 않냐? 좀 안 맞는 것 같아."

"그렇죠? 아유라면 모를까?"

"아유? 귀엽긴 한데……. 야, 나이도 어린 녀석이 벌써부터……. 시끄럽고, 운동이나 열심히 해."

박동희가 눈을 부라리며 소리쳤다.

"갑자기 왜 화를 내요."

"내가 언제 화를 냈어. 쓸데없는 소리 할 거면 그냥 잠이나 자!"

"알았어요."

구현진은 투덜거리며 눈을 감았다.

박동희는 인상을 찡그리며 작게 중얼거렸다.

"나도 없는데……."

그렇다. 박동희는 30대 후반의 나이에 연애도 제대로 못 해본 모태솔로였던 것이다.

약 5시간이 흐른 후 구현진은 부산 집에 도착했다. 현관문을 열고 들어가자, 아버지가 거실에 나와 있었다.

"아버지, 저 왔어요."

구현진의 인사에 아버지는 다짜고짜 성질부터 냈다.

"야, 이놈이 하라는 야구는 안 하고, 지금 뭐 하는 기고!"

"아, 아버지……."

구현진은 집에 들어가자마자 아버지로부터 잔소리를 들어야 했다. 그리고 구현진의 스캔들 뉴스를 본 또 한 명의 여자가 있었다.

일본 도쿄.

혼조는 오랜만에 집에 와서 편안하게 휴식을 취하고 있었다. 그런데 아카네가 모니터를 열심히 보고 있었다.

"오빠, 이게 뭐야?"

아카네의 말에 혼조가 모니터를 바라보았다. 그곳에 구현진의 스캔들 기사가 떠 있었다.

"어? 이거 스캔들 기사네."

"응? 현진 오빠, 여자 있었어?"

아카네의 표정이 순간 굳어졌다.

그러자 혼조가 곧바로 나섰다.

"가만히 있어 봐. 내가 확인해 볼게."

혼조가 뉴스 기사를 찬찬히 확인했다. 잠깐의 시간이 지난 후 혼조가 미소를 지었다.

"어, 이거 아니야."

"아니야?"

"그래. 현진이는 아는 연예인 없어."

"그렇지?"

"걱정하지 마. 아니니까."

"그럼 다행이고. 그보다 큰일이네. 벌써부터 스캔들이 터지고."

아카네의 걱정스러운 말에 혼조가 잠시 생각하더니 곧바로 구현진에게 곧바로 전화를 했다.

-오오, 혼조! 전화 잘했다!

"왜? 뭔 일이야?"

-말도 마라. 지금 나⋯⋯.

혼조는 굳이 듣지 않아도 구현진이 지금 스캔들 때문에 곤욕을 치르고 있다는 것을 알 것 같았다.

"현진아, 아니지?"

-뭐가 말이야?

"스캔들 말이야."

-헐, 벌써 거기까지 소문이 났어? 빠르다, 빨라!

"그것보다 진짜 고하라랑 만나냐?"

-야! 나도 고하라 얼굴 좀 봤으면 좋겠다.

"그렇지? 아니지? 네가 만날 일이 없지."

-뭐야? 그 말의 뜻은?

"아니면 됐다! 그런데 무슨 일 있냐?"

-아니야. 아무튼 전화 잘했다. 너 덕분에 숨 좀 돌린다.

구현진은 아버지의 잔소리에서 벗어난 것이 다행이었다.

"뭔 소리야?"

-조금 전까지 아버지에게 시달렸거든. 아니라고, 오보라고 해도 자꾸 못살게 구시네.

"후후, 알았다. 아무튼 잘 지내고. 시간 나면 한번 놀러 와."

-알았어. 들어가!

혼조가 전화를 끊었다. 혼조 옆에서 눈을 반짝이는 아카네가 있었다.

"아무 사이도 아니래. 오보래. 현진이는 저 여자 알지도 못한대."

"정말? 정말이지?"

"그래!"

"오빠는 잘 지낸대?"

"잘 지낸다네."

"다행이다."

아카네는 수줍게 혼잣말을 하고는 밖으로 나갔다. 그 모습을 지켜보던 혼조는 낮게 한숨을 내쉬었다.

"하아…… 앞으로가 걱정이네."

한편 구현진은 혼조와의 전화 통화를 마치고 다시 거실로 나갔다. 아버지는 또 기다렸다는 듯이 잔소리를 늘어놓았다.

"이놈의 자식이 아이돌이나 만나고 다니고 지금 열심히 해야 다음 시즌에 더 잘할 거 아냐!"

"아니라고, 오보라고요. 몇 번을 말해야 돼요."

"마, 봐라! 이 기사는 뭐꼬? 자고로 아니 땐 굴뚝엔 연기가 안 난다! 니가 뭔 짓거리를 했으니까, 이런 기사가 뜨제. 딱 봐라, 이 사진 니네. 아무리 아부지가 눈이 어두워도 아들 하나 못 알아보겠나."

"그 사진은 제가 맞는데, 그 옆에 있는 여자는 고하라가 아니라고요."

"그럼 누군데?"

아버지의 물음에 구현진은 쉽게 답을 못 했다.

"아무튼 아니에요! 고하라는 만난 적도 없다구요!"

구현진이 소리를 빽 질렀다.

그러자 아버지가 나직이 말했다.

"니, 아부지 말 단디 들어라. 올해 반짝해서 끝나는 거 아니다. 내년에 잘해야 인정받는 기다. 올해 잘해봐야 아무 소용없다고. 알았나!"

"알고 있어요."

괜히 밥 한 번 잘못 먹었다가, 스캔들이 터지고, 이래저래 시달렸다. 그렇다고 계속 아버지의 잔소리를 듣고 있을 수도 없었다.

"아버지."

"와?"

"요즘 김 여사님하고는 잘 지내고 있어요?"

"어, 어험! 갑자기 김 여사 얘기는 와 꺼내노."

아버지는 갑작스러운 말에 헛기침을 내뱉었다. 구현진은 이참에 아버지 일부터 매듭 짓고 싶었다.

"그러지 마시고 김 여사님하고 결혼하시는 건 어때요?"

"인마가 지금 뭔 소리를 하는 기고? 쓸데없는 소리 하지 마라!"

"왜 쓸데없는 소리예요. 이 정도면 결혼하셔도 되죠. 계속해서 혼자 계실 거예요?"

"혼자 있을 기다."

때마침 현관문이 열리며 김 여사가 나타났다.

"현진아, 현진이 왔나?"

구현진은 김 여사의 등장에 얼굴이 환해졌다.

"어서 오세요, 아주머니."

구현진이 김 여사를 반갑게 맞이했다.

하지만 아버지는 퉁명스럽게 말했다.

"아, 거참 왜 왔는교?"

"현진이 왔다고 해서 갈비찜 해왔어요."

김 여사 손에는 한 솥 가득 갈비찜이 있었다.

그것을 본 구현진이 놀란 눈으로 갈비찜을 받았다.

"헉! 진짜 많이 하셨네요. 역시 절 생각해 주는 사람은 아주머니밖에 없네요."

"호호호, 맞나! 마이 묵으라이!"

"네."

김 여사는 부엌으로 가서 가스레인지에 갈비찜을 올렸다.

"그라지 말고 지금 배고프제? 후딱 차려줄 테니까. 밥 묵자!"

"저야 좋죠. 아주머니 최고!"

"오야, 좀만 기다려라."

구현진은 아버지 눈치를 슬쩍 살피고는 김 여사에게 갔다.

"아주머니."

"와?"

"전 아주머니가 새엄마가 되었으면 좋겠어요."

"가, 갑자기 무슨 말이고. 뜬끔없구로."

김 여사는 수줍은 듯 얼굴이 붉어졌다.

"아니, 그러지 마시고. 이참에 아버지랑 합치세요."

"지, 진짜로?"

"그럼요."

구현진의 말에 김 여사도 힘을 내며 말했다.

"현진아! 나도 네가 내 아들이었으면 좋겠다."

김 여사는 울먹이며 구현진을 안았다. 그 모습을 지켜보던 아버지가 길길이 날뛰었다.

"지, 지금 뭐 하는 기고? 퍼뜩 안 나가나! 가라고!"

"와요? 우리 현진이가 있으라고 하는데. 현진이 이거 한번 묵어라."

"네, 아주머니."

구현진은 김 여사가 건네는 갈비찜 하나를 아주 맛나게 먹었다. 아버지는 콧김을 씩씩 뿜어내며 등을 돌려 버렸다.

"점마, 저거 진짜……. 니 내년에 성적 개판이기만 해봐라. 가만 안 둘 거다. 당장 미국으로 쫓아가 혼구녕을 내줄 테니까."

"걱정 마세요. 잘할 테니까."

구현진은 김 여사하고 쿵 짝을 맞추며 아버지를 놀렸다. 아버지는 호통을 치며 강하게 거부했지만, 슬그머니 피어나는 미소를 숨길 수는 없었다.

구현진은 오랜만에 모교를 찾았다.

모교 후배들이 한창 운동을 하고 있었다. 구현진의 등장에 후배들이 일제히 환호성을 지르며 반겨주었다.

"선배님! 선배님!"

"그래, 반갑다."

김명환 감독도 구현진을 보고 반갑게 맞이해 주었다.

"이야, 구현진! 니, 끝장나게 잘 던지더라."

"다, 감독님 덕분입니다."

구현진은 김명환 감독과 몇 가지 얘기를 나누고 후배들이 운동하는 모습을 지켜보았다. 그러다가 김명환 감독이 슬쩍 얘기를 꺼냈다.

"현진아."

"네, 감독님."

"그라지 말고 후배들에게 뭐 좀 가르쳐 주지?"

"에이, 제가 뭘 안다고 가르쳐 줘요."

구현진은 부끄러운지 슬쩍 뺐다.

"현역 메이저리거가 직접 알려주는데, 후배들이 얼마나 기뻐하겠노. 조금만 알려주라."

"선배님, 알려주세요."

가만히 듣고 있던 후배들까지 나서자 구현진을 어쩔 수 없었다. 게다가 옛날 자신도 유현진 선배에게 도움을 받은 걸 생각하니 거절할 수 없었다.

"알겠습니다."

"와아아아아! 구현진 선배가 가르쳐 준단다."

그 말이 나오자 후배들이 일제히 구현진에게 모여들었다. 구현진은 잠시 공을 잡았다. 메이저리그 공과 달리 거친 표면이 느껴졌다.

그리고 옛 추억도 떠올랐다. 구현진은 입가에 미소가 살짝 번졌다.

"자, 이건 내가 여기에서도 메이저리그에 가서도 한 번도 빼먹지 않고 하는 운동이야. 자고로 운동선수는 하체가 튼튼해야 해."

구현진은 후배들 앞에서 자신의 노하우를 알려주었다.

우선 5m 간격을 두고 양쪽에 선을 그었다. 한쪽 선에다가 야구공 5개를 두고 섰다.

"자, 잘 들어. 여기 5개의 공을 하나씩 빠른 시간에 반대편으로 옮겨야 해. 그리고 다시 원위치에 놓는다. 여기서 일등하는 친구에게 내가 쓰는 글러브 하나 준다."

"와아아아아!"

그야말로 후배들의 전투력이 배가 되었다.

우선 구현진이 먼저 시범을 보여주고, 처음으로 주장이 나왔다. 주장은 숨을 헐떡이며 시도한 끝에 32초를 기록했다. 다음 후배가 나섰다. 33초, 31초, 이렇게 기록을 했다.

결국 31초를 기록한 후배에게 구현진의 사인 글러브가 전달되었다.

이어서 구현진은 투구 방법을 알려주기 시작했다.

"자, 잘 들어. 포심은 똑바르게 날아가는 거야."

구현진이 가볍게 던진 공이 포수에게 날아갔다.

퍼억!

공을 받은 포수는 얼떨떨한 얼굴이 되었고, 그걸 지켜보던 후배들은 눈을 동그랗게 떴다.

"우와! 빠르다."

"와, 메이저리거 공은 원래 저리 빠르나?"

"뭐 저리 빠르지? 저거 보이긴 하나?"

구현진은 살살 던졌는데도 놀라는 후배들을 보자 괜스레 뿌듯해졌다. 자신의 동작 하나하나에 반응하고 집중하는 모교 후배들이 귀여워 보였다.

후배들로서는 메이저리거 구현진을 보는 것 자체가 꿈만 같이 느껴졌다.

"자, 직구는 이렇고 다음엔 변화구를 던져볼게."

구현진은 몸소 투구하며 공의 변화를 보여주었다.

처음 던진 포심은 그대로 날아갔지만, 두 번째 공은 처음부터 변화하면서 날아갔다. 구현진이 말하고 싶었던 포인트가 여기 있었다.

"잘 봤지. 직구 다음에 변화구. 누가 봐도 변화구가 날아온다는 것을 알겠지? 그럼 타자들의 반응은?"

구현진의 물음에 후배들이 일제히 답했다.

"변화구에 대처해서 때릴 수 있습니다."

"그래! 바로 그거야. 하지만 내가 두 번째로 던지는 공을 잘 봐!"

구현진이 또다시 시범을 보였다. 그런데 공이 직구처럼 쭉 날아가다가 홈 플레이트 앞에서 변화가 되었다.

"우와!"

"오오!"

후배들이 박수를 치며 놀라고 있었다.

"잘 봤지? 변화구의 궤적은 직구의 궤도와 거의 흡사하게 날아가야 해. 그러다가 약 4/5지점에서 변화가 일어나야 타자들이 속는 거야."

"예!"

구현진은 후배들이 정말 알기 쉽게 몸으로 직접 설명해 주었다.

"자, 봐. 이제 커브를 던져볼게. 똑바로 떨어질 거야."

구현진은 커브 그립을 잡고 가볍게 던졌다. 직구 궤적으로 날아가던 공이 홈 플레이트 앞에서 뚝 하고 떨어졌다.

"여기서 가장 중요한 것은 회전이야. 알겠지?"

"넵!"

투수 후보들은 눈을 반짝이며 구현진의 투구에 집중했다.

모두 놀란 얼굴로 구현진의 명품 투구를 지켜보았다.

"자, 다음은 체인지업! 나의 주무기라고도 할 수 있지."

구현진이 체인지업 그립을 잡고 가볍게 던졌다.

"체인지업은 그립과 힘 조절로 공의 속도를 줄여 스윙 타이밍을 뺏는 구종이야. 메이저리그에서도 잘 통하는 공이니까, 미리 자기 것으로 만들어놓으면 좋겠지?"

공이 날아가다가 뚝 떨어졌다. 구현진의 설명은 계속 이어졌다.

"자, 체인지업은 직구와 같은 스윙으로 던져야 해. 다만 팔 스윙을 조금 빨리 돌리면 돼."

"네!"

구현진은 몇 가지 더 가르쳐 주고 훈련을 끝마쳤다.

"자, 오늘 내가 알려준 게 정확한 것은 아니야. 맞는 것도 있지만, 무엇보다 자기 스스로에게 맞는 구종을 선택하는 것도 중요해. 그러니까 꾸준히 연습하고 자기 것으로 만들어. 알겠지?"

"네, 선배님!"

"좋아. 오늘은 여기까지!"

구현진의 연습이 끝나고 후배들은 아낌없는 박수를 보내주었다.

김명환 감독이 구현진에게 다가갔다.

"고생했다, 현진아."

"아니에요. 저도 오랜만에 후배들하고 대화하니 좋네요."

"그럼 오늘 회식 한번 쏘나?"

"회, 회식요?"

"그래! 저렇게 눈이 초롱초롱한 후배들이 널 기다리고 있잖아."

구현진이 후배들을 쭉 바라보았다. 약 30여 명이 줄지어 구현진을 바라보고 있었다. 운동선수인 만큼 덩치들도 장난 아니었다.

"자, 잠깐만요."

구현진은 당황하며 머릿속으로 대충 계산해 보았다.

김명환 감독이 망설이는 구현진의 모습에 약간 실망했다는 듯 말했다.

"뭐야? 후배들에게 밥 사주기 싫다는 거야?"

"그, 그런 게 아니잖아요."

구현진은 많이 당황한 모습을 보였다.

"너 이번에 광고 많이 찍었다며!"

"그거 아버지가 거의 다 가져갔는데요."

"그래서 뭐? 아버지가 한 푼도 안 줬다고? 그 정도는 아닐 거 아냐."

"그건 그렇지만…… 비상금으로 조금 챙겨 받은 게 단데……"

"이야, 구현진 미국 가더니 쪼잔해졌네. 많이 치사해졌어. 선배가 돼가지고, 후배들 밥 한 번을 안 사주네."

김명환 감독의 말에 후배들은 잔뜩 실망한 표정이 되었다.

이에 구현진이 눈을 찔끔 감으며 소리쳤다.

"알았어요. 가요, 가!"

그 순간 후배들이 환호하며 일어섰다.

"와아아아! 선배님 최고!"

"역시 메이저리그 선배님은 달라도 달라! 그치?"

"그럼 메. 이. 저. 리. 그. 특. 급 투수이신데. 난 구현진 선배님이 최고라고 생각해!"

"나도!"

후배들은 너도나도 할 것 없이 구현진을 치켜세웠다.

하지만 구현진의 웃음은 어딘지 모르게 어색했다.

일행은 그 길로 곧바로 고깃집으로 이동했다.

약 30여 명의 선수와 김명환 감독, 코치들은 미리 예약해 둔 고기집에 들어가 하나둘 자리를 채워 나가기 시작했다.

김명환 감독이 자리에서 일어나 말했다.

"자! 오늘은 여기 있는 너희 선배! 메이저리그 투수가 사주는 거니까, 마음껏 먹어라. 알겠나!"

"네!"

후배들이 힘차게 대답했다. 그 순간 고깃집 불판 위로 붉은 피를 띠는 고기가 하나둘 올라갔다. 그 고기는 순식간에 익었고, 모두 선수들 입으로 직행했다.

그리고 잠시 후 후배들의 고기 추가 소리가 들려왔다.

"이모, 여기 고기 추가요!"

"여기도요!"

"여기도 주이소!"

넓은 방은 그야말로 연기로 자욱했다.

구현진은 약 1시간 반가량 고기를 먹으니 얼추 배가 부른 듯했다. 선수들도 하나 둘 젓가락을 놓고 있었다. 김명환 감독도 자리에서 일어났다.

"너희 다 먹었냐?"

"네!"

"그럼 선배에게 잘 먹었다고 인사해야지."

김명환 감독의 말에 구현진이 쑥스러운지 고개를 숙였다.

"감독님, 안 그래도 돼요."

그것도 잠시 후배들이 일제히 구현진을 향해 소리쳤다.

"선배님! 감사히 잘 먹었습니다!"

"그, 그래."

구현진은 부끄러운지 황급히 자리에서 일어나 계산대로 향했다.

"이모, 얼마예요?"

"잠깐만요."

주인 아주머니가 고기 주문량을 보더니 이내 화들짝 놀랐다.

"어머나! 이거 우야꼬!"

"왜요?"

구현진이 조심스럽게 물었다.

그러자 주인 아주머니가 미안한 얼굴로 말했다.

"고기가 160인분이 나갔네."

"네에?"

구현진이 어색한 미소를 지으며 카드를 주었다.

"괜찮아요. 계산해 주세요."

주인 아주머니는 카드를 받고 곧바로 계산을 했다. 결제된 금액은 고기 160인분에 밥, 음료수 등을 포함해 약 200만 원 정도였다.

그때 주인 아주머니의 목소리가 들려왔다.

"어떻게…… 몇 개월로 할까에?"

"일시불로 해주세요."

"일시불예? 알겠어요."

구현진은 호쾌하게 일시불로 결제했다. 계산을 마친 구현진은 다시 한번 영수증을 확인하고는 작게 한숨을 내쉬었다.

"하아……."

구현진은 계산서를 보며 '이거 실화냐?'라고 소리치고 싶었다. 하지만 후배들에게 배불리 먹였다는 생각에 마음만은 뿌듯했다.

　그때였다. 아버지에게서 곧바로 전화가 왔다.

　"네 아버지!"

　-니 이게 뭐꼬? 무슨 고깃집에서 200만 원이 넘게 나왔노?

　"아버지, 저 야구부 왔는데요."

　-그런데?

　"얘들 회식 한 번 쐈는데요."

　-아, 그래? 그럼 뭐……. 선배가 되어가지고 함 쏴야지. 잘했다. 더 쏴도 된다.

　"진짜요?"

　-그래, 그런 걸로 쪼잔하게 굴면 안 된다. 괜찮다.

　하지만 수화기 너머 들리는 아버지의 음성은 무척이나 떨리고 있었다.

　"그런데 아버지 목소리가 별로 안 좋은데요."

　-아이다. 고마 됐다. 들어가라.

　아버지가 서둘러 전화를 끊었다.

　김명환 감독이 나오며 구현진을 불렀다.

　"현진아, 많이 나왔제?"

　"아뇨."

구현진은 서둘러 영수증을 숨겼다.

"안다, 저놈들이 좀 많이 먹나! 그래도 오늘 회식한 걸로 저 녀석들은 평생 널 기억할 거다."

"후후, 그럼 다행이고요. 그보다 감독님."

"왜?"

"저도 현진이 형처럼 감독님께 고민 상담 해도 돼요?"

"너까지? 아이고, 정중히 거절한다. 왜 자꾸 나한테 상담을 받으려고 그래?"

"글쎄요? 그냥 상담받고 싶네요."

"됐다! 이렇게만 하면 충분하다. 가끔 와서 후배들에게 회식 함 해주고 그러면 된다. 안 하는 게 좋은 거지. 그것까지 현진이 따라 하려고 해. 그런 것 필요 없이 알아서 잘해야지. 알았지?"

"네, 알겠어요."

"그래, 가자!"

"네."

다음 날 구현진은 장만호하고도 만남을 가졌다. 하지만 별다른 얘기는 하지 않고, 곧바로 실내 야구장으로 향했다. 오늘 그곳에서 구대승 선배와 만나기로 약속했기 때문이다.

"야, 니 뭐꼬? 보자마자 실내 야구장이가?"

장만호가 투덜거렸지만, 구현진은 깨끗이 무시했다.

"잔말 말고 따라와."

실내 야구장에 도착하니, 의자에 앉아 있는 구대승을 볼 수 있었다.

"선배님, 오랜만입니다."

"어, 그래. 어서 와. 만호도 오랜만이다."

"네, 선배님."

장만호도 구대승에게 깍듯이 인사했다.

구대승은 구현진을 보자마자 핀잔을 주었다.

"야, 인마. 뭐가 그리 좋다고 만날 연락이냐. 좀 놀러도 다니고 그러지, 난 왜 자꾸 찾아? 이젠 나도 좀 쉬면 안 되냐?"

"아이, 왜 그러세요. 이맘때면 항상 뵀었잖아요."

"언제? 난 본 기억이 없는데?"

"……그것보다 이번 시즌, 저 어땠어요?"

"뭐, 잘하더만. 그 정도면 충분해."

"그런데 전 자꾸 뭐가 부족하다는 느낌이 들죠?"

"그래서 뭐 어쩌라고?"

"선배님 커터를 알려주세요."

"하 참, 요놈 보게. 그걸 왜 자꾸 나한테 알려달라고 해."

"전 구대승 선배님께 꼭 가르침을 받고 싶습니다. 그리고 선배님! 선배님이나 저나 같은 구 씨 집안 사람 아닙니까?"

구현진은 집안까지 들먹이며 애교를 부렸다.

구대승은 어쩔 수 없이 고개를 끄덕였다.

"일단 알려주기는 하겠는데, 그냥 알고만 있어. 지금은 네가 가진 구종을 다듬는 것에 집중할 때야. 그 구종을 완벽하게 구사하고 나서 커터에 집중해."

"네, 알겠어요. 그래도 또 어떻게 될지 모르니까, 일단 배워 둘게요."

"알았다."

구대승은 커터 잡는 것과 던지는 방법을 알려주었다. 다른 구종과 달리 배우기는 쉬웠다.

"잘했어. 그렇게 던지면 돼. 만호야."

"예, 선배님."

"받아본 느낌은 어때?"

"괜찮긴 한데 곧바로 실전에 써먹을 수는 없겠는데요."

"그래, 잘 봤다!"

구대승은 곧바로 구현진을 바라보았다.

"잘 들었지? 절대 바로 써먹을 생각하지 마. 그냥 알고만 있는 거야."

"알겠어요. 감사합니다, 선배님."

구현진은 구대승과의 짧은 만남을 뒤로하고 장만호와 가까운 고깃집으로 향했다.

"요즘 어때?"

구현진이 물었다.

그러자 장만호가 히죽 웃었다.

"너만큼은 아니지만, 나도 나름 잘하고 있어."

"다행이네. 순정이는?"

"순정이? 잘 있다!"

"같이 오지."

"치아라 마. 같이 와서 뭐 하게? 쓸데없는 소리 말고 술이나 마시자."

"왜 그래? 무슨 일 있나?"

"읎다."

구현진은 장만호의 눈치를 살살 살피더니 말했다.

"얼굴은 아닌데? 솔직히 말해봐라."

장만호가 잠시 뜸을 들이더니 입을 열었다.

"그냥 좀 집착이 심해졌다고 해야 하나? 한시도 안 떨어질라고 해서 좀 그렇다."

"그런데 오늘은 어떻게……."

"너 만난다고 했제."

"나 만난다고 하니까 순순히 보내주더나."

"그니까 참 이상하지? 너 만난다고 하니까 아무 소리 안 하네. 참 신기하네."

장만호가 고개를 갸웃했다.

"어쨌든 잘 지내라."

"잘 지낸다! 걱정 마라."

"알았다. 자, 마셔라."

"오야."

그렇게 구현진은 장만호와도 짧은 만남을 가졌다.

그다음 날 구현진은 마지막으로 광고 촬영을 마치고, 보름 간의 휴식 후 다시 미국행 비행기에 몸을 실었다.

2.

[FA가 된 유현진, 여러 팀에서 러브콜을 받다.]

[유현진 그의 최종 목적지는 바로 구현진이 있는 에인절스!]

[유현진 에인절스와 3+1년 총액 5천만 달러에 계약!]

[구현진과 유현진 불편한 동거 시작!]

[구현진, 스승인 유현진과 한 팀!]

각종 기사가 2019년을 밝혔다. 그리고 얼마 후 에인절스에서 유현진이 입단식을 가졌다.

유현진은 2번째 FA를 통해 에인절스에 입단해 구현진과 한

솥밥을 먹게 되었다. 입단식은 비교적 짧게 치러졌고 유현진은 식장에서 시즌 두 자리 승수와 2점대 평균자책점을 목표로 하는 포부를 드러냈다.

"현진이가 긴장 좀 해야 할 겁니다. 프로의 냉정함을 톡톡히 느끼게 해주려 합니다. 아무래도 제가 현진이보다 형인데, 선배로서 모범을 보여야 하지 않겠습니까. 당연히 앞선 선발로 나설 생각입니다. 현진이보다 뒤에서 던질 생각은 추호도 없습니다."

유현진은 당당하게 포부를 밝혔다.

하지만 각종 언론은 유현진을 3선발로 보고 있었다. 구현진과 유스메이로 페페가 1, 2선발로 다툴 것이라 예상했다.

그렇게 2019년 메이저리그 스프링캠프가 시작되었다.

스프링캠프는 3월 1일 필리스와 양키스의 시범 경기를 시작으로 4월 2일 개막일에 맞춰 4월 1일까지 진행된다.

메이저리그 스프링캠프가 특히 주목받는 이유는 각 팀의 정규시즌 25인 로스터를 결정하는 중요한 자리이기 때문이었다.

스프링캠프에는 40인에 포함되는 선수 외에도 초청 선수까지 참가해 평가를 받는 기간이었다.

40인 로스터에 들지 못하는 선수들에게는 팀의 부름을 받기 위한 운명의 시기이기도 했다. 25인 로스터에 들어간다는 것은 메이저리그 팀의 1군 선수가 되는 것을 의미하기에 그만큼 중요했다.

구현진, 유현진 같이 이미 메이저리그에서 인정받은 선수는 크게 걱정하지 않아도 되었으나, 정말 여러 선수가 필사적으로 노력하고 있었다.

에인절스는 스프링캠프 구장을 쓰는 화이트 삭스와 첫 공식 시범 경기를 치렀다.

에인절스는 구현진이 등판했다.

구현진은 2이닝 동안 피안타 1개와 1볼넷, 삼진 2개를 잡으며 무실점으로 좋은 스타트를 보여주었다.

이어서 캠 베드로시안, 데이비드 에르난데스, 브룩스 파운더스, 버드 노리스가 이어 던지면서 6 대 1로 화이트 삭스에 승리를 거두었다.

유현진 역시 구현진 못지않게 무실점 호투를 선보였다. 그러면서 점점 더 이닝과 투구 수를 늘려갔다.

31장

새 시즌

I.

시범 경기가 진행될수록 상황은 조금씩 달라졌다. 유현진이 다짐했던 대로 구현진과 유스메이로 페페의 경쟁 구도에 유현진까지 본격적으로 합류하면서 에인절스의 선발 양상 구도는 3파전이 되었다.

그런 와중에 구현진은 뛰어난 성적을 이어나갔다. 단순히 잘 던지는 수준이 아니라 두 경쟁자보다 나았다.

그에 자극을 받은 유스메이로 페페 역시 최선을 다했고 그의 노력도 성적으로 이어졌다.

이럴수록 마이크 오노 감독과 코칭스태프들은 행복한 고민에 빠졌다. 피터 레이놀 단장도 유현진의 합류로 더욱 탄탄한 선발진을 구축할 수 있었다.

이제 불펜만 강화하면 되기에 머리를 굴리고 있었다.

그러는 사이 구현진의 5번째 시범 경기가 시작되었다.

그전까지 구현진은 점점 투구 수를 늘리고, 이닝 수도 늘렸다. 마이크 오노 감독은 오늘 구현진을 제한 투구 수 90개, 최대 6이닝까지 던지게 할 생각이었다.

구현진은 마이크 오노 감독에게 해당 내용을 전달받고 6회까지 전력으로 던지려고 마음을 먹었다.

-오늘 에인절스의 시범 경기 상대 팀은 레드삭스입니다.

-구가 오늘 선발로 나섭니다. 마이크 오노 감독은 6이닝까지 던지게 하겠다고 했어요.

-그렇습니다. 지난 시범 경기에서도 4이닝 무실점 투구를 했어요. 아직까지는 3명의 경쟁자 중에 우위에 있습니다.

-자, 구현진 선수 레드삭스를 상대로 초구를 던집니다.

구현진은 레드삭스를 상대로 초반부터 강하게 압박을 가했다. 97mile/h(≒156.1㎞/h)의 구속으로 내·외각, 구석구석을 찔러 댔다.

그럴 때마다 타자들의 방망이는 헛돌았다.

구현진은 간단히 삼진을 잡아냈다.

-구의 포심 패스트볼이 상당히 날카로워요.

-작년보다 올해가 더 무브먼트가 심해요. 더군다나 커브의 날카로움이 더욱 좋아졌습니다.

-현재 구에게서는 2년 차의 징크스는 전혀 찾아볼 수가 없습니다. 더욱더 업그레이드되어 돌아온 구! 에인절스의 2019년도는 매우 밝습니다.

5회에 다시 오른 구현진은 4번 타자를 맞이했다. 첫 타석에서는 우익수 뜬 공으로 물러났던 무키 배트가 방망이를 꽉 쥐었다.

초구 사인을 받은 구현진이 힘껏 공을 던졌다. 몸쪽으로 깊숙하게 파고드는 포심 패스트볼이었다.

"볼!"

초구 볼을 던진 구현진은 2구째 다시 몸쪽을 노렸다. 그런데 공이 살짝 가운데로 몰렸다.

무키 배트가 놓치지 않고 과감하게 방망이를 돌렸다.

딱!

중견수 앞에 떨어지는 안타가 되었다.

구현진은 안타가 된 것을 보고 가볍게 고개를 끄덕였다.

"오케이, 맞을 수 있지."

구현진은 메이저리그 2년 차 때에 들어서 여유를 가지게 되었다. 작년까지만 해도 안타를 맞으면 조금 당황했다. 그래서 다음 타자를 상대하더라도 조급함이 있었다.

그런 불안함이 연속 안타로 이어지는 원인이 되곤 했다.

하지만 올해는 달랐다. 좀 더 성숙해진 구현진은 마운드를 내려가 혼조에게 말했다.

"내 실수야. 이번에는 공이 몰렸어."

"그, 그래……."

구현진의 여유에 혼조가 조금 의외라는 반응을 보였다. 공을 건네받은 구현진은 로진백을 쥐어 툭툭 건드렸다.

"타자가 잘 쳤어."

혼잣말을 중얼거린 후 5번 타자를 상대했다.

그 후 구현진은 별다른 위험 없이 삼진과 병살로 이닝을 종료시켰다. 마지막 6회까지 마운드를 지켜낸 구현진은 박수를 받으며 더그아웃으로 돌아갔다.

구현진은 레드삭스와의 5번째 시범 경기에서 6이닝 삼진 7개, 투구 수 87개를 기록했다.

그리고 다음 시범 경기에서도 포심을 구석구석으로 던지며 타자들을 요리했다. 상대 팀 감독은 그런 구현진의 투구에 고개를 절레절레 흔들었다.

삼진을 당한 타자들 역시 구현진의 투구에 질려 버리고 말왔다.

"완전히 괴물이 되었구먼, 괴물이 되었어!"

"내셔널 리그엔 커쇼가 있고, 아메리칸 리그엔 구라니. 뭐 어쩌자는 건지, 원. 양대 리그에 괴물들이 있어."

같은 팀 투수인 유스메이로 페페도 공식적으로 구현진을 인정하기 시작했다.

"구는 최고다! 우리 에인절스의 당당한 1선발이다."

그리고 에인절스는 빠르게 선발 로테이션을 정해갔다.

4월의 마지막 날.

시범 경기 막판에 에인절스는 2019년도 최종 선발진을 발표했다.

1선발 구현진

2선발 페페

3선발 유현진

4선발 JC 라미레즈

5선발 제시 차베스

그렇게 에인절스의 2019시즌이 시작되었다.

4월 3일 에인절스는 어슬레틱스를 상대로 홈 4연전을 하게 되었고, 구현진은 개막전 선발로 나섰다.

올해부터 선발 유격수로 출전하게 된 호세가 1회 초 1루 송구를 실책하면서 비자책 1실점. 7회 말, 솔로 피홈런을 얻어맞았으나, 그럼에도 불구하고 구현진은 7이닝 8K 무사사구 2피안타(1홈런) 2실점(1자책) 84구라는 좋은 내용의 투구를 펼쳤다.

타선도 폭발해 주면서 최종 스코어 14 대 3으로 무난하게 개막전을 승리로 장식했다.

시즌 성적 1승 0패 평균자책점 1.29 기록.

두 번째 선발 경기는 4월 9일 매리노스와 원정 3연전 2차전이었다.

마운드에 오른 구현진은 1회 말 로반스 카노를 상대로 커브를 던졌으나, 솔로 홈런을 허용하며 선제 실점을 했다.

그 이후 잘 막아가는 듯했으나, 결국 6회 말 놀슨 크루즈에게 홈런, 카노 시거에게 백투백 홈런을 맞았다.

구현진이 메이저리그 진출한 뒤 첫 백투백 홈런이었다.

결국 두 번째 선발 경기는 6이닝 6K 무사사구 8피안타(3홈런) 4실점, 총 투구 수 100구를 기록하였다.

타선마저 도움을 주지 못하고 침묵을 지키며 4 대 2로 구현진은 2019시즌 처음으로 패전 투수가 되었다.

사실 구현진의 오늘 컨디션은 그다지 좋아 보이지 않았다. 약간 감기 기운도 있는 것처럼 보였다. 제구도 제대로 잡히지 않았다.

특히 로반스 카노의 홈런 이후 커브 구사율을 확 낮추면서 패스트볼과 체인지업으로만 타자를 상대해야 했다.

구현진의 구위가 완전히 죽어버렸고, 6회에 홈런 2방을 더 맞고 패전의 구렁텅이로 빠져 버렸다.

시즌 성적 1승 1패, 평균자책점은 3.36으로 확 치솟았다.

처음으로 한 경기에 홈런 3방을 허용하고, 데뷔 첫 백투백 홈런도 허용하며 패한 경기라 여느 때보다 씁쓸한 경기였다.

3번째 등판은 4월 15일 로얄즈와의 홈 4연전 중 1차전이었다.

이 경기에서 구현진은 8.1이닝 8K 1볼넷 4피안타 1실점 100구의 피칭을 펼쳤다. 팀은 7 대 1로 대승을 거두었다.

원래 구현진은 8회 초가 끝날 때까지 총 87구를 던진 상태였다.

9회 완봉을 위해 등판했지만, 아쉽게 1사 1루에서 브래드 모스에게 중견수와 우익수 사이를 가로지르는 2루타를 허용했다.

1루에 있던 로란조 케인의 과감한 베이스 러닝으로 1점을 허용하고 말았다. 에인절스의 마이크 오노 감독은 홈에서의 아슬아슬한 승부에 대해서 챌린지를 요청했다.

하지만 챌린지를 통해서도 홈인이 번복되지 않았고, 구현진은 아쉬움을 숨기지 못한 표정으로 마운드를 내려와야만 했다.

중계진 역시 경기의 승패를 떠나 구현진의 완봉 여부에 포커스를 맞추고 경기를 지켜봤고, 완봉에 실패하자 다 같이 아쉬워했다.

시즌 성적은 2승 1패 평균자책점 2.53.

구현진의 4번째 등판은 4월 20일 매리노스전이었다. 지난 원정경기에서 구현진에게 데뷔 첫 백투백 홈런을 포함한 홈런 3방으로 쓰라린 패배를 안겨준 상대를 안방에서 맞이하며 설욕할 기회를 얻었다.

그리고 구현진은 홈 2연전 중 2차전에 선발로 등판, 7이닝 10K 1볼넷 5피안타 2실점 97구를 기록했다. 팀은 4 대 2로 승리를 거두며 시즌 3승을 거두었다.

완벽한 설욕전이었다.

시즌 성적 3승 1패 평균자책점 2.54.

구현진은 지난 경기 때의 후유증이 조금 남아 있었는지, 1회 초에 잠시 흔들렸다.

1번 제라드 다이슨에게 볼넷, 마치 해니거에게 안타, 로반스 카노에게 안타를 맞으며 무사 만루 위기를 맞이했다.

다행히 놀슨 크루즈의 희생플라이를 제외하고는 실점하지 않았다.

그리고 2회부터, 에인절스의 반격이 시작되었다.

2회 말 루이스 발부에나의 솔로 홈런이 터졌고, 5회 말 선두 타자 혼조의 2루타와 호세의 희생번트가 상대 투수 실책으로 연결되면서 무사 1, 3루의 상황이 만들어졌다. 이어 연속 적시타와 땅볼로 3점을 추가했다.

이후 구현진은 6회 초 카노 시거에게 적시타를 맞았지만, 7이닝을 막아줬다.

에인절스는 구현진 이후 나온 블레이크 파커와 버드 노리스가 나머지 이닝을 막아내며 승리했다.

4월의 5번째 선발 경기는 26일 블루제이스와의 원정 대결이었다. 구현진은 4연전 중 2차전에 등판, 7이닝 7K 1볼넷 6피안타 1실점 90구를 기록했다. 팀은 2 대 1로 승리를 거두며 시즌 4승째를 기록했다.

시즌 성적은 4승 1패 평균자책점 2.29.

구현진은 1회 말 선두 타자 카빈 필라의 투수 앞 땅볼에 엉덩이를 맞아 다소 불편함을 내비쳤다. 그러나 그 불편함을 참고 7이닝을 소화했다.

3회 말 무사 1, 3루 위기를 맞이했으나, 다행히 1실점으로 막았고, 4회 초 블루제이스가 실책을 범하는 행운이 따르며 2득점을 올린 것이 크게 작용했다.

구현진의 4월 성적은 총 5경기에 출전해 4승 1패 35.1이닝 39K 3BB ERA(평균자책점) 2.29, WHIP(출루허용율) 0.79를 기록했다.

4월의 성적을 놓고 보면 구현진은 어마어마한 경기력을 보여주고 있었다.

언론이나 각종 커뮤니티에서 에인절스의 괴물 투수 탄생이라며 구현진에 대한 말이 끊임없이 나왔다.

팬들 역시 구현진의 투구에 박수를 보내주고 있었다.

다른 팀들의 타자들 역시 구현진이 등판할 때면 바짝 긴장한 눈빛으로 변했다.

더 이상 구현진을 만만하게 보는 이는 한 명도 없었다. 각 팀의 전력분석가들도 구현진의 투구를 분석하며 허점을 찾기 시작했다.

그런 견제 때문일까. 구현진은 5월 첫 경기부터 4월의 상승세를 이어가지 못했다.

매리노스와의 홈 연전 중 1차전에 등판한 구현진은 6이닝 5K 무사사구 8피안타(2홈런) 4실점(3자책점) 104구로 아쉬운 모습을 보였다. 팀은 3 대 4로 패배하면서 시즌 2패째를 기록했다.

시즌 성적은 4승 2패 평균자책점 2.61.

매리노스는 유독 구현진에게 강한 면모를 보여주고 있었다. 천적 관계가 있다고 한다면 구현진의 천적은 아마도 매리노스일 것이다.

1회 초. 1사 1루 상황. 상대하기 까다로웠던 로반스 카노를 상대로 던진 체인지업이 가운데로 몰리면서 선제 투 런 홈런을 허용하고 말았다.

그나마 2회 말 호세가 적시타를 치며 동점을 만들어 만회했지만 3회 초, 놀슨 크루즈에게 솔로 홈런을 맞아버렸다.

5회 초. 마크 주니노에게 내야 안타를 맞았고, 구현진이 실책을 내면서 1사 2루를 허용. 이어서 나온 적시타로 구현진은 넉 점을 주고 말았다.

안타를 8개를 맞은 것도 아쉽지만, 2스트라이크의 유리한 카운트에서 타자를 이겨내지 못하고 맞은 안타가 무려 4개나 되었다.

이 경기는 구현진에 있어서 두고두고 아쉬운 경기로 남았다.

5월 7일, 구현진은 애스트로스와 원정 3연전 중 2차전에 등판하여 7.1이닝 9K 4볼넷 5피안타(1홈런) 1실점 118구를 기록했다. 팀이 10 대 2로 대승을 거두며 구현진은 시즌 5승째를 기록할 수 있었다.

시즌 성적은 5승 2패 2.40.

구현진은 첫 타자를 상대로 체인지업을 던졌다. 바깥쪽으로 살짝 낮게 던진 공을 혼조가 프레이밍으로 잡아 올렸다.

잠시 후 주심의 손이 올라갔다.

"스트라이크!"

타자는 화들짝 놀라며 곧바로 주심에게 항의했다.

"이게 스트라이크라고요? 낮았잖아요!"

"아니야. 낮은 스크라이크존에 걸쳤어."

주심의 단호한 말투에 타자는 더 이상 항의할 수 없었다. 더 이상 했다간 퇴장을 당할지도 모르기 때문이었다.

타자는 불만 가득한 얼굴로 다시 타석에 들어섰다.

"낮았는데……."

혼조 역시 코스가 낮다고 판단했다. 프레이밍을 하긴 했지만, 당연히 볼을 선언할 것으로 예상했다. 그런데 혼조의 예상과 달리 주심이 스트라이크를 선언했다.

아무래도 주심 역시 구현진을 팀의 에이스로 보고 스트라이크존을 후하게 줄 모양이었다.

혼조는 주심이 이렇게 나오면 리드하기가 쉬울 것이라 생각했다.

'후, 작년에는 잡아주지 않더니. 올해는 잡아주네. 그렇다면 마음껏 이용해 주지.'

혼조는 방금 그 코스를 이번 경기에 자주 이용했다. 그럴 때마다 주심은 스트라이크를 잡아주었다.

그 모습을 더그아웃에서 지켜보던 유현진이 폴짝폴짝 뛰었다.

"이야, 오늘 현진이 공 좋네. 저 봐, 저 봐! 어쩜 저렇게 내·외각에 팍팍 꽂히냐!"

유현진이 이닝을 마치고 들어온 구현진과 얘기를 나누고, 혼조와도 얘기를 했다. 급기야 공을 던지지 않을 때는 구현진에게 음료수 셔틀을 해주었다.

그럴 때마다 구현진은 부담스러워했다.

"형, 이런 짓 하지 마요. 엄청 부담스럽단 말이에요."

"에이, 우리 팀 에이스인데 이 정도는 해야지, 안 그러냐?"

"형이 자꾸 이러니까 한국에서 저보고 싸가지 없다고 그러잖아요."

"그러라고 하는 거야."

"형은 왜 날 쓰레기로 만들어요."

"너 쓰레기 맞아!"

"허어엉!"

"인마, 형 재끼고 현진이 되니까 좋아? 내가 인마 구(舊)현진이 되었어. 너 때문에 말이야. 네가 왜 신(新)현진이 되고, 내가 왜 구(舊)현진이 되어야 하는데?"

"그, 그건 제가 잘해서 그런 거잖아요."

"그래서 넌 쓰레기라는 거야."

"형!"

유현진은 긴장한 구현진을 놀리며 분위기를 부드럽게 만들어주었다. 이것이 바로 유현진의 장점이었다. 그러다가도 유현진은 구현진에게 충고하는 것을 잊지 않았다.

"그래도 현진아, 컨디션 좋을 때 조심해야 해. 타자들이 땅볼 타구를 잘 때리는 데다가 너에게 가는 타구가 많더만. 전에도 엉덩이에 공 맞고 힘들어했잖아. 그러니까 선불리 잡으려고 하지 말고 피할 생각해."

"에이, 형! 저 수비 잘해요. 걱정 마세요."

"그걸 몰라서 말하냐. 아무튼 조심하라고."

"괜찮다니까요."

구현진은 자신만만하게 말했다.

그러다가 유현진이 혀를 차며 말했다.

"그래, 너같이 깝치다가 큰코다치지."

어쨌든 구현진은 그다음 등판에도 승리를 챙겼다. 아메리칸 리그 승수 부분에서 선두에 올라서며 6승 2패 평균자책점 2.43을 기록했다.

5월 18일, 화이트 삭스와 원정 3차전에 등판한 구현진은 7이닝 5K 무사사구 3피안타 무실점 89구로 시즌 첫 무실점 경기를 했다.

팀이 상대 팀 투수를 6이닝 5실점으로 공략해 내는 데 성공하며 6 대 1 승리. 구현진의 시즌 7승째 경기였다.

시즌 성적 7승 2패 2.15.

이번 시즌 들어 리그 최정상의 성적을 내곤 있었지만, 몇몇 팬과 전문가들은 구현진의 상승세가 어디까지 이어질지에 대해서는 확신할 수 없었다.

그러나 그런 걱정을 불식시키듯, 구현진은 이어지는 경기에서 자신의 실력을 다시 한번 증명했다.

5월 24일 레이스와의 홈경기 1차전에 등판한 구현진은 피말리는 투수전을 펼쳤다. 이 경기에서 구현진은 9이닝 10K 무사사구 3피안타 1실점 104구로 완투했지만, 첫 노디시전 경기를 치렀다.

시즌 성적은 7승 2패 평균자책점 2.01.

오늘따라 주심의 스트라이크존이 넓었다. 우선 하단과 타자 바깥쪽 사이드의 후한 스트라이크존 덕분에 양 팀 선발투수들은 정말 쉽게 공을 던졌다.

반면 타자들은 죽을 쒔다. 타자들이 어이없어하며 주심에게 불평하는 장면들도 종종 나왔다. 그러나 양 팀 모두에게 똑같이 적용된 공정한 스트라이크존이라 크게 항의하는 장면은 없었다.

상대 투수 알렉스 론도 8이닝 10K 1볼넷 2피안타(1홈런) 1실점 123구로 구현진 못지않은 호투를 펼쳤지만, 승리 투수는 되지 못했다.

1회에 매니 트라웃이 홈런으로 선취점을 뽑아주고 구현진이 1 대 0 리드를 8회까지 잘 지켰다. 8회까지 96구를 던지며 10삼진을 쌓았고, 2안타밖에 내주지 않아 무난히 승리를 예상했다.

그런데 9회에 레이스의 콜든 라스무스가 안타로 출루, 스티브 모지의 내야 땅볼로 2루까지 진루했다.

정확히 100구째 되는 공이 갑자기 폭투가 되면서 2루에 있던 스티브 모지가 득점에 성공했다.

결국 경기는 1 대 1 동점이 되었고, 구현진의 시즌 8승은 좀 더 미뤄졌다.

타구가 땅에 튕겨 오른 후 혼조가 그만 공의 위치를 놓쳐버리고 만 것이다. 추가 진루를 막았어야 할 실책이 곧바로 실점으로 이어져 아쉬움을 남겼다. 혼조는 구현진에게 너무 미안했다. 이길 수 있었던 경기를 자신의 실책으로 날려 버린 것이다.

"미안하다. 놓치고 말았네."

"괜찮아. 너무 자책하지 마. 애초에 내가 실투한 거였어."

구현진 역시 자신의 잘못이라고 말했다. 그리고 이후 나머지 두 개의 아웃 카운트를 잡으며 9회까지 총 104구를 던지고서 마운드에서 내려왔다.

양 팀은 정규 이닝이 끝나고 12회까지 이어지는 접전을 벌였다. 그리고 혼조가 끝내기 안타를 때려내며 에인절스가 2 대 1로 승리를 챙겼다.

구현진의 이번 등판은 주목할 만한 경기였다. 바로 올해 처음으로 9이닝을 소화하며 상대를 압도했기 때문이었다. 구현진 본인도 경기 후 인터뷰에서 폭투에 대한 아쉬움을 내비쳤지만, 올해 자신이 던진 투구 내용 중 최고였고, 만족스러운 투구였다고 말했다.

그러나 5월 29일, 말린스와의 홈경기에 등판한 구현진은 4.1이닝 6K 2볼넷 11피안타(3홈런) 4실점으로 시즌 최악의 피칭을 했다.

하지만 에인절스의 타선이 상대 팀 투수 브래드 지글을 3.1이닝 6실점으로 무너뜨렸고, 불펜진의 노히트 호투로 팀은 9 대 4 대승을 거뒀다.

이날 구현진은 1회 초부터 빗맞은 안타를 맞았다. 간신히 무실점으로 넘기긴 했지만, 연속 안타로 무사 1, 2루를 허용하며 불안감을 조성했다.

그리고 2회 초 저스틴 보우어에게 솔로 홈런을 허용했고, 3회 초에도 2사 만루의 위기를 맞이하다가 간신히 위기를 넘기는 모습을 보여줬다.

팀이 6 대 1로 앞서고 있었던 4회 초에 지안 스탠튼과 마르셀 오즈에게 각각 홈런을 허용하여, 6 대 4로 쫓기게 되었다.

결국 구현진은 5회 초 1사 2, 3루를 만들고 마운드에서 내려오고 말았다.

다행히 캠 베드로시안이 두 타자를 연속 삼진으로 잡으며 주자를 들여보내지 않았다. 이후 브룩스 파운더스와 데이비드 에르난데스의 불펜진이 말린스 타선에게 안타 하나 맞지 않았다.

출루 역시 단 한 번밖에 허용하지 않는 완벽한 모습을 보여주며 에인절스의 완벽한 승리를 이끌어냈다.

구현진의 5월 성적 6경기 3승 1패 40.2이닝 39K ERA 2.43, WHIP 1.08.

시즌 성적 11경기 7승 2패 76이닝 78K ERA 2.37, WHIP 0.95.

그리고 대망의 6월이 찾아왔다.

구현진은 5월의 상승세를 6월에도 이어갔다.

6월 첫 등판은 3일 트윈스와의 원정 3연전 1차전이었다. 이 경기에서 구현진은 7이닝 14K 1볼넷 2피안타(1홈런) 1실점 103구를 기록하며 노디시전 경기를 했다.

시즌 성적은 7승 2패 평균자책점 2.28.

1회 말 무사 1, 2루 위기를 맞이한 구현진은 삼진과 병살타로 위기를 잘 넘겼다. 그 이후 20타자 연속 범타로 처리하는 괴력을 발휘했다.

그러나 7회 말 2아웃에 진 마우어에게 21타자 연속 범타 대신 선제 솔로 홈런을 허용하고 말았다. 상대 투수 코니 깁슨 역시 8이닝 무실점의 뛰어난 역투를 펼쳤다.

구현진이 0 대 1로 끌려가며 패전 투수가 되나 했지만, 9회 초 혼조의 동점 솔로 홈런으로 다행히 패전은 면했다. 그리고 팀은 연장 접전 끝에 2 대 1로 승리했다.

커브 구사율을 더욱 끌어올린 구현진으로서는 커브볼로 삼진을 잡아낸 꽤 의미 있는 경기였다.

6월 7일은 타이거즈와의 홈 3연전 3차전에 등판했다. 이날 타이거즈 선발은 알렉스 파머였다. 구현진과 알렉스 파머는 현재까지 아메리칸 리그 투수 WAR(승리기여도) 1, 2위를 기록하고 있었다.

결과는 7이닝 9K 3볼넷 3피안타(1홈런) 1실점 95구의 성적을 거둔 구현진의 승리였다.

알렉스 파머는 6이닝 9K 3볼넷 3피안타(1홈런) 2실점(1자책)을 기록하며 패전 투수가 되었다.

에인절스 역시 2 대 1로 승리하며. 구현진은 8승을 달성했다.

시즌 성적 8승 2패 평균자책점 2.20.

알렉스 파머는 이번 시즌 타이거즈에서 뛰어난 성적을 거두고 있었다. 최상위 투수끼리의 매치 업에 언론은 난리를 쳤다.

해당 경기는 방송사와 야구팬들의 기대에 화답하듯, 소문난 잔치에 먹을 것 없는 시시한 경기가 아닌, 두 투수의 클래스를 확인할 수 있던 훌륭한 투수전이었다는 평가를 받았다.

6월 15일 구현진은 양키스와의 원정 3연전 1차전에 등판하여 7이닝 4K 2볼넷 6피안타(1홈런) 2실점 101구를 기록했다.

구현진은 7회까지 2 대 2로 팽팽한 경기를 펼치고 있었고 이대로 승리 없이 물러나는 것처럼 보였다.

그런데 8회 초 매니 트라웃이 리그 최고의 철벽 불펜 투수로널드 팬을 결승 홈런으로 뚫어내며 역전에 성공, 승리 투수 요건을 갖추게 되었다.

결국 최종 스코어 7 대 5로 팀이 승리를 거두며 구현진도 시즌 9승을 기록했다. 현재 아메리칸 리그 다승 단독 선두를 달리고 있었으며, 평균자책점도 2.23으로 1위를 기록하고 있었다.

시즌 성적 9승 2패 평균자책점 2.23.

물론 어려움이 전혀 없던 것은 아니었다. 구현진은 이 경기도 조금 어렵게 끌고 갔다. 7명의 선두 타자 중 4명(안타 2개, 홈런 1개, 볼넷 1개)을 내보냈다.

평소보다 컨디션이 떨어져 보였고, 제구가 잘 안 되어 힘겹게 경기를 풀어나갔지만, 이런 경기에서도 7이닝을 소화해 주며 에인절스의 에이스임을 보여주었다.

그리고 6월 21일 또다시 만난 양키스와의 홈경기에서 구현진은 큰일을 겪게 되었다.

구현진은 양키스와의 홈 4연전 1차전에 선발 등판했다.

7.1이닝 10K 1볼넷 6피안타(3피홈런) 4실점 112구의 충격적인 피칭을 하며 무너졌다. 다만 에인절스의 타선이 폭발하며 10점을 지원받아 시즌 10승을 거뒀다.

시즌 10승 2패 평균자책점 2.61.

하지만 이 경기에서 구현진은 부상을 당하고 말았다.

원래 구현진은 양키스에 유독 강했다. 극강의 면모를 보이는 상대이기에 당연히 호투를 기대했지만, 어려운 경기를 치러야 했다.

경기 초반, 에인절스가 매니 트라우과 알버트 푸욜의 홈런을 바탕으로 2회 말 종료까지 7 대 0으로 크게 앞서나가며 쉽게 경기를 풀어나가는 듯했다.

그러나 3회 초 한복판 낮은 쪽으로 던진 94mile/h(≒151.3km/h)의 포심 패스트볼이 아론 저지에게 통타당했고, 타구는 담장을 넘어버렸다.

게다가 4회 초 1아웃에 체스 해드리에게 던진 94mile/h(≒151.3km/h)의 포심 패스트볼 역시 가운데로 몰리며 솔로 홈런을 또다시 허용했다.

5회 초에는 1사 1루 상황에서 마코 할리데이에게 던진 커브가 통타당하며 투 런 홈런을 맞고 말았다.

이 홈런으로 인해 에인절스는 7 대 4로 쫓기게 되었다. 그나마 6회 말 매니 트라웃의 적시타로 다시 한 점 달아나며 8 대 4의 리드가 유지되었다.

이미 100구 넘게 던진 상황이었다. 그런데도 구현진은 던지길 원했고, 운명의 8회 초에도 등판했다.

원래 교체하려고 했지만, 구현진은 던지고 싶다는 뜻을 강력하게 내비쳤다. 마이크 오노 감독도 에이스의 자존심을 세워주기 위해 등판을 허락했다.

혼조가 공을 던지기 전에 마운드를 방문했다.

"야, 괜찮나?"

"괜찮아."

"너 오늘 홈런도 맞고, 구위가 그다지 좋아 보이지 않는데. 교체하지 그랬어."

"이대로 내려가라고? 아무것도 안 하고? 그렇겐 못 하지."

구현진은 눈을 부라렸다. 그렇게 강했던 양키스였다. 그런데 홈런을 3방이나 허용했다. 구현진으로서는 도저히 용납할 수 없었다.

"알았다. 일단 8회까지만 생각하자."

"알았어."

구현진은 8회 초 선두 타자를 상대했다.

초구 몸쪽으로 던진 포심 패스트볼을 타자가 강하게 때려 냈다. 방망이 안쪽에 맞은 공은 투수 앞 땅볼이 되었다. 구현 진이 공을 잡기 위해 곧바로 자세를 잡았다.

그런데 바로 앞에서 공이 불규칙 바운드가 되었다.

"어?"

구현진이 당황했다.

불규칙 바운드가 된 공이 바로 얼굴 쪽으로 향한 것이다.

구현진은 무의식적으로 왼손을 들어 얼굴을 막았다. 강하 게 튄 공은 구현진의 왼손 엄지손가락 부위를 강타하고 옆으 로 굴절되었다.

"으악!"

구현진은 단말의 비명을 질렀다.

하지만 아직 주자가 살아 있었다. 구현진은 잔뜩 찡그린 인 상으로 굴절된 공을 1루로 던져 아웃을 시켰다.

그리고 글러브를 땅바닥에 내팽개친 후 오른손으로 왼손 엄 지손가락을 감쌌다. 그 자리에서 무릎을 꿇으며 고통에 얼굴 을 잔뜩 일그러뜨렸다.

"젠장……."

"현진아!"

혼조가 포수 마스크를 벗고 뛰어갔다. 더그아웃에서도 마 이크 오노 감독을 비롯해 트레이너, 투수코치가 놀라 마운드를 찾았다.

"어떻게 된 거야?"

"공이 갑자기 불규칙 바운드가 되면서 얼굴로 향했어요. 그걸 막으려고 하다가 왼손 엄지손가락에 맞았어요."

구현진의 말을 듣는 순간 모두의 표정이 굳어졌다. 왼손 엄지손가락이면 투구하는 손이었다.

그때 트레이너가 가방을 들고 뛰어왔다.

"자, 비켜봐요. 제가 확인 좀 하겠어요."

트레이너가 구현진의 왼손 엄지손가락을 조심스럽게 확인했다.

"하아, 이런……."

트레이너의 표정이 굳어지며 한숨을 내쉬었다.

구현진의 엄지손가락이 붉어지며 점점 부어오르고 있었다. 파스 스프레이를 뿌려 일단 염증을 잡아보려 했지만, 이 상태로는 투구가 힘들어 보였다.

트레이너가 마이크 오노 감독을 보며 말했다.

"안 되겠는데요."

"알았네. 자넨 구를 데리고 들어가게. 지금 당장 불펜 투수로 교체해."

구현진이 트레이너의 부축을 받으며 더그아웃 쪽으로 향했다.

중계진들은 그런 구를 보며 우려를 표했다.

-아, 구! 8회 초 투수 앞 땅볼 강습 타구에 손을 맞았습니다.

-불규칙 바운드였어요. 갑자기 얼굴 쪽으로 솟아오르면 당연히 팔을 들어 막아야 하죠. 그건 본능입니다.

-하지만 하필 투구를 하는 왼손입니다.

-현재까지 구는 에인절스의 에이스로서 엄청난 활약을 보여주고 있었습니다. 전반기에 벌써 10승을 했어요. 만약 부상으로 전력 이탈이 생긴다면 에인절스로서는 큰 불행일 수밖에 없습니다.

-제발 큰 부상이 아니길 빕니다.

구현진은 트레이닝실로 와서 곧바로 얼음찜질을 시작했다. 어떻게든 붓기를 가라앉혀야 했다. 구현진은 극심한 고통에 인상을 잔뜩 구겼다.

잠시 후 구단에 대기하고 있던 닥터 그루만이 긴급하게 내려왔다.

"지금 당장 엑스레이를 찍어보자고."

구현진은 닥터 그루만과 함께 구단 의무실에 마련된 엑스레이 촬영을 했다. 여러 장의 사진을 찍은 후 닥터 그루만이 사진을 확인했다.

"흠……."

닥터 그루만이 낮은 신음을 흘리며 엑스레이를 확인했다.

구현진은 잔뜩 긴장한 얼굴로 대기했다. 약 5분여 확인하던 닥터 그루만이 미소를 보였다.

그 미소를 보고서야 구현진은 어느 정도 안도를 했다.

"다행이 뼈에는 이상이 없네. 하지만 엄지손가락 쪽 인대에 약간의 대미지를 입었어. 장시간 요양이 필요하네."

"장시간이라면……."

"일단 일주일 정도 반깁스를 해야 하고, 그 뒤에는 자네의 재활 의지에 달렸네."

"네에? 그럼 보름 정도면 공을 던질 수 있나요?"

"글쎄……. 장담은 못 하네. 그때 상황을 보고 말하는 것이 좋겠군."

"알겠습니다."

닥터 그루만의 말을 듣고 구현진이 고개를 끄덕였다. 그 길로 구현진은 왼손에 반깁스를 했다. 그리고 곧바로 마이크 오노 감독에게도 구현진의 부상에 대해 보고가 올라갔다.

[현재 구현진은 뼈에는 이상이 없다. 만약 회복력이 빠르면 2주면 충분할 것이다.]

마이크 오노 감독은 닥터 그루만의 보고를 받고, 일단 구현진을 15일짜리 부상자 명단(DL)에 올렸다. 그런데 부상 회복이 조금 더뎠다. 생각했던 것보다 부상이 심각했던 모양이었다.

　그래서 곧바로 30일짜리 DL에 구현진을 올렸다.

　그리고 이로써 구현진은 그토록 염원했던 올스타에 선정되지 못했다. 원래 구현진은 아메리칸 리그 투수 부분 1위를 달리고 있었다.

　하지만 이번 부상의 여파로 탈락하게 되었다.

　이에 구현진은 매우 실망했다.

[구현진 '뼈는 이상 無' 하지만 30일짜리 DL에 올라!]

[부상으로 인해 구현진, 올스타 탈락! 내년을 기약!]

[구현진 부상 불운에 올스타에 참가하지 못하다.]

　구현진에 대한 관심이 컸던 만큼 각 언론사를 통해 여러 기사가 수없이 쏟아졌다.

　구현진은 이런 기사들을 보며 착잡한 기분을 떨칠 수 없었다. 노트북을 덮고 소파에 몸을 기댔다.

　"내가 억지만 부리지 않았어도, 아니, 현진이 형 말만 들었어도."

　이제 와 후회해 봤자 소용없었다. 자만심 때문에 이런 부상을 얻게 된 것이었다.

"내 잘못이야. 내가 너무 안이했어."

구현진은 자책했다.

"요즘 내가 너무 들뜨긴 했어. 자중했어야 했는데……."

그렇게 중얼거리고 있을 때 초인종 소리가 들려왔다.

"어? 이 시간에 누구지?"

구현진은 자리에서 일어났다. 혼조는 현재 원정경기를 떠난 상태였다.

현관 입구로 가서 물었다.

"누구세요?"

하지만 말이 없었다. 구현진이 조심스럽게 문을 열었다. 그런데 그 앞에 낯익은 여성이 서 있었다.

구현진은 그 여성을 보고 눈을 크게 떴다.

"아, 아카네……."

구현진 앞에 있는 여성은 바로 혼조의 여동생인 아카네였다. 아카네는 캐리어를 끌고 문 앞에 가만히 서 있었다. 그녀의 눈가는 이미 눈물로 촉촉하게 젖어 있었다.

"오, 오빠…… 괜찮아요?"

금방이라도 눈물이 터져 버릴 것만 같은 아카네는 울먹이며 물었다.

구현진은 일단 아카네의 캐리어를 끌고 집 안으로 들어갔다.

"아카네, 어떻게 된 거야? 갑자기 여기는 어떻게……."

하지만 구현진의 말이 끝나기도 전에 아카네는 구현진 품으로 파고들었다.

"너, 너무 무서워서. 오빠 사고당하는 거 보고 너무 겁이 나서 가만히 있을 수가 없었어요. 정신을 차려보니 미국행 비행기에 있더라고요. 죄송해요, 오빠."

구현진은 처음에는 많이 놀랐지만, 아카네의 말을 듣고 미소를 지었다. 그리고 손을 들어 아카네의 머리를 쓰다듬었다.

"그랬구나. 내가 아카네를 걱정시켰네."

"아, 아니에요. 정말 아니에요."

아카네는 구현진 품에서 하염없이 눈물을 흘렸다. 구현진은 그 자리에 가만히 서 있었다.

아카네가 눈물을 그칠 때까지…….

약 5분의 시간이 흐른 후 어느 정도 진정이 된 아카네가 조용히 구현진 품에서 떨어졌다.

"죄, 죄송해요. 제가……."

아카네는 언제 울었냐는 듯 얼굴이 홍당무처럼 붉게 변했다. 아카네의 귀여운 모습에 절로 미소가 지어졌다.

"자, 진정되었으면 어떻게 된 일인지 말해줄래?"

"그, 그게요."

구현진의 경기를 빠짐없이 챙겨보던 아카네는 그날 경기도 보고 있었다. 그런데 갑자기 구현진이 타구에 맞았고, 그녀는 놀라 어쩔 줄을 몰랐다.

무작정 구현진을 만나야 한다는 생각밖에 할 수 없었다. 부상이 어느 정도인지 직접 눈으로 확인해야 했다. 그래서 무작정 미국행 비행기에 올라탔던 것이다.

"그랬구나."

구현진이 고개를 끄덕였다.

그러자 아카네가 황급히 물었다.

"참! 정말 괜찮아요?"

"괜찮아, 보다시피 반깁스는 했지만, 한 달 정도만 지나면 공 던질 수 있대."

"그래요? 다행이다."

아카네는 진심으로 안도의 한숨을 내쉬었다. 그 모습을 지켜보던 구현진이 조심스럽게 물었다.

"그보다 혼조한테는 연락했어?"

"앗! 오빠는……."

아카네가 말을 잇지 못했다. 그 모습만 봐도 연락하지 않았다는 것을 알 수 있었다.

"그래도 혼조한테는 연락했어야지. 어디 보자, 지금이면 경기 들어가기 전이니까 전화 받을 수 있겠다."

구현진이 스마트폰을 꺼냈다. 그런데 곧바로 혼조에게서 전화가 왔다.

"봐봐, 양반은 못 된다니까."

구현진이 혼조의 전화를 받았다.

"여보세요."

-야! 큰일 났다. 아카네가 사라졌대! 할머니가 난리 났어. 혹시 거기에 안 왔냐?

"아카네라면 여기 있어."

-정말? 거기 있어?

"그래."

-바꿔줘!

"잠시만…… 자, 받아봐."

"네."

아카네가 조심스럽게 스마트폰을 받았다.

"오, 오빠……."

그 순간 아카네가 움찔했다. 수화기 너머 혼조의 불호령이 떨어진 것이다.

"미, 미안해. 오빠. 그게……. 아, 아니야. 알았어. 응, 알았어. 가만히 있을게. 응."

아카네가 다시 구현진에게 스마트폰을 건넸다.

"그래."

-야, 미안하다. 원정 끝날 때까지만 아카네 좀 부탁해.

"알았어, 여긴 걱정 마."

-고맙다. 그리고 내 동생! ……알지?

"지금 장난해! 절대 그런 일 없어, 됐냐?"

-아무튼 아카네 부탁할게.

"알았어."

그렇게 전화를 끊었다. 아카네는 고개를 푹 숙인 채 가만히 앉아 있었다.

"일단 저쪽 방에 짐부터 풀어."

"아, 네에."

이후 아카네는 구현진의 간호를 자청했다. 병원도 같이 가주고, 재활을 도와주었다. 게다가 항상 걱정도 해주었다. 무엇보다 구현진의 밥도 챙겨주며 옆에서 지켜주었다.

그런 아카네에게 구현진은 많이 고마워했다. 올스타전에 나가지 못한 것 때문에 크게 실망했었는데, 아카네가 옆에 있어서 그런 모습도 보여주기 싫었다.

다만 공을 빨리 잡고 싶을 뿐이었다.

"나, 너무 오래 쉬는데. 빨리 공 잡고 싶다."

"내일이면 깁스 푼다고 하잖아요. 좀만 참아요."

아카네가 맑은 미소로 구현진을 위로했다.

그리고 2주가 지난 후 확인해 본 결과 아직도 부상 회복이 조금 더뎠다. 워낙에 예민한 부위라서 염증이 쉽게 가라앉지 못했다.

이에 구현진은 약간 실망했지만, 참고 재활에 집중했다.

어느 날 구현진은 소파에 앉아 왼손 끝의 감각을 잃지 않기 위해 공을 매만지고 있었다. 그 옆에서 아카네는 요리책을 펼쳐놓고 공부를 하고 있었다.

아카네는 이곳에 오기 전 고등학교를 졸업하고 요리 공부를 하고 있었다. 아카네의 꿈은 요리 전문가가 되는 것이었다.

"요리하는 게 재밌어?"

"네, 제가 만든 요리를 모르는 사람이 먹고 행복해질 수 있다면 너무 좋을 것 같아요."

"그렇구나. 아카네의 요리 솜씨는 날로 발전하고 있으니까 괜찮아. 잘할 거야."

"그럼요. 꼭 성공할 거예요."

아카네는 두 손을 불끈 쥐며 파이팅 자세를 취했다. 그때 구현진의 스마트폰에 톡이 왔다. 아유에게서 온 톡이었다.

구현진은 괜히 옆에 앉은 아카네가 신경 쓰였다. 그래서 몰래 톡을 확인했다.

-저기…… 괜찮아요?

그때 아카네가 물어보았다.

"누구예요?"

그 말을 듣는 순간 구현진은 당황했다.

"으응? 아, 아는 동생. 괜찮냐고 물어보네. 하하, 하하."

"그래요? 착한 동생이네요."

아카네는 별로 신경을 쓰지 않고, 다시 공부했다. 구현진은 땀을 뻘뻘 흘리며 톡을 보냈다.

-많이 좋아졌어요. 고마워요.

그렇게 톡을 보낸 후 황급히 스마트폰을 껐다. 그러면서 옆에 앉은 아카네를 보았다.

'완전히 바람피우는 것 같잖아. 아직 아카네와 정식으로 사귀는 사이도 아니고…… 그렇다고 아유 양과도 그렇고…….'

하지만 구현진은 괜히 아카네에게 미안한 마음이 들었다.

올스타 데이가 왔다.

원래 아메리칸 리그 선발 투수로는 구현진이 유력했다. 전문가들 역시 구현진이 나올 거라 확신했다.

하지만 6월 중순에 당한 부상으로 올스타에 선정되지 못해 모두 안타까워하고 있었다.

"정말 안타까워요. 올해는 반드시 올스타전 무대에서 볼 수 있을 것 같았는데 말이죠."

"맞습니다. 저도 많이 아쉽습니다."

"구가 나왔다면 아메리칸의 승리는 거의 확실하죠!"

"뭐, 그렇다고 봐야겠죠?"

"하지만 아쉽게도 그 모습은 내년을 기대해 봐야겠습니다."

"그래야겠죠."

전문가들은 올스타 경기에 구현진이 나오지 않은 것에 많이 서운해했다.

그리고 에인절스에서는 유일하게 매니 트라웃만 올스타에 선정되었다. 무엇보다 구현진의 부상 이탈로 에인절스 역시 전체적으로 성적이 좋지 않았다.

그 모습을 TV로 지켜봐야만 하는 구현진의 마음은 너무 무거웠다. 이 모든 것이 자기 때문인 것 같아 죄책감마저 들었다.

그렇게 힘없이 집에 있는데 호세로부터 전화가 왔다.

-yo! 브라더, 뭐 해?

"집에 있지. 뭐 하겠냐!"

-혼조도 있어?

"그래!"

-남자끼리 뭐 하냐! 이리 나와, 우리 기분 전환이나 하자!

"그럴까? 알았어. 혼조랑 나갈게."

2.

　구현진과 혼조는 호세가 있는 레스토랑에 도착했다. 레스토랑 안으로 들어가자, 호세가 흑인 여성과 대화를 나누고 있었다.

　"저 녀석 봐라, 또 여자랑……."

　"그 버릇이 어디 가겠냐."

　"쯧쯧쯧, 저러다가 큰코다칠 거야."

　구현진과 혼조는 혀까지 차며 호세에게 악담을 했다. 그러는 사이 호세 역시 두 사람을 발견하고 손을 흔들었다.

　"야, 여기. 여기!"

　"그, 그래……."

　구현진과 혼조는 어색하게 답하며 자리에 앉았다.

　잠시 후 음식이 나왔고, 세 남자는 먹는 일에 집중했다. 그러다가 간혹 이런저런 이야기를 했다.

　"참, 혼조. 너 여동생 있다고 하지 않았냐?"

　밥을 먹던 호세가 물었다.

　"있지."

　"왜 같이 안 왔어?"

　"아직 학원에서 올 시간 아니야."

"그래? 그런데 갑자기 웬 학원?"

이번에는 구현진이 끼어들었다.

"아카네가 요리에 관심이 많거든."

"요리? 오호……."

호세가 고개를 끄덕이며 의외라는 반응을 보였다.

"뭐냐? 그 반응은?"

혼조가 나이프와 포크를 놓으며 말했다.

그러자 호세가 손을 흔들었다.

"그냥……. 그보다 오늘 올스타 전야제 한다고 하던데 구경하러 갈래?"

"지금? 난 사양할게."

"나도."

구현진의 표정이 우울해졌다. 부상만 없었다면 당연히 참석했어야 할 자리였다. 옆에 앉은 혼조가 구현진의 눈치를 보고 호세에게 말했다.

"야, 야구 얘기 좀 그만해."

"뭐야? 야구 선수가 야구 얘기 말고 뭘 해?"

"그냥 다른 얘기 하면 되지."

"다른 얘기 할 거라도 있냐?"

"요런 재미없는 녀석들. 이러지 말고 요 앞에 있는 클럽에 가자! 내가 오늘 불타는 밤을 보내게 해줄 테니까."

"아니, 난 됐어!"

혼조가 호세의 제안을 거부했다.

그러자 호세가 실망한 표정을 지었다.

"뭐야? 그럼 구는?"

호세의 시선이 구현진에게 향했다. 솔직히 구현진도 별로 확 당기지는 않았다.

"글쎄……."

"야! 가자. 우울한 기분을 확 풀어버리는 거야."

호세가 구현진을 보며 애원했다.

"뭐야? 갑자기 그런 표정을 짓고 그래! 징그럽게."

"클럽을 혼자 무슨 재미로 가냐! 같이 가자! 응? 응?"

구현진은 갑자기 이런 행동을 보이는 호세를 이해했다. 사실 부상 때문에 올스타전에 나가지 못한 자신의 기분을 풀어주려고 하는 모양이었다. 그런 호세의 마음을 알기에 마냥 거절할 수도 없었다.

"알았어. 가자!"

"좋았어!"

호세가 자리에서 벌떡 일어났다. 곧바로 웨이터를 불러 계산서를 달라고 했다. 그사이 구현진은 혼조를 바라보았다.

"넌?"

"난 그냥 집에 가 있을게. 어차피 아카네 올 시간도 다 되었고 말이야."

"알았어."

"그래. 기왕 이렇게 된 거, 가서 기분이나 확 풀고 와."

"그래."

세 친구는 식당을 나왔다. 혼조는 집으로 향했고, 구현진과 호세는 곧장 클럽으로 향했다. 클럽에 도착한 구현진은 길게 늘어선 사람들을 보며 눈을 크게 떴다.

"호세, 줄이 너무 긴데?"

구현진의 질문에 호세는 피식 웃었다.

"우린 줄 안 서. 그냥 나만 따라와."

호세가 씩 웃고는 입구를 지키고 있는 덩치 큰 흑인 남성에게 다가갔다. 몇 번 말을 주고받더니 가드가 들어가라는 제스처를 취했다.

"야, 구! 가자!"

입구에 있던 호세가 손을 흔들었다.

구현진은 길게 늘어선 사람들의 따가운 시선을 받으며 호세에게 갔다.

"들어가자!"

"어떻게 된 거야?"

"다 그런 이유가 있어. 그냥 넌 나만 따라오면 돼."

호세는 어깨를 한 번 으쓱하고는 클럽 내부로 들어갔다. 그 뒤를 구현진이 따랐다. 그렇게 클럽 안으로 들어가자 가슴을 강하게 때리는 음악이 바운스 되며 울렸다.

쿵쾅! 쿵쾅! 쿵쾅!

휘황찬란한 레이저 불빛들이 사방으로 뿌려졌다. 스테이지에서는 DJ가 나와 화려한 퍼포먼스를 뽐내며 빠른 음악을 틀어놓고 있었다.

스테이지 안에는 쭉쭉빵빵한 금발의 미녀들이 짧은 미니스커트를 입고, 부비부비 댄스를 추고 있었다. 모두 연예인급의 미모를 자랑했다.

구현진이 넋을 놓고 스테이지를 바라보고 있을 때 호세가 툭 건드렸다.

"뭐 해? 어서 따라와."

"아, 그, 그래."

구현진이 호세를 따라 들어간 곳은 작은 룸이었다. 그곳으로 가는 내내 구현진을 알아보는 사람들이 있었다.

"어머나! 구야! 구가 나타났어."

"진짜야? 어머나! 진짜네. 구!"

"여기야, 구! 손을 흔들어줘!"

"여기 내려와서 나랑 같이 부비부비 춤이라도 출래?"

"아잉, 귀여워! 너무 귀엽다."

특히 날씬한 몸매를 소유한 금발의 미녀들이 구현진에게 다가와 추파를 던졌다.

"구, 나랑 오늘 춤 어때?"

"나 오늘 한가한데? 같이 놀래?"

"너, 참 귀엽게 생겼다."

"아, 아니……. 괜찮아요."

구현진은 그녀들의 육탄 공세를 피하며 땀을 뻘뻘 흘렸다.

하지만 여성들만 구현진을 반기는 것은 아니었다. 남자들 역시 구현진을 알아보며 환호했다.

"오! 구! 나 저번 선발 경기 봤어! 최고던데!"

"멋진 피칭이었어."

거친 수컷의 향기를 풀풀 품어대는 그들이 환한 얼굴로 구현진을 바라보며 엄지를 추켜세웠다. 구현진은 그들과 하나하나 하이 파이브를 나누며 어색하게 웃었다.

그러는 사이 호세가 하나의 테이블로 가서 앉았다. 그때까지 구현진은 정신을 차릴 수가 없었다.

호세가 구현진을 향해 소리쳤다.

"어때? 신나지?"

"어! 그래!"

"조금 쉬다가 나가서 신나게 추자고!"

"알았어."

그사이 주문한 소다가 테이블 위에 놓였다.

구현진은 소다를 한 모금 마신 후 스테이지 쪽으로 시선을 돌렸다. 남녀들이 한데 엉켜 신나게 몸을 흔들고 있었다.

그때 2층 테이블에 있던 한 남성이 호세와 구현진이 앉아 있는 쪽으로 시선이 돌렸다.

"어? 호세 아냐?"

거만한 자세로 앉아 있던 한 남성은 호세를 발견하고 반가운 표정이 되었다. 그리고 웨이터를 불러 뭔가 이야기를 했다.

웨이터가 고개를 끄덕이고는 곧장 호세와 구현진이 있는 테이블로 가, 곧장 호세에게 귓속말했다.

호세의 눈이 크게 떠졌다.

"그 녀석 어디에 있어?"

호세의 물음에 웨이터가 한 장소를 가리켰다.

호세는 웨이터가 알려준 방향으로 고개를 돌렸고, 2층 테이블에서 손을 흔들고 있는 녀석을 발견했다.

"칸토!"

호세는 곧바로 녀석을 보고 이름을 불렀다.

구현진 역시 호세의 시선을 따라 칸토라고 불린 녀석을 바라보았다. 호세와 같은 피부색에 회색빛 슈트를 걸친 녀석은 목에 금목걸이를 걸치고 있었다.

"누구야?"

구현진이 물었다.

"어릴 적 동네 친구! 여기서 만나게 될 줄은 몰랐네."

"그래?"

"저 친구가 합석하자고 하는데, 갈래?"

호세의 물음에 구현진은 살짝 망설였다. 아무리 호세와 친구 사이라고 하지만, 구현진에게는 낯선 사내일 뿐이었다. 조금 꺼려지는 것은 어쩔 수 없었다.

"너 혼자 가. 난 여기 있을게."

"무슨 소리야, 넌?"

"난 그냥 여기서 소다나 마시면서 있을게."

"에이, 그럼 클럽에 온 재미가 없잖아. 그럼 나도 안 갈래. 나중에 따로 만나서 인사하지, 뭐."

호세가 자리에 털썩 앉았다. 그러자 구현진은 자신이 호세와 오랜 친구의 재회를 방해하는 듯한 느낌을 받았다.

"그냥 가! 오랜만에 친구 만나야지."

"됐어, 여기에 온 건 너 때문인데, 널 혼자 두고 어딜 가냐! 저 녀석도 중요하지만, 너도 중요해."

호세의 말에 구현진은 괜히 감동을 받았다.

"야, 호세……."

구현진이 나직이 중얼거렸다. 그리고 자리에서 벌떡 일어났다. 그 모습을 본 호세가 눈을 깜빡였다.

"야, 구……."

구현진이 호세를 내려다보았다.

"가자!"

"어딜?"

"어디긴 네 친구 있는 데지. 오랜만에 봤는데, 나 때문에 재회도 못 하면 되겠냐. 가자."

구현진의 모습에 호세가 피식 웃었다.

"알았다."

호세와 구현진은 웨이터의 안내를 받고 이 층으로 올라갔다. 칸토라고 불린 사내는 호세를 발견하고 환하게 웃었다.

"어이, 호세. 오랜만이다."

"칸토, 잘 지냈냐?"

두 친구는 정말 반갑게 인사를 나눴다.

구현진 역시 그쪽 테이블에 합석했다. 그곳에는 몇몇 남성과 함께 몸매가 환상인 여자들이 미소를 띠며 앉아 있었다.

"아, 소개할게. 여기는……."

"됐어, 알고 있어. 에인절스의 에이스, 구현진 선수죠?"

칸토가 미소를 지으며 구현진에게 말했다.

구현진은 고개를 끄덕였다.

"네, 맞습니다."

"경기는 잘 보고 있습니다. 여기서 만나게 되어 영광입니다."

"아, 감사합니다."

구현진 역시 간단히 인사를 주고받았다. 칸토가 술병을 집어 들더니 구현진에게 술을 따라 내밀었다.

"한잔하시겠습니까?"

칸토가 내민 술을 바라보았다. 그런데 술잔에 비친 술 색깔이 어딘지 모르게 아주 묘했다.

'술 색깔이 왜 이래? 푸른 바다색? 그것보다는 좀 연한가.'

구현진을 술잔을 보고 고개를 갸웃했다. 그러다가 피식 웃으며 말했다.

"죄송합니다. 시즌 중에는 술을 마시지 않는 편이라서요. 일단 마음만 받겠습니다."

구현진이 정중하게 거절한 후 잔을 받고 자신 앞에 내려놓았다.

"아, 그래요? 아쉽지만 어쩔 수 없죠."

칸토는 약간 아쉬운 표정을 지었다. 그러다가 호세를 바라보았다.

"너는?"

"나도 미안! 오늘은 그냥 인사만 할게. 다음에 정식으로 한잔하자!"

"그럴래? 아쉽네."

칸토는 그렇게 말하고는 술잔을 들어 털어 마셨다.

구현진의 시선이 스테이지로 향했다.

호세는 친구 칸토와 이런저런 이야기를 나눴다.

그러다가 호세가 일어나 구현진의 팔을 붙잡았다.

"왜?"

"여기까지 와서 앉아만 있을 거야? 나가서 춤이라도 춰야지."

구현진은 호세에게 이끌려 스테이지로 나갔다. 그리고 음악에 맞춰 몸을 흔들었다. 아리따운 금발의 여자가 다가와 구현진과 몸을 맞대며 부비부비를 했다.

처음엔 구현진도 움찔했지만, 차츰 익숙해지며 그녀들과 춤을 췄다. 그렇게 약 2시간가량 땀을 흘린 구현진과 호세가 클럽을 나섰다.

밀폐된 공간에서 땀을 흘리다 나오니, 바깥바람이 정말 시원하게 느껴졌다.

택시를 타고 집으로 향하는 길에 구현진이 호세를 보고 말했다.

"덕분에 잘 놀았다."

"아니야, 내가 잘 놀았지. 오래간만에 신나게 흔들었네. 아님, 종종 이렇게 놀까?"

"아니야. 야구 해야지. 클럽은 우승하면 그때 오자."

"오오, 좋지!"

그렇게 호세와 헤어지고 구현진은 집에 들어왔다. 집에 오자마자 아카네의 질문이 쏟아졌지만, 혼조의 도움으로 무사히 넘길 수 있다.

그리고 그다음 날 사건이 터졌다.

인터넷 뉴스에 커다란 사건이 터진 것이다.

[어젯밤 블루 클럽에 있던 마약범 검거!]

[그곳에서 에인절스 몇몇 선수 마약에 연루!]

4.

구현진과 혼조는 여느 때와 마찬가지로 구장에 나가 훈련에 임했다.

구현진은 가벼운 달리기와 토스로 몸을 풀었다. 그런데 구단 관계자가 심각한 표정으로 구현진에게 다가왔다.

"구, 형사가 찾아왔는데요."

"형사요? 무슨 일로?"

"간단히 물어볼 것이 있다고 합니다. 혹시 어제 무슨 일이 있었던 것입니까?"

"아뇨, 전혀 없었는데요."

"그래요? 일단 절 따라오세요."

"네."

구현진이 구단 관계자를 따라 어딘가로 이동했다. 잠시 후 어떤 사무실로 들어가자, 그곳에 두 명의 백인 남성이 있었다.

호세도 미리 와 있었다.

"호세?"

"구!"

구현진과 호세는 서로를 보며 놀라워했다. 잠시 후 형사 중한 명이 구현진을 보며 말했다.

"잠시 경찰서로 가주실 수 있습니까?"

"아니, 왜죠?"

"잠시 확인할 것이 있습니다."

구현진은 잠시 입을 다물었다. 그러다가 고개를 끄덕였다.

"좋습니다."

"그럼 절 따라오시죠."

형사는 구현진을 데리고 경찰서로 연행했다. 그리고 취조실에 앉혔다.

구현진은 주위를 두리번거리며 잔뜩 긴장한 얼굴이 되었다.

잠시 후 자신을 연행했던 형사가 들어와 맞은편에 앉았다. 형사는 서류를 펼치며 말했다.

"몇 가지만 물어볼 것입니다. 그에 성실히 답해주시면 됩니다. 혹시 이 사람을 알고 계십니까?"

형사가 사진을 내밀며 물었다. 구현진이 사진을 보고 눈을 크게 떴다.

"어제 블루 클럽에서 만난 제 친구의 친구라고 들었습니다."

"그렇군요. 어제 이 친구와 무슨 얘기를 나눴죠? 그리고 뭘 했습니까?"

형사의 물음에 구현진은 어제 있었던 이야기를 하나하나 설명해 주었다.

형사는 구현진의 말을 듣고 고개를 끄덕였다.

"그럼 어제 이 사람이 주는 술을 마시지는 않았단 말씀이시군요."

"네, 그렇습니다."

"사실이죠?"

"네, 사실입니다. 그런데 왜 그러시죠?"

구현진은 궁금증을 참지 못하고 되물었다.

그러자 형사가 조용히 말해주었다.

"이 사람은 마약사범으로 어제 긴급 체포되었습니다. 그런데 주변 사람들이 구, 호세란 친구가 이 녀석과 함께 있었다는 제보가 있었어요."

"마, 마약사범요?"

"네, 어제 정말 술을 마시지 않았다는 거죠?"

"그래요."

"그럼, 만약을 위해서 머리카락과 소변을 얻어도 되겠습니까?"

"그렇게 하시죠."

잠시 후 검사관이 들어와 구현진의 머리카락과 소변을 채취해 가져갔다.

형사는 다시 구현진과 마주 앉았다.

"어차피 검사하면 나오니까요. 그보다 호세 선수와 친구라고 하셨죠?"

"네."

"호세 선수도 옆방에서 조사를 받고 있습니다. 호세 선수도 당신과 같은 말을 하더군요. 짠 것 같지도 않고요."

"전 거짓말을 하지 않습니다."

"그런데 SNS에는 술을 받아 마셨다는 사진이 계속 떠돌아다니던데요. 그래서 조사를 좀 했습니다."

형사는 구현진을 만나기 전 이미 다 조사를 마친 상태였다. SNS 속 사진을 찾아봐도 구현진이 술잔을 받아 마시는 장면은 그 어디에도 없었다. 몇몇 사람 역시 술잔을 받는 것은 봤지만, 마시지 않고 바로 내려놓았다고 증언했다.

심지어 칸토조차 술을 권했지만, 마시지 않았다고 진술했다.

"이것만 봐도 구 선수는 확실히 혐의가 없다는 것은 알 수 있습니다. 다만 몇 번 더 조사를 위해서 경찰서에 나와주셔야 합니다. 하지만 걱정은 마십시오. 검사 결과 양성으로 나오면 모든 것이 다 잘 해결될 것입니다."

"아, 네에."

"이제 앞으로는 조금 더 조심해 줬으면 좋겠습니다. 일반인이 아니라, 공인이지 않습니까. 이런 구설에 올라봤자, 손해일 겁니다."

"충고 감사합니다. 그럼 전 이만 나가봐도 되죠?"

"네."

"그럼."

구현진이 인사를 하고 취조실을 나갔다.

밖에는 호세가 기다리고 있었다. 구현진이 나오는 것을 보고 호세가 자리에서 일어났다.

"혀, 현진아…… 미안하다."

호세는 구현진을 보고 곧바로 사과했다. 호세는 정말 미안한 마음을 드러내고 있었다. 그런 호세를 보고 구현진이 미소를 지었다.

"괜찮아. 넌 어때?"

구현진은 오히려 호세를 위로했다.

호세가 어색하게 웃었다.

"나야 뭐……."

"일단 구장으로 가자. 어차피 검사하면 결백하다고 나올 테니까."

"나 때문에 미안하다……."

"아니라니까."

구현진이 경찰서를 나섰다. 그 뒤를 호세가 잔뜩 주눅이 든 얼굴로 뒤따랐다.

그사이 대한민국에서는 긴급 속보가 떴다.

[구현진 마약 사건 연루!]

[잘나가던 구현진, 마약에 무너지다.]

[구현진 선수, 경찰 조사 후 귀가. 머리카락, 소변 검사 협조.]

[구현진 이대로 무너지나?]

기사 아래 곧바로 네티즌들의 댓글이 달리기 시작했다.

└이거 진짜? 레알?

└진짜네. 오늘 경찰서에서 조사받고 나왔대.

└헐, 대박! 요즘 왜 이러냐?

└좀 컸다고 이제 마약질이냐?

└또 시작이네.

└야구 선수들 왜 그러냐. 정신 안 차려?

└누구는 음주 운전하고, 누구는 마약이냐!

└이 새끼도 음주 운전에 성폭행 나오겠구먼.

└아니야, 구현진은 아니야. 그럴 애가 아니야.

└그럴 애가 아니라고 이마에 써놨냐? 얌전한 고양이가 부뚜막에 먼저 올라간다고 했어. 혹시 알아, 진짜 그랬는지?

└미쳤어! 정말 미쳤어!

└이러다가 광고 다 잘리는 거 아냐?

대한민국은 구현진의 마약 관련 기사로 떠들썩했다. 에이전트 박동희는 심각한 얼굴로 구현진과 통화했다.

"형!"

-괜찮니?

"괜찮죠. 전 아무 짓도 안 했으니까 괜찮아요."

-그럼 다행이지만…… 여론은 좋지 않아.

"알고 있어요. 그래도 아니라고 발표 나면 괜찮아지겠죠. 그보다 광고주들은 뭐라고 해요?"

-그렇지 않아도 막 통화했어. 지금 당장은 지켜보는 쪽으로 가닥을 잡았어.

"그렇군요."

-그래도 아마 재계약은 힘들지 않을까 해. 다행히 위약금 물어달라는 얘기는 없고, 내가 충분히 설명했으니까 이해해 줄 거야.

"미안해요, 형."

-네가 미안해할 필요는 없어. 오히려 형이 미안하다. 힘들었을 텐데, 내가 제대로 케어해 주지 못했네.

수화기 너머 박동희의 깊은 한숨이 들려왔다.

구현진은 또 한 번 미안해졌다.

"형, 클럽에 간 것은 너무 답답해서 그랬어요."

-알아. 네 심정 충분히 이해해. 너무 잘 던졌는데 부상으로 올스타전에 나가지 못했으니 오죽했겠냐. 이해한다. 그런데 현진아, 야구를 하다 보면 기복이 있거든. 그럴 때일수록 잘 이겨내야 해. 네가 원해서 한 일은 아니지만 이런 일은 한 번 더 생각해 보자. 알겠지?

"알겠어요."

-그래! 여긴 걱정 말고. 내가 알아서 잘 정리할 테니까, 넌 운동에만 전념해. 쓸데없는 생각 말고!

"네, 형."

-알았어. 그럼 들어가!

"네."

구현진은 전화를 끊고 한동안 스마트폰을 쳐다보았다. 그저 기분 전환을 위해 간 것이었는데, 그 일로 여러 사람이 피해를 보는 것 같았다.

"하아……."

구현진의 한숨이 절로 깊어져 갔다.

아유는 자신의 집에서 노트북으로 인터넷 검색을 했다. 그
녀의 첫 번째 검색은 바로 구현진이었다. 그런데 오늘 구현진
의 이름이 1위에 올라 있었다.

구현진!
구현진 마약!
에인절스 구현진 마약!
마약!

이런 연관검색어가 줄줄이 이어졌다.

아유는 걱정스러운 마음에 검색을 해보았다.

여기저기 구현진이 마약을 했다는 이야기가 쏟아져 나왔
다. 하지만 구현진은 아직 반박 기사도 내지 않고 있었다.

"어머나, 어째……."

아유는 잔뜩 걱정스러운 얼굴로 검색을 했다. 그러다가 곧
바로 스마트폰을 들었다. 구현진의 이름을 검색해 톡을 보내
려 했다.

하지만 몇 자 적다가 그만뒀다.

"한동안 연락 없다가 갑자기 괜찮냐고 물어보는 것은 실례

겠지? 혹시나 부담스럽진 않을까?"

이런 생각들로 아유는 쉽게 톡을 보내지 못했다. 그때 아유를 데리러 온 매니저가 들어왔다.

"아유, 준비 다 됐어?"

매니저는 노트북을 펼쳐 구현진을 검색한 것을 확인했다.

매니저의 표정이 굳어졌다.

"너, 이 녀석하고 연락하지 마."

"왜요?"

"몰라서 물어? 얘, 마약 했다잖아!"

"아니에요. 그럴 사람이 아니에요."

"좋아, 아니라고 쳐! 하지만 이미 마약이라는 단어가 앞에 붙었을 텐데, 너와 관련되었다고 하면 네 이미지는?"

"그건……."

아유가 쉽게 말을 하지 못했다.

매니저가 가볍게 한숨을 내쉬었다.

"이 녀석 생각하는 마음은 알겠는데, 그래도 이 녀석과 가까이 지내면 안 돼. 어떻게 쌓아 올린 이미지인데, 저 녀석 때문에 한순간에 무너뜨릴 셈이야? 연락 끊어. 그러는 게 너를 위한 길이야."

매니저의 말에 아유는 고개를 푹 숙였다.

"됐어! 넌 앞만 생각해. 성공만 생각하라고."

290 *네 멋대로 던져라* 5

"아, 알겠어요."

"그래. 그렇게 하면 되는 거야."

매니저는 단호히 선을 그어, 구현진과의 관계를 여기서 정리하게 할 생각이었다. 그리고 매니저의 의도대로 아유는 구현진과의 연락을 끊어버렸다.

한편, 11월 프리미어12가 다가왔다.

To Be Continued

쥐뿔도 없는 회귀

목마 퓨전판타지 장편소설

불친절하기 짝이 없는 이세계 '에리아'.
그곳에 소환된 '이성민'.

13년의 생활 끝에 죽음을 맞이한 그에게
또 한 번의 기회가 주어졌다.

재능이 없다.
그러나 그에겐 13년의 기억이 있다.

우연처럼 엮인 필연이, 그리고 목적이
그를 앞으로, 더 높은 곳으로 나아가게 한다.

이성민은 무엇을 바라였는가.
무엇이 되고 싶었는가.

"나는 다시 살아가 보고 싶다.
전생보다 나은 삶을."